痴心三部曲（一）

破冰

李健伟　朱六轩　著

郑州大学出版社

图书在版编目（CIP）数据

痴心三部曲／李健伟，朱六轩著. — 郑州：郑州大学出版社，
2023.9
ISBN 978-7-5645-9781-8

Ⅰ. ①痴… Ⅱ. ①李… ②朱… Ⅲ. ①长篇小说 – 中国 – 当
代 Ⅳ. ①I247.5

中国国家版本馆 CIP 数据核字（2023）第 109415 号

痴心三部曲

CHIXIN SAN BU QU

策划编辑	李勇军		封面设计	小　花
责任编辑	孙精精		版式设计	孙文恒
责任校对	刘晓晓		责任监制	李瑞卿

出版发行	郑州大学出版社		地　　址	郑州市大学路40号（450052）
出 版 人	孙保营		网　　址	http://www.zzup.cn
经　　销	全国新华书店		发行电话	0371-66966070
印　　刷	河南瑞之光印刷股份有限公司			
开　　本	710 mm × 1 010 mm　1 / 16			
印　　张	67.25		字　　数	1 078 千字
版　　次	2023 年 9 月第 1 版		印　　次	2023 年 9 月第 1 次印刷

书　　号	ISBN 978-7-5645-9781-8		定　　价	198.00 元（共三册）

序

墨 白

　　十几年前，沿海地区组织了一次民营企业高层峰会，有位政府官员在接受央视记者的采访时就民企与国企的关系举了个很有意思的例子：天下所有女人的胡子加起来没有一个男人的胡子长。他的意思是说，民企和国企没有可比性，民企没有国企的垄断功能，本质不同。他又说：国企是酒，民企是水。这话很经典。

　　100 多年前，德国出了一个卡尔·马克思，还有一个马克斯·韦伯。卡尔·马克思的《资本论》论证了资本主义的灭亡，马克斯·韦伯的《新教伦理与资本主义精神》论证了资本主义为何成功。他们的论断影响了 20 世纪至今整个世界的进程。100 多年过去了，资本主义仍然存在。民企是水，是社会功能的体现，民营企业的灵魂就是市场经济。而国企是垄断，其功能体现了国家意志，是计划经济的产物。这就是我们当下的现实：国企与民企共存。

　　据资料显示：在当今中国，中小企业为国民经济的发展提供了 50% 以上的税收、60% 以上的 GDP、70% 以上的技术创新、80% 以上的城镇劳动就业岗位、90% 的市场主体、100% 以上的贸易顺差，为我国经济的发展和社会文明与进步做出了重大贡献。但是，我国中小企业的平均寿命却不到 3 年。

　　在这样的环境下，原鲁山炭素厂从 1979 年到 2009 年的 30 年中，始终走在我国炼铁高炉内衬材料制造业的前列。从 1999 年改制至今，这家更名为"河南方圆炭素集团"的企业已经是我国乃至亚洲最大的炉用炭砖生产基地，旗下拥有 8 家分公司，产品出口欧美等 30 多个国家和地区，并且创造了全国同行业的多个"第一"，是中国当今中小企业稳步发展壮大的一个成功范例。

现在我们看到的《痴心三部曲》，就是一部以河南方圆炭素集团发展史为背景、带有一定自传性质的关于中国民族工业发展的长篇小说。作为地方中小企业发展历程的亲历者，作者以平凡的语言讲述了底层平民的奋斗史，塑造了像季健中这样有担当的管理者与改革者的形象，其以丰富的细节与纪实手法讲述与传达出的情感经历、社会经验、人生奋斗等，构成了这部长篇小说的底色。

《痴心三部曲》通过一个地方企业所经历的曲折复杂的创业路程，折射出了几十年来企业改制中众多企业所面临的政策制度和营商环境、生产成本与技术革新、企业发展与人文环境等普遍存在的社会问题，为我们了解中国基层社会和中小企业的发展提供了一个视角，对我国中小企业的发展具有启示意义。

2022年6月11日，河南省文学院、河南省小说研究会、河南大学出版社曾为两卷本《痴心》（河南大学出版社2021年4月版）召开过一个研讨会；现在放在我们面前的《痴心三部曲》，是作者在充分听取了诸位专家的建议后，用了半年多时间修订、充实、完善而成的。较两卷本《痴心》，《痴心三部曲》在对家国情怀与人性、宏大叙事与细节、报告文学与小说、纪实与虚构，以及对正、反二元对立的人物塑造模式等小说叙事问题，均有了比较清醒的认识。

事实证明，小说只有摆脱所谓的纪实性，才能获得更大的自由。现实主义往往通过工业题材、农村题材或者战争题材来塑造英雄人物，表达其宏大主题。其实，文学不存在所谓的题材问题，文学永远站在人性的一边，是对人本身的关怀，是更多地发掘人的内心世界，而不是站在某种立场上事先设定的某种情怀。文学创作不能用职业局限与现实生活来限定作家的想象力和创造力，只有突破题材与现实生活的局限，想象力才能被张扬；只有首先确立个人主体意识，具有自传性的写作才能更接近文学本身。

从20世纪五六十年代的中国工业小说的视角来观察《痴心三部曲》，

其精神本质就是社会主义的现实主义，是进入 21 世纪的现实主义文学的收获。对于偏重农村题材的河南文学而言，《痴心三部曲》以民间立场所构建的个人体系精神史，以其所彰显的社会价值，填补了河南工业文学书写的空白。

2023 年 5 月 26 日
于鸡公山北岗 18 栋

目　录

情和执着信念,但第一步该怎么走,还真的把他难住了。一个风雪交加的夜晚,为着炭材厂的明天,季健中和老书记奚道强这对新搭档敞开了胸怀,两颗心很快融在了一起。

但史无前例的新产品、新技术,能一帆风顺吗?

命作保,在鲁阳炭材的投标书上签下了名字。妻子得知后十分焦虑,地方上的一家小企业,能担得起如此大任吗?

梁婉君在病床上把女儿的终身大事托付给她所信赖的健中。为着企业的发展,健中和杨老等人聚在一起,遂就企业的长远发展、亟须解决的人才瓶颈等问题推心置腹,倾心相交。

7

引子

这年，春天的脚步并不迟缓，只是倒春寒来得太突然了，顷刻之间，便把那些花草树木弄得少了许多生机。但这并不当紧，有大地母亲乳汁的滋养，即便是在凄风苦雨中受尽摧残，最终还是以满身的力量振作起来，努力地展示出它应有的生命力，把大地装扮得飞花流芳、绚丽多彩。

蓝天下的山川河流显得峥嵘、秀丽，还有那点缀在大地上的村落人家，温馨而又恬静。金黄色的油菜花儿、洁白如玉的梨花儿，以及山山岭岭间那些有名的和叫不上名字的各种花儿，招引来无数只蜜蜂采花酿蜜，蝴蝶翩翩起舞，织就一幅美不胜收的锦绣画卷，既明媚娇艳，又壮美浑厚。

突然，几只喜鹊掠过田野和小溪，喳喳叫着从低空飞来，敛起翅膀落在一片桃林里，弹落下许多花瓣儿。

这时候，从不远处传来童稚的歌声——

> 我们的祖国是花园，
> 花园里花朵真鲜艳。
> 和暖的阳光照耀着我们，
> 每个人脸上都笑开颜。
> …………

歌声来自鲁阳小学的少先队员们。他们戴着鲜艳的红领巾，像花朵一样的小脸上堆满了笑容。

来到桃林里，他们手拉手围成一圈，老师用口琴伴奏，活泼、帅气的小健中在中间蹦蹦跳跳地来到另一个小朋友面前，伸出手邀请对方跳舞……

琴声、歌声和着小朋友们的欢笑声，在山川田野间回荡。

集体活动后，小朋友们三五成群，采野花，挖野菜，追蝴蝶，捉虫子，相互追逐嬉戏，一个个开心极了。

有棵蒲公英，正开着金灿灿的花朵。小健中和几个小朋友走过来，他们手里拿着几棵嫩绿的野菜。小健中看见有个小朋友发现蒲公英，正弯下腰要采挖，忙制止道："安心平，别动！"

"为什么不能动？"那个叫安心平的小朋友质问道。

季健中笑了下，解释说："这叫蒲公英。我爸爸说，这是一种非常好的药材，能治好多病呢！"

"既然能治病，为什么不能挖？"另一个小朋友提出了疑问。

季健中道："你看——它正开着花儿呢，等花落了，它就能结出许许多多种子。到那时，风一吹，这些种子就能借着风势，飞到很远很远的地方。然后，这棵蒲公英就成了老祖宗，它就能有好多好多子子孙孙。大家说说，它是不是很神奇呀？"

"是！"小朋友们异口同声地回答。

"那什么时候才能采挖呢？"一旁的云霄翔问道。

季健中道："听我爸爸说，到每年的八九月份就可以了。"

"那我们就把它保护起来吧！"安心平道。

"哎，这个主意好。"另一个小朋友说着，弯腰捡起一个小树枝递给季健中，为蒲公英作了标记。

小朋友们见是这样，也都四处找小树枝，给蒲公英扎起了篱笆。

走进大自然，小朋友们饱览了如画的春光，还做了许多好事，一个个开心极了。

可是，一回到城里，大铜锣"哐哐哐"的响声和人们的口号声立时让小朋友们全都愣住了。

在满大街的人流中，小朋友们看到，时常到校园来给大伙儿喂糖丸、

接种水痘疫苗的季国重大夫戴着纸糊的高帽子，正被人推推搡搡，游街
示众。

口号声此起彼伏——

> 揪出历史反革命分子季国重！
> 谁反党反社会主义，我们就坚决和谁干到底！
> 坚决把革命斗争进行到底！
> …………

听着刺耳的口号声，目睹父亲遭人推推搡搡挨批挨斗的情景，还有小
朋友们投来的异样眼神，小小年纪的季健中感到无比的茫然和屈辱。

次日，季健中背着书包一来到学校，就被一帮小朋友围住。为首的叫
王二怪，他父亲是这场运动一部门领导小组的组长。在他父亲的耳濡目染
下，小小年纪的王二怪也拿起了小红旗，在同学们中间耍威风。只见他喊
了声"一二三"，那些被鼓动起来的小朋友一齐把手指向季健中，大声喊
道——

> 快来看，快来看，
> 他爸是个大坏蛋！
> 快来看，快来看，
> 他是一个小坏蛋。
> …………

小健中委屈极了，他不知道大伙儿为什么要这样欺负他。他不愿理
他们，昂起头便走，却不料被王二怪一脚绊倒。他们不仅喊叫着骂健中
是"小坏蛋""狗崽子"，还跺着脚指着健中连连喊打，王二怪又趁健中
在地上挣扎着爬不起来的时候，扬言要把"小坏蛋"淹死，遂要往健中
身上浇尿。尽管安心平和云霄翔一帮小朋友赶来，把王二怪等人赶跑了，
但还是晚了一步，小健中的衣服已被浇湿了，就连头上和脸上也流淌着

尿水。

那一刻，屈辱化作仇恨，年仅八岁的季健中眼里噙满了泪水却没有哭，而是把牙齿咬得咯咯直响。

放学了，别的小朋友都一个个被爸爸妈妈接走，只剩健中一个人还在校园里。他多么想爸爸妈妈也赶快来接他呀！可是，爸爸被人戴上那么高的帽子推来推去，这个指、那个骂的，天黑了也不能来接他。同时，妈妈也没能再去医院，愁容满面的，他知道妈妈很委屈。他弄不明白这里边到底是怎么了，心里憋得满满的，看什么都不顺眼，遂无精打采地低着头在大街上走着。

家里发生了意想不到的变故，吃没吃的，喝没喝的，成天有担不完的惊、受不完的怕，这对于小小年纪的季健中来说，就像是天塌了一般，让他感到屈辱、苦恼和无助。

忽然，他听到铃铛的响声和"吁……"赶牲口的声音。扭头一看，他的身后驶来一辆马车，马蹄踩在铺满石块的街道上，发出"嘚嘚"的响声。

马车从面前驶过，并在不远的地方停下来。季健中不知道这是干什么的，就凑上去看热闹。

他看到，马车上坐着一个头上扎着两个羊角辫的小女孩。她身上穿着与鲁阳城里的孩子截然不同的蓝白相间的裤褂，脚上是一双黑平绒方口布鞋。他猜想，她这一身衣服，应该是大城市里小学生的校服。当然，最抢眼的地方，则是这女孩身边放着的一个大匣子和车上装的一个又一个大木箱。

这时候，季健中好像忘掉了一切烦恼，好奇地眨巴着眼睛直直地看着。

这是两个人的第一次见面。当然，他不是看她长得好看，也不是觉得她穿得洋气，而是那么多大木箱在马车上摞了那么高，这让他感到十分新奇。同时，也不知道她怀里的漂亮匣子是什么宝贝，他就想探个究竟。

她大概是没到过这里，一脸的茫然。大人们只顾与听到动静出来的左邻右舍打招呼，似乎把她给忘了。

小姑娘本就一脸愁容，这时就更不安了。因为车太高，她一个人下不来。

忽然，她发现了他，立时就有了主意，遂满面笑容地哎了一声。见他没有反应过来，便招了招像刚刚出塘的莲藕一样嫩白的小手，道："你过来一下好吗？"

季健中愣了下，意识到她要下车，就夌着胆子走近她。

"把手给我！"她是那么大方地笑着看他，并发出指令。

季健中虽然不好意思，但还是把手伸向对方。

她先是拉住他的手，然后身子一跃跳下马车。那样子，就像一道美丽的彩虹从他眼前划过，又像说书先生说的仙女那样，飘然到了凡尘。

季健中惦记着那漂亮匣子，又觉得对方亲切，就高兴地朝车上的大匣子指了下，道："那是干什么用的？"

"那呀？来，你帮帮我。"她拉上健中，两人合力把那匣子从车上取下来。打开匣子稍作准备，只见她的小手一拉，便嗡地响起一串动听的旋律，她笑着说："这是手风琴。"

"哇，这就是手风琴呀，怪洋气、怪好听哩！"

"那当然。"她扑闪着一双大眼睛，上下打量着他，笑眯眯地道，"你叫什么名字？"

"什么名字？那我可不能告诉你。"健中调皮地说。

"为什么？"

"你先说说你叫什么名字，我才告诉你。"

"我叫郑天天。"

"我叫季健中。"

"你多大了？"

"八岁。"

"我也是。"天天想了下，又问，"那你什么时候过生日？"

"什么时候过生日？"季健中皱着眉头想了下，不好意思地道，"我记不清了。不过没关系，回头我问问妈妈再告诉你，好吗？"

"好的!"天天道。

从马车上卸下来的大木箱沉甸甸的,季健中看大伙儿帮着往院里抬,就凑到天天耳边,神秘地道:"哎,那里头装的什么东西?那么沉,是不是金子银子呀?"

"哼,金子银子算什么?!"天天十分傲气地说。见健中愣愣地看她,天天就招招手凑到季健中耳边,悄悄地道: "那里边呀,全是我爸爸的书。"

"书?"季健中十分惊讶,道,"那么多呀,你爸爸一定很有学问啦?"

"那当然!"

"什么那当然?"

"我爸爸是教授。"天天显得很自豪。

"教授?"季健中一脸迷惘,道,"教授是干什么的?"

"教授嘛——"天天皱着眉头想了下,然后煞有介事地道,"就是有很多学问的老师呗!"

"那我可不信。"

"为什么?"

"那么有学问,你们怎么会到我们这个山沟儿里来?"

健中的质疑可能是刺痛了对方的心,天天脸上的笑容立时没有了。

第二天,校长领着一位新同学到班上来。季健中一看,乐了。因为,那新同学不是别人,正是新来的邻居——郑天天。

当时,季健中不知道天天家里的情况。可是街坊们明里暗里议论来议论去的,尽管他还小,不懂得多少道理,但还是什么都知道了。

原来,天天的父母都在大学工作,父亲是农学院的教授,母亲在校图书馆做管理员。学校开展"大鸣大放"的时候,天天的爸爸郑寒光是"不鸣不放"的典型。他深知自己的家庭社会关系复杂,经不起风吹草动。因为他的老岳父早在抗战时期就加入了国民党军统组织,是信(阳)汉(口)铁路爆破大队的一个头目。在国民党从大陆大撤退时,老岳父是要把他的女儿连同他一起带走的,可是他坚决不同意,加之岳父走得匆忙,从时间上说没来得及。眼下,政治运动来了,人家要揪你,就应了"欲加之罪，何患无辞"这句话。先是有人举报他在评论大食堂伙食时说过"猪血糊涂羊血汤（红薯面是黑的，像猪血；高粱面是粉红色的，像羊血），誓死跟着党中央"这句话，人家便给他扣了一顶"疯狂嘲笑党和政府粮食政策"的大帽子。接着，学校政治运动领导小组又接到举报，说郑寒光在和天天的母亲梁婉君结婚前，就和梁婉君的父亲有过接触，人家怀疑他早就秘密加入了国民党军统组织，是个潜伏下来的特务。面对举报，他让组织拿出证据，组织当然拿不出，不然他早就让人逮起来了。反过来组织部门要他说清楚，他当然也说不清楚，因为唯一能说清楚的人是他的老岳父，眼下他的老岳父又移民到美国去了，天各一方，相互不通音信，可以说是一段尘封的历史。同时，更让人感到迷惑不解的还有三件事。第一件，有人揭发他有前妻，之所以把人家抛弃了，是为了追随大特务的女儿梁婉君，说他郑寒光是个极其反动的家伙。第二件，说郑寒光的父亲生前在外地还有一窝，而且把孩子都抱回来了。后来一去无回，可能是办的事太过天了，被人乱棍打死了。第三件，说他是个没有廉耻的畜生，逼着自己的妹妹跟自己结婚，搞得妹妹没脸见人，跟一老头儿跑了。被人揪住不放了，而且腌臜极了，郑寒光说不出个黑籽红瓤，再加上老岳父的问题，这就是彻头彻尾的历史不清了。于是，郑寒光这一家子便在无情的嘲笑、谩骂和严酷的政治斗争中彻底遭了殃。天天的爸爸郑寒光被学校清理出来之后，她的妈妈梁婉君更不用说了。因为她有着国民党军统特务的女儿的特殊身份，这样，梁婉君在多重压力之下，被迫辞职，成了家庭主妇。眼下，梁婉君随着丈夫从城里被撵回老家来，自然而然地就成了鲁阳县鲁阳公社第十街道委员会第一生产队的一名社员。

在季健中心里，特务都是杀人放火，专门从事破坏活动的大坏蛋。对于天天这一家人，健中的直觉是挺可怕的。

有一天，季健中因爬高不小心摔伤了腿不能上学了，正感到苦恼的时候，天天不仅来看他，给他补习功课，还给他带来《神笔马良》《哪吒闹海》和《劈山救母》等连环画看。其间，季健中觉得天天一家人不像是坏人。

伤好后，季健中常常帮天天打扫院子里的卫生，也帮她把生产队分的蔬菜往家里拿。这二人，出来进去，成双成对的，俨然成了好朋友。

有一次，他见她拿个口琴在吹，就好奇地问："你都会吹什么曲子？"

天天欲说，忽又改了主意，且煞有介事地皱着眉头想了下，道："你想听什么？"

"你会吹什么？"

天天矜持地笑笑，道："我给你吹一支《我的祖国》吧！"

健中十分高兴，听完后又道："你还会吹什么？"

"你还想听什么？"天天显得很骄傲。

"我想听的可多了。"停了下，健中显得十分调皮地又道，"只要你吹，我都爱听。"

"那我要是一个劲儿地吹呢？"天天故意逗对方。

"那我就不停气儿地听。"健中不假思索地道。

皱着眉头，她天真地想了下，道："我给你吹一支《北风吹》吧。"

"好啊，吹吧！"

天天沉思一下，忽地想起，遂哎了一声，又道："我想起来了，你不是会唱这支歌吗？"

"我呀，不仅会唱，我还会曲谱哪！"

"那好啊，我吹，你唱，好吗？"

"好！"健中显得特别高兴。

没有经过训练，山城里孩子的原生态声音和着口琴声，一个吹，一个唱，逗得一旁的天天妈妈一个劲儿地笑。

天天更是特别激动。她用手甩了甩口琴，又用琴布擦了擦，大大的眼睛热辣辣地看着健中，忽然说："来，你吹吹试试。"说着，把口琴递给健中。

"不行，我没有吹过。"健中嘴上这么说，但他心里早就跃跃欲试了。

"没关系。来，我教你。"天天说着，俨然是个小音乐家，一边做示范，一边道，"你看，这个大拇指扣住这边，这四个指头伸直，平放在口琴背面。右边这四个指头轻轻压在口琴盖板上，大拇指轻轻按在这里。好了，吹奏时右手把口琴来回移动就可以了。"

健中按照天天教的方法，慢慢地学着。

天天鼓励说："吹吧！慢慢儿就找着感觉了。"

健中试着吹了一会儿，还真的找着了音调。

"对！好！！真好！！！"天天一边鼓励着，一边跟着口琴吟唱道，"北风那个吹……"她见他握口琴的手势不到位，而且第一次拿住口琴，还不知道颤音演奏技法。"你的手得动起来，吹出来的声音才好听。"天天接过口琴，一边吹，一边演示着，道，"这样——右边这只手不断扑动，韵味就出来了。"

"让我再试试。"健中坚持着吹起来，不一会儿就学会了颤音。

"就是这样。吹吧！"天天说着，忘情地跟着旋律一边唱，一边跳，那样子，活像个小天使——

北风那个吹，

雪花那个飘，

雪花那个飘飘，

年来到……

这情景，再次把天天妈妈的目光给吸引过来，她禁不住赞叹道："这孩子，真聪明！"

那天，季健中接了天天送给他的口琴，走了几步又忽然想起什么，就神秘兮兮地朝天天招招手。待对方到了跟前，他就道："那天没想起我的生日，我现在告诉你——明天。"

"明天?!"天天感到十分惊讶，忙回头对正在择菜的妈妈道，"妈妈，他也是明天生日。"

天天妈妈也十分惊讶，道："哎呀，这么说，你们是同年同月同日生呀！"

"是吗?"健中愣愣地看着天天妈妈。

"是的。"天天妈妈道，"明天放学了你过来，我给你们俩一块儿过生日。"

见健中没吱声，天天忙拉住健中的手，乞求道："好吗？过来嘛！"

健中有点不好意思地嗫嚅道："那好吧！"

十年后。

知识青年上山下乡的历史大潮席卷全国。季健中和其他知青一道，来到五棵树人民公社沟口大队沟口村生产队，接受贫下中农再教育。

那年月，地处大山深处的沟口村穷得叮当响。每日里，早晚两餐大多离不开红薯和红薯干，甚至连玉米糁儿糊糊也喝不到嘴里。中午这一餐，不是黑窝头搭配芥菜丝儿、韭花儿，就是红薯面条儿，想见个油花儿都很难。

可是，在山里住着，为着免受狼扒子的骚扰，每到晚上喝汤的时候，就是人饿着肚子，也得给狼扒子留下点吃食儿。这样，只要狼扒子有东西吃，就不会骚扰屋里人。

五棵树大山里，狼扒子的体形比草原狼还要大，像半大个儿的牛犊子，昼伏夜出，两只眼睛发绿光，人们大老远都能看见。这种野畜生，只要不是饿急眼了，一般情况下，也不会主动攻击家畜和人类。可是，在知识青年上山下乡的那个年月里，健中他们所在的生产队，人均不足半亩地，又是种在云彩眼儿里，只能望天收。社员们生活困苦，狼扒子更是时常饿肚子。健中他们的房东们，就不止一次碰上狼扒子摸到村里祸害人，甚至还发生过小孩子被叼走的险情。

那时候，农舍都是土打墙。为了防备狼扒子，社员们就在墙的四周用白石灰刷上笸箩那么大的圆圈儿，晚上可以隐隐约约看见。狼扒子不知道那是什么，一看到白圈圈儿就不敢到跟前来。可是，久而久之，狼扒子还是来了。

这天晚上，看到往常放吃食儿的地方什么也没有，饿急眼的狼扒子兽性大发，对着屋门扒起来。知青们吓得直哆嗦，一个个蜷缩在被窝里不敢出声儿。

往常，狼扒子也多有扒门的时候，但一找着吃食儿就不扒了。可此时却不然，扒了好一会儿还在扒，而且动静越来越大，大有不把门扒开绝不罢休的意味。

半夜三更里，屋门被扒得咕咕咚咚响，季健中知道狼扒子灵性得很，是闻到了人的气味，一味要把门给扒开。担心屋里睡着的七八个知青兄弟无法对付，季健中忽地折起身点着了灯。想到刚睡觉的时候，云霄翔鬼鬼祟祟地从厨房里溜出来，留下的狼食儿保不准没有放在外边，而是趁巧被他吃了，于是就走过去。季健中见他蒙着头一动不动，知道这种情况下谁也睡不着，遂没好气地伸手拉了下被子，让对方的头露出来，附耳道："二哥，狼食儿呢？是不是被你偷吃了？"见对方愣愣的却不吱声，季健中猜出没有屈说对方，不无埋怨地说声"你呀"，遂匆匆穿上衣服，然后找出房东老大爷特意送来的麻秆。

麻秆，是沤了麻之后又埋在草木灰里经过特别处理的。其最大特点是引燃后十分耐用，而且一般情况下不会起火苗，只要有三尺来长那么一段慢慢儿烀着，基本上就能走几里地。一来面前有个小火炭可以照照亮，走路不会失足跌到崖下去。二来狼扒子不知道小火炭是个什么东西，一明一晃的，它就不敢到跟前来。

季健中把麻秆擩到灯头上引着，然后从门道眼儿塞出去，不停地晃动。麻秆燃起的火星四溅，狼扒子见了，立时便向后退去。

见狼扒子果然怕火，季健中弯腰提好鞋，准备开门出去。

这时，和季健中挨铺的安心平急了，道："健中，你干什么?!"

季健中扫了大家一眼，见伙伴们一个个为他担心着急的样子，道："不把狼扒子赶跑，这一夜咱们谁也睡不成。"说罢这话，他哐一声拉开门，挥舞着麻秆冲到院里去了。

与此同时，安心平也来不及穿衣服，就穿一个大裤头儿，忽地蹿过来攥住了门后的镢头把儿，和另外几个知青一道冲出屋子。

来扒屋门的不是一只狼扒子，而是两只。因为，季健中看到四只灯泡一样绿莹莹的眼睛。

这么冷不丁地跳到院子里，季健中也就是想着把狼扒子吓跑算了。可一看到狼扒子往后躲，又见安心平几个人攥着家伙都冲出来了，心里就更有底气了。他朝狼扒子大骂一声，道："奶奶的，你小子也有怕的时候！"叫骂声中，季健中挥舞着手中飞溅着火星的麻秆，呼呼地耍了几下，然后冲上去，带着伙伴们，直把狼扒子撵过小溪，看它们钻进原始森林方才罢休。

第二天，社员们听了撵狼扒子的事，大队革委会主任张枣根上下打量着季健中，愣了好一阵子，猛地竖起大拇指，道："中！你小子有种，像咱大山里的孩子！"

这天，张主任打公社回来，匆匆忙忙来到热火朝天的农业学大寨建设工地，抖了下手里拿着的表格，不无遗憾地道："健中，希望你不要把沟口村的贫下中农忘了。"健中就要被招工回城了，作为大队革委会主任，也作为房东，张枣根心里还真的舍不得。

尽管季健中早已听说沟口村有个回城的指标，但猛一下他还是没有立即回过神来，遂愣愣地啊了一声。

"别愣着了。"张枣根道，"上级下来一个指标，给你了。"

这消息立时就在知青点儿炸了锅。特别是云霄翔，尽管季健中都把指标拿到手了，他仍然不死心，并找到大队革委会主任家里软磨硬泡，张枣根无奈，就说："你们十几个知青就一个指标，只要季健中同意，你们商量去吧！"

面对喷香的猪头肉和满上的酒，季健中道："霄翔，咱们是结拜兄弟，情同手足。至于回城的事，虽然我拿到了指标，但我不走。"

"那正好。我有失眠症，整夜整夜睡不着，你看看我都瘦成皮包骨了，我不能死在这里。回城的指标，三弟，你让给我吧！"云霄翔急得只差喉咙里没有伸出手了。

季健中十分无奈地道："你知道，大哥得走，妈妈中风了，现在还在床上躺着。"见对方红着眼愣愣地看他，季健中知道这是无奈的事，遂安慰道："放心吧，二哥，如若再有机会给我指标，我就是老死在这里，也一定把指标让给你。"季健中开门欲走，却见安心平在门外站着，猜出内中缘由，季健中忙道："大哥，你干什么？"

安心平道："还是让老二走吧！"

"咦，你不要管了。"季健中打了下手势欲走，却听到屋里传来一阵响声。

二人回头一看，云霄翔早把桌子掀了。

第一章　风雪上任路

二十年后。

这天，呼啸刺骨的东北风裹挟着细小得像虮子一样的雪糁儿，铺天盖地而来。顷刻间，山路变得白茫茫的。

突然，一辆"北京"牌吉普车在轰鸣声中爬上山梁，然后一低头就从上边俯冲下来。看得出，驾驶员是个行家，而且是在这条道上常走的人。若不然，遇上这样的坏天气，又赶在陡峭的山路上，他无论如何也不敢把车子开得那么野。

看样子，他有三十八九岁，瘦削的瓜子脸，炯炯有神的大眼睛，肤色红润，体魄健壮，眉宇间无不透着知识分子的机敏、睿智气质和劳动者宽厚、豁达的神韵。他便是季健中，时下的国营鲁阳联营石墨矿矿长。

五年前，鲁阳县为把资源优势转化为经济优势，季健中作为县经贸委下派到鲁阳炭材厂挂职锻炼的副厂长，被政府一纸调令，派到了距县城七十多公里之外的大山深处，任石墨矿筹建处第一副处长，负责现场的全面工作。

七山二水一分田，这就是鲁阳的地理环境。但令人想不到的是，在这个地瘠民贫的大山深处，却蕴藏着质量高且储量丰富的石墨资源。可是，国家级贫困县，要想在这大山深处建矿，其困难程度可想而知。首先是没有路，更别说电和水。面对新的挑战，季健中二话没说，和同志们一道，白手起家，硬是在云彩眼儿里打通了路，架起了电线，引来了水，建起了一个现代化的石墨选矿厂。接下来，他凭着一股拼命精神和科学管理，在很短的时间内，就使石墨矿一举成为鲁阳县最大的出口创汇企业和利税大户。

为了带动地方经济快速发展，季健中初中时的同班同学、时下的鲁阳县常务副县长刘振国亲自带队到矿上来，和工人们同吃同住，蹲点调研，并将石墨矿经验在全县推广。一夜间，从沟口村知青点一路走来，披荆斩棘、逢山开路、能打善拼的季健中的名字，便在鲁阳城乡传开了。

眼下，随着改革开放的大好形势，县委、县政府提出了工业总产值三年翻一番的经济发展目标。围绕这一中心任务，石墨矿年度主要工作计划已经报上去了，剩下的就是甩开膀子大干了。

可是，正当季健中和班子成员研究落实新的生产任务时，桌子上的电话铃声突然响了。

电话是县委组织部打来的，要季健中立刻下山，刘副县长在办公室等他。

临年靠节了，新的生产任务也都安排下来了，这时候到县政府还能有什么重要事情呢？

对此，季健中一头雾水。

七十多公里山路，又赶在风雪天里，季健中只用了两个多钟头，一路颠簸，回到了县城。可是，就在汽车将要驶进政府大院时，他不得不来个急刹车。因为，面前停着一辆自行车，有个人正在那里整理雨衣往身上披，把大门挡住了。

"不当不正的，真会找地方。"季健中禁不住在心里埋怨了一声。看着对方慢腾腾的，他心里着急，遂"嘀嘀"摁响喇叭，然后推开车门探出身子，一头火星子地道："哎，同志，请让一下好吗？"

"哎呀，是健中呀！"随着说话声，那人整好扣子，抬手摘掉刚刚戴在头上的雨衣帽，露出面容。

此人四十一二岁样子，中等身材，不知是用脑过度还是遗传，不仅发了福，而且谢了顶，露出光秃秃的大脑门。眼睛虽小，但很机灵，给人的感觉是那种很会来事儿的样子。

季健中一看是县经贸委的副主任、自己的顶头上司冯建义，被吓了一跳，急忙跳下车，十分惊讶地道："是冯主任呀！下着雪，也不带辆车子。"

"副的，哪能跟你这大矿长比，方向盘一磨，雷动风响。"冯建义嘿嘿笑着，打量着面前的季健中，心里禁不住一动，试探道，"下着雪，滑踏踏的，你怎么这时候下山了？"

"唉，不知道什么事，催着让赶紧回来。这天气，真要命。"

"咦，那一定是有急事。"说话间，冯建义听见脚步声，扭头看见是县政府通信员用报纸遮挡着落雪跑过来了。猜出对方的来意，遂急忙搬起车子把路让开。

通信员道："季矿长，刘副县长正等你呢！"

"好的！好的！"季健中应着，抬手跟冯建义打了个招呼，然后凑到通信员跟前，亲切而又迫不及待地道，"什么事？给咱透透风儿。"

通信员笑了，道："这咱哪儿会知道。"

季健中知道对方嘴严，守的是工作纪律，遂伸出手，带着夸奖和赞许，拍了一下对方的肩膀，然后转过身去，钻进车里，轰隆响着把车开到院子里。

下来车，他整了下衣着，遂快步朝楼上跑去。样子潇洒，精神饱满，行动利落。

大概是听到了动静，季健中在楼梯口一转过身来，就看到刘振国已在办公室门口站着。健中熟不拘礼地道："哎呀，我的县长大人，有什么事打个电话不就行了，还用得着专门等我呀！"

"哎，你是功臣，我哪敢怠慢呀！"两人握了握手，寒暄着进了办公室。

看着通信员倒了茶出去了，这个从组织部部长任上调整担任常务副县长的刘振国，没有到他的办公椅上去坐，而是随手拿起健中刚刚放在面前的车钥匙，腾出一块地方，把茶杯放在那里，意味深长地道："健中呀，有件事非常急，事先没有给你打招呼就决定了，是我的主意，有意见你可以提，但必须执行。当然，要发火的话，你记着，不许给其他人发，就朝我一个人。"

季健中听得愣住了，正要低头喝茶，立马就停在那里，道："老同学，有什么事，请直讲！"

"是这样——"刘振国道，"你知道，炭材厂是在改革开放的第二年成立的地方国有企业，早几年还是县里的利税大户。可眼下，他们遇到的实际困难要比外界想象的大得多。林厂长是个非常有魄力的人，可是他也扛不动了，撂挑子不干了。"

季健中听此，心里立时就明白了。他忽地站起来，碍着口不想说，原地走了两步，可终是憋不住，又挨肩坐了下来，道："刘县长，我可以发表个人意见吗?"

"当然可以。"

"那好。"季健中道，"论私，咱们是老同学，你长我半岁，你是哥，我自然得听你的。论公，你是常务副县长，我还得听你的。但我得提醒你，你可是最讲民主的。眼下，不管炭材厂有什么情况，你也别打我的主意。因为，石墨矿的工作千头万绪，生产任务又重，那边的差事不轻松。"

"唉！这我知道。"刘振国道，"你不是常说'革命战士是块砖，哪里需要哪里搬'嘛，现在炭材厂需要你。为此，我和在中央党校学习的王书记汇报过，他让我拿主意。"

"什么?"季健中愣了下，忽地站起，急得瞪大了眼睛，一副要跟人吵架的样子。

刘振国见对方急眼了，遂伸手把对方拉到沙发上坐下。他知道对方的脾性，哪怕是再难办的事情，只要搁在他身上，他定会给你一个惊喜。想起此事办得有点独断，但作为主管领导，针对季健中这么个人，他觉得不独断实难把事情办成，便推心置腹地道："我知道你不会同意，可眼下你是最好的人选。一方面，你在那里挂职锻炼过，对情况比较了解，群众基础也好。另一方面，石墨矿和炭材厂都是联营企业，情况比较相近，你去了指定比别人上手快。"

季健中愣住了。想到当初在炭材厂挂职锻炼时，被个别人排挤出去发配到深山里的往事，他心里有气却不好说出口，遂笑了下，以老同学的口气道："振国，你再想想，还是让我留在山里吧，我习惯了那里的生活，更知道山有多高、水有多深。不敢说大话，但我有把握，三年内，利税会翻番的。再说了，鲁阳太穷，好不容易把石墨矿弄得像回事了，那不是也不敢轻易松手嘛！"

刘振国叹了口气，接道："说句实在话，有石墨矿那一摊儿摆着，包括陈明县长在内，都不想轻易把你调出来，可眼下这件事没有商量的余地。"

季健中见刘振国一脸严肃的样子，呷呷嘴，不解地道："没想到你也学得这么霸道。"

刘振国道："工厂里近二百来号人没饭吃，我要再不学会霸道，那就是罪人。"

季健中半生气半开玩笑地道："你是个好官，你心里装着基层群众，可是你也不能把我往火坑里推呀！"

刘振国道："看你说的，怎么会是火坑？炭材厂是靠科学技术发展起来的，是咱鲁阳大山里飞起来的金凤凰。"

"那是过去，现在不是趴下了嘛！"季健中说这话的时候，带着一脸的严肃。

"不趴那儿，能叫你去吗？"刘振国的脸也沉下了，道，"再说了，炭材厂即便是个火坑，要是推下去一个人，能救活一个企业，这笔账搁在你面前，你怎么算？"

"我知道那里水有多深，林厂长都弄不成的事，我能行吗？"季健中道。

"正是一块难啃的硬骨头才让你去的。"刘振国道。

"行了，我说不过你。"季健中知道老同学的脾气，一旦决定了的事情，要想让他改变，实比登天还难。"你是如来佛，俺是孙猴子，什么时候俺也跳不出你的手掌心。"季健中看胳膊拧不过大腿，就采取了迂回策略，嘿嘿笑了下，套着近乎，想了下，又道，"这样——这件事不让你作难，我找陈县长。"

"找陈县长不行，要找，你找他们去——"说着，刘振国起身走过去。他拉开抽屉，从里边取出一封信晃了下。

季健中不知道刘振国跟他玩儿的什么弯弯绕，愣了一下神，道："这是什么?"

"信。"

"信?"

"对,是炭材厂一帮工人写给县委的信。遇到困难了,大家伙儿没了办法,他们恳请县委,指名道姓要你季健中到炭材厂去。"刘振国说着,把信递给季健中。

打开信纸,见简短的请求信后边缀了一大串名字,而且全都按着鲜红的指印,季健中禁不住愣在了那里。

"别愣着了,组织部高部长正在联系,他们会先到炭材厂摸摸情况,如果没什么问题,下午我陪你过去上任。"说着,刘振国拿起桌子上放着的炭材厂资料,"当年你在炭材厂挂职的时候,那还是一二代产品,现在和南方院联合经营,已经有了第三代和第四代新产品。同时,为上大高炉,第五代新产品也正在研发中。炭材厂的技术储备工作还是很超前的。你看一下,心里也好对炭材厂这几年的总体情况有个大致了解。"说罢,刘振国把手中的材料递给季健中。

季健中看了下,盯着刘振国,道:"既然非得去,你总得给我说说当下厂里在联营方面的实际情况吧!"

刘振国十分严肃地道:"炭材厂与南方院是一九八三年开始搞横向联合的,这你知道。但由于联营之初就存在的利益之争始终无法解决,这就逐渐演变成矛盾。当前,受大的经济环境影响,与冶金关联度紧密的耐火材料企业和钢铁企业一样,生产下滑,利润锐减,炭材厂不仅停产,而且停水、停电,到目前为止,全厂上下已经有六个多月没发工资了。另外,关系闹僵了,南方院拿营商环境差说事儿,不仅易地又建了个炭材厂,而且堂而皇之地把林厂长好不容易拿到手的生产合同也给转移走了。理由是,生产资金跟不上,不能眼睁睁等着违约受罚。现在,工人没活儿干,外债又欠了一大堆。租人家的土地,没钱给人家占地款。就是现在,工厂的大门还被村民们堵着。"

"这个南方院,真是岂有此理!"

"这件事办得是有点过分,但人家从自身利益考虑,我们也没有办法。"

"这分明是没安好心嘛，明摆着是把炭材厂扔在一边看笑话的。"

"实际情况就是这样。"刘振国不无担忧地道，"健中啊，我已经给南方院通过电话，有关选派厂长一事，这是我们的权限，他们自然没有什么不同意见。我要告诉你的是，当前的炭材厂，人才、技术以及市场销售，还全都在南方院专家们手里握着。说白了，我们就是跑龙套的，这是致命的问题。怎么发展，你要有通盘考虑和长远打算。同时，炭材厂人员结构比较复杂，你也要有足够的思想准备。"

"放心，我会尽力而为。"说罢这话，季健中想了下，又道，"企业趴下了，你打算给我多少救急资金？"

"你不会忘了我们是国家级贫困县吧？！"刘振国道，"政府机关也已经三个月没发工资了。老同学，这事难为你了。但我相信，你一定能尽快带领企业走出困境。"

时下，受多重因素影响，鲁阳炭材厂就像是一头疾病缠身的老牛，虽苦苦支撑，但终因力不从心倒下不能动弹了。

为了占地款，四里营的村民们风雨无阻，为讨债采取了极端措施，开来一台拖拉机把厂门堵住了。

当然，拖拉机堵门不是不让人进出，而是不让车辆进出。与拖拉机顶头，停着一辆"东风"牌汽车。当时，厂里要往外发货，就要出厂时被堵住走不了了。理由是，厂里不把欠村里的占地款拿出来，村里就不让厂里的车出门。

此刻，呜呜叫着的东北风吹着满地雪糁儿，打空旷的院子里刮起来，顷刻间面前便一片迷茫。

由于地方财政穷得可怜，建厂时县财政拢共才给炭材厂划拨了八万元钱，老厂长温来运无论如何也不敢在厂房和其他非生产设施方面多花一分钱。眼下，尽管南方院来了以后，相继扩大了生产规模，起点也高了不少，但除了盖了一座四层办公楼，完善了实验室，又在厂院里建了个八角亭，修了座假山，算是曲径通幽之地，用以装潢门面、供员工休闲娱乐之外，别的就不敢奢望了。

雪天里，鸟儿大概是在窝里饿得待不住了，有四五只鸽子，还有几只麻雀没地方落脚，就飞到院子中间的亭子里。借助亭子的遮蔽，下边有个地方没有落雪，这就为鸟儿提供了栖息的场地。寒冬腊月里，万物萧条，地里找不到虫子，连粒草籽也觅不到，这就把鸟儿们饿急了。如此这般，鸟儿们就到亭子里来了。在往常，亭子里会落下一些馍渣什么的，可此时厂子里霜打了似的没有人气，鸟儿们什么也找不到，叽叽喳喳叫唤着折腾了一阵就沉寂下来，一个个没精打采地缩着脖子蜷曲着，闭着眼睛在那里苦熬。

突然，鸟儿嗡的一声全飞走了。

惊起鸟儿的是位年近半百的人。他中上等个头儿，体态偏瘦，特别是他的脊背，已经明显地驼了，加之他颧骨高，使得他的眼窝就有些深，猛一看，给人的第一印象，就是那种饱经沧桑、看破红尘的人。在这滴水成冰的季节里，他头上戴的漂亮的棕黑色栽绒四块碗儿帽子，是他从部队上转业回来的儿子给的。从他那戴得端端正正的样子猜测，他不仅喜欢这顶帽子，更对有个当兵回来的儿子感到骄傲。一条说不准是黑色还是深蓝色的半新不旧的线围巾在脖子上绕了一圈，而长长的缀着线穗的巾梢则在胸前垂着，衬得人既朴实、敦厚，又大方、讲究。此人叫奚道强，是鲁阳炭材厂的党支部书记。

也就在刚才，奚道强突然接到县经贸委打来的电话，说冯副主任陪着县委组织部的高部长马上要到厂里来，让他设法通知一下，先开个小会摸摸情况，如果没有意外，随后会宣布重要决定。

这消息就像是一支强心剂，让奚道强立时兴奋起来。因为林如山厂长辞职不干了，厂里没了领头人，万般无奈之下，为了不让权力落到一些别有用心的人手里，他已经在下边有所行动。此时，组织部来人了，不是任命厂长，还能有什么事呢？对此，奚道强在高兴的同时，也十分着急，因为工厂的大门还被人堵着。

"那谁？小王！王自力！"奚道强大老远就喊起来。

听到喊声，正在值班的王自力撩起门帘从狼烟地动的门卫室里钻出来。但还没等他搭上腔，就听奚道强道："四里营的人呢？"

王自力正要答话，却见两个吊儿郎当的年轻人跟脚钻出来，其中一人把话接了过去，道："表舅，弄啥哩？是不是有钱了？"

"有棒槌！快些吧三娃，一会儿上边来人哩，赶紧把拖拉机开到一边去。"奚道强见对方磨蹭着不动，遂训斥道，"还不快些，堵住大门，连车都出不去，指哪儿来钱?!"说话间，从口袋里掏出一盒香烟甩手扔给牛三娃。

恩威并重，奚道强实想着对方会把大门给腾开，哪知牛三娃接了烟也不买账。他把烟拿在手中看了看，又使劲用鼻子闻了闻，嘿嘿一笑，喊了声"表舅"，道："别怪外甥不听您的，就是听也不好使。咋说哩，一盒'老黄皮'管屁用?!"说着，牛三娃朝一旁的年轻人挤眉弄眼地看了下，又道："孬蛋，你说哩？"

听牛三娃这么说，孬蛋有心附和，又碍着自己是炭材厂的人，且在书记面前，他就不得不有所收敛，遂嘿嘿一笑，和起稀泥来："一盒是不多，可那是俺书记给你的，这就是面子。"

"面子值几个钱？不好使。"牛三娃道。

看牛三娃一副泼皮样，奚道强明白面前的人做不了主，遂不耐烦地又回到办公室。查找着电话号码，奚道强看见王自力也跟脚过来了，就情不自禁地发起牢骚道："尽是吃良心羔子，厂里红火的时候看谁跑哩欢，只恐巴结不上。眼下，多少遇到点儿困难，这就墙倒众人推。小王，你跑两步，设法弄条烟给三娃鳖子送过去。"

看着王自力应一声走了，奚道强找到电话号码拨了一通，听听没人接，他又急忙返回来。这时，王自力拿着烟也跑过来了。看着牛三娃接了烟美得合不拢嘴，奚道强道："快点吧，刚给二娃联系过，他一会儿过来，让你先把车开到一边去。"

"好啊！"牛三娃说。

见对方嘴上说着，身子却没动，奚道强催促道："鳖子，快点儿吧！"

孬蛋知道牛三娃没有拖拉机车钥匙，开不走车，就在一旁半真半假地道："就是，看把俺书记急得，快点儿把钥匙拿出来。"

"那我得想想车钥匙放哪儿了。"牛三娃说着，左找右找，故意和奚道强绕圈子。

看糊弄不住也指挥不动对方，奚道强遂半真半假地道："鳖子们，一个个全是白眼儿狼。再不挪开，我找人把拖拉机给鳖子们砸喽！"

听了这话，见对方着急忙慌的样子，牛三娃禁不住笑起来。笑罢，他左右看看，看到墙角的坏扫帚把儿，遂拿在手里来到近前，道："表舅，有劲儿您砸吧，省得您外甥在这儿冻得饿猴样受洋罪。"

"你当我不敢砸？"奚道强说着，接过扫帚把儿举了起来。但他没有砸拖拉机，却向牛三娃挥去，吓得对方赶紧躲到孬蛋背后，左一下，右一下，与奚道强玩起捉迷藏。

这时候，一辆绿色吉普车开过来，在厂门口停下。车门一开，冯建义首先跳下来。看见拖拉机堵着大门，冯建义对掂着手提包从后排下来的高部长道："你看看，高部长，四里营的人太忱王法了，国有企业的门他说堵就堵。"说着，滑滑踏踏来到院门前，侧着身子进了院子，正看到奚道强挥舞着扫帚把儿要收拾牛三娃，遂嚷嚷道："奚书记，还不赶快叫人把拖拉机挪开。"

一看是冯建义来了，奚道强赶紧连声道："是、是，正安排着哩！"说着，朝冯建义指了下，对牛三娃道："这是冯主任，是县上的大领导，有重要任务，赶紧把拖拉机开到一边去。"

"冯主任是谁？"牛三娃眯缝着眼看着奚道强又开始犯浑了。但还没等奚道强开口，紧跟着过来的高部长打手势制止了他。

来到近前，高部长见牛三娃愣愣地看他，遂不慌不忙地从手提包里掏出一个信封，道："我叫高平，是组织部的。你是四里营的人吧？"

"是又咋着？"牛三娃翻着白眼看了看高部长，一副混混儿相。

高平笑了笑，晃了下手里的信封，正要开口说话，突然一股风雪刮来，吹得他倒噎气。

"高部长！"牛二娃一边进来厂院，一边喊道。

高平扭头一看是牛二娃到了，叹了口气，戏谑地道："你牛主任行啊，哭穷都哭到县委书记办公室了。"说罢，把手里的信封递给连连喘着粗气的牛二娃。

牛二娃愣了下，道："这是什么？"

高平道："机关党员捐了款，给你们村买了獭兔，支持你们发展养殖业。这是发票。"

一听盼到了扶持项目，牛二娃立时眉开眼笑起来，道："谢谢高部长！"

高平一边和牛二娃握着手，一边道："别谢我了，赶紧把路腾开，待会儿刘副县长要来炭材厂，说是有重要任务。"

"好好好！"牛二娃连声答应着，伸手从衣袋里掏出钥匙，抬手撂给他的弟弟三娃，训斥道，"吭长一点眼色，赶快把拖拉机开走！"

"好嘞！"牛三娃应着，喜气洋洋地爬上拖拉机驾驶室，发动机器，轰隆隆响着把拖拉机开走了。

第二章　就职典礼上的怪事

工厂趴下了，上不成班了，炭材厂的小伙子肖汉伟，这几天也一直待在家里。

他一米七二个头儿，又白白净净的，不仅长得标致，而且聪明好学，中专毕业后来到炭材厂，无论说话还是办事，都有板有眼的。于是，他就被老厂长温来运一眼看中，先是从筑炉车间调出来安排在生产科当了统计员，紧接着又成了老厂长的准女婿。

按照两家老人商量好的日子，从眼下到结婚还有三四个月。闲着没事，肖汉伟就把身边的好伙伴李德昌和石惊天二人叫来帮着收拾新房。

说是新房，实际上也就是汉伟的哥哥结婚时住的两间西屋罢了。现在，哥哥和嫂嫂在单位搞到了房子，赶上弟弟要结婚，他们两口子就搬走了。

这几天，他们先把院子给整理了一番，接着又把屋子的土墙皮抢下来用石灰膏粉上了，剩下的就是搭浮棚。

就汉伟的意思，搭上骨架，用报纸一糊就完事，而且报纸已经搞回来了。可是，不知襄红怎么知道了，晚饭后都什么时候了又跑过来，表面上没说，但汉伟看得出来，对方想用石膏板吊顶。

在炭材厂，作为老厂长的女儿，襄红长得如花似玉不说，还是省纺织高等专科学校毕业的大学生，若要打个比方的话，那就是金枝玉叶。现在，尽管老厂长早就辞职不干了，但在肖汉伟心里，对人家襄红的爱，一样的不减半分。

按照汉伟的心思，今天的主要任务是采购吊顶所需的原材料，而且李德昌和石惊天二人一大早就来了。可是，天变了，风也特别大，加之又不是什么紧巴事，三人就决定歇一天。

前一阵子，遇上厂子到了低谷，肖汉伟不想把光阴虚度了，和爸妈磨了不少嘴皮子，又东挪西借，这才买了台电脑，开始学习电脑基本操作知识。

现在闲着没事，新房还没有收拾好，肖汉伟他们就在老地方把电脑打开了。可是，不知谁挑头说起厂里的事，电脑立时就被闲置到一旁。

围绕早几天给县委写的请求信，这三人议论的焦点，就是当下县里的出口创汇大户——石墨矿这个明星企业的当家人季健中，能不能遂大伙儿所愿到早已趴下的炭材厂来。

经过分析，能言善辩外号"能豆儿"的肖汉伟断定，只要县委出面，人一定会来，而且理由很充分。因为炭材厂是国有企业，也曾有过辉煌，谁都不想它就这么趴下。同时，作为党员干部，服从组织调动，这是起码的原则。何况人家季矿长，能在大山深处那么一个环境下创建出那么好一个企业，其思想境界，远不是一般人能比的。否则，大伙儿也不会写请求信，指名道姓要这个人。与其针锋相对持不同看法的是石惊天，其理由也合乎情理。毕竟，刚建成一个石墨选矿厂，那得花费多少心血呀！就像自己的孩子，一把屎一把尿把其拉扯大了，谁能舍得拱手送人呀！再者，炭材厂这事那事的，实在让人闹心，若不然，两任厂长怎么都会撒手走人？季矿长那是什么人？是高人，眼观六路，耳听八方。更何况早年间人家在炭材厂挂职锻炼，那些乌七八糟的事，人家指定比谁都清楚。看着是坑，人家能往里边跳吗？

听二人互不相让，争论十分激烈，外号"闷不拗儿"的李德昌笑了。当然，他既不是中间者，也不趋向任何一方，而是默不作声地拿起桌子上的纸张看起来。

那上边是一首诗，《炉中煤》——

　　啊，
　　我年轻的女郎！

我不辜负你的殷勤，

你也不要辜负了我的思量。

我为我心爱的人儿，

燃到了这般模样！

啊，

我年轻的女郎！

你该知道了我的前身？

你该不嫌我黑奴鲁莽？

要我这黑奴的胸中，

才有火一样的心肠。

…………

　　一心扑在炭材厂，可眼下无所事事又怎么也不甘心，肖汉伟这是把名人诗篇拿来聊表心迹了。

　　李德昌懂得对方的心，一看是这么一首诗，禁不住摇着头道："不相信，怎么都不相信。大伙儿的心全都在厂里，炭材厂会弄到眼下这种地步。"这么说了，他伸手拿起一旁的笛子，指、气并用吹了个复滑音，然后收起笛子，禁不住叹了口气："厂里这样子，什么时候才是个头儿呀！"

　　"是呀！"石惊天对李德昌道，"人家汉伟吧，抄抄诗，明明志，既自在，又高雅，还能寄托一下情怀。你吧，纵然不上班，好赖有根笛子陪着，烦了愁了，也能自娱自乐一下。还有人家大个儿，英语底子好，给人家补习功课，不说挣钱，起码有个事儿。可我呢？我都快憋出毛病了。"说着，他伸手拿起一旁的扑克牌，"来，反正是呒事，甩两圈儿。"

　　"俗不可耐。"说罢这话，肖汉伟还嫌不够，又跟着补了一句，"胸无大志。"

　　"有志又如何？"李德昌打起不平来，"一群穷光蛋，说什么都白搭。"

　　"没那么低落。"肖汉伟来了激情，一边望着窗外的风雪，一边吟咏道，"有志者，事竟成，破釜沉舟，百二秦关终属楚；苦心人，天不负，卧薪尝胆，三千越甲可吞吴。"

"没到那个份儿上，逼急了项羽、勾践又如何？"石惊天傲气十足地道。

"看！这才是大英雄气概——惊天动地。"肖汉伟赞叹道。

"惊天又如何？"石惊天十分无奈地道，"这都闲出毛病了。不行的话，趁年关，贩点儿干果儿、卖点儿糖块儿也行。"

"就怕有人拉不下脸呀！"肖汉伟旁敲侧击道。

听了这话，石惊天傲气十足，反驳道："不是拉不下脸，咱这是不能为斗米而折腰。"

"非也！"肖汉伟道，"你是静不下心呀！"

"知我者，汉伟兄！"石惊天伸出了大拇指，联想到好端端的企业，他怎么也不相信会这么趴下死了，遂叹了口气，"要是炭材厂不停产放假该有多好呀！"

此话戳到了大伙儿的心里，三人情绪更加低落了。

是的，炭材厂的出路在哪里呢？要是大伙儿写了请求信，又一个个摁了手印要不到人该怎么办呢？几个人心里正这么毛呆呆不知如何是好时，随着自行车铃声响起，宋晓燕风风火火地到了。

宋晓燕是厂团支部书记，又兼着厂办副主任。

现在，新厂长要来了，为了尽可能地聚一些人气，把仪式搞得像个样子，她从奚道强书记那里领了紧急任务，尽可能地通知在家待岗员工返厂参加会议。

一听马上就要开会，季健中真的要来炭材厂了，肖汉伟、李德昌和石惊天三人先是愣了下，继而高兴得喊叫着跳了起来。

这时，襄红和母亲严瑾梅上街办事，大概是不放心，顺便把吊顶用的铁丝给捎来了。

一听是这么一回事，一向文静娴雅的襄红也禁不住拍着手跳起来连说太好了。然而，严瑾梅的反应就耐人寻味了。

她先是瞥了面前的人，紧接着冷笑一声，不无挖苦地嘟囔道："炭材厂情况特殊，不是谁都玩得转的。"

一旁，肖汉伟猜不透对方心里想的什么，更没听清说的什么。看到她们把铁丝都带来了，还当是说吊顶方面的事，遂喊了声"阿姨"，愣愣地道："您说什么？"

"说什么？我什么也没说！"严瑾梅言罢，示威似的抬手把滑到胸前的围巾猛地往背后一甩，欲走又觉得刚刚的举动有些过于外露，遂停下来，而且脸上也堆起了笑容，喊声"汉伟"，道，"吊顶是个技术活儿，不行的话，我给你找个人，人家是专门做吊顶的。包工包料，花多少钱，我安置。"

"不用不用！"见对方盯着自己看，知道是想岔了，肖汉伟忙分辩道，"阿姨，这么个事，不麻烦您，我们几个就行了。若说到花钱，那就更不能让您掏腰包。"

"谁掏都一样。"严瑾梅道。

一旁，过来通知人开会的宋晓燕见严瑾梅说罢要走，唯恐工作不到位，忙喊声"严老师"，道："下午厂里开会，您可别忘了。"

"知道。"严瑾梅朝外走了两步，见女儿愣愣地看她，遂用力拉了一把，生硬地道，"撕被面儿去哩，家里还有一堆事，你不走我走了。"

襄红想多待会儿，好问问新厂长要来的事。这见母亲催她，遂朝大伙儿笑了下，算是道别，然后跟着母亲走了。

看着严瑾梅离去的背影，大伙儿你看看我，我看看你，都对她这突然而来的喜怒无常的举动甚感疑惑。

下午两点，会议按时进行。

以前，厂里每逢召开大会，都在组装车间举行。现在要开会了，大伙儿猜想，即便怎么努力通知，真正能赶来参加会议的人指定不会太多。这样，会场就给安排在了二楼大会议室。这里有现成的凳子，大伙儿有地方坐。而且还有个蜂窝煤炉子，紧着生起火，屋里稍微暖和一些。

会议是临时通知的，时间紧，负责写会标的办公室主任郑光荣刚把字写出来，由于天冷正上着冻，准确地说，是把字冻到横幅上去的。这样忙活一阵，大伙儿刚把横幅挂到墙上，组装车间的余华星和成型车间的杨长根两个老主任，就各自带着人，排着队开始进场了。显然，找一个好的带头人带领企业冲出低谷，对炭材厂人来说，是多么急不可待呀！

厂里遇到坎儿过不去，又赶到年关，南方院的专家们一个都不在，两个副厂长在外地讨账没回来，厂长助理云霄翔刚刚还露了一面，这会儿又不知跑到哪里去了，厂党支部书记奚道强前后忙着布置会场，虽然很累，但心里很高兴。他抬头看看"国营鲁阳炭材厂新任厂长就职典礼"会标，虽然天冷还上着冻，显得硬邦邦的，但主题意思一字不差。扭头看见郑光荣把电线接上了，奚道强遂习惯性地拿起了话筒。用的次数多了，又没钱换新的，包着话筒的红绸早已破旧不堪。大概是觉得不怎么雅观，奚道强试图把扑散在下边的裙边折上去包住话筒，又没成功，这便只得放弃。对着话筒"喂"了两声，听到喇叭里有了回音，奚道强遂对忙得脚不沾地的厂工会主席何百松征求意见道："何主席，就这样吧？"

何百松搭眼看了看，就这么个条件，加之时间紧，怎么弄也不会好到哪儿去，遂附和道："就这就这，像那回事就行。"

这时候，冯建义副主任前边领着，组织部部长高平和常务副县长刘振国与身着雪花呢大衣、脚蹬高勒黑皮靴的季健中已经打外边走了进来。

刚刚还乱哄哄的会场一下子静了下来，现场所有人的眼光投向了季健中。

那情景，令人精神一振。

毕竟，早些年，季健中来炭材厂挂职锻炼，虽然时间不长，但他的朴实和奉献，还有他的敢于担当精神，给人们留下的印象实在是太深了。

比如，按县里有关规定，他在炭材厂挂职锻炼，厂里每月给他发十五元钱的生活补贴，但他一分没拿，全部交给厂工会，做活动经费使用。再比如，有个职工在大风天赶着上班，半道上被突然飘落下来的过街横幅迎面绊住，从自行车上摔下来胳膊断了，哭哭啼啼地说，拉横幅的单位承认横幅是他们拉的，但说横幅是被大风刮坏的，与他们无关。一听那家单位有些不近人情，季健中愤愤不平，就找他们讲理，最终让其赔礼道歉，并赔付了医药费等。特别是前段时间县里组织的"改革开放十周年先进事迹报告会"，作为石墨矿的当家人，季健中白手起家，仅仅用几年时间，就在大山深处建成了一座明星矿。他所走过的路，是多么坎坷，又是多么富于挑战性啊！

刘振国看奚道强安置好众人后自己坐在了台下边，遂招招手，道："奚书记，过来过来！"

奚道强犹豫着不好意思往主席台上就座，刘振国又道："上来呀，邢厂长和顾厂长都在外地出差，南方院的领导同志又早都回去过节了，你是书记，又是临时负责人，你要代表咱们职工同志，给政府偎偎堆儿呀！大家说是不是？"

一听刘振国这么说，众人遂应和着笑起来。

"那就欢迎欢迎！"刘振国说着，带头鼓起掌来。

现场气氛立时活跃起来。

会议由冯建义副主任主持，县委组织部部长高平宣读任职决定后，轮到了季健中发表就职演说。

事情来得太突然，真的没有任何思想准备，季健中显得有些不知所措，但他很快就镇定下来。他在感谢县委、县政府各级领导关怀信任之后，表态说："炭材厂我不陌生，相信大多数人都知道，我也曾经是炭材人。"

现场，许多认识季健中的人，一听这话，立刻便鼓起掌，以示自己的心声。

可是，也有人心里藏着这样那样说不出口的事情，听了此话，表情立刻就暗了下来。

严瑾梅坐在会议室后边的角落里，她的身边是几个和她走得近的人。此时，她的神情，仿佛祖上的老坟被人扒了那样难看。

同时，在办公楼一楼挂着"厂长助理"牌子的办公室里，季健中当知青时的结拜兄弟，绰号叫"黑蝎子"的云霄翔，暗中活动了多天，他是攒满劲儿要当厂长的，可一看是这么一个结果，肚子里就不仅仅是无名之火，还有满腔的仇恨。况且，碰到的又是季健中，云霄翔岂肯给人抬轿子？这便连会议也不参加，就躲在办公室里，紧皱着眉头，侧耳听着从外边传过来的声音。他那样子，既焦急不安、无可奈何，又不想就此罢了。

听着听着，"黑蝎子"云霄翔似乎想起了什么，虽然犹豫，但终是忍不住，忙拉开抽屉取出笔和纸。接下来，他仰着脸沉思了一会儿，遂低下头，刷刷地写起来。

在会场上，季健中正激情满怀地讲道："炭材厂是我们鲁阳人的宝贝，更是我们炭材人的骄傲。可是，由于种种原因，当下遇到了困难，职工放了假，甚至连大门都被村民堵了。但我想要说的是，这只是暂时的困难，面前的坎儿我们一定会迈过去。"他看着大家，又信心满满地说："因为，我们亲手生产出来的产品用在了高炉上，为我国的冶金工业做出了很大的贡献。再者，我们有县委、县政府和经贸委领导的大力支持，有全体干部职工想要炭材厂站起来的美好愿望，我们一定会走出困境，重振雄风。今天，我站在了人生的十字路口，接受组织和全体职工的考验，担起炭材厂发展这副重担，我感到既荣幸又惶恐。荣幸的是，我又有了干事创业新的用武之地。惶恐的是，摆在我面前的是又一个亟待破解的全新课题。我不知道能不能做好此项工作，更担心辜负组织的培养和在座的广大干部职工的殷切期望。但无论怎样，我都会用心工作，和大家团结一致，奋力开拓，再创炭材厂的新辉煌！"

会议室里响起热烈的掌声。

这掌声，对绝大多数人来说，是发自内心的高兴和欣慰，但对另外一些人就不是那回事了。

就像严谨梅，她就对这掌声感到十分厌恶，而且怎么都无法接受，更无法原谅。但，天下的事就是这样，任谁的手再大，也无法把天遮住。于是，严谨梅管不住别人，就把怨恨发泄到她的女儿襄红身上。

就见她歪着头使劲儿咳嗽了下，襄红听到咳嗽声扭头看她，只听她压低声音咬牙切齿地道："死妮子，就不嫌手疼?!"襄红听此，正拍的手就停在了那里。

回过头来，严谨梅看肖汉伟乐得合不拢嘴，巴掌拍得比谁都响，她就探过去身子，又打着手罩子，诡秘地道："你是捡到元宝了还是吃笑豆儿了，恁高兴?"

掌声里，肖汉伟没听清对方说的什么，还当是有什么事，就也探着身子，道："阿姨，您说什么？"

严瑾梅本是要掉饬对方一句的，可是她见引起了旁人的注意，遂道："我什么也没说。"语气虽然生硬，但毕竟是在准女婿面前，她就不是像对待女儿那样锋芒毕露，而是皮笑肉不笑地笑了下。

接下来，严瑾梅怎么都坐不住了。她站起身把凳子往旁边猛地推了下，遂昂着头气哼哼地打后门出去了。

在楼梯口，见云霄翔停下来趄着身子看她，严瑾梅满心的无名火怎么都压不住，遂吐了口唾液，道："龟孙，呒一个好人。"不难看出，云霄翔也是她的仇人。

这时候，外面的天阴得更重了，先前的雪糁儿也变成了鹅毛大雪。

可能是相互传递了信息，停产在家的职工们听说新厂长到了，这时候几乎全都赶来了。室内地方小，人们挤不进来，就站在楼道里。有的从门口朝会场里看，有的趴在窗台上，而更多的则是什么也看不见，就那么愣愣地站着，屏息聆听着喇叭里传出来的声音。棉絮似的雪花随风飘过来，落在了人们的脸上、身上。

天实在太冷了，可大家知道县领导没有把炭材人忘了，这又听着季健中的发言，冰冷的心一下子就暖和起来。他们鼓着掌，脸上洋溢着掩饰不住的笑容。大伙儿觉得，凭着季健中的为人和才干，一定能够带领炭材人冲出低谷，让企业活起来。

云霄翔缩着头，他的风衣领子高高地竖着，几乎把头给埋起来，而整个人仿佛幽灵一般，不知何时也挤到人群中来了。看是时候了，他朝前边一位三十岁上下、头上戴着牛仔布前进帽的男子碰了下。当那人回过头来的时候，他作出暗示，遂把手中的纸团悄悄塞到对方手里。

此人叫元根壮，他虽然和云霄翔不是一茬儿人，但他嘴馋，好喝两杯，又爱贪小便宜，加之云霄翔爱拉拢，两人便整天黏在一起不干正事，工友们便给他送了个绰号——跟屁虫。

季健中讲完话，就在刘振国挪了挪麦克风准备讲话时，"跟屁虫"元根壮见机会到了，就故意往前挤，并借着人群骚动，不动声色地把手里的纸团嗖地弹到了主席台上，而且刚好落在刘振国的面前。

这情景立时吸引了现场所有人的眼光。

刘振国看看面前的纸团，又看看会场内外的炭材人，心里禁不住一动。想起炭材厂盘根错节的内部问题，刘振国断定这是有人要跳出来出难题了，遂不慌不忙地拿起纸团，然后把纸团缓缓展开，又取下眼镜擦了擦镜片，这才朝展开的字条看去。

字条上写着这样几行字——

> 炭材厂是我们鲁阳人的宝贝，如今却要交到一个家庭有重大历史问题的人手里。请问，县委和县政府的领导同志你们放心吗？同时，炭材厂是个联营单位，南方院的领导一个都不在，县委此时任命新厂长，难道政府要包办不成吗？另外，季健中的老婆、孩子都在国外，现在却要让他来炭材厂，这事能长久吗？！

一连三问，句句都有针对性，而且十分尖锐。

刘振国沉思一下，把火药味十足的字条传给一旁的高平部长。高平看了，又传给冯建义。

接了字条，冯建义皱着眉头，像丈二和尚摸不着头脑。可是他不看字条也就罢了，一看字条上写着这么些内容，明知道是怎么回事，于是他揣着明白装糊涂，四处看了下，立时便火冒三丈起来。只见他拍案而起，对着一旁的麦克风，朝会场里的人们呵斥道："谁？这是谁干的？？有胆量给我站出来！"

人们不知道发生了什么，冯建义的呵斥使许多人都吓了一跳。

正在这时，不知是风吹进来了，还是冯建义说话声音太大引起了震动，只见主席台上方高挂在墙上的"国营鲁阳炭材厂新任厂长就职典礼"会标上"厂长"二字中的"厂"字，仿佛断了线的风筝，呼啦一声就从上边飘落下来。

人们愣住了，纷纷朝会标上空了字的位置看去。接下来，就在人们面面相觑、惊愕不定、甚感意外之时，也就两三秒钟，"长"字也扑扑棱棱掉了。

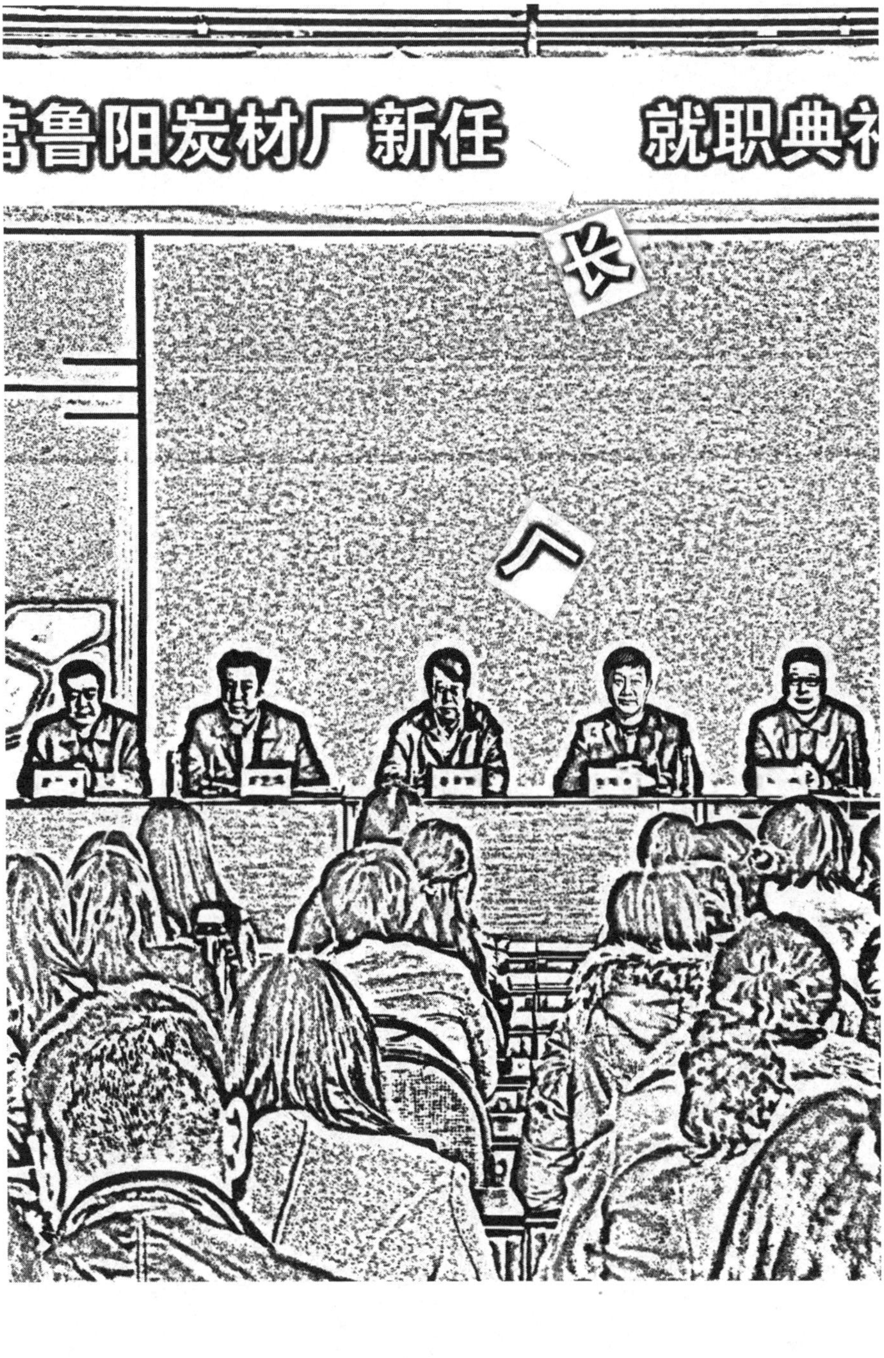
鲁阳炭材厂新任
就职典
长
厂

立时，当着上级领导的面，人们不是窃窃私语，而是一片惊愕之声。莫说台下的职工们感到诧异，就连稳重干练、城府颇深的刘振国也禁不住扭头朝墙上看去。

会标上的字掉下来了，而且偏偏是"厂长"二字，人们瞬间都瞪大了眼睛。

那么，这是什么原因呢？或许是意外。这不仅影响了会议进程，而且或多或少地在人们心中留下了阴影。毕竟，新任厂长一上任就碰上这么个事情，寓意实在不吉利呀！

人们茫然极了，也揪心极了。

第三章　有钱难买"鬼推磨"

会场上出现意外了。惊愕中，奚道强头上的汗忽地就冒了出来。他觉得十分奇怪，瞪着眼却不知所措，只能起身捡起落在地上的"厂长"二字，就像是办了错事的孩子似的朝一旁的刘振国看去。自责、无奈、羞愧加上恼怒写在他的脸上，样子是那么不安和窘迫。

"老奚同志，你这是怎么搞的，啊?!"说话的还是冯建义。他先是瞪了奚道强一眼，紧接着伸手要过那两个字，哗啦一声往桌子上一摔，唾沫星子喷大远，道："健中同志来炭材厂工作是县委、县政府的决定，我们要坚决拥护，决不允许个别人还跟早几年那样，在暗地里兴风作浪，破坏当前来之不易的大好形势。"冯建义说到这里，扭头朝一旁的刘振国看看，样子是那么义愤且不可遏制。当然，冯副主任说到这里还仅仅是个前奏，有许多话还在后面。因为，有人当着县领导的面来这么一出，作为主管部门的领导，他能不多说两句吗? 可是，就在他脸红脖子粗地伸手把麦克风拿起来，准备大发一顿脾气时，刘振国摆摆手制止了他。

刘振国站了起来。他看看面前的职工，又朝门口和窗户外的职工看了看，不慌不忙地道："同志们，我想问大家一个问题，我们起早贪黑到工厂里来，出力流汗为的是什么?"

这问题太简单了，相信每个人心里都明镜似的。可当着县政府领导的面，一听是这么个问题，大家一下子还真的愣住或是被激住了，不知道该怎么回答了。

就在大家愣神的时候，会场中忽地站起个人。谁? 余华星。此人是当年跟随温来运创办炭材厂的十三元老之一，从进厂到现在，在组装车间主任位置上没有动窝。

几天前，余师傅见车间里落满了灰尘，就领着他的徒弟们在那儿打扫卫生。可是，当他倒垃圾的时候，看见厂长助理云霄翔和生产科的诸葛哲几个人叽叽咕咕，而且鬼鬼祟祟的，余师傅当时就是一愣。试想，云霄翔外号"黑蝎子"，而诸葛哲的外号则叫作"黑高参"，这帮人聚在一起能有好事吗？想想云霄翔平日里手抓口满的那个德行，他心里立时就不安起来。

回到车间，他越想越觉得不对劲，因为云霄翔权欲大、私心重，是炭材厂的祸害。早两年，老厂长温来运之所以干不下去，就是云霄翔在中间搞的鬼。当时，云霄翔仗着南方院的势力，又有在经贸委主抓企业的冯建义这个表姐夫当后台，千方百计把温厂长排挤掉，他是想捞个一官半职的。可是，工人们谁的眼睛都不瞎。在县委任命林如山到任配备班子的时候，云霄翔只得了十几张票，远远落后于其他候选人而败北。新任厂长林如山看透了棋局，觉得南方院他惹不起，云霄翔在经贸委有靠山，他也不敢得罪，这就退一步让云霄翔当上了厂长助理，让其享受副厂级待遇。在林如山心里，退一步天宽地阔，他是想求稳的，采取的是委曲求全策略。但他看错了人，因为云霄翔是供应科出来的，又分工抓供应，这样一来，企业就成了他的"小金库"。明明是三十吨无烟煤，他竟敢上下串通一气，弄个假发票按三十五吨报账。特别是前段时间，云霄翔看林厂长为生产经营的一摊子事忙得帽戴歪斜时，他竟然和磅房串通一气，直接用假发票虚报冒领，损公肥私。那阵势，不把企业的血吸干，他是不会罢休的。林厂长是个正人君子，按他的本意是要严肃处理的，可是他又顾虑这顾虑那，遂犹豫不决。加之南方院胳膊肘向外拐，从背后抽企业的台子板，林厂长遂生了一肚子窝囊气，干着急没办法。接下来，眼看企业要毁在一些人的手里，自己又无回天之力，再加上好不容易搞了个订单，又被南方院鼓捣走了，林如山一气之下，就辞职不干了。现在，看到"黑蝎子"云霄翔几个人在那儿叽叽咕咕，余师傅心里明镜似的。他觉得，群龙无首，云霄翔要翻天了。

余师傅把他的担心给徒弟们说了，本是要引起徒弟们注意的，哪知徒弟们一听就笑了。因为云霄翔四处活动，徒弟们早就知道。余师傅嫌徒弟们嘴严没有严到地方，本是要狠狠地批评一顿的，这便瞪了徒弟们一眼，什么也来不及说，就到奚道强书记的办公室来了。

奚道强是昨天下午就知道这个事的。在企业干了大半辈子，满心的期盼就是企业能兴旺发达，也好顺顺当当拿到自己的那份儿工资。特别是当下，自己都这把年纪了，出不了多大力，所以他万不想眼看着好端端的企业就这么趴下去死掉。现下，一看云霄翔跳出来要争夺厂长这个位置，因邢留义和顾永强两位副厂长不在家，他觉得要赶紧找当年的十三元老商量对策。条件是，无论谁站出来当厂长，只要不是云霄翔就行。显然，奚道强也是对云霄翔厌恶透了。哪知一大早到厂里来，还没等他找人，云霄翔就像幽灵似的把他给堵在了办公室。

在云霄翔这边，他显然也是早就谋划好了。他觉得，奚道强是书记，又是厂里的"老人"，虽然在南方院刘组长跟前不显山不露水的，甚至根本就没有什么话语权，是个扶不起的阿斗，但在鲁阳方面则代表的是党的组织。按照"党管干部"原则，鲁阳炭材厂要推选厂长，尽管他起不了什么关键作用，但他这一关是少不了的。他认为，上边的事有人为他照应，他不用担心。至于基层单位，就奚道强什么苦水都能伸伸脖子咽下去、两脚踹不出一个屁的性格，只要说几句好话，再给点儿好处，一切都不在话下。于是，他寒暄着就把想当厂长的事说了出来，并许了一大堆好处，敲明叫响要其支持他。

一听云霄翔这么赤裸裸地说了，奚道强是个实诚人，更是个直筒子，心里想什么，嘴上就说什么，这便脸都没放，说："云助理，你有本事，上面也有人，什么事都能干，也敢干。在炭材厂，你想干什么角色都可以，你放心，只要正出正入不违背原则，我不挡你的道，也不会坏你的事，但当厂长你不行。就是我把嘴闭上，职工们也不会同意，你弄不成。"云霄翔一听就笑了，说："弄成弄不成是我的事，只要你不说恁些就中了。"临走，云霄翔强塞给奚道强一个红包。奚道强抽出来数数，整整五百元，差不多顶得上他三个月工资了。

当余华星来他办公室的时候，奚道强正在那儿甩手犯愁。

事情到了这个份儿上，余师傅看看云霄翔塞给奚道强的贿金，满是不屑地道："嗬，他小子想掏钱买路，没门儿。奚书记，咱可不能坐着装憨等死啊！"

"那是！"

于是，这俩人便"老夫聊发少年狂"。奚道强先是找了几个党小组组长，回头又找了工会、共青团主事的通报了此事。而余华星则找了十三元老中的几个人，同时又吩咐他的几个徒弟也找了一些人。这样，联络到的人很快就有五六十个，在余师傅的组装车间碰了头，并很快商议出了结果。办法是采取写信的形式，请求县委给炭材厂指派领导来。

可是，请求信写到一半的时候，余师傅想起林厂长，这就犯了嘀咕。他觉得，炭材厂不敢再折腾了，再折腾真的就死定了。那么要谁来当这个厂长呢？大家商议了好一会儿也没找到合适人选。毕竟炭材厂水太深，像林厂长那么有本事的人都没办法，还能指靠谁啊！如果再找不到能揽瓷器活儿的那把金刚钻，一切都将没法补救。于是，有人提出从当下的两位副厂长中任选一人担任厂长职务，但很快提议人又把自己给否定了。理由是，两位副厂长虽然人不错，也都有领导才能，只是邢副厂长已经五十多岁快到站的人了。考虑到企业发展的连续性，大伙儿都觉得不太理想。而顾副厂长虽然年轻，却是林如山配班子时才从基层提上来的，还没到挑大梁的时候。

这么掂量来掂量去，商量不出结果，余师傅急了，就说："奚书记，咱就别谦虚了，干脆你来干吧！"

"我？"奚道强两手一摊，道，"老哥呀，我敲敲边鼓还行，要披挂上阵当主帅，我也不是那块料呀！再说了，邢厂长年纪大了，我这年纪还小吗？"

冷场中，执笔写请求信的余师傅的徒弟李德昌，突然抬头看见前些日贴在车间墙上"学习石墨矿，立足炭材做贡献"主题演讲标题，一拍脑袋，道："有了！"

惊诧声把大伙儿吓了一跳。当众人顺着他的眼光朝墙上看去的时候，李德昌接道："别的咱谁都不要，咱就向县委要石墨矿的季健中矿长来当厂长。"

"好你个'闷不捯儿'，你这是闷到点子上啦！"余华星高兴得都有些忘乎所以了，跟徒弟也打起趣来。

这一发现太珍贵了，并立即得到现场所有人的高度认可。因为早几年，季健中在炭材厂挂职锻炼时，就给大家留下了很好的印象。现在，石墨矿又成了全县改革开放的先进典型，县委、县政府号召在全县开展学习石墨矿精神。为此，党支部以此为契机，为激发企业活力，提振职工精神，奚道强书记亲自布置，厂工会和团支部把活动作了延伸，组织开展了职工演讲比赛。大伙儿觉得，季健中来炭材厂主持工作，轻车熟路，是最好的人选。

看大伙儿要求强烈，意见统一，奚道强遂当着职工的面，跟出差在外讨账的邢留义和顾永强两位副厂长在电话里进行了沟通。于是，奚道强和余华星二人，就让执笔的李德昌把季健中的名字写在请求信上，然后一个个签了名字，摁了指印向县委要人。

这时，遂了心愿，又见在主席台上坐着，像泰山一样稳稳当当的季健中，说话还和早几年那样既谦恭又暖人心，余师傅打心里感到高兴。可是，突如其来的情况把余师傅气得七窍生烟。一上任就遇到这么一个事儿，他生怕季健中气头上拍拍屁股站起来走人。要那样的话，炭材厂还能指望谁呢？断定是何人所为，余师傅左右看看又没看到人，否则他一定会把那人给揪出来当面问问。余师傅正在担心，却不知道如何是好，此刻听到刘振国把问题提出来了，这就不假思索地道："为了有饭吃，把日子往好处过。说实在话，厂子趴下了，谁也过不好。"

人们又是一愣。

看看与会的人们，刘振国站了起来。他一边拍着巴掌，一边大声道："还是我们的老师傅这话说得好啊！工厂是一个集体，我们每个人都是这个集体里的一员。每个人的积极性都调动起来了，我们的工厂自然就会强盛起来。大家说，是不是这个道理？"

众人异口同声："是！"

"那我们就为这位说出大实话的老师傅再一次鼓鼓掌吧！"掌声毕，刘振国看看面前的人们，意味深长地道，"我们眼下迫切需要解决的问题是什么？是不是企业的生存和发展问题呀？"

众人："是!"

"对，生存和发展问题，是我们炭材厂干部职工当前面临的最基本的问题。我们现在腾出时间坐下来，就是要解决这一问题的。那么，要解决这个核心问题，前提又是什么呢？"听了大家在下边的言论，刘振国又道，"对啦！前提就是要有个好的班子、好的带头人。俗话说，火车跑得快，全靠车头带。"说着，刘振国挥了挥手里拿着的字条，随之弃到一边，"同志们，我们鲁阳太穷了，炭材厂也太穷了。穷得付不起电费，人家按规定把电停了。租了人家的土地，却给不起人家租地钱，人家把厂门也给堵了，难道有的人就没看见吗？我们在座的大半年都没拿到工资了，有递字条的能耐，你怎么不为炭材厂的生存想想呢？我们不能再这么干耗下去了，因为时代的脚步不会为谁而停下来。我们没时间，我们耗不起更不敢耗了。一个好端端的厂子成了这样，你不急，可是大家都急呀！至于字条上提出的问题，正像刚才冯主任说的那样，那是那个时期极'左'路线的产物。那时候，经济倒退，民不聊生，我们的教训还小吗？为此，我们的党拨乱反正，解放生产力，集中力量发展经济，才有了当下改革开放的大好形势。"停了下，刘振国话题一转，"当然了，有意见可以提。假如说组织部门的这个决定是错误的，你也可以向上级部门反映嘛！但我们反对在下边搞小动作。这不是我们共产党人和国有企业员工应有的胸怀。"说到这里，刘振国看看门里门外的人们，"至于历史清不清白那些个陈谷子烂芝麻之事，我们不用管它，因为时间会告诉我们一切。有关南方院的领导们在不在厂里，这时候选派厂长是不是包办，我可以明确地告诉大家，选派厂长一事，我已经和南方院的主要领导在电话里沟通过，南方院尊重县委、县政府的决定。同时，按照联营之初我们与南方院双方达成的共识，厂里主要领导选派一事，由地方政府负责。大家说说，选派新厂长，救活企业，县委做这件事，是不是包办呀？"

众人："不是!"

"好！既然是我们自己的事，县委的决定就没有错。还有，老婆孩子都在国外，健中同志来炭材厂任职能不能长久，此事也许别人不清楚，可我略知一二。要说走，人家早走了，还能等到十多年后的今天吗?"句句铿锵，而且都是事实。

说罢这些，刘振国看看会场上所有人都愣愣地看他。他明白，这不是把大伙儿说蒙了，而是说到了大伙儿心里，从而引起了共鸣和心灵上的震颤。于是，他喊了声"同志们"，又道："从石墨矿到炭材厂，虽然是从那个单位到了这个单位，看似平常，可这一步不好跳啊!石墨矿是县里的出口创汇大户，可我们炭材厂眼下又是个什么情况呢?之所以人家来了，费了半天口舌不假，可在大局面前，人家从来不糊涂。当然了，这是外因，而内因呢?同志们，你们的请求信没有白写，指头印儿没有白按，作用大得很。若不然，从情理上说，不是没人能请得动人家，而是我们这些拍脑袋做决定的不忍心哪!"这番话，就刘振国的办事原则，相信他不会说。可眼下，这是逼到牛角尖了，他就必须得说，因为事实就是这样。这么交了底，不是他累了才停下来，而是他必须得调整一下自己的情绪，若不然，他觉得很难从眼下这些复杂的矛盾中跳出来。

在一双双已被真情实话感染了的眼睛的注视下，就以往的情况而言，这时的刘振国，会端起杯子浅浅地喝口水。当然这不是真的渴了，需要补水，而是借此来观察和控场。可眼下炭材厂的情况实在太糟糕了，原本有的条件被人掐了，喝不上水了。

众人看到，他不由自主地咂了咂嘴。显然，刚才的激动情绪，引发了他的条件反射，从而使他口干舌燥了。

看到此情景，首先感到不安的是奚道强，他后悔没有创造条件为领导备下水。还有会场上一个个朴实无华的员工，他们觉得，若不是有人递字条来给领导出了难题，纵然讲话，也断然不会当众咂嘴而这么尴尬。

看奚道强要起身，又见面前的人们一个个长起身子左顾右盼义愤填膺的神态，刘振国明白大伙儿的心意，遂摆摆手，淡淡地笑了下，循循善诱道："请问大家一个问题，前些时，县委组织的石墨矿先进事迹报告会大家听了没有?"

众人："听了。"

"好！既然大伙儿听了，那一定对季健中同志有所了解。大伙儿说说，县委顺应大多数职工的请求，让季健中同志来炭材厂工作，是不是正确的选择？"

众人："是！"

"那就把时间还交给我们的新任厂长吧！"说到这里，刘振国带头鼓起掌来。

说实话，此时的季健中，心里真的是五味杂陈。他知道炭材厂水深，即便平常事，办起来也不一定平常。现下，之所以硬着头皮来了，是因为自己是党员，组织的决定必须无条件服从。但这时候，季健中心里还有更深一层意思，那就是党员干部的使命感和责任心。况且他是个从不服输之人。现在，有人要挑战他，他不仅不会退缩，而且还要挺起胸、昂起头迎战。

此刻，想到早些日子，林厂长在全县经济运行形势分析会上所汇报的问题，再加上炭材厂手里握着的专利技术产品，季健中坚信，重铸炭材厂辉煌也不是不可能的，遂镇定自若地道："各位领导、同志们，我季健中没有多大能耐，更知道自己有几斤几两。'一个篱笆三个桩，一个好汉三个帮。'同志们，请相信我，我季健中有信心、有决心和大伙儿一道共同努力，使我们厂走出困境。虽然我们的账上没有钱，但这绝不是一张白纸。经过我们前两任厂长带领大家十年奋斗，我们已经有了一个很好的基础。我们现在的情况，比刚建厂时要好得多。因此，只要大家齐心协力，团结一致，扑下身子，干出样子，我们就一定能够重铸炭材厂的辉煌！"说到这儿，季健中站起身向后退了一步，然后深深地弯下腰去，向与会的全体人员行了个鞠躬礼。

立时，会场上又一次响起了热烈的掌声。紧接着，还没等掌声平息，季健中伸手拿起冯建义刚刚放在桌子上的"厂长"二字。他端详了下，意味深长地道："这个'厂长'是从会标上掉下来的，我看出来了，大家觉得奇怪，甚至觉得不吉利。可是——"说到这儿，他笑了下，喊了声"同志们"，风趣地道："大家看到了没有？这个'厂长'呀，它能够一下子落在地上，我说它落得好啊！因为，只有落了地，才能接地气，也只有接了地气，才能把根深深地扎下来。同时呢，它还提醒我，当厂长的，就不能高高在上。只有扑下身子，和大家同舟共济，用汗水和心血来浇灌，我们炭材厂这棵小树苗儿才会长成参天大树！"

在一些人看来，一件十分不吉利、十分晦气的事情，让季健中这么幽默地一说，就像是一股春风，拂去了人们心中的阴云，眼前立时亮堂了。随之，会场上的掌声又响了起来。

掌声中，季健中伸手拿起刚刚被刘振国放在桌子一边的字条，认真地看了下。"还有这个……"季健中一字不漏把字条上的内容给大家念了一遍，十分真诚地接道，"这是一面镜子呀！我季健中是个人，不是神仙。神仙不会犯错误，是人都会犯错误。但有了这面'镜子'，我知道脚下的路该怎么走。所以说我非常感谢这位写字条的朋友，是他给我敲响了警钟。同时，也是他用这种看似不正常的方式给我力量。它会鞭策激励我鼓起勇气，即便是遇到再大的困难，我也决不退缩。"说到这里，季健中看看桌子上自己带来的鲁阳炭材厂的材料和产品介绍，"今天在这里当着大家和县领导的面，我要说一声，在我们面前，有着炭材厂创业时的光荣传统，还有我们新研发的第三代和第四代产品，两三年内，我们一定要打好这场翻身仗。并在此基础上，让我们员工的工资逐年有所提高。同时，创造条件，力争一年扭亏，三年翻番，五年让我们炭材人亲手打造的金凤凰，飞出国门去！"

多么朴实的语言，多么振奋人心的承诺，立时便打动了会场内外炭材人的心。同时，季健中这一番话又是当着县政府主管领导的面说出来的，既是誓言，也是军令状，这就把自己真的给赌上了。正如事后他所悟到的，不仅仅是没了退路，而且是把自己赤裸裸地给"捐"出去了。

随着季健中话音落地，会场内外立时爆发出热烈的掌声，经久不息。

外面的雪越下越大，放眼望去，一片苍茫。

寒冬腊月里，正是昼短夜长的时候。这么忙活过来，季健中站在廊道里，目送大伙儿在纷纷扬扬的雪雾中远去，然后活动了一番筋骨，待返回办公室的时候，夜幕已经降临了。

欠人家钱了，电被停了，好在郑光荣预备下的有蜡烛。

坐下来长出了一口气，季健中想了下，觉得这一天就像是在做梦。同时，他也觉得好笑和不可思议。本来没有任何思想准备，早晨还在矿山上，尽管变天了，但矿山上燃料充足，没暖气却架着煤火炉子，一天到晚暖暖和和的。此刻回城来，按理说条件应该比山里要好些，而实际则不然。冷飕飕的不说，还有典礼时出的那些事，健中暗叹，这真是一个烂摊子呀，难怪林如山会辞职不干。

借着烛光，看了炭材厂的基本情况，又看了看财务报表，天气冷加上接手的企业实在不容乐观，这时候季健中的心比室外的天气还凉。

面对企业停工停产和即将到来的春节，他急于找到解决问题的突破口，以便把队伍稳定下来，为尽快复工做些准备。可是手冻僵了，脚也冻得猫咬了似的，同时一整天都没怎么喝水，他觉得焦渴难耐。他起来活动了一会儿，想暖和暖和，但无论怎么活动都无济于事，索性把大衣脱下，做起俯卧撑来。这下有效了，当他数到三十几个的时候，身上开始慢慢儿暖和起来。

准确地说，这场雪是从吃早饭的时候伴着呼呼叫的北风开始下起来的。只不过那时候下得小，而且也是细雪糁儿，真正像棉絮一样下大是下午开会前后。此刻，风刮得似乎小了一些，只是雪还在纷纷扬扬地下着。想着下午来时的感觉，院子还是很开阔，几乎和当年在这里挂职锻炼的时候没有太大的变化。但是，黑灯瞎火的，尽管有雪光映着，一二十步开外还是什么都看不清楚。

季健中心烦意乱，加之毫无头绪，做罢俯卧撑，在楼道里溜达了一会儿，他感觉寒意又上来了。正准备回办公室，他忽地发现雪地里过来两个黑影。随着黑影的移动，还有荧荧的小火苗儿一闪一闪的。近了，才发现奚道强前边领着路，后边跟着一个小伙子，肩上挑着担子上楼来了。

下午那会儿，奚道强前后忙着把新任厂长季健中安置下来后，就闷闷不乐地回到家里。想想厂里发生的事，他只想把云霄翔一把捏死。躺着生了会儿闷气，终是无法释怀，他忽地起身，准备出门找云霄翔算账。可是他又犹豫了，因为自己一个老头子，云霄翔本就是只癞皮狗，死蛤蟆能说出尿理吗？能跟他一样吗？在沙发上又躺了一会儿，老伴儿把晚饭盛到碗里了。小米绿豆粥熬得黏糊糊的，挺香，他拿起锅盖盖住了锅里的饭。"都先别吃哩！"说罢，他对老伴儿吩咐说，"哎，你把饭盒拿来。"闺女、小子愣愣地看着他把粥往饭盒里倒，奚道强遂把厂里的情况给家人说了。他猜测，面对这样一个厂子，又赶在临近年关了，季厂长这时候指定还在厂里忙着。可是，下雪天路滑，家里人不放心，他就叫春阳送他。春阳前边挑着家里人正用的手提煤火炉子，后边用铁桶装着煤球，而奚道强则拎着饭盒，爷儿俩踏着四指多厚的雪来到厂里。

此刻，朦胧中见季健中在走廊里站着，奚道强知道他已经进入了角色，心里开始装事了。想起会标上掉字那件事，他觉得怎么都无法原谅自己，遂叫着"季厂长"，快步走上楼来，道："你看看我，季厂长，黄土都快埋到脖子的人了，下午开会那事叫我办的……"

"哎，那能算事儿?!"季健中连忙打断对方，解释道："奚书记，你千万别往心里去。俗话说得好，人过一百，形形色色。不就是掉了俩字嘛，真的没什么，况且我在会上已经说了，那件事，看似是坏事，也是好事。若心里还有疙瘩，那就让咱们在今后的工作中齐心协力，干出个样子，让事实来说话吧！"

听了此话，奚道强道："季厂长，俗话说得好，雁过留声，人过留名。姓奚的糟蹋了大半辈子粮食，没有多大本事，但今后的路，我知道该怎么走。"

奚道强释然，季健中心里也松了一口气。"来来来，进来！"季健中走进办公室，见春阳安置好炉子又忙着从篮子里往外拿碗筷，他还从没见过春阳，就猜测，"奚书记，这是我大兄弟吧？"

"季厂长，你不认识我，可你的大名我早就听说啦！"没等奚道强开口，春阳笑着已把话接了过去。见对方愣愣地看他，春阳又道："那天，在退伍军人安置办，你前脚走，后边就有人议论起你来。"

"啊？议论我什么？"季健中道。

"说你的家属都在国外，而你却在国内。"春阳笑了下，又道，"莫说别人，连我也想不明白。"

"没有什么想不明白的。"季健中道，"各人有各人的情况，时间长了，什么都清楚了。"

春阳是刚刚从部队退伍回来的。他虽然对季健中还不太了解，但一看对方气宇轩昂，料定是个干大事的人。同时，又刚刚听父亲说，人家是大伙儿写请求信从县委要来的人，心里就特别激动，立时就动了念想。因为军转办已经把他的手续转到工商系统去了，他打定主意，明天就是下黑雪也得把手续要回来转到炭材厂。在他心里，他觉得跟着这样的人能干成事。于是，他对端起碗正要喝绿豆粥的季健中道："季厂长，我想跟着你干。"

奚道强见季健中有些不知所措，遂把春阳的事情说了。一听是这么一回事，季健中道："那你得想清楚，干工商端的可是铁饭碗，你来这儿怕是连泥饭碗也端不棱正。"

春阳道："这我不怕。"

健中听了，不置可否地笑起来。当然，他不是不欢迎春阳这个小伙子，而是要给年轻人留下足够的思考余地。过了一会儿，他见春阳心里不踏实，就道："我喜欢当兵的，你有这方面的经历，我求之不得。"

听了这话，春阳高兴极了。仿佛面对的还是部队上的首长，正正地给季健中行了个军礼，然后转身离去。

中午在刘振国的办公室里，就吃了那么一包方便面，别的他也不想吃，这时候季健中早就饿了。当他十分过瘾地喝了几口绿豆粥，再次低头喝的时候，忽地发现奚道强爷儿俩带来的饭菜不对劲，因为那份量远不是一个人能吃得下的，而且是两双筷子。笑了一下，季健中知道对方也没有吃，这就一分两半。啃着二指厚焦黄焦黄的豌豆面馍，就着豆芽菜和腌辣椒，季健中和奚道强二人吃得津津有味。

这一晚，季健中没有回家，奚道强也没再走。两个人说着厂里的长长短短、是是非非，不知不觉雄鸡开始报晓了。

当雪后的第一缕霞光洒在大地上的时候，呈现在人们眼前的是金子一般的世界。

第四章　人人心中有杆秤

就在季健中冷呵呵地坐下来翻看厂财务报表的时候，在鲁阳城北大街一条胡同里，老主任余华星家客厅里早已坐满了人。

下午，就职仪式结束后，当季健中送走县领导又拐回来的时候，老主任余华星等一大帮厂里骨干，都想围上来和新厂长拉拉手，说说话，可一想到会场上出的那些腌臜事，大伙儿又不好意思近前了。

郁郁不乐地离开厂子，肖汉伟和牛志刚等几个小青年，还有半道上赶上来的厂工会主席何百松和厂技术科的景前进也加入进来。于是，这帮炭材厂老、中、青三代人不约而同、一路风雪地来到了余师傅家。

接过余师傅的老伴儿春婶递过来的毛巾，弹掉身上的落雪，说说笑笑中，牛志刚和刘昌盛相互配合着把五斗桌放好，李德昌刚把杯子摆上倒上茶，景前进和肖汉伟二人就把熟食肉和破鞋底锅盔买回来了。

厨房里，春婶一阵忙活，蒜苗炒鸡蛋，还有醋熘白菜和油炸花生米也端到了桌子上。

何百松和余华星两人，既是领导，又是长者，自然在上首就座。景前进的年龄虽然还不大，但比起肖汉伟和牛志刚这些小字辈来说，则长了六七岁。特别是在鲁阳方面，景前进是从院校毕业分配过来的有机化工方面的老牌大学生、正经八百的工程师。有关技术方面，肖汉伟几个人，还真的从人家身上学了不少精细。

现在，到了酒场上，两个老字辈，自然不用动手劳神，而小字辈则是听令跑腿的。这样，发号施令权就落在了景前进身上。

看看酒杯都满上了，景前进主持着，能饮的干了，不能喝的自便。很快，三杯酒下了肚。

就厂里那些七七八八的事情，大伙儿本来就议论一路了，可是仪式上出现的那么个小插曲儿，像打鼓一样老在大伙儿心里扑腾，这就又你一言我一语发起了牢骚。

特别是何百松，此人是个红脸汉，说话比较粗，骂了一阵，最后十分惋惜地解释说，当时在会场上坐着，只顾仰着脸听哩，真吭看见是谁扔过来的纸团。想想这两天听到的闲言碎语，何百松不是猜测，而是断定递纸团之人，就是厂长助理云霄翔。

此话一出，除了余华星沉着脸心领神会之外，其他人都一致赞同，认定是云霄翔使的坏。原因是，这两天云霄翔没少在下边活动，请客吃饭都快把厂里人请了一遍。其目的只有一个，那就是想把助理换成厂长当。此刻，一看县委派别人来了，厂长梦破灭了，云霄翔那德行指定不会认输。这么想了，联系到姓云的手里有俩钱，平日里又爱拉拢人，大伙儿对云霄翔恨得咬牙。

一旁，一向不怎么开口说话的牛志刚叹了口气，道："季厂长来炭材厂，我是举双手赞成的，也打心里感到高兴，可我现在真后悔了。前后想想，不该在请求信上签名让人家来。"

一听这话，肖汉伟不乐意了，浓黑的眉头一皱，盯住对方，道："'大个儿'，你这是什么话？难道要让姓云的那货拱挤出来当厂长?!"

"不是。"牛志刚道，"我一眼就看出来了，季厂长是好人，太难得了，真不忍心让人家来作难受气。"

"不错。"李德昌一边为大伙儿倒水，一边接了话题，道，"炭材厂这个情况，谁来了都有生不完的闲气。"

听了这话，刘昌盛笑了笑，对余华星摆起道理来，道："师父，德昌也太小看人了。就说会标上掉下字的事，你看看人家季厂长——那几句话说得，谁不佩服？"

"人家是有本事，一般人谁也朝不住。"说罢这话，景前进话题一转，又道，"压住邪门歪道不说，单说厂里一二百号人，张嘴瞪眼的要吃饭，可厂里呢？就那一堆儿，你说说，即使他怪有能耐，可巧妇难为无米之炊呀!”

“是呀，大伙儿几个月都没有开工资，这是当务之急。要不然，春节马上就要到了，这可怎么过年呀!”说话的是牛志刚。他家情况特殊，一年三百六十五天，天天过的都是紧巴日子。

“憋死驴的事都赶上了。不光是没钱，南方院的刘文革，说是驻厂负责人，但我早就看出来了，他左一杠子、右一杠子，说句不好听的话，人家是生怕厂子死得慢。”说话的是何百松。想当年，他和余华星等人一道，都是跟着温来运一起打天下的十三元老中的人，什么曲曲弯弯的事情，他是再清楚不过了。

何百松此话一出，一旁的景前进立时就把话接了过去。他愤愤不平地道：“他龟孙心术不正，以后都甭提他。”景前进在炭材厂快九年了，虽然是技术科科长，但他自己说，有关炭材生产工艺上的事，要不是自己从书上自学点儿，就跟车间里的工人知道的一样多。原因是，但凡沾上工艺技术方面的事，刘文革都捂着盖着，根本不让他沾边。为此，景前进对刘文革搞的那一套十分反感。同时，他对联营协议上那些规定，意见更是大了去了。此刻，扯到了刘文革，他自然就有发不完的牢骚。就见他猛吸了一口烟，然后吐出浓浓的烟雾，似乎有压不住的火气，道：“哪有这样佮伙计的？两人在一起干活，出力流汗的事想起别人了，好处来了，都成自己的了。这……不是拿咱当眼子使吗?!”

“他娘的!”何百松也实在憋不住了，道，“好端端一个厂子，想不到会给弄到这一步。就那样的人，那就不是吃粮食长大的。”

听何百松这么说，老主任余华星先是笑了下，接下来他拍了拍何百松的肩头，以示提醒，安慰对方。“值不当，值不当。事情都过去了，动那气干什么?”说罢，他拿起筷子，谦让着让大家吃菜，自己也夹起一粒花生米有滋有味地嚼着，“就像是战场上，不管怎么说，这一仗咱是打胜了。一年扭亏不敢想，三年翻番更不敢想，更别说飞出国门了。可人家季厂长当着县领导和大伙儿的面提出来了，那就不是儿戏。何主席，人是咱向县委写了信又摁了手印要过来的，还有人家那实打实的承诺，咱该怎么办?”

何百松挺了下身子，斩钉截铁地道：“豁上!”

"对！"余华星伸手端起酒杯，一仰脖干了，然后一抹嘴巴，"县领导把人给咱了，咱们这些人要是干不好，那就不是对住谁对不住谁的事，而是对不住自己的良心。"

"没错，咱不蒸馒蒸（挣）口气！来，把酒端起来！"见众人都端起了杯子，这时候的何百松，不仅仅是动了感情，说出了心里话，"人活一张脸，树活一层皮，县领导这么支持咱、看重咱，若要再使假劲儿，那就让天打五雷轰！干！"

"干！"众人一齐干了杯中酒。

那样子，只差没有歃血为盟了。

气氛悲壮，很有些壮士断腕的意味。

散场时，想起开会时严瑾梅的反常举动，余华星怎么都不放心，遂把肖汉伟往一旁拉拉，道："你给严老师都说了什么？看把她气得。"

"我？我什么也没说呀！"肖汉伟实话实说道，"没听清她说的什么，我问了一句，她说她什么也没说。"停了下，又疑惑地道，"师父，怎么了？"

沉思一下，余华星道："温厂长对厂里有功，我们都会记着他的好！襄红呢，你们马上就要结婚了，又在一个厂里工作，路远哩很，你们年轻，眼要往前看。"见对方愣愣地看他，他就笑着拍了下肖汉伟的肩头，慈父般地又道："襄红是个好姑娘，没错。回吧，路上滑，小心！"

在这个世界上，任何一件事情，都不是独立存在的。就像是余华星等人，为了企业的发展，面对这样那样的龌龊事，他们义愤填膺。而另外一些人，面对的是同样一件事，为着一己私利，他们会挖空心思、千方百计从中掣肘，即便是怪顺当的事，也会叫你干瞪眼。

此时，云霄翔和炭材厂办公室办事员俞小曼正在客厅里争得面红耳赤。

俞小曼愤愤地道："你什么也别说了，你算把我坑死了。当时就那么几个人，'厂长'二字都清楚是我往上边贴的，我就是浑身长嘴，我能说得清楚吗？云霄翔啊云霄翔，早知道你没有给那两个字刷糨子，打死我，我也不会往上边贴。"

云霄翔不屑地道："贴了又怎样？你一个跑腿的，别说揪不住你的小辫子，就是揪住了，你也有话可说。"

俞小曼道："我说什么？"

云霄翔道："时间紧，急着赶活儿哩，疏忽了，大意了。谁还能把鼻涕给你擤下来吃了？"

"鬼才相信。"说罢这话，俞小曼想了下，又道，"看得出，季厂长不像你云霄翔心眼儿那么孬。不行，我明天就找季厂长，承认错误，是打是罚我认了。"说罢，俞小曼伸手拿了伞要走，却被云霄翔一把拉住。

"傻了你？"云霄翔十分世故地道，"天知，地知，你知，我知。你不说，我不说，别人就永远不会知道。"

听了这话，俞小曼撇撇嘴，道："得了吧，要想人不知，除非己莫为。还有那纸团，别想着事情怪机密，就你那德行，还有你那一笔烂字，歪歪扭扭的，全厂上下，没有几个人认不出。何况你和人家季厂长是在一块儿长大的拜把子兄弟。"

"我怕什么！大不了老子拍拍屁股走人。"

"咦，你牛！"

看着俞小曼要走，云霄翔拿起一瓶上海产"美加净"护肤霜，一边往对方手里塞，一边道："小曼，你费心了。你记着，我云霄翔不会亏待人。"

俞小曼看了一眼，哼了一声，随手又推给对方。显然，她没有把一瓶护肤霜看在眼里。

云霄翔见是这样，嘿嘿笑着，拉着俞小曼来到柜子前，道："你别心急，好东西还没有给你拿出来哩！"说着，变戏法似的从抽屉里拿出一个精致的小盒子。手指轻轻一按，盒盖便噌一下弹开，里边是一枚黄灿灿的金戒指。

云霄翔殷勤地把戒指戴在俞小曼手指上，见对方脸上露出了笑容，随即双手捧起俞小曼嫩白的脸蛋，十分露骨地道："下这么大雪，别走了，我给你暖被窝儿。"

"去，想你的美事吧!"俞小曼推开云霄翔，抬手摘下戒指，不屑地撂给对方。她砰一声按开自动伞，往头上一举，抽身走出屋去。

云霄翔愣愣地看着，直到俞小曼走出院子上了大街看不见了，才收回目光。他端起水欲喝，可一想起白天的事，嘭一声放下水杯，一屁股坐在沙发上。

那年在沟口村知青点上，为个回城指标让给了安心平，云霄翔把季健中好一顿怨恨。接下来，在知青大返城中，季健中进了县经贸委成了机关的人，而云霄翔则瞎欢喜一场。为这事，云霄翔更是耿耿于怀。他把季健中视为仇敌的同时，又产生了严重的心理扭曲。在厂里，他看什么都不顺眼，而且什么样的恶作剧他都敢做。有一天，他发现厂子后边有个"九连灯"马蜂窝，赶在温来运陪着县里有关部门领导来厂里开展"五讲四美三热爱"大检查的时候，不知什么时候"跟屁虫"元根壮早就备下了一根插彩旗的竹竿，云霄翔瞅准机会，"咕咚咕咚"猛戳了几下，然后喊声"快跑"，人就藏了起来。大伙儿不知道怎么回事，当明白过来的时候已经晚了。包括七八位检查组领导在内，一行人被山马蜂蜇得两三天肿劲儿没下。

还有一次是厂里召开职工大会，云霄翔一大早就抢了个前排位置坐了。当温来运激情满怀地讲"三年迈了三大步，经济效益翻三番"时，他悄悄把装在口袋里的大花蛇掏出来，并装作突然被蛇咬了的样子，哎呀一声，就把蛇给撂出去，刚好落在主席台上。温来运怕蛇，吓得一下子就跌在了地上，弄得洋相大出，台下一阵哄笑。温来运忍不下去，就把状告到在县人大坐镇的云霄翔的舅舅安兆良那里。为着"再捣蛋就不认你这个外甥了"这句话，云霄翔竟把温来运堵在路上，毫不掩饰地说："你等不到那一天。"接下来，云霄翔瞅准温来运和南方院的刘文革在董事会上为着各自单位利益动了拳脚，矛盾闹得不可开交之时，以"科研经费到底去了哪里"为名，把温来运给举报了。科研经费牵扯到省科委，一查就是几个月。尽管最终没有查出违规挪用科研经费问题，但被弄得里外不是人的温来运心凉了。温来运明白，县领导对南方院这棵能招来金凤凰的梧桐树，采取的是处处包容忍让的态度，自己怎么努力也翻不过身，万般无奈之下，赌气辞职不干了。

林如山任职后，云霄翔先是想尽办法接近林厂长，目的是想当官儿。但林如山是个正经干事业的人，就云霄翔那样，他无论如何也看不上眼，可架不住云霄翔在下边烧的一把又一把邪火。看云霄翔设的坎儿他迈不过去，林厂长汲取前任教训，一方面想方设法缓和与南方院在利益分配上的矛盾；另一方面压住火气，把云霄翔提拔到厂长助理的位置上。想着迁就一下，把局势稳住，有利于企业发展，可他想错了，因为这时的南方院驻厂负责人刘文革的心思不仅不在鲁阳炭材厂，而且还利用业务上的便利条件，暗中把签订来的合同转手到他们新建的湖北韩坪炭材厂，直接把鲁阳炭材厂晾在一边了。在刘文革一帮人刚来不久，善于察言观色的云霄翔南方院这帮人一个个都是唱戏的拿掸子——不是凡人，遂投其所好，很快就成了姓刘的跟前的红人。特别是当上厂长助理之后，他动不动就往刘文革那里跑，百般法生取悦对方，为爬上厂长宝座，极尽能事。这方面的功夫下到了，为了挤垮林如山，云霄翔挖空心思，制造矛盾，离间南方院与鲁阳方面的合作关系，弄得林如山说话没人听，指挥没人动，成了摆设不说，还弄得跟老鼠钻进风箱里那样，两头受气。于是，云霄翔仗着官场上有人，这便有恃无恐，赤裸裸直接向林如山叫板，逼其交权。这样，几股矛盾一齐向林如山袭来，林如山心里有苦又无处诉，遂也走了前任的老路，一纸辞呈，把炭材厂扔下不干了。

这时候，有了厂长助理的起点，云霄翔已经撂下大话，炭材厂厂长一职，非他莫属。但他万万没想到，一帮建厂之初的"糟老头子"领着弄了一封请求信，要季健中来当厂长。思前想后，云霄翔不是担心，而是断定季健中来了，他的一切希望都将成为泡影，这就挖空了心思。一方面他往经贸委跑，指望他的表姐夫冯建义从上层着手，加紧活动。另一方面看人下菜碟，直接拿金钱铺路，想通过贿赂南方院的驻鲁工作组组长刘文革出面保举，实现他掌控炭材厂的目的。在云霄翔心里，"朝"里有人，下边又有人人仰脸高看的南方院刘文革为他帮腔说话，借着自己当前的台阶，一步登上厂长的宝座，是轻而易举之事。但是，经贸委是政府机关，不是一言堂。而在刘文革这里呢？尽管此人能一手遮天，把炭材厂弄得乌烟瘴气，但在决定炭材厂厂长一职这个关键问题上，他却无能为力。因为当初在签订联营合同的时候，文件里就明文写着"厂长一职由地方组织部门选派"，加上云霄翔的口碑实在不怎么样，尽管有刘文革的保举和冯建义为他说话，到头来却花了钱又指望不上，气急败坏的云霄翔一看使了劲没有给他弄成事的刘文革抱怨一通拍拍屁股回南方去了，气得他两三天水米不进，差点晕了过去。花了钱没有换来"鬼推磨"，不甘就此罢手的"黑蝎子"云霄翔遂当着县领导的面，在季健中来厂就职大会上制造了一出恶作剧。

在云霄翔心里，他这是孤注一掷，他干不成，别人也别想干得恁牢稳、恁顺心。眼下，什么都没得逞不说，还给人家搭了梯子，让季健中借着纸团和会标上掉那两个字大长了脸面。怎么办呢？云霄翔这么想了会儿闹心事，遂起身朝大街上走去。

第五章　迈不开的步子

雪夜的大街上车碾人踩得特别滑，行人稀少。

像狗一样迈着小碎步，云霄翔缩着脖子，两手叉着，十分小心地沿着大街走来，在一家独门小院门前停下。从门缝朝院子里看看，他发现厨房和客厅里都亮着灯，遂拍着门叫了声"姐"。

"啊，是霄翔来了。"随着说话声，院门咣当一声开了。

开门的是四十岁上下、打扮十分时尚、长得却黑瘦的女人。她叫安秀芬，在县委机关工作，是个机要员，和冯建义是两口子。就这一对夫妻来说，冯建义虽然眼睛不大，而且早已谢了顶，有点老相，但脸盘方方正正的，身上肉也厚实，无论猛一看，还是细一瞅，除了眼睛小，有些滑头的样子外，剩下的都是福相。而面前的这个安秀芬，除了披金戴银和身上穿着的高档衣服耐看外，其他就……因为她人瘦却长了一双大眼，看人的样子总让人觉得她不是在看，而是在瞪；尖瘦脸庞却单单又长着两片大厚嘴唇，仿佛不是自自然然长出来的，而是人为给安上的。

显然，把冯建义和安秀芬放在一起，就容貌来说，两人还真的不怎么般配。但就是这么个女人，却把冯建义降得服服帖帖。有人给冯建义开玩笑说，长得那样，有情绪弄那事吗？都想着冯建义会唉声叹气，却没料听了这话，冯建义脖子一梗，当场就给反驳回去了。之所以能降住冯建义，一般人都认为，一个是安秀芬的气质把冯建义俘虏了。这个安秀芬，虽然脸不怎么耐看，却生就个高挑身材，回头率还真的不低。用城里混混儿们的话说："打后看，吃啥买啥；打前看，谁吃谁买。"再个是安秀芬有个当官的爹，就是早年间县上的人大常委会主任安兆良。这两年，即便人家在人大常委会主任岗位上退下来了，但每到逢年过节或地方上有什么重大活动，无论县委还是县政府领导，仍是不断头地登门看望，征求意见。知底儿的说安兆良人好有名望，不太知底儿的，则认为安兆良从供销社跳出来之后，在多个部门绕了一大圈子，最后在人大落脚，地方上的关系盘根错节，没人敢惹。有着这么一个岳丈，所以人们普遍认为，冯建义是靠裙带关系爬上来的。对此，还真冤枉了冯建义。因为尽管冯建义还算一表人才，但安兆良则并不看好他的这个门婿。原因是他觉得冯建义长有花心，他的宝贝女儿的婚姻不牢靠。他不仅没有对冯建义的提拔打过招呼，而且还对组织部的领导连提两问："提拔他干什么? 他能办什么事?"至于冯建义当初是怎么和安秀芬有这一腿的，冯建义说他们是大学同学，是一见钟情。这两人，买眼镜买个辘轳圈，还真是对上眼了。

此刻，云霄翔对着开门人道："俺哥在家吧?"

看云霄翔跺跺脚进了院子，安秀芬应道："在。嘟噜着脸子，不知道生什么气哩!"

"那我知道。"

"你知道?"

"嗯。"

"那好，我刚刚炒了两个菜，你陪着你哥喝两杯，让他消消气。"

这几日，本着云霄翔是岳丈大人的外甥这层关系，冯建义一听云霄翔想在炭材厂要求进步，不仅觉得无可非议，倒还认为，由当下的厂长助理出任厂长一职是最佳人选。毕竟，业务熟呀! 而且在炭材厂领导班子里，除了那个顾永强，数他最年轻。更何况炭材厂眼下的情况，作为县经贸委主抓业务的常务副主任，他是再清楚不过了。试想，厂子是你抓的，现在弄得鸡飞蛋打，那心里会是什么滋味?

为着这么个心事，赶上季健中下山那会儿，冯建义正在他的老丈人安兆良早年的部下，时下的县委副书记、县长陈明的办公室里。

一听对炭材厂新任厂长一事常务会上已经提出过人选，但还没有最后定下来，冯建义立时便心花怒放起来。考虑到陈县长和自己的岳丈早年的那层关系，冯建义就把早些天刘文革推荐云霄翔出任厂长的建议书，递到了陈县长面前，并眉飞色舞地把云霄翔给夸奖了一番。陈县长听了，微微地点了点头，接过材料看了下，道："这件事我知道了。"

在冯建义心里，眼下是千载难逢的好时机。可到头来，却等来这么一个结果，遂在心里埋怨，赵钱孙李周吴郑王那么多人没来，却偏偏来了一个姓季的，心里窝憋憋地感到不舒服。

那年，临近春节的时候，季健中下班后骑着自行车特地拐了一个弯，把单位发给冯建义过节的牛肉和一筐橘子捎回来。哪承想，正碰上一家企业往冯建义脚下这个新落成的家里抬家具。遇到这么个场面，作为同事，季健中自然二话没说，便挽起袖子帮起忙来。哪知几天后，冯建义对着季健中劈头盖脸就是一顿训斥。季健中愣住了，不知道冯建义发这么大火为了什么。可是他听着听着就听出来了。原来，那天抬家具的事情，不知是谁给捅到了县领导那里，说是冯建义借着工程立项从中受贿，最终冯建义不仅照单付了钱，还受到了严厉批评。冯建义遂怨恨在心，怀疑是季健中举报的。季健中冤枉透了，因为他压根儿就不知道里边有什么曲曲弯弯。可是再三解释，冯建义嘴上虽然没有再说什么，但他自此便在心里给季健中划了一道痕。赶上筹建石墨矿，冯建义闻风而动，冠冕堂皇地直接把正在炭材厂挂职锻炼的季健中推荐给组织。在这件事上，显然是冯建义为着心中那个结，把季健中"发配"到深山里去了。

进到屋里，看表姐夫在沙发上坐着吸闷烟，连电视机都没开，云霄翔知道是为白天那事生闷气，遂哭丧着脸，道："哥，这可咋办呀，吭吃住鱼又弄了一身腥。我算看出来了，刘振国是向着季健中那小子的。"说罢这话，皱着眉头想了一番，又埋怨道："都是老同学，他向来就吭关心过我。"

翻翻眼看看云霄翔，冯建义十分不悦地道："关心你干什么？搞个恶作剧，扔个纸蛋儿，能顶屁事！"

"我这不是不甘心嘛！"

"你不是不甘心，是不识时务。"

端着下酒菜过来，见两人一见面就叮当，安秀芬嘟噜着脸，道："恁俩吵什么，二里地都听见了。"说着把菜放在茶几上离去。

　　喝了杯中的酒，想起开会时会标上掉字的事，他断定是云霄翔所为，但他不知道好端端的怎么会掉下来，又偏偏是"厂长"二字。冯建义翻翻眼看看云霄翔，道："会标上掉字的事也是你干的吧？"看对方笑而不语，断定是对方没错，冯建义就笑吟吟地道："我知道你有歪心思，可那个点儿你怎么就掐得那么准呀？"

　　"那还不容易？滴水成冰的，先刷上一些水把字贴上去冻在上边，待挂到墙上，由于人多，再加上为着开会屋子里圈一些热气能坐住人，老奚头又亲自动手把煤火炉子也生起来了，温度一上来，冰化了，字不就自然掉下来了嘛！"

　　一听是这么回事，冯建义的脸色阴沉得更重了，恨铁不成钢地道："你要是把二分之一心思用在工作上，当厂长的事也不用这么费劲儿。"说罢，他十分不悦地乜斜了云霄翔一眼，道："就这样吧，炭材厂这事，到此为止。"

　　云霄翔一看对方连正眼都不看他了，立时就急了，反问道："到此为止？"

　　"起码眼下是这样。"看着云霄翔满腹心事的样子，冯建义担心把事情闹大了于他不利，觉得有必要敲打敲打对方，遂端起酒猛地喝了，然后两眼一瞪，"你可不要胡来，季健中是干事业的，我还指望他给我搞点儿政绩出来哪！"

　　"那我也不能就这么拉倒了。"

　　说罢，云霄翔端起酒杯吱儿一声干了，仿佛成竹在胸似的道："他姓季的能在矿山上干成事，但炭材厂不是矿山——技术、人才，还有市场销售都是人家南方院把持着，到炭材厂，他充其量也就是个长工头儿。老温、老林弄不成的事，他季健中照样也弄不成。"

　　"你怎么能这样说呢？！"想起云霄翔办过的那些事，冯建义心里十分不悦，没好气地训斥道，"就你办过的那些事，你当不上厂长那是对的。"

　　"我的哥呀，你要也这么说，我还能指望谁？"云霄翔一脸苦相，见对方愣愣地看着他没有接腔，遂嘟囔道，"我不能就这么窝在他季健中鼻子底下受气。"

云霄翔和季健中两人之间的是是非非冯建义清楚，见对方气哼哼地喝了杯中的酒，然后起身要走，忙道："你干什么去?"

"我找我舅去。"

见云霄翔头都没回，冯建义喝道："站住!"看着对方乖乖地回来又坐在沙发上了，冯建义把酒满上。接下来，两人碰了杯，见对方喝了杯中酒，冯建义也干了，然后长长地叹了口气，道："你让我省点儿心吧!"愣着神想了一会儿，他断定有云霄翔在，季健中指定不得安生，遂道："我告诉你一件事，但目前要保密。服装厂王厂长你认识，过些时他就退休了。到时候我想想办法把你调过去，省得你在那儿惹是生非，把炭材厂弄忽塌了。"

"我不去!"云霄翔一听就急了，他看不上服装厂。可是他一看对方拿眼瞪他，忙嘿嘿笑了下，道："服装厂有什么干头?"

"宁当鸡头，不当凤尾。"冯建义说罢，想了下，又道，"你不是想进机关嘛，只要能在服装厂干出名堂，有了政绩，弄到局委一级来，就不是什么太难之事。"

云霄翔无奈地摇了摇头，若有所思道："想不到，真是想不到——本来是结拜兄弟，弄得跟仇人一样不说，到头来老子还得躲着他。"

"那就得挺起胸来做人，别成天尽搞那些没用的东西。"冯建义冷冷地说着，嚓一声打着打火机，对上火吸着刚刚抽出来的香烟，然后吐出浓浓的烟雾，话题一转，"这事儿我看了，季健中有人脉，心劲儿也被你激出来了，炭材厂还是有希望的。"

"希望?"云霄翔冷笑一声，心怀叵测地道，"骑驴看唱本——走着瞧!"

雪，一点一点融化了。但交九了，正是一年中最冷的时候。看着天干路响的，实际上厂道上并不干，而是寒气太重，湿气都变成了冰霜在地面上冻着。

新年过后，季健中一大早骑着自行车，一路铃声叮当到了厂里。

算算日子，下山已经半个多月了。对于炭材厂，季健中本来就不陌生，又通过这段时间的深入走访和座谈，就像是抽丝剥茧，对当下炭材厂的认识，可以说已经比较全面了。

可是，一个难以回避的问题便随之而来。

眼下，厂里要开展员工培训，油印室油印机早都坏了，现在要油印培训材料，莫说修理油印机，就是刻蜡版的蜡纸和印刷用的油墨也没钱买。显然，炭材厂的当务之急是解决钱的问题。

对此，季健中无形中就感到了力不从心。

是的，尽管邢留义和顾永强两位副厂长从外地讨回来一些货款，把电费、水费，以及压在业务员手里的出差费给补上了一些，但作为有着近二百名员工的国有企业，车出人进的，基本的运作，哪一项都离不开钱。同时，职工工资还没有着落，而且非常急迫。不然，职工们早出晚归忙了一年，拿不到钱过年那会是什么滋味呀！

正这么想着，门被人敲响了。季健中道："请进！"

门开处，一位五十开外胖乎乎的女人一边走进来，一边说："季厂长，你好！"

"哎呀，是嫂子呀！来、来，请坐！"来人是鲁阳炭材厂的创始人，也是第一任厂长温来运的爱人——严瑾梅。

那天在肖汉伟家，还有典礼会时，严瑾梅就是一身城市普通职工衣着，不显山不露水的，而此刻就不一样了。

此刻，她上穿闪亮的貂皮大衣，下着咖啡色毛呢直筒裤，而头上则戴着手工编织的橘红色八角毛线帽，加之脖子上围着的枣红色长围巾，还有脚上的黑色长筒靴，浑身上下，还真是出了叶了。只不过，她的脖子本来就不长，这又用长长的围巾围着，搭眼一看，给人的第一感觉就是慵懒和傲慢不羁。显然，她这是特意把自己给打扮了一番。其用意，无非是昭示自己非同一般。

早几天，接任后的季健中专门抽出时间登门拜访过。当时，温来运两口子还忙着炒了两个下酒菜，同季健中喝了几杯。

此刻，季健中搭着话，忙起身把严瑾梅让到沙发上坐下，紧接着又忙不迭地倒了茶，双手捧到对方面前的茶几上，恭恭敬敬地道："嫂子，请喝茶!"

"谢谢!谢谢!"严瑾梅满脸堆笑地道,"健中啊,老温比你大几岁,你是小兄弟,我这样喊你名字,不会见怪吧?"

"不会不会。"季健中道,"您和温厂长都是炭材厂的功臣,您这样是看得起我,更没把我当外人。嫂子,今后有做得不到的地方,您可得批评指正。"

"咦,你这是太谦虚了。"严瑾梅道,"从你上山下乡到现在,你是走一路响一路,全县人谁不知道?我和老温怕是提鞋也提不上,哪还敢批评指正呀!"

听了此话,季健中立时急了,道:"嫂子,您这可不是给我戴高帽子,是在腌臜我。"

"不不不!你是兄弟,我当嫂子的护着还来不及呢!"这么说了,她收了脸上的笑容,一本正经地道,"前两天你到家里,我知道老温没有陪住你,缺你的量了。我今儿个就是来给你说一声,瞅你的空儿,早晚都中,嫂子给你好好儿炒俩菜,恁哥儿俩多说会儿话。怎么说呢,老温知道你为人好,跟你交往,不会办下路事儿。"

"温厂长你们都过奖了。"季健中道,"只是我得置酒,不能再叫您破费。"说话间,他伸手端起茶杯,礼让道,"嫂子喝茶!"

"谢谢!"浅浅地喝了口,借着放杯子的时候,严瑾梅把烟灰缸往一旁挪了挪腾出地方,回手从提包里掏出一沓子票据,还带着一支签字笔,一本正经地道,"这是您侄女早两年的学费,你签个字,我好到财务上报销。"

见是这样,季健中立时明白,温夫人这人,不是不简单,而是有心机,禁不住扭头看去,却不料对方正伸着头盯着他。这情景,季健中怎么也不曾想到,神态立时就有些不自在。为了掩饰自己,他淡淡地笑了下,道:"我看看。"

这些票据,总数有六千多元。季健中觉得,数额较大不说,还涉及财务管理方面的有关规定,禁不住心里咯噔一沉。因为票据是学生在校期间的学杂费,而且就学校和学生所学专业来说,与炭材不沾边。想想国家在人才培养方面采取的诸如定向培养、委托培养等措施，他不知道炭材厂在这方面有什么特殊规定，就十分婉转地道："是这呀嫂子，这虽然不是什么大事，可眼下厂里的情况，您比谁都清楚，咱账上没有钱。不说别的，单说业务上，业务员出差到外地联系业务，还都是自己垫的钱。再说有关这方面报销的事，比较敏感，我还真得和南方院商量商量，咱现在还是联营厂，光我这一支笔也不管用。这样，票据您先放着，回头我问问，如果合乎规定，账上有钱了，一分钱都不会少咱的。"

"你不用问。怎么说呢，老温没辞职前就是这么办的，前头有车，后头有辙，你执行就行了，还问什么问？"严瑾梅一听要和南方院商量，说话口气更加咄咄逼人。

季健中笑了下，喊了声"嫂子"，道："以前厂里给学生报销学费，自然有报销的道理。我去年在矿山，光花在大学生学业上的钱就不是几千，而是好几万。这一阵子忙，我还真没想起，您这一来倒是提醒了我。别看厂里眼下这个样子，穷得叮当响，只要是为厂里培养人才，就是砸锅卖铁，该花的钱也得花。您不用急嫂子，只要是合规的事，我一定会给您解决。"看严瑾梅嘟噜着脸愣愣地看他，样子很是生气，季健中担心把事情闹僵了。毕竟，人家的丈夫是这个厂的创始人，而且是对鲁阳炭材业发展做出过突出贡献的，遂道："这样嫂子，我叫办公室找找文件，看联营双方有没有这方面的具体规定。您呢，千万别急，只要能套上，我会想办法帮您解决。"

"中，你找文件吧，我等你。"

严瑾梅知道说不动对方，气哼哼地起身就走，没料想和就要进门来的奚道强撞了个满怀。

一看是严瑾梅，奚道强忙道："你这是慌什么呀?!"

严瑾梅一肚子气正没处撒，翻翻眼见是奚道强，身后还跟着邢留义，想想自个儿男人在位时二人没少掣肘，这算找到了出气筒，就道："好狗不挡路！"

进到屋里，奚道强啧啧道："她这是怎么了？都变成狗了，乱咬。"

季健中笑了下，道："找我来给她闺女报销学费，我没有立即答应给她办，她不乐意。"说话间为二人倒上茶。

"要是这，季厂长你真得注意，还得认真对待。"奚道强端起茶杯喝了一口，"早几年，温厂长背地里给他儿子襄贵报销学费，弄得全厂上下怨声载道，已经有过教训。不得已，经班子研究，比照市、县两级有关文件弄了个规定。那上边，可是白纸黑字写着：'但凡企业急需人才，经单位领导批准，所学专业又与岗位工作相应的，全额报销在校期间相关费用，且五年内不得调出。反之，不予报销。'鲁阳城就巴掌这么大个地方，严瑾梅她闺女温襄红，在学校学的是印染，她那专业可是与咱炭材厂八里不沾边呀！林厂长在任时都没办，再加上南方院还盯着这事，怎么处理，你可真得慎重。"

"不仅是学费的问题，还有她在磅房工作的事。"邢留义道，"按说那不是什么好岗位，可她一调进来就被温厂长安排到磅房没动地儿。特别是现在，她家也搞了个炭材厂，使用的原料又一样，蹭厂里的地磅称重，两下搅在一起，公私分不清呀！"

季健中道："这事我听说了，是要妥善处理。奚书记，你看该怎么处理？"

"我看？一个字——换！"奚道强的态度很坚决，也很果断。

叼着烟斗正吸旱烟的邢留义，见季健中扭头看他，显然在等他表态，遂啪啪两声，把烟斗里的烟灰磕在面前的烟灰缸里，道："严瑾梅不是省油的灯，林厂长之所以栽了，我看很大程度上就是栽在这女人和云助理两个人手里。为此，我认为，严瑾梅这件事，得慎重对待。但反过来，若说不动她，厂里有多少油水也禁不住往外流。"

借着续茶的机会，季健中想了想，道："襄红学费的事，按文件执行。该报的，厂里没钱也要想法给她报。不该报的，我给她说明情况。至于地磅的事，得想想办法，加强管理。强行把她调出磅房，目前还不是时候，咱们几个也拉不开这个脸。毕竟人家一直在磅房工作，何况温厂长又是咱们厂的功臣，这点儿面子还是要给的。"

此事议了会儿，三人便把议题拉回到昨天议过的事情上来。

奚道强道："小黄回电话了没有？"

"还没有。我这就打电话催催。"季健中说着，拨起电话来。听听电话里嘟嘟响着却没人接，他放了电话，道："可能在外边正忙哩！"

奚道强所说的小黄，是季健中原在矿山时的好朋友，叫黄跃进，是个工程师，不仅德行好，而且是正经八百的矿业科班出身，去年调回老家湖南前是石墨矿的副矿长。眼下，小黄任职的单位，不仅与地方一家钢铁厂是上下级关系，而且小黄和那家钢铁厂厂长是亲戚。那里有鲁阳炭材厂的一笔货款，健中就与小黄取得了联系，让其从中帮忙。

喝着茶等了一会儿，小黄把电话从那边打过来了。可接了电话，健中几个人满心的希望一下子破灭了。

因为市场疲软，钢铁厂生产出来的钢材卖不出去，对方没钱，看在亲戚面子上，人家说可以拿钢材抵账。至于别的，人家也实在没办法。

希望变成了失望。

现在，地方上几家银行，季健中都已跑过来了，人家有行规，企业又是这么个情况，搁在谁身上，谁也不会往外放贷，这是明摆着的事情。

没资金，企业无法运行，职工过节更是大问题，急得奚道强和邢留义不住地发牢骚。季健中也实在没辙，可是他不能跟着一起叫苦喊冤，遂提起茶瓶，为二位添茶。

有货款讨不回来，银行又不给贷款，找人借钱吧，扳住指头挨个数了一遍，不是土里刨食儿的，就是靠工资生活的，尽管没有上门去问，但这年头，季健中断定，谁也不会有闲钱搁在手里不动。

这么坐了一会儿，看两人唉声叹气要走，季健中遂也起身走出办公室。

骑上自行车离开厂子，季健中来到大街上。

再过一天就是腊八节了，人们开始筹办年货，大街上人来人往，一街两行叫卖声不断。特别是卖汤圆、灶糖、卖牛肉、烧鸡的那些个买卖人，都是鲁阳城里的老店家，都不知喊了多少年，粗腔大嗓的，既好听又悠远，二里地都能听见。

"季厂长！"

正走间，季健中被人打后边叫住了。

扭头一看是县委宣传部的副部长马青云，季健中急忙跳下车子，大远便道："马部长，风风火火的，你这是要干什么？"

"干什么？找你！"来到近前，刹住自行车，马青云一边跳下车子，一边不无埋怨，"你是怎么搞的，回城了也不通报一声儿。"

"看这成天忙的。"季健中戏谑地说着，遂把车子往路边推了推，朝对方看去。

马青云有四十二三岁年纪，由于常年在外奔波，她那耐看的瓜子脸明显不那么白了。特别是她的一双大眼睛，既黑又亮，与你对视的时候一眨一眨的，仿佛会说话似的，给人以温暖和亲切的感觉。她剪着齐脖儿短发，自然、大方。不知是洗发还是洗衣时留下了淡淡的玫瑰型香味大远就飘散过来，令人愉悦。上穿深蓝色毛呢短大衣，下着咖啡色直筒裤，脚上是一双黑皮鞋，上下搭配，简约而不俗。加之她略显发福的身段，整个人既显得富贵高雅又朴实温厚。

想起对方随刘振国在矿山蹲点调研时留下的印象，季健中知道，对方不愧为南方大学新闻专业出来的高才生，也知道对方对工作充满着无限激情，时时都在发挥她的专业才能，服务挂职地经济建设。可是，一想到从矿山到炭材厂一事，他心里十分纠结，遂不无牢骚地解释道："山是下来了，可炭材厂这一铺儿……你知道吗？眼下要翻的，那可不是一般的山，而是火焰山。"

"怎么？不满意是吧！"马青云盯着季健中，见对方笑而不语，咔嚓一声扎了车子，对着健中推了一把，"树挪死，人挪活。不领情还发牢骚，小心我打电话让天天收拾你。"

"不是！不是！"季健中道，"你把我看成什么了，我是那小肚鸡肠的人吗？！"

"既然不是那号人，你就老实坦白。"说着，马青云推起车子，吩咐道，"走，快给我说说炭材厂这些日子都发生了什么新鲜事儿。"

"你呀，你这是要找新闻呀！"说罢，季健中抬腿搭上车子，欲走又停下来，接道，"石墨矿那篇文章，你把我推上了风口浪尖。眼下呀，你要再动笔，那可不是帮我，而是要把我架到火上生生地烤。"说罢，骑上自行车就走。

马青云急了，忙道："季健中，站住！"

这一声喊叫，把一街两行的商铺和路上行人的眼光全都吸引过来。季健中无奈地停下来，看着马青云到了跟前，道："我真有急事。"

"什么事？"马青云道。

季健中道："说也没用，你帮不上我。"

马青云道："你不说，我怎么帮你？"

季健中叹了口气，遂把厂里眼前的困难扼要说了。

一听是这么个事，马青云想了下，道："走，办成办不成，试试总不多。"

马青云有个高中同学叫丁秋林，大学毕业后分配到鲁阳，眼下在县农业银行当行长。她觉得，有季健中在矿山时留下的好名声，现在主政炭材厂，虽然眼下企业不景气，但先前也曾是县里数一数二的好单位，加之她的面子，说点儿好话，通融通融贷点儿款，救救急应该是有希望的。可是，敲开丁行长的办公室，一说是这么一个事，丁行长正倒着茶就愣在了那里，道："这事季厂长已经来过。作为基层行，我们打心里想给地方企业办点儿事儿，可现在上头的贷款导向发生了变化。老同学，不是我丁秋林怕丢掉乌纱帽，而是根本就办不成。"

马青云一听，立时傻了眼。

第六章　动了不该动的钱

城厢里，紧邻大街有一处青砖灰瓦老宅。这样的宅院，在鲁阳城随处可见，没有太多的稀奇。只是眼前这处宅子在主人盖它的时候，有意往后退了七八步留下了空间，这就显得与众不同了。眼下，历经风雨，连着门楼的临街房上长满了瓦松，宅院显得十分沧桑，但瓦色不褪，墙面不损，搭眼看了，还是那么古朴和庄重。进来院子，东西两厢各有三间配房。坐北朝南，是主人家的上房，东西两旁留有风道。院子不大，东西有二十二三步宽，南北则稍长一点，有二十八九步远。门前有个小花圃，里边栽的蜡梅，眼下花开正盛，满院清香。这便是季健中家的老宅。

时间已是小晌午了，健中妈正高挽着袖子，把洗衣盆放在屋门里，准备趁太阳照着洗衣服。可是盆子刚放好，她那已经三十挂零、人高马大的傻儿子——健民，就从屋里走出来。他手里拿着几片白菜叶和一把木头刀，嘿嘿笑着，生硬而且迟钝地说着"做饭"，要把菜叶子往盆子里边放。母亲见了，忙把他哄到一旁，道："就坐在这儿。做吧，做好了妈和你一起吃。"

健中妈已是六十出头的人，头发虽然大部分都花白了，脸上也早就有了皱纹，但她身子骨硬朗，尤其是走起路来，谁见了都说不像六十多岁的人。她膝下六个子女，擦屎刮尿缝衣做饭，那得费多少心血呀！特别是在"大鸣大放"那时期，家里的天塌了，少吃没穿不说，每时每刻还都有担不完的心、受不尽的罪，那日子就可想而知了。"运动"结束后，她恢复了工作。早几年，老人退休后就把全部的身心用在子女身上。眼下，除了面前的健民，其他子女无论工作还是生活，都不需她操心。这时候，她该享享清福了，可是她的当家的在"运动"中落下了后遗症，下肢失去知觉后，又因脑血栓躺在床上起不来了。虽然如此，她对生活仍然充满了信心。她说，人生就像是一只船，有风有浪的，只要往前走，就少不了有摇摇晃晃的时候。

怀着这么一个生活理念，即便再大的艰难困苦，也从没把她吓倒和压垮过。当然，面对这么一个大家庭，她自然就有操不完的心。就在当下，她就有三件最为挂心的事时时都让她放不下。第一件事是自己的当家的。他在床上躺着，身上不仅没生褥疮，就是连块儿瘀斑也没有。在她心里，只要当家的有口气，自己就有伴儿，孩子们就有爹，这比什么都重要。另一件事是她跟前的傻儿子。健民的智商相当于三四岁的孩子，自己有朝一日撒手走了，他该怎么办？第三件事是自己的大儿子。老婆和闺女都在国外，眼下家里又这事那事的，儿子这头儿走不了，那头儿又丢不下，让老人心都要操碎了。

推开院门，一看母亲在"咯噔咯噔"搓洗衣服，健中喊声"妈"，一边进到屋里把母亲从小凳子上扶起来，一边不无埋怨地说："就这两件衣服，我抽空就洗了。"说话间，他见傻弟弟健民在一旁朝他笑，忙从口袋里掏出几块糖塞到弟弟手里，健民高兴得嘴里的哈喇子都流出来了。季健中腾出手扶着母亲在炉子跟前坐下，接道："要洗那院有洗衣机，您又把衣服拿这儿，大腊月天哩，您这不是找罪受嘛！"说罢，他捧起母亲冻红的手在嘴边哈起热气来。

她知道儿子疼她，即便听着儿子的数落，心里也是喜滋滋的。她伸手收拾着煤炉子，想起早些日儿子说过的话，遂朝挽起袖子准备洗衣服的儿子道："健中啊，你说天天她们回来哩，这怎么还不到家呀？"

"这么老远的，哪会那么容易。"坐在洗衣盆前，健中呼呼啦啦把母亲快要洗完的衣服洗出来，然后搭在院子里的绳子上沥水。

弟弟在一旁数糖块儿，母亲在厨房做饭，季健中倒了些热水烫了烫手，遂走进里屋。

父亲在床上静静地躺着，季健中俯下身叫了两声"爸"，见老人没有一丝反应。看着老人红扑扑的脸洗得干干净净的，胡子也刮得干干净净的，他无奈地笑了笑，逗起父亲道："爸爸呀，别人都说你是神医，现在你还真成了神仙，连起也不起来了。"说罢，拉过凳子在床前坐下。

想到大病过后父亲还活着，无论什么时候回来，都能看到自己的爹，季健中感到十分欣慰。伸手摸摸被窝里热乎乎的，翻翻身看父亲屁股下边也干干净净的，健中禁不住叹了口气。想着自己不着家，尽管还有两个弟弟，健民是这个样子，不仅帮不上忙，还得有人照顾。另一个弟弟健辉倒是精明能干有出息，但大学毕业后没有分到好单位，为着一张嘴，一年到头他就得想别的办法来补贴。这样，老人往床上一躺，累全都让母亲和妹妹们受了，健中遂在心里说："妈，难为你们啦！"他拉起父亲的手亲了亲。接下来，他一边为父亲活动着筋骨，一边想着心事。

自那日，天天带着可爱的女儿去美国后，转眼十多年过去了。其间，大到国家，小到家庭，发生在眼前的事，多得让人应接不暇。而国家每发生一件事，似乎与他们老季家都有着密不可分的关系。比如知青大返城，这是健中压根连想都不敢想的事。为此，自打他上山下乡那天起，他就做好了扎根山区的一切准备。

在知青点上，成年累月地那样生活，若不是桐花时不时给他揣个鸡蛋拿个馍的，他都不知道，在"农业学大寨"，建设大寨田劳动最紧张的时候，还能不能坚持下来。从某种意义上来说，他之所以能成为"许昌地区首届学习毛主席著作积极分子"而受到表彰，在很大程度上，是人家桐花的功劳。还有沟口村的老少爷儿们，他们不仅没有把他当成"黑五类"家庭的孩子给以白眼，还选举他当先进，树立他做典型，把他都托举到了天上。他觉得，沟口村的山山水水，使他早先那种每日里惊恐不安的心一下子安定下来，再也不那么忧心忡忡提心吊胆了。若说一个人一生中要有个归宿的话，他觉得那云彩眼儿里的沟口村，就是他最好的值得托付终身的地方。

还在他五六岁刚刚懂事的时候，他的父亲季国重已是地方上远近闻名的医生。无论在大街上，抑或是小巷里，鲁阳城就这么大片地方，人们大都知道他是季国重大夫的孩子，都会呵护他，高看他一眼。后来，即便季国重遭人妒忌，受陷害被打成了那样的人，又赶上"三年困难时期"，吃没有吃的，喝没有喝的，但作为季国重的子女，健中他们倒没有受太多的委屈。因为老人那高超的医术和对地方医疗卫生事业发展所做出的突出贡献，党和政府还是把他当高级知识分子看待，其子女才得以在鲁阳县最好的育英幼儿园里生活和学习。不仅能吃饱饭，还能和干部子女一样，隔三岔五有油条、饼干和苹果吃，享受到一般家庭孩子无法享受到的生活。

自打那时候起，有恩必报就在健中心里扎了根。可在知青生活中，他除了给家庭带来精神上的慰藉外，对于回报社会什么的，却无能为力。为着这无法报答的缺憾，他把一切苦啊累啊埋在心里，扑下身子没命地劳动。还有父亲，即使是在被错划成那样人的日子里，他不仅对党和政府始终是忠诚的，而且坚定不移，并在许多场合，当着许多人的面，郑重地说过，他这"黑五类"分子是被人陷害，被错划的，早晚有一天党和政府会还他公道。粉碎"四人帮"，特别是党的十一届三中全会后，我们党正视前进过程中出现的问题，纠正了冤假错案，并落实政策，季国重恢复了名誉，享受到了应有的待遇。尽管公道来得迟了点儿，让老人受尽了磨难，但老先生真的是铁树开花、枯木逢春，他不仅在职称评定时跻身全省为数不多的主任医师行列，还被县委、县政府授予鲁阳县人民医院名誉院长终身荣誉，并在政协鲁阳县第五届一次全会上当选为政协副主席。

随着一桩桩、一件件喜事的到来，赶上国家改革开放的好时机，从大山里走出来的季健中更是如鱼得水。他先是因一篇《依托山区资源，大力发展矿业经济》的调研文章被领导看重，破格安排到县经贸委，走上管理岗位。之后不久，又脱颖而出到企业挂职锻炼。紧接着，尽管是被人给排挤出来，带着发配的意味，再次到了大山深处与矿山开始打交道，但这毕竟为他施展才华搭建了平台。用了五年多点儿的时间，季健中白手起家，在昔日野狼出没之地，建起了一个叫得响的优质鳞片石墨选矿厂。

其间，他也曾几次到美国与自己心爱的天天和女儿团聚。特别是女儿越来越大，越来越懂事，难以割舍的父女之情，让他真的把手头的工作全都移交给别人，做好了一去不回的准备。可是，到了美国后，他没住够半个月就急急地回来了。因为他想念自己的家乡，想念自己的同事，更想念出门靠人推着的老父亲和自己的傻弟弟。

"路是要靠自己走的，父母再亲，也不会跟你们一辈子。"这是季国重教育子女时经常说的一句话。作为医生，也作为有高血压疾病的人，季国重可能想不到，将来有一天自己会成为植物人，靠鼻饲维持生命，但他指定想到了自己走后，他的傻儿子会成为别人生活中的累赘。为着这份担忧，自打家里生活稍有好转那一天开始，他就从他的工资里，抽出一定数量的钱，定期存到银行。特别是恢复工作和待遇后，他就把他和老伴儿得到的国家一次性补贴，都给他的傻儿子存起来。他对全家人说："存折上的每一分钱，都是你们的傻弟弟傻哥哥的养命钱。就是再急，再吭办法，你们谁也不能动。"

现在，季健中又想起了父亲曾经说过的"谁也不能动"的话。无形中，他的心里禁不住一颤。

"是俺哥回来了？"健华在院子里问母亲。

听到话音，季健中停止了按摩，伸手把被子给父亲盖好，起身走出来。见妹妹随手把菜都买回来了，就道："健华，你怎么没上班呀？"

健华在银行上班，是搞后勤的，出来办完事，就顺道回来了。听哥哥这么问，就道："任务完成了，回来看看。"

"那正好。"季健中见妹妹把外衣脱下来了，急忙伸手要接，却被妹妹拒绝了。看对方愣愣地看他，健中不好意思地笑着道："不瞒你说，我还真是被难住了。你看——炭材厂一二百号人，马上要过年了，可他们好长时间都没有发工资了。"

健华不知道哥哥说这话要干什么，遂附和地道："是呀，眼下的企业，日子都不好过，不仅当官的发愁，职工们几个月都拿不到工资，生活上没着落，当然也发愁。"

健中道："那你得帮帮我。"

"我？"健华愣住了，道，"我怎么帮你？"

健中道："帮我给金城说说，让他松松手给我们贷点儿款。"

一听是这么回事，健华叹了口气，道："正出正入的，又不是胡花哩，要贷款你直接找金城说就是了。"

"我找他说过多次了，可他……也就是个嫌贫爱富的主。"

听哥哥发牢骚，健华道："要是这，你给我说，那不是嘴上抹石灰——白搭嘛！"

健中道："你帮我想想办法嘛！"

健华笑了，道："调你到炭材厂是县委的决定，县里哪个人都知道。困难这么大，你应该找县领导说才是。"

健中白了妹妹一眼，叹了口气，道："县财政比我们还困难，公务员们也有两三个月没发工资了。"

"那咱能有什么办法？"看哥哥没接腔，健华思前想后，禁不住数落道，"在矿上好好儿的，你就不该穿新鞋踏这臭屎。你也吭想想，你那一家子咋过哩！叫我说干脆撂那儿走人，漂洋过海的，也别让人家天天老这么干等着。自己的事不上心，你打算就这么过一辈子呀哥？真是自找罪受。"

健中无奈地摇了摇头，道："我想走，可家里这情况我能走吗？"

健华道："家里这情况，你是顾上爹了，还是顾上弟弟了？"在健华心里，她对哥哥有一肚子牢骚。

健中有些生气了，道："你就别再往我这伤口上撒盐了行不行？"

想想远在大洋彼岸的天天，三番五次来信让哥哥到美国去，而哥哥总是顾这顾那地走不了，眼下又到了困难重重的炭材厂，健华便没好气地道："你呀你，怎么说哩，你就是一根筋。"

"也许这就是我的命！"想想眼下的事情实在没法儿，季健中踌躇了一阵，还是吞吞吐吐地道，"健华，我想给你商量个事儿，你看行吗？"

健华笑了，道："什么事？还有你找我商量的时候？"

健中一脸无奈地道："咱爸不是有个存折在你那儿嘛，我想先用一下。"

健华一听就火了，白了对方一眼，埋怨地道："大哥，亏你想得出来！"

健中："这不是实在没法儿嘛！"

"哥，那可是咱爸咱妈从牙缝里省出来的，是给你的傻弟弟的活命钱，那能动吗？！"

"这我知道。"

健华叹了口气，道："炭材厂那情况我清楚——要想翻身，实比登天都难。实话给你说吧，去不去美国，那是你自己的事，我这当妹妹的也管不了，你自己看着办。至于家里那点儿钱，你趁早别打主意。"

"唉，打什么主意，我就是想先救救急。"

"那也不行！"

母亲听不下去了，从厨房里出来，道："健华，你哥那是……"

"妈，你别管！"

"好、好，我不管。"看健民在一旁傻笑，母亲虚晃了下巴掌，"傻儿子，就知道看热闹。"

看母亲拉着弟弟到厨房去了，季健中想了下，遂伸手把妹妹拉在炉子前坐下，深情地看着妹妹，道："咱爸没得病前常说，人活的是一口气，为的是一张脸。县领导和职工们抬举我，给我脸，不说党，也不说国家，咱没那么高的政治觉悟，单单看着一二百号人没法过年，我这当厂长的心里急呀！"

"你才上任几天？这不是你的责任。"

"就是上任一天，我也得担起这个责任。"

健华愣住了，眼眶里涌出了泪花。

第七章　春节来临之前

当季健中从健华手里接过弟弟的养命钱，看着妹妹流着眼泪扭头走了的时候，一阵心酸涌上心头。

健中的弟弟叫健民。健民十一岁那年赶上了那个红色浪潮，浪潮横扫一切"牛鬼蛇神"，他自然也无法幸免。

在鲁阳湖畔的广场上，红卫兵"造反派"们批斗完季国重正要离开时，回头一看季健民手里拿着小红旗在一旁发愣，他们的革命激情一下子又被点燃起来。这些红卫兵，大都在一条街上住着，也大都认识季健民。特别是街道上刚成立的"永红战斗队"中的几个"造反派"，由于他们清一色都是小混混，人少造不成声势，吃不上股子不说，也找不到有分量的批斗对象，这就瞄住了季健民。理由是，刚刚开批斗会喊口号的时候，好像季健民没吱声，这几个"造反派"就指责健民革命意志不坚，并给扣了一顶大帽子。自己的父亲是个什么人，健民虽然年纪小，可他已经懂了世事，好与赖他早已分得清清楚楚。面对"造反派"们的无端指责，健民心里委屈却一声未吭。哪知这下坏事了。"造反派"们把他的表情当成了无声的反抗，是"咬住仇，咬住恨，嚼碎仇恨强咽下"。这样，一顿拳打脚踢之后，可怜的健民被人一脚踹进鲁阳湖里，不幸撞在石头上，昏了过去。当他被人背回家再站起来的时候，就再也分不清香和臭了。

此刻，捏在手里的这把钱，季健中掂量得出其重量。可是，一阵彷徨过后，他还是一咬牙，一分没留，全都交给了厂财务科科长曹艳玲。

副厂长顾永强正为焦化厂业务员来讨账一事着急，毕竟，用人家的焦油，货款早就该结了却没钱给人家。

此刻，一听财务上有钱了，他先给曹艳玲交代了一声，遂紧接着从二楼来到三楼，发了一顿牢骚，最后提到了钱。意思是说，讨回来那几个钱捂了窟窿，剩下的欠着。现在人家来讨账盯着不走，要季健中无论如何给他拨俩钱，把讨账的打发走。如若不然，他连家都没法回。

季健中知道这是作了难了，可那几个钱是为职工过年准备的，要是拿去捂了窟窿，全厂职工就得干瞪眼，就道："是这样——顾厂长，咱们是焦化厂的老客户，你再多费点儿心，好好儿给人家解释一下，争取人家的理解。至于财务上那几个钱，真的不能动。"

一听是这么个回答，顾永强不想说什么，可是他憋不住，就叫了声"季厂长"，道："你刚来，想留个好印象，把职工们的心拢住，这我支持。可是，人家盯着不走，你让我怎么办？"

"我知道不好办，也难为你了。"季健中道，"欠人家的钱，总归要给人家。但眼前这年，我们只有咬咬牙先过去了再说。"

顾永强听了，张口无言。

年二十三这天，要分的鱼都被职工们领走了，而宋晓燕到团县委开会未回，鱼还在地上少气无力地蹦跶。绰号叫"大个儿"的牛志刚见此，犹豫了半天，还是上前把鱼装进塑料袋里，然后往自行车把上一挂就走了。

这是一个既普通又不太一般的院落。所谓普通，无论拉起来的围墙，或是院内的主建筑，和近些年大多数人家一样，所选原料，全都是用的蓝砖。说它不一般，撇开气派的二层小楼不讲，单说爬满墙壁的枫藤和探出院子已经鼓起花苞的杏树，莫说置身其中，就是远远地看了，也会让人感到温润、惬意。特别是古铜色油漆院子大门上，两排牛眼泡钉和一对铺首，无不给人一种严谨而又庄重的感觉。在鲁阳城里，但凡人们打此路过，无一不多看一眼。

叫开这个气派的大门，见宋晓燕的妈妈愣愣地看他，牛志刚道："阿姨，厂里发了福利，我给捎回来了。"

"哎哟，炭材厂还能有福利?!"晓燕妈惊讶地说。

明显的歧视，让牛志刚听了心里十分不乐，遂道："厂子是趴下了，可我们来了新厂长。人家把心掏出来了，这些鱼呀米呀，都是我们厂长把自家的积蓄拿出来买的。"

这时，随着一声自行车的刹车声，晓燕的爸爸宋家昌下班回来，正听到此话。

这个宋家昌，原在部队服役，是个正营职军官。几年前，他转业回到鲁阳，现下是县财政局局长。见牛志刚扭头看他，遂笑了下接了话题，道："三十年河东，三十年河西。有那么好的基础，又有这么好的厂长，炭材厂不鸣则已，一鸣惊人。"说罢，他咔嚓一声扎了车子。那样子，就仿佛是对他说过的话的有力印证。

这话，牛志刚爱听，遂笑嘻嘻地道："宋叔叔说得没错。我们厂长说了，一年扭亏，三年翻番，五年就要走出国门。这个目标，我们一定能实现。"说话间，见宋家昌要动手搬大米，牛志刚随手把鱼丢在一旁，急忙上前，叫着"叔叔"道："我来我来。"

放好大米从厨房里出来，牛志刚觉得刚才放鱼放得不是地方，想挪开。可是，刚提起来，就听晓燕妈啧啧道："把鱼送回来就行了，还要收拾呀！"

牛志刚犹豫了下，不得不顺着话道："这容易，一会儿就成。"

过年了，每人分了十斤鲜鱼，是扒堆儿估的斤数。宋晓燕这一堆儿是所有人拿剩下的，牛志刚觉得分量差了点儿，就把自己分到手的一条大鱼掂过来搭上。也就一会儿工夫，四条活蹦乱跳的鱼全都收拾完了不说，连场子也在晓燕爸的帮助下弄得干干净净。

接过晓燕妈递过来的水洗了冻得红萝卜似的手刚要走，宋晓燕开会回来了。

这么一种情况下，牛志刚又是第一次到家里来，宋晓燕心里暖暖的，甜甜的，心里说不出的高兴。看饭还没准备，她就对父亲说："爸爸，我送送志刚。"

晓燕爸挥了下手，温和地说："去吧！"看得出，他对高高的个头儿，标致而又满脸朴实的牛志刚很是喜欢。可是，忽然想起一事，担心给耽误了，就急忙道："停一下。"见女儿停下来回头看他，宋家昌道："刚刚得到个信儿，国家下拨的扶持资金已经到市里了，给你们季厂长言一声儿，让他提前有个准备。"说着，从车兜里掏出一份文件。

一看是中央财政下发的红头文件，宋晓燕满脸兴奋，道："谢谢爸爸！"

一旁，晓燕妈忙给闺女交代："哎，早点回来！"

宋晓燕回答道："好、好，您放心。"

见女儿一丈身子真的坐在了牛志刚的自行车后架上，晓燕妈想拦又觉得拦不住，这就沉下脸了，道："不要走远，饭凉了没人给你热。"

不是没事找事，而是怕鲜鱼变成了死鱼，牛志刚才到宋晓燕家里来的。打内心深处说，牛志刚当然喜欢宋晓燕，可他知道自己的家庭情况。也正因为如此，当宋晓燕向他表达爱意时，他就有意把这扇爱情的大门立马关上。当然，此生不能成为夫妻，牛志刚还是非常乐意结交宋晓燕这个异性朋友以便互勉。要不然，什么活鱼死鱼的，他哪有时间操这样的心呀！

骑着车子默默地走了一段，宋晓燕打破沉默，道："你不高兴了？"

"没有。"牛志刚有意岔开话题，道，"团县委开了什么会？"

"春节马上要到了，团县委把团干们召集在一起，汇报汇报工作，相互交流一下，最主要的是强调要广大团员青年带头，过一个文明祥和的春节。"说罢这话，宋晓燕见对方停下来看她，就道，"怎么不走了？"

"回去吧，饭要凉了。"牛志刚道。

"听俺妈瞎说。"宋晓燕道。

听了此话，牛志刚禁不住笑了。显然，他是有意那样说的。

想起厂里青工那一摊子事，宋晓燕道："围绕厂里技术进步和生产发展，你和德昌几个人把读书学习这股热潮带起来了。谢谢你，你为我们共青团员做出了榜样。"

"我？这算什么?!"牛志刚颇显神秘地道，"听奚书记说，季厂长桌子上放着成人高校课程。人家是大厂长还不懈怠，何况我们。"

"是呀，企业要发展，人才是基础。"说罢这话，宋晓燕不无担忧地道，"将来选拔青工到大学进修，基础知识是关键。不行的话，你给人家补课那事就算了，别把大事耽误了。"

"放心，我心里有数。"牛志刚道，"帮人家补习功课，我自己也提高了，两不误。"见对方放心地笑了，又道，"快回吧，别让阿姨担心你。"

"她？她哪是担心我。"宋晓燕心事重重地道，"县委有个干部，他儿子在市里工作，说是都当上副科长了。她偷偷儿去看了，回来就催我。"

"那你应该高兴才是。"牛志刚一副漠不关心的样子。可是，说罢这话，见她把头扭到一边一声不吭，而且引来路人不停地看，才知道这是伤了对方的心，让对方哭了。他实在没这方面的经验，只是实话实说罢了，就道，"结识一下也无妨。不是有那句话嘛，一家有女，百家问。"

哪知此话正戳到对方的伤心处。就见宋晓燕昂起头，直视着牛志刚，道："我心里想的什么，难道你还不明白？"

牛志刚道："我明白什么？"

"一家有女，百家问。那你怎么就不问问？！"宋晓燕一副不依不饶的样子。

"我……"牛志刚不知道该怎么回答了。

来到国营食堂门前，趁牛志刚扎车子落锁的当儿，宋晓燕掏出粮票和钱买了两碗肉片汤和四个馒头。

可是，坐下来一看旁边两个食客是一道街的，牛志刚立时觉得不妙。这时候，他只想赶快走人，以免被街坊们发现。若不然，传扬出去，即便遇到媒茬儿，指定不耐打听。想到这里，牛志刚拿起的筷子又放下了，小声地道："我有事，你慢慢儿吃吧！"

"志刚——"看着牛志刚逃也似的走了，宋晓燕愣住了。

接了县财政局局长宋家昌提前打的电话，又看了晓燕捎回来的中央财政下发的红头文件，季健中心里就像是喝了烧酒似的，立时热了。

可是，他不知道申请这样的资金需要什么条件，也不知银行方面还有什么新规定。为了不走弯路，尽快争取到资金，他把电话打给了在县工行工作的妹夫蔡金城。

一听说到钱，蔡金城当是又找他说贷款一事，心里烦，说话就不柔和，因为这事他已经解释过多遍，这可把季健中气坏了。

这事搁在别人身上，健中会一言不发，可偏偏碰上的是自己的妹夫，窝了多天的火，这就找到了发泄的对象，遂拐弯抹角把银行给腌臜了一顿。

推门进来，奚道强见季健中气呼呼地坐着发愣，便道："你这是怎么了？跟谁生气呀？"

"跟谁？跟银行。"季健中起身，倒了茶递给对方，二人在沙发上坐下来。

奚道强叹了口气，道："你要是红火的时候，他们脸上的笑比谁都好看。反过来，要是遇到坎儿过不去了，他们只会瞪大眼睛看着。"

季健中苦笑了下，设身处地想想，叹了口气，道："他们有他们的难处。"

"没钱难办事呀！"

"是呀！"

奚道强知道季健中正为下步生产资金犯愁，而且也确实不是好解决的。不然的话，前任厂长林如山即便碰到的困难再大，一个从不服输的人，无论如何也不会轻易走辞职之路。

次日，为了争取第一时间拿到国家下拨的扶持资金，季健中带着曹艳玲，一大早便来到市里，结果还是碰了一鼻子灰。因为资金是拨下来了，可市里还没有拿出实施方案，再着急也没用。

季健中心里很不是滋味，禁不住叹息道："怎么办呢？"

听了这话，曹艳玲知道季健中为解决厂里资金问题实在是没办法了，忙安慰道："季厂长，事情就是这样，慢慢儿来吧！"

无奈中，他们又来到中国银行，想托关系碰碰运气。但是，没想到王行长的脸也变得那么快。季健中又是一声叹息，不无戏谑地对曹艳玲说："这都成了叫花子了，没人待见呀！"

曹艳玲道："那是，你原来在石墨矿，效益好，又能出口创汇，人家当然乐于帮你。现在换了单位，背一身债，人家躲你还来不及呢，更别说待见了。"

看着奚春阳把吉普车开到了面前，季健中正要上车，他提包里的寻呼机响了。一看是家里的电话，健中不知何事，忙对曹艳玲道："曹科长，请你们稍等一下，我回个电话。"说罢，他左右看看，见不远处胡同口有个电话亭，忙跑了过去。

曹艳玲看离电话亭还有段距离，遂对春阳道："咱们也过去吧，省得季厂长来回跑。"

"好嘞！"春阳是那晚跟着父亲给季健中送饭之后，第二天就办好转业安置手续到炭材厂报到的。听曹艳玲这么说，一面应着，一面推开车门。曹艳玲上了车，待发动了车子开到跟前的时候，季健中刚好打完电话。

看着对方喜气洋洋的样子，曹艳玲猜不出何事，一边推开车门让对方上车，一边道："什么好事呀，季厂长？"

"私事，你嫂子和我岳母大人回来了。"说话间，还没来得及坐稳，健中便催促道，"走，回家！"

第八章　真挚的乡情

在天天她们去了美国后，季健中把闲置下来的郑家老房子，改造成了二层小楼，目的就是天天回来了有个温暖的家。

临街是一道用青砖砌起来的花墙。围着院墙种上了蔷薇，这几年已经把院墙爬满了。只是眼下不是花季，要不然这里指定是鲁阳城里的一道美丽风景。院门是两扇对开的铁艺大门，打开后可以轻松把厢式工具车开进来。但房子建起已经四五年了，只在拉家具的时候，把两扇门全都打开过，平常都关着，只把其中一扇门上的小门打开供人出入。迎着大门，是一条用水泥块铺设的通道。为着心中的人儿，健中在路两旁种上了桂花和蜡梅。时下，正是蜡梅盛开的时候，莫说进到院里，就是在大街上走过，也会闻到蜡梅的芳香。

这些年来，由于健中在大山深处的石墨矿工作，天天又大都在海外忙碌，每逢回来，他基本上都是在父母身边守着，这边的宅子时常处于闲置状态。现在，主人要回来了，虽然健辉带着人已经把里里外外都给打扫擦拭过，可母亲还是不放心，就让健华又带着人过来收拾。

忽然，院门外传来汽车喇叭声。众人还当天天她们到家了，探头看，是一帮年轻人从汽车上下来，抬着两缸金橘还有水仙花进了院子。

一问是政府方面安排过来给天天一家送花的，健辉和健华几个人便慌了。他们急忙上前接住客人，又是递香烟，又是端热水让大家洗手。这么忙活了一阵，待送走客人，刚把花摆好，季健中就从县侨办接妻子和岳母回来了。

时下，岳母梁婉君已经是六十多岁的人了，虽然满头华发，但还是那么靓丽。十几年前，由于眼睛近视，她时常戴着眼镜。那时候，她和所有的社员群众一样，是个靠挣工分吃饭的人。但有所不同的是，她无论做什么想什么，她那晒不黑的皮肤和或动或静的神态，都无法抹去她的知识分子气质。

十几年后的今天，她还戴着眼镜。虽然细密的皱纹已爬上了她的额头和眼角，但她的神态，依然和十多年前那般，基本上没有什么大的变化。永远的端庄稳重、不急不躁、不愠不怒，既是她看破红尘后的自然流露，也是东方女性顺应社会、谋求生存的平常心使然。

而此时的天天，她和健中都是将要四十的人了。若不是那波浪式又黑又亮的秀发，使她显得那般庄重与成熟，猛一看还真的会把她当成二十来岁的年轻女子。高高的个头，一身素衣淡妆，风姿绰约，举止得体，给人的感觉，既机敏睿智、超凡脱俗，又和善大方、朴实无华。她挽着母亲的胳臂，显得那样温柔和孝顺。

那年一走，除去上学期间，天天几乎年年回来，而梁婉君则从没回来过。此刻回到家乡，听到信儿过来看望的街坊邻居，还是一下子就相互认出来了。那个热闹和激动的场面自不必说。单说天天当年的同窗，如今的常务副县长刘振国安排好手头的工作，遂急急忙忙骑着自行车专程过来看望。

这个刘振国，早年上学的时候，一直是个满头黑发的瘦小子。不知是遗传，还是工作压力太大，四十挂零的人早就发了福，而且也有了丝丝白发。季健中把刘振国往跟前拉拉，向天天介绍道："你想不到吧，你去年春上回来的时候，他还是秘书长，现在……"

"别、别！"刘振国一听季健中要介绍他的职务，急忙拦住，笑了下，转过身喊着"阿姨"，把人让在沙发上坐下，这就亲自斟上茶捧到梁婉君面前，道："天天两下跑着忙得脚不沾地，可阿姨您呀，这可是十几年都没回来了。来，尝尝咱鲁阳的水是不是跟先前的不一样？"

梁婉君接过杯子尝了口，细细地品了下，道："嗯，不一样！"

刘振国道："真的不一样？"

梁婉君道："真的不一样！"

刘振国道："阿姨，怎么个不一样?"

梁婉君道："甜呀!"

刘振国有了话头，忙道："那您就不要再走了，我们鲁阳的水养人。"

沉思一下，梁婉君道："我是不想再走了。六十出头的人，还能再活几年?"

"阿姨，您身体这么好，这么硬朗，那就是我们这些当晚辈的福。"刘振国道。

"世上没有长生不老药。知足了，知足了。"放眼看了下，梁婉君又道，"想不到家乡变化这么大。就说这老宅子吧——宽宽展展，明明亮亮，看一眼我就不想走了。"

"那我们全鲁阳人可都要拍手欢迎啦!"刘振国道。

听了这话，梁婉君笑了下，道："可不走也不现实呀!"

"没那么大包袱。"刘振国道，"这么多年了，您没少给山姆大叔们纳税。年纪一天天大了，也该歇歇鞍儿，清闲清闲。"

这话说到了梁婉君心里，她看了眼面前的健中，信心满满地道："漂洋过海回来一次，有这个打算。"

听母亲说罢这话，见健中愣愣地看她，知道此话有点唐突，天天忙打起圆场，道："妈您才多大岁数，大华那边的金山，都等着您带着去搬哩。至于说到清闲，既然回来了，您就多停些日子，也好帮我把墓碑给我爸爸立起来。"

说到立碑一事，刘振国叹了口气，道："那些年这的那的，着实伤了一些人，也让你们老郑家受了委屈。"随着话音，仿佛赔不是那样，刘振国捧起茶壶往天天母女俩杯子里添了水，"阿姨呀，一个国家，跟一个人一样，年轻的时候，难免有忽冷忽热欠周到的地方。不过现在好了。阿姨，党和政府正在搞改革开放，无论经济建设还是人民生活，各方面都发生了翻天覆地的变化。您和天天回来了，可要多走走，多看看呀!"想起早年天天在队办企业玉雕厂当雕工一事，刘振国三句话不离本行，"天天知道，那些年咱玉雕厂，也就生产些烟灰缸、手镯一类的小玩意儿。这几年引进了一些人才和技术，产品档次是上去了，可眼下这市场……阿姨，不瞒您说，光外贸局积压的物件，仓库里都快盛不下啦！"

梁婉君道："市场千变万化，年年月月都是竞争。我知道，玉雕生意不好做。"

"是呀！"刘振国道，"阿姨，您和天天都是这方面的大行家，您一定得抽空到厂里指导指导。还有市场销售上的事儿，您也得操操心呀！"

天天见母亲笑着没有吭声，知道母亲心里想的事情多，忙把话接住，道："这你不用担心，健中不止一次在信中说过，我和妈妈这次回来，有这方面的打算。"

"好，太好啦！"刘振国更加兴奋了。

这时，坐在门口的健辉和健秀几个人，满脸堆笑地慌慌张张起身出去了。这情况立时引起了季健中的注意。猜出有人来，长起身子看了下，果然发现了情况。他先对刘振国，又对天天母女解释道："县委宣传部的马副部长。她给你们写过信。"

"哎呀，这个马副部长可是大笔杆子。"刘振国说着，与众人起身去看，马青云在健辉等人的簇拥下已经进来了。

愣了下神，猜出面前的母女就是梁婉君和天天，立时，一向以活泼大方著称的马青云不知怎的，却感到不好意思了。

一旁，季健中忙介绍道："马部长，这就是你天天嚷嚷着要采访的人——郑天天。"

"谢谢！我知道。"马青云说着，抬眼见天天母女俩都在愣着神看她，她笑了下，转身从健华手里接过装得鼓鼓囊囊的一个文件袋，喊声"阿姨"，解释道，"刚刚在县委看见您和天天姐，我就想，您是从鲁阳出去的，鲁阳人盼您回来。这呀，又甜又香，这就是鲁阳人的心意！"话说到此，马青云一手捉着袋口，一手抄着袋底，呼啦一声倒了一茶几乳黄色的山楂，其中一些还扑扑腾腾滚到地上去了。

顿时，屋子里溢满了山楂果的清香。

趁着众人弯腰拾山楂果的时候，梁婉君看看天天，又看看马青云。这么反复看了，她感到惊讶，遂欠欠身子，又把地方腾开，招手把马青云叫到身边坐了，道："马部长想得真周到。我呀，就是喜欢山楂果。"

"那我去洗洗您再吃。"马青云说了欲走，却被梁婉君伸手拉住。

看着健中、健秀捧了山楂去洗了，梁婉君歪着头看着马青云，道："马部长是咱鲁阳人？"

一旁，未等马青云开腔，刘振国忙把话接住，道："马部长家在开封，人在郑州，是下来挂职锻炼的。"

梁婉君笑了，起身换了下位置，让马青云和天天挨肩坐了，道："看看，这也太像了，跟双胞胎姊妹一样。"

一听这话，所有人的眼光都投到天天和马青云身上去了。众人看到，无论眉眼脸盘，还是个子体形，活脱脱一个模子里刻出来的。只不过天天沉静，马青云活泼一些罢了。

这时，健秀把洗好的山楂果端出来，而跟在后边的健中借着给大家递山楂果的机会哈哈笑起来，说："去年秋上，马部长跟振国到矿山调研，猛一看我当时就愣住了，还当是天天从美国回来了。"说话间，他把山楂果递给岳母，喜滋滋地道："妈，您是不是生了双胞胎呀！"

"那我可求之不得了。"梁婉君说着，把手里的山楂果递到马青云面前，"谢谢马部长送来这么好的果子！"趁马青云接果子的时候，她发现马青云手指上戴着一枚银质戒指。梁婉君先是一愣，紧接着很快就平静下来。她佯装心不在焉的样子，拉住对方的手细看。

她看到，这枚戒指，图案是蜘蛛形状，背上镶着红玛瑙，做工精细，造型逼真、饱满，极富想象力和感染力。在民间，古有"喜蛛"之称，象征"福气"，取谐音"知足"，表"知足常乐"之意。

这么欣赏了一番，梁婉君心里立时便波涛翻涌起来，觉得实在是太意想不到、太不可思议了。这要搁在旁人身上，指定要立马刨根问底一番。毕竟她的心灵受到了极大冲击，那是无法平静的。可她是什么人？那是久居海外的华人，是见过大世面的玉石界的翘楚。

这么看了，梁婉君淡淡地道："这个戒指好漂亮，怕是有些年代了吧？"

马青云愣了下，抬手看了看戒指，随之一笑，逗趣地道："阿姨，您这可是嘴里有火——说着了。"

梁婉君也笑了，说："那会不会是恋爱时的信物？"

此话一出，逗得满屋人全都笑了。

马青云见此，立时不好意思起来，连忙解释道："不是不是。我们那时候，哪兴这个呀！"摘下戒指，凝神看着，道："去年，我要到鲁阳来挂职锻炼了，妈妈说要送我一个宝贝，就特意把她手指上戴的这枚戒指摘下来送给我，还要我好好保管哪！"

天天妈听后，啊了一声，仿佛明白了什么。

在老宅那边，健中母亲和健辉媳妇做好迎接天天母女的饭菜，都急着要见远道而回的亲人，这就扯一把拉一把相跟着过来了。

听到动静，屋里人急忙起身相迎。立时，嘘寒问暖中，两家老人都免不了掉一回眼泪。

是的，都是那样的家庭，又赶上这运动那运动，不说吃苦受罪，单就过那提心吊胆的日子，实在是太刻骨铭心了。尽管都是过来人，可每每想起，又有谁能忘怀啊！

但所有的风浪都过去了，何况天天母女又是从大洋彼岸远隔千山万水地回来团聚，这就是人生最大的喜悦。也就在众人欲要上前相劝之时，两位老人擦掉眼泪，你看看我，我看看你，相互道着好言吉语，没几句话就说得笑弯了腰。

一旁，刘振国知道面前的人见了面有说不完的心里话，而且长途劳顿，人家也该好好休息一下。他觉得不便过多打搅，遂提议要尽地主之谊，可梁婉君此时的心情非常复杂，只说不用麻烦，给予推辞。

见是这样，健中母亲恐驳了对方的面子，忙笑嘻嘻地拉住刘振国的手，打圆场道："到外边干什么？不破费！家里都预备好了，不走，跟大娘到那院去。"

转眼到了次日下午，看天天和岳母都安置下来也歇过来了，季健中受刘振国委托，请天天母女两人吃饭，三人就相跟着从家里走出来。

梁婉君是不轻易同人在外边就餐的，何况是这么一种情况。可她禁不住闺女女婿从中说合，考虑到生意上还有事，这就点头应允了。

作为晚辈，也作为政府方面的人，刘振国早早就在路边迎着。当然，有言在先，除了县外贸局的赵局长，别的，既没让县上的其他领导出面作陪，也没到县宾馆，而是就在离天天家很近的一家小酒店里设了个便宴，邀请家在鲁阳或在鲁阳工作的安心平和黄玉枝两个当年初中时的老同学以及天天的表弟陈春生陪着，为天天母女接风。

有关县外贸玉制品贸易一事，赵局长专门给刘振国汇报过。此刻设便宴，一是天天母女从美国回来了，对鲁阳官方来说，这就是外事活动。二是县外贸出口业务他很关心，天天母女有意向，他很想促成这笔交易。三是炭材厂局势刚刚稳定住，尽管他相信季健中不会轻易撒手，但家庭情况在面前摆着，这是不争的事实。作为常务副县长，他不能不有所担心。四是难得有这么个好机会，老同学聚在一起拉拉家常，也是可遇而不可求的。

宴席充满温馨。大家寒暄了一阵，听了天天母女在海外的生活经历，刘振国也简要介绍了地方上的经济发展情况，并就投资玉雕厂和玉石贸易一事做了推介。

接着，外贸局的赵局长趁着敬酒的机会，表达了自己的心意。他说，一听说季厂长捎的口信，外贸局上下都很重视。尽管业务还没有进入实质性阶段，也不管此笔业务最终能不能谈成，作为家乡人，他都十分感谢天天母女。因为，远隔重洋，她们还时常把家乡记在心上。

这番话，不只是天天和她的母亲，就连在座的刘振国和季健中等人听了，眼眶也禁不住湿润了。

想起天天母女此次回来要为郑寒光立碑一事，借着敬酒，刘振国对梁婉君道："郑老师为学生家访，献出了生命，鲁阳人会记住他的。立碑的事，您不用操心，一切由我安排。"

梁婉君叹了口气，道："人就那回事，走了也就走了。也就是个心愿，不过多张扬。再说了，这是我们自家的事，不麻烦别人，更不麻烦政府。"

"是呀，也就立个碑，别的一切从简。"天天指了下一旁的陈春生，对刘振国道，"春生你知道，我表弟。刚刚在来的路上，这事已经说过了。"

话听到此，陈春生心情沉重而又诚恳地道："我舅是为我遭遇山洪把命丢了。这么多年，尽管无碑，但在我心里，郑老师早就是高山一座。"说罢此话，他倒了酒，当空祭拜过后，对刘振国道："刘县长，立碑的事，有我和健中哥，什么都有了。只是还有一事，天天姐说过，在我心里也一直压着。"

"啊，我知道了。"刘振国道，"是天天的爷爷，你姥爷的事。"

陈春生道："对，我姥爷。"

刘振国点点头，道："这件事我也时常念着。怎么说呢，老爷子手里有那么大一摊子生意，又乐善好施，说没就没了不说，连个尸首也没落下，怎么想都不正常。"想了下，推测道："从时间上说，老爷子在外边出事的时候，同当年的农民暴动相契合。保不准就像李支书猜测的那样，这两者之间真的会有联系。"

"'破家五鬼'的恶名压死人呀！"梁婉君十分伤感，"为这事，我这当儿媳的，什么时候想起来，心里都憋得慌呀！"

见母亲说着说着掉起了眼泪，天天遂叫了声"妈"，开导道："有这么多人想着这事，您放心，爷爷的事，早晚会弄明白的。您想啊，事情虽然过去了六十来年，是有点儿久远，但莫说我爷爷走南闯北是个见过世面的人，就是一股青烟儿没了，也一定会留下影子。"说着，天天执壶为母亲添了酒，生怕别人听去似的，压低了声音，道："这事我不是早就应下了？请相信我。"

"妈是不是老糊涂了，怎么也扯起了这事？"天天妈也压低了声音。

"既然糊涂了，那您就把杯子端起来。"见母亲端起了杯子，天天又招呼上众人，"谢谢各位！来，把一切烦恼全都送走。干杯！"

"干杯！"众人附和着干了杯中酒。

接下来，一看赵局长敬了酒把梁婉君拉到一边说生意上的事去了，这帮人自然就叽叽喳喳说起同学们之间的趣闻逸事。其间，黄玉枝说起当年的"鲁阳诗社"，说天天当年也是诗社的活跃分子，并掏出随身带来的笔记本，翻到已经做了标记的页面，颇带感情地朗诵道——

蓝，离地面越来越远，

仰望，那是伟大祖国的天。

摘一颗星斗，

让我把它暖出笑脸——

待到东风吹遍了大地，

人类不再有生活的苦寒。

…………

听着听着，天天忽然记起来了。她仿佛又回到了学生时代，道："玉枝，你还记着这首诗呀！"显然，天天是这首诗的作者。

"好一个'让我把它暖出笑脸'，叫我说呀，天天，你没有把星星暖出笑脸，倒是把有些人暖出笑脸啦！"一见同学们，就打开了话匣子的黄玉枝说着，暗中指了指一旁的季健中，逗得众人全都笑起来。

笑罢，天天不无感叹地说："那时候，社会主义，还有世界大同，是在脑子里印着的。现在想来，心里还是热乎乎的。"

刘振国道："蓝，还是那么远，这是不会变的。生活中，尽管不可能把星星暖出笑脸，但国家正在进行改革开放，一个国富民强的时代的到来，已经为时不远了。"

天天深有同感地点了点头，又发自内心地道："多么盼望国家赶快强盛起来呀，也只有国家强大了，我们这些漂泊在海外的游子，才能抬起头来做人。"

"放心。"刘振国道，"洗雪百年耻辱，建设富强国家，吾辈责无旁贷。"

"好啊！振国，你这话说得太好了。"天天赞叹道。

"那就让我们一道努力！"刘振国说着，挥了下有力的拳头。

"一道努力！"显然，天天被刘振国的热诚感染了，她也挥了下拳头。

众人见此，全都附和起来。

想想当年诗社里就数刘振国的诗写得好，天天压低了声音，对黄玉枝道："我想起来了，诗社咱那帮人，振国的诗最多，叫我问问——"天天提高了声音，"振国，你可是有作诗的天赋。怎么样，还继续写吗？"

刘振国笑起来，道："我那是胡诌，哪有你的意境那么远大。同时，我也没有坚持下来。不过，在咱们这帮人里，还真有人坚持下来了。"他说早年在共青团工作的时候，有次在团省委开会，碰见当年诗社的宋一莲，说是出了一部诗集《一串深深的脚印》。

听此，黄玉枝立时高兴起来，道："在哪儿？拿来咱欣赏欣赏。"

刘振国叹了口气，道："我也这么说，想欣赏欣赏。可都七八年过去了，一莲那边也就是这么一说，到现在我也没见到。"说到这里，刘振国朝季健中看去，笑起来，说："健中，天天在这儿坐着，我知道天天不会吃醋，是吧天天？"见天天红着脸看他，他也不管那么多，只管对健中道，"听说一莲给你写过情书，可有此事？"

"唉，哪壶不开提哪壶。老同学都在这儿坐着，你这不是出我的洋相嘛！"季健中说着，下意识地朝天天看去，不想正和对方的眼神碰在一起，就忙道，"这事天天清楚。"

天天的脸成了大红布，见大伙儿都朝她看，似乎在等她回答，就笑起来，道："我知道什么？有就有呗，还不敢承认啦！"

见是这样，众人又是一阵大笑。

笑声中，刘振国早没了"县太爷"的架势，有的是同学之间的真情厚谊和无拘无束。就见他长起身子，刨根问底，对健中道："人家诗集都出来了，我们这些人都不说了，你这道门槛，一莲总不会隔过去吧！老实交代，有没有一莲的诗集？"

听刘振国这么说，一旁的安心平几个人也嘻嘻哈哈一起应和起来，要季健中坦白，把诗集交出来……

老同学相见，就这么一直热闹到大半夜，临从饭店出来，大伙儿都要分手了，天天忽然想起个人，忙停下来，对一旁的黄玉枝道："我们班那个经常被老师掂到后边罚站的同学叫什么来着？"

"他——"黄玉枝不假思索地道，"你说的指定是'王二怪'。"显然，学生时代的'王二怪'，给同学们留下的印象还真的挺深。

"对、对，就是他。"天天道，"他好像是当兵了吧？"

"没错。你还记着他？"黄玉枝道。

天天笑了下，道："往我书包里丢芝麻虫，真是赖死了。"

见天天这么说了，刘振国遂插进来，道："赖人点子多。前一垡子，铝土厂外销出了问题，是'二怪'出的点子，咱们就自己搞起了深加工。现在是，老外再想要土，咱们还不给了呢！"

此话一出，包括季健中在内，众人都点头笑了。

天天回来了，季健中多么想在妻子身边多待会儿，说说话，拉拉家常，或四处走走看看，感受一下家乡的变化，可是厂里一摊子事，他却不能不管。

虽然机器停了，一线工人也放假准备过年了，可眼下正是厂里最困难的时期，季健中明白，越是困难，越不能把那些与企业同荣辱共患难的贫困职工和患病职工给忘了。

没有钱，买不起慰问品，季健中想不出来办法，他就从面粉厂赊了面粉，又赶着写了对联，和班子成员一道，挨户慰问，并亲手把对联给困难职工和患病职工贴在门上。

那一刻，烙在人们心中的那个关怀、那个真情，远不是金钱能买来的。

还有几十家过去十年间一步步发展起来的客户，季健中起草了一份新春慰问信。工会主席何百松写得一手好字，办公室主任郑光荣的毛笔字也不错，健中他们忙了一天，这才把几十封新春慰问信，全都恭恭敬敬誊写好，贴上邮票给寄走了。

两天多没有进家，而且两个晚上加起来，他也没有睡够八个小时。他很想躺下来直直腰，可是还有很多事情在等着他去做。他先是到工商银行找到蔡金城，让他盯紧央行下拨的扶持资金动向。接着，他骑上自行车蹬得飞快到了外贸局。有关外贸玉器库存清单，前天上午他就给了天天，眼下他是来看外包装加工进展情况的。有着压了多年、价值近百万元的外贸玉器制品，可以立即变现的喜悦在心里，赵局长亲自蹲班，七八个木工锯的锯、刨的刨，正在叮叮当当地忙着。

这里正在做木工活，不能抽烟，健中就把茶水捧起来，一个个递到师傅们手里。捧着热气腾腾的茶水，包括赵局长在内，大伙儿心里全都暖融融的。毕竟，季健中为外贸局业务帮了大忙，又这么尽心关照，是多么的暖人心呀！

离开外贸局，快要到家的时候，他忽然看见天天伯父家的大门开着，而且听到院子里有呼啦呼啦的扫地声。

停下来想了下，季健中调过车子就朝那大门骑去，大远便道："是寒星伯回来了？"早年间，健中和天天还没结婚那时候，他就这么称呼郑家的老人，结婚后，他想改口却总是没有改过来。

"啊，回来了！"果然是这家的主人——天天的伯父郑寒星。

第九章　压在心里的石头

据老辈人口口相传，老郑家是打明朝那时候，一条扁担从山西挑过来的两兄弟。眼下，到天天这一辈，郑氏人家繁衍生息，家族虽然不大却也有三四十户人家。但由于天天的爷爷这事那事的，不仅把家业花光了，是个败家子儿不说，家里有一窝还在外头找女人，而且把私生女也抱回来了。有这么个坏名声，再加上天天爸成亲没几天，又在外边找了个国民党大特务的女儿做老婆，族人不理解，更想不通，逐渐成了路人不说，明里暗里，更成了人们嚼舌头、捣脊梁骨的对象。

对于这些七七八八的事情，郑寒星什么时候想起来，都觉得窝囊和憋屈，而且当年那一幕幕扎心般的往事，总让他挥之不去——

那年，正在县立简易乡村师范读书的郑寒星，一听父亲把临街的山货庄，连同偌大的院子和库房关住门全都要卖掉时，他连书桌上的灯都没来得及吹灭就往家跑。

把后门悄悄拉开一条缝，惊愕不定中，一看父亲神定自若地用手中的梳子梳了梳浓密乌黑的大背头，然后放下梳子，在写好的契约上按了一个手印，回手蘸了下印泥又要在第二张契约上按的时候，郑寒星冲到父亲面前，扑通一声跪下，便紧紧地抱住了老人的腿，苦求道："爹，求求您老，给家人留口吃饭的门路吧！"

"你……"惊愕中，郑文甲伸手把儿子拉起来。看得出，他是有一肚子话要说，可是他咂咂嘴，却什么也没说。抬头见妻子拉着小儿子在后门口正可怜巴巴地看他，遂看一旁的买主，又回看着妻子，无奈地叹了口气，道，"我不是跟你说了嘛，你怎么……"

"人无远虑，必有近忧。你就给孩子们留个馇头吧！"说罢这话，寒星娘禁不住眼泪出来了。

一看这样，买主提了提马褂，然后往膝盖上一放，十分大度地道："行行行，留个馇头，留个馇头。"

就这样，郑家在鲁阳城里数一数二的山货庄更名改姓成了人家的，而留下的所谓"馇头"，也不过是郑家最初的营生——靠卖点儿洋红、洋紫和明矾、靛泥儿什么的过日子的颜色铺。

多年后，郑寒星时常想到，之所以那买主答应让留下个"馇头"，保不准那是人家压根儿就没看上那份家业。

恓惶中，郑寒星突然发现，父亲卖掉家业后，又从外边抱回来个不满周岁的小闺女，这让他羞得更是瞪大了眼睛。

紧接着，街坊里议论纷纷。其中最让郑家的老大郑寒星闹心的是，父亲之所以卖掉家业成了"破家五鬼"，而且把命也丢了，是因为父亲到外边混的那一窝儿捂窟窿没捂成，被人乱棍打死了。

郑寒星接受不了这样的现实，年仅十六的他，遂离家出走，连续多年没了音信。

十多年后，当郑寒星瘸着一条腿回到鲁阳的时候，摆在他面前的是，娘死了，爹活着的时候抱回来的那个妹妹跟人跑了，家也成了一片废墟。

这一下，郑寒星心里将要抚平的伤口忽一下又给撕开了。不仅埋怨父亲办过的那些少心没肺的荒唐事，更怨恨母亲也是老糊涂了，怎么能让一父同胞的闺女、小子拜堂成亲呢？当然，他也恨郑暖水性杨花，办下了丢祖宗八辈人的呍脸事。

说没法说，郑寒星只差没有戴上驴碍眼了。

可是，打战场上死人堆里滚出来的郑寒星决不会认这样的命。赶上兵荒马乱的，人们除了顾嘴、保命，别的什么也顾不上这当儿，他先是把山货庄赎回来，紧接着又在乡下置买了三十来亩土地，等腾出手来的时候，他雇了一辆轿马车，把他早两年从"人市"上买的黄花大姑娘给接进家里，过起了小日子。

可是，"土改"来了。尽管老主人郑文甲把家业败光了，但作为郑家的老大，郑寒星又给置买回来了，加上他还有国民党残疾军官这段历史，这就赶上了风头。而天天的爸爸郑寒光在大学教书，履历上填的成分是学生，这样真正受到政治影响，又戴着"五类分子"帽子，没完没了挨批挨斗，又被人监督劳动改造的是郑寒星。

如今，弟媳妇和侄女远道而回，远在南阳油田跟儿子在一起生活的郑寒星，是从族人那里听到消息后回来的。

在他心里，尽管有这样那样的事窝憋在心里，让他时时都觉得堵得慌，可七十多岁的人了，弟弟又早走了，无论睁着眼，还是闭上眼，一家人的遭遇，每每想起，心里都是一颤。毕竟，那是自己的亲人，他能不想吗？特别是运动过后国家拨乱反正正视历史，他这个国民党的老兵没人再追究他什么不说，还有报社的记者亲自找到家里，问"徐州会战"，问"武汉保卫战"。他把腿上的伤亮给人家，用以证明，在国难当头的关键时刻，他也是热血汉子、卫国的功臣。

从南阳回来的当天，郑寒星本要第一时间登门看望的。可是，一想到兄弟媳妇和侄女在生产队劳动的时候，自己没有表现出应有的亲情，心里悔不当初。虽然他不是那种势利眼的人，多少年两家也从没有什么信息往来，但他想象得出，这母女俩指定过得不赖，因为他知道他的兄弟媳妇和侄女不是窝囊人。在他心里，若说眼下的兄弟媳妇在外边混得不尽如人意，他指定会尽心相帮，从而弥补过去的愧疚。毕竟政治上解放了，用不着再那么小心眼儿了。显然，老郑家的人还真的有那么一种刚正不阿的偏脾气。

此刻，看着侄女、女婿走去的背影，郑寒星再也等不及了。丢下扫帚，朝屋里喊声"准备一下，到那院看看"。转过身来，他一瘸一拐地走到压井旁，呼通呼通压出水洗了下手，才同老伴儿装好从南阳带回来的酥饼和蜂蜜等礼物要走，季健中就陪着天天母女掂着礼品到了。

从那年走后到眼下，转眼十五年过去了。由于这样那样的原因，撇开天天的母亲没回来不说，单就天天而言，她曾数次回来，却不曾与伯父一家见过面。

在一般情况下，多年不曾见面，家常话是说不完的。可是，在这样两家老人心里，见了面却又是那么不自然。好在梁婉君和郑寒星都是过来之人，加之季健中从中圆场，尴尬场面这才不曾出现。临走的时候，郑寒星两口子是执意要留三人在家里吃饭的。可是，天天和母亲却借故有事没有留下。在天天和母亲心里，她们不愿想起过去的煎熬，可她们又怎能压得住呢？显然，无助时，亲人的冷漠把她们实在伤得不轻。

从伯父家出来回到家里，天天见母亲洗了手，在沙发上坐下来看报纸，想想自己心爱的人儿，眼下离开石墨矿又到炭材厂了，天天对炭材行业不熟悉，她还真的十分惦记。于是，她倒了杯水让母亲喝着，就让健中带着到炭材厂来了。

这时候，满城人都知道从美国回来一个做大生意的鲁阳城母女。特别是在炭材厂，人们更是觉得沾上了喜气。无论是在厂里，抑或是在家里，人们奔走相告，传递着喜讯。

在天天心里，她知道健中无论如何是不会把家庭和工厂扔下，跟她到大洋彼岸去的。当然，若要让她留下不走，她心里也十分纠结。不是她留恋大洋彼岸纸醉金迷的生活，而是那里有着她的一份责任。外公两年前已经过世了，留下的公司由舅舅打理。可是，舅舅身体不好，说是打小落下的病根儿。早晚一着凉，就喘得上不来气。舅妈是个衣裳架儿，挑个服饰什么的很在行，对玉石摆件却不感兴趣，更没有往经营方面操过心。两个舅表弟，一个迷恋的是计算机软件，大学没毕业就投到一家公司搞开发去了。另一个大学倒是毕业了，可是他搞了个会计师事务所，整天忙得连吃饭的空都没有，根本就无意经商。这样，眼下公司的业务，全凭天天和母亲在那儿撑着。为着在天堂的外公，还有疾病缠身的舅舅，看着母亲年岁一天天高了，天天对公司的事情就不敢有一丝的懈怠，更别说分身了。

炭是黑的，所以一走进炭材厂，映在眼前的便是难以洗掉的黑与灰。早几年，炭材厂是县里的利税大户，是地方企业的一面旗帜。那时候，隔三岔五就有来厂参观的人，莫说年轻的姑娘小伙，就是老同志到车间来，每走一步都是那么小心翼翼，生怕有风带起炭粉弄脏了鞋袜。

可天天却不是那样。她不仅挨个儿车间认真地转着看着，还伸手摸摸操作台上待加工的砖块，像是要感受一下炭的温度，或是要估一估重量。这期间，季健中见天天对炭材产品很有兴趣，唯恐自己说不明白，遂把厂技术科的景前进叫到跟前。天天和绝大多数人一样，对炭材一无所知。可是，当她站在炭材人获得的一系列国家级科技成果奖项前，了解了鲁阳人亲手生产出来的炭砖，在高炉上实现了一个又一个突破时，天天心里无比高兴。

同时，这高兴也传递给了在车间维修和改造设备的工人师傅们。在大伙儿心里，刚刚就职的季健中，使他们看到了炭材厂的希望。可是，一看天天大方又漂亮，又是那么个来头，大家在高兴的同时，心里又不免十分纠结。

是啊，人家的媳妇带着女儿在大洋彼岸生活，漂亮不说，又腰缠万贯，碰上这样的好事，谁会不动心呀！况且，炭材厂眼下是这么个样子，谁愿意吃这份儿苦、遭这份儿罪啊！人家能不走吗？假如大伙儿费心巴力写请求信要来的人走了，留下厂子该怎么办呀？

一时间，炭材厂干部、职工心里，真的是惴惴不安了。

年二十八上午，季健中和天天母女正在院子里修剪蜡梅树，却在稀稀拉拉的鞭炮声中听到了军乐声。

在鲁阳这个小县城里，逢上什么庆功会、劳模会，或迎接重要人物，甚至谁家娶媳妇、嫁闺女，都多有把学校的军乐队请出来热闹一番的风尚。如此，季健中他们谁也没有在意。可是，那军乐声由远而近，很快就到了院门口。

一看是当年郑寒光的学生、眼下的鲁阳中学校长上官远征领着人到了，这让季健中和天天甚感意外。

那年，天天的父亲郑寒光进山家访，回程中突遇山洪不幸遇难。那时正值运动高潮，由于是戴着"历史不清"大帽子从大城市里被撵回来的"臭老九"，郑家受尽了屈辱。现在，政治上的枷锁被打破了，学校念及郑寒光在校时为师生们留下的深刻印象，以及为教育事业做出的贡献，好不容易瞅到这么一个机会，师生们是专门来表达敬意的。

听着上官远征说郑寒光用生命为鲁阳中学写下了"捧着一颗心来，不带半根草去"的崇高教风，天天母女，特别是梁婉君，泪水噗噜噜流了下来。

当然，这泪水既辛酸又暖心，梁婉君脸上挂着泪痕，上前拉住上官远征的手，表示了谢意。而天天和健中则把糖果端出来，让军乐队乐手和帮着清扫院子、张贴春联的师生们吃糖。

过年了，人们闲下来享受生活。一听这么热闹，纷纷跑出来观看。一时间，大街上挤满了百姓。

这情景，军乐手们更加来劲了。

但这还远远不够。

突然，雄壮有力的军乐声中，威武的铜器声也响起来了。

众人一看，常务副县长刘振国领着铜器队、狮子队也过来了，不用说这是代表官方前来拜年的，人们哗的一声把路让开。

立时，包括天天的母亲梁婉君在内，这一家三口人全都慌了。

铜器队和狮子队是四里营人的骄傲，也是历年来地方民俗表演的头牌。据说是雍正元年（1723年）实行"摊丁入亩"那时候，由牛家的族人出资置买下来断断续续沿袭至今，从时间上说，这支铜器队，还真的有些年头儿。村主任牛二娃是昨天上午接到的通知，一听是刘副县长让铜器队跟着拜年，牛二娃心里十分高兴。

此刻，见是这么一户人家，牛二娃浑身力量倍增，小锣立时就玩出了花样。待上官远征的军乐队往后退了退让出了场地，在震天动地的铜器声中，一金一银两只雄狮在绣球引领下，威风凛凛三蹿两跳，然后就地一滚，忽一下就冲到了前面。场面雄壮、热烈、欢腾，引得黑压压一片看热闹的百姓，不住地叫好、鼓掌。特别是县委宣传部的副部长马青云，过年了，她穿了一身红色风衣，就仿佛是一朵玫瑰迎风绽放，又仿佛是天上的祥云飘落到人间，令人眼前一亮。她手里拿着介绍鲁阳风土人情及自然资源优势的宣传画册，不用说这是有针对性地把宣传工作做到天天家里来了。

这情况太突然了，对着前后跑着抢镜头的摄影记者的闪光灯和双手伸到面前道着吉祥的县领导，连季健中也手忙脚乱起来。因为这么些人到了家里，莫说端茶递水，起码说上根香烟是少不了的。可是，他早把烟戒了，又没任何思想准备，不免甩手犯急了。

这时候，郑寒星乐呵呵地打人群里一瘸一拐地急急忙忙走出来。他手里拿着一盒"老黄皮"，不论地位高低、出身贵贱，一边说着拜年的吉祥话，一边散发着香烟，为着急上慌的健中一家解围。

显然，过去的"黑五类"，眼下也无拘无束自然大方地站到人前来了。

待季健中忙着为政府工作人员找地方放了猪肉、粉条、山核桃等慰问品，送走两支慰问队腾出手来，这才顾得上同看完表演没走的街坊们握手，分享生活的快乐和新春之喜。

这是一个小插曲，但在天天和她母亲梁婉君心里留下的，却是温暖而又永恒的记忆。

转眼间，大年初一到了。按照家乡的习俗，梁婉君没等健中和天天起来，就在满城噼里啪啦的鞭炮声中，早早地摆上供果插上了香。敬了天地全神，又敬了列祖列宗和逝去的亲人，待她开始和饺子面的时候，女儿和女婿也起床洗漱过了。于是，一家人围在一起，一边看电视，一边开始包饺子。

在外漂泊了十几年，虽然在美国她们也时不时包饺子吃，却没有这么温馨。此刻，游子回乡，这当然不是简单的包包饺子而已，而是一位思乡之人在心头泛起的，怎么也无法磨灭的民族文化和无限的亲情。

吃过早饭，看天不早了，担心被谁堵在家里走不了，健中他们连忙收拾了下便朝老宅走来。

这时候，母亲这边也收拾好了，健中就和天天在床前给父亲磕了头。

父亲还是那个样子，什么知觉也没有。

给母亲磕罢头，母亲就张罗着叫亲家和儿媳妇坐下来。

都不知问起多少回了，此刻聚在一起又问起那边的生活，上了年纪的人，就免不了有些唠叨。可是，话还没有说多大一会儿，健华跟前的姑娘蔡彧和健辉跟前的小子晓燏领着一群同学从大街上回来了。健中母亲遂指点着让她的外孙女和孙子给天天妈和天天磕头拜年。

赶上新春佳节，处处都是喜气，天天从她随身带的皮包里，掏出崭新的一沓子没有解开捆的十块头儿票子，让健中代劳发压岁钱，不管是自家的闺女小子，还是前来看热闹的小街坊们，统统都有份儿。

当然，她知道她的傻小叔子不会花钱，这就特意打发健辉，从百货商场买来一只玩具狗。也不用开关，只用手轻轻一拍，那小狗就会汪汪地叫。看着丈夫接过钱到院里发压岁钱去了，天天遂把小玩具狗拿出来，亲手交给看着她傻笑的小叔子——健民。于是，健民乐得哈喇子都流了出来。

当下，一般人家过年给孩子们发压岁钱，大都是按毛发的，即便城里干部家庭也大都是一元两元封顶。可人家天天发的却是十块头儿的票子，这在鲁阳城可是破天荒了。

季家院里成了欢乐的海洋，而且欢声笑语也波及大街上了，因为站在大门口看热闹的街坊邻居家的几个小孩子，也沾上光收到了压岁钱。

就在季健中和天天在老宅给父母拜年的时候，在城西靠近城隍庙的一条胡同里，"大个儿"牛志刚和父母蹬着煤火台儿，一边津津有味地嗑着瓜子，一边意犹未尽地由政府和学校到郑家慰问的新鲜事扯到了炭材厂。

志刚爸牛青坡笑了下，道："我和季厂长拍过话儿，那人——"说到这里，牛青坡没有往下说，而是把大拇指伸出来在面前比了下。见儿子憋不住在一旁撇着嘴独自发笑，他瞪大了眼睛，又道："怎么，你不相信?"

"信你瞎吹哩。"牛志刚道。

"瞎吹?"牛青坡拗脾气上来了，挺直身欲给儿子往下说，扭头看见老伴儿在一旁给他使眼色制止他，忙憨笑了下，"瞎吹那也是人家值得一吹。"

这时，牛志刚放眼看看父亲，又看看母亲，显然是有些生气了，道："你们都别在那儿能啦，什么事当我不知道?"说着，他回到里屋，很快拿出五十块钱拍在父亲的大腿上，不无责备地道："爸呀，你腿脚不好，又整天累成那样，照看好自己都是我的福。有胳膊有腿的，我的事，你们以后谁都不要跟着瞎操心。再说了，掂一个后腿，你这是小看人家季厂长呀!"

看看手里的钱，又看看面前的儿子，志刚爸知道办了让儿子不高兴的事，心里酸溜溜的很不是滋味。

是的，铮铮铁骨的汉子，想当年，为了保卫和平，捍卫国家主权，牛青坡和战友们在我方阵地上作战时，炸弹把腿上的肉都炸飞了，他也就是皱了皱眉头而已。

可当下呢？

牛青坡看不惯，可他又怎能跳得出来呀！

听了儿子的数落，牛青坡脸上还真的有些挂不住。可是大过年的，他就嘿嘿笑了下，转了话题，道："不过，看得出季厂长是个有抱负的人，可人家媳妇在海外，你们费心巴力把人要过来了，能不能长久，还真难说。"

"爸，你这是说书人掉泪——替古人担忧。"牛志刚道，"那么大个目标，季厂长既然说出来，那就一定会干出来。"停了下，又畅想道："到了那一天，能为国家的大高炉贡献一臂之力，这辈子也算没有白活。"说罢这话，他拿起一旁的书本埋头看起来。

见是这样，志刚妈停下正纳的鞋底，少气无力地道："那一天有多远？"

牛志刚眼都没离书本，随口答道："少则两三年，多则四五载。"

"富人思来年，穷人看眼前。你自己的事儿，就不知道发愁？"志刚妈道。

"发愁？愁能解决问题？"志刚爸把话接了过去。

"就是，现在的日子，吃好吃赖，再不愁饿肚子了，有什么可愁的？"志刚道。

"你呀，就吮算算今年多大了。你要打一辈子光棍儿呀?!"志刚妈说着，丢下手里正做的针线，"不说乡下，光城里跟你一般大的哪个还吮对象？"

见儿子不语，志刚爸正嗑的瓜子也不嗑了。他想了下，道："我看那个燕子……"

"爸——"还没等爸爸把话说完，志刚就打断了对方，"再不要这么想。"

"怎么不能想?"志刚爸道,"第一次来家我就看出来了,那是个好姑娘。难得!"

"难得不难得,我能不知道?"志刚道。

"知道就要珍惜人家那份感情。"志刚爸教训儿子道。

"知道和现实那是两回事儿。"志刚无法平静了,他耿直的脾气,使得话语有些生硬,"我可不想让人捣脊梁骨,说咱癞蛤蟆想吃天鹅肉。"

见儿子把手里的瓜子往盘子里一丢,拿着书本朝里屋去了,志刚妈禁不住叹了口气,道:"都怨我,不得那场病,孩子不耽误,顺顺当当上了大学,也不会这样。"说着,她禁不住抹起眼泪来。

"唉,谁也不想得病,这不是没办法嘛!"志刚爸说了这话,压低了声音,有意不让里屋的志刚听见,"我不是给你说了嘛,人家季厂长已经喊出来了,就咱家志刚那材料,推荐到大学里去学两年,不说有十成十的把握,起码也有九成。"

"九成怎么着?那不是还差着一成吗?!"志刚妈不无担心地说。

"咱家志刚有志气,莫说差一成,就是差两成也不在话下。"停了下,志刚爸不无夸耀地道,"我第一眼就看出来了,人家燕子,浑身都是福相,又对咱志刚好,我就认定那是我老牛家的儿媳妇。"

这话说得,志刚妈听了,立时就愣住了。

正在这时,院外边响起甜甜的喊声:"志刚——志刚在家吗?"

说人不离百步。鲁阳的地气就是这么邪乎。

来人正是牛家刚刚议论的姑娘——宋晓燕。

这两年,宋晓燕到牛家来已经不是三五次了,但赶在春节却是头一回。

天仙般的姑娘,莫说当自己的儿媳妇,就是到家里坐坐,那都是沾了光的。拐着腿扶着门框见对方一脸堆笑地看他,志刚爸一扫脸上的愁容,道:"是燕子呀,来来来!志刚在家。"

说话间,牛志刚一挑门帘从里屋走出来,绷着脸,道:"正月初一过大年的,有啥要紧事?"

"这孩子，怎么说话呢！"志刚妈在一旁责备道。

"没事、没事，阿姨。"宋晓燕说着走过来，她四处看看没见人，就对志刚妈道，"阿姨，志霞呢？"

志刚妈道："丢下饭碗就走了，到同学家去了。"

"难得闲一会儿，放松放松也好。"宋晓燕说着，伸手从缀着荷叶形装饰的挎包里掏出一个厚厚的日记本，里边还夹着一支精致的钢笔，"过年了，也没什么给志霞送的，好赖是我的心意。"说着，她把礼物递给志刚妈。

在对方的千恩万谢中，宋晓燕回手又掏出些资料递给志刚，道："你得抓紧复习，这是资料。"

这是真情，但牛志刚只淡淡地笑了下，算是表达了谢意。

在这华夏民族普天同庆的日子里，宋晓燕的到来，使志刚爸妈喜出望外。可是，老两口刚把凳子擦了擦紧挨炉子放好，把瓜子端到面前，两句话还没说完，宋晓燕叫着二老，说是有事，便起身就走。显然，志刚的生硬，给兴冲冲而来的宋晓燕当头泼了一瓢冷水。

这情景，牛志刚怎么也不愿看到，而且立马就后悔到骨子里去了。为了弥补心中的歉疚，志刚在院子外边追上老人没能留住的宋晓燕，道："对不起！"

宋晓燕淡淡地笑了下，愣愣地道："我想知道，你是不是真的很讨厌我？"

"我……怎么会讨厌你？"志刚都有些口吃了。

"那你怎么那么说话？"

"我也不知道。"

街头的风冷飕飕地刮着，牛志刚正担心宋晓燕着凉，肖汉伟骑着自行车，后边驮着石惊天风风火火地来了。

说笑着相互拜了年，见对方站着没动，牛志刚道："大过年的，你们这是要干什么去？"

"随便转转，呼吸呼吸新鲜空气。"肖汉伟道。

"就是，窝在家里没事干，怪无聊的。"石惊天附和道。

　　见是这种情况，牛志刚也来了兴致。于是，他说声稍候，遂从院子里推出一辆破自行车，道："走，到街上遛遛去。"于是，他驮上宋晓燕，肖汉伟驮着石惊天，四个人说说笑笑动身了。

　　大街上，孩子们穿上了新衣，大人们也都把浆洗得干净、平整的衣服穿在身上，和着此一声彼一声的鞭炮声，以及冰糖葫芦等这样那样的叫卖声，走到了街上，满大街都是喜庆气氛。

　　路过经贸委的时候，见大门开着，他们遂和门卫打过招呼就到职工学校来了。

　　炭材厂职工学校是年二十八下午才放的假。

　　黑板上醒目地写着"第八讲，炭砖生产工艺流程"及有关知识要点。

　　说到炭砖，牛志刚来了兴致。他拿起桌子上的粉笔，"哧啦哧啦"两下，在"炭砖"两个字下面画了两条线，畅想道："我查过资料了，只要优化生产工艺，我们还能生产更高品质的炭砖。"

　　"此话不假。"肖汉伟说着也走到黑板前，把黑板上的内容画了个大圈儿圈起来，然后又画了一个箭头道，"当下的炭材厂，就像是一匹战马，必须突破重围，才能一往无前！"

　　"你不相信会有这一天？"肖汉伟见宋晓燕在一旁哧哧地笑，就憋不住问。

　　宋晓燕道："不是。"

　　肖汉伟道："那你笑什么？"

　　宋晓燕道："炭材厂不仅是一匹战马，还应该是一只金凤凰。"

　　"对，还是燕子说得对。"牛志刚道，"季厂长说了，我们会一飞冲天的。"

　　扭头见石惊天在旁边坐着不语，肖汉伟道："想什么呢？"

　　石惊天不无困惑地道："战马也好，凤凰也罢，这都没错儿。可你们想过没有？刘组长把技术人员全都带到韩坪去了，眼下的炭材厂，就是一张白纸。"见牛志刚和肖汉伟都愣愣地看他，又道："我们能干些什么？"

　　"怎么不能？"肖汉伟道，"只要刘组长放手，什么事情也难不住咱。"

　　"这不是人家不放手嘛！"石惊天道。

"那咱现在不怕他了。"宋晓燕道。

"对呀!"牛志刚附和道,"他到韩坪去了,就是想管,那也鞭长莫及。"

"咱可不要高兴得太早。"石惊天提醒道,"你们想啊,他走咱不怕,怕的是他把工艺、技术,包括市场,全都带走了,一样也没给咱留。咱是什么?咱真的就是白纸一张,什么也不是。"

此话一出,这几个人全都一声不吭了。

第十章　无尽的牵挂

新春第一天，冶金部南方钢铁设计研究院新材料技术推广中心的高级工程师杨逸菡吃罢早饭，一看儿子、儿媳妇和孙子说说笑笑看电影去了，他就腾开手，准备按照往年惯例，赶在开春第一天，打电话向千里之外的健中一家送上吉祥和祝福。这时，电话铃声突然响了。

老人不备，还真的给吓了一跳。因为他是在伸出手，正准备拿话筒的时候，听见的响声。看了一眼在沙发上坐着的老伴儿，杨逸菡不无埋怨地笑着，道："这是谁呀，比我还性急！"

拿起电话一听，是鲁阳炭材厂的景前进给他打来的拜年电话，杨逸菡呵呵笑着，道："你行啊前进，我正想给人打个电话还没打，你就抢先打过来了。"

电话里，互贺新春，寒暄之后，当杨老问起最近都忙些什么的时候，景前进叹了口气，说："厂里来了新领导，职工培训正在进行，我这技术科长，不管是滥竽充数还是怎么的，整天忙得头上都快要冒烟儿了。"也就是这时候，景前进忽然想起杨老和季健中两家的特殊关系，遂十分高兴地在电话里透露了一个爆炸性新闻，说季健中到炭材厂当厂长了。

起初，杨逸菡还不以为意，当他很快明白过来，这个季健中不是别人，而是他的恩人季国重的儿子时，这个华发老人高兴得只差没有蹦起来。他对着电话不无埋怨地道："你这人嘴怪严，怎么不早点儿给我言一声儿呢？"

在电话的另一端，景前进道："这不是忙昏了头嘛！"

此刻，同千里之外的季家通了电话拜了年，杨逸菡握着话筒，正在等健中接电话。

他伸手拿起桌子上一个十分精致的小镜框。那里边是十几年前杨逸菡和陶老师在鲁阳与健中一大家子的合影照。那时候，健中因为要回城了，他的精气神很足。杨逸菡看着，禁不住喜滋滋地笑着咕哝道："好小子，老叔早看出来了，是个干大事的料儿。"

"健中啊！"听到电话里传来脚步声，杨逸菡等不及就开了腔，听到里边有了回声，又道，"你是怎么搞的，你到炭材厂了，怕我揩你们的油还是怎么的，也不透个风儿？怎么样？听说你上任都一个多月了，应该看透棋局了吧，说说有什么感想嘛！"

"杨叔，您好！"电话另一端，季健中道，"棋局是看透了一些，至于感想嘛，那就多了。归结为一个字，那就是'愁'。不过也恁恁侄娃子我，只顾四处忙着捂窟窿，倒把老叔您这个诸葛亮给忘了呀！"

这时，电视里正在重播地方台春节联欢晚会。画面中，一位女文艺兵战士正在演唱《英雄的赞歌》，杨逸菡嫌声音大，叫声"陶老师"，示意电视机声音关小点。回过头来，他对着电话说："诸葛亮不敢当。若是遇到炭砖生产上的事，让咱参谋参谋，那咱还有点儿底气。"

季健中道："不是有点儿，是大有可为！怎么样，您和俺婶子，还有子轩他们都好吧？"

杨逸菡道："啊，好！都好！就是想你们呀！早两年你出差过来一次，这就再没来了。你是怎么搞的呀？"

"山里穷嘛，没有出差的机会。再说了，老叔您忙，也怕打搅您嘛！"健中道。

"忙是过去的事，现在不忙了，退休了。年里头我就想回鲁阳看看，就是恁婶子腿脚不行，不使绳把我拴住了，我走不了嘛！"杨逸菡说。

一听是这么个情况，季健中脸上立时没了笑容，十分关心地道："怎么回事？是不是还是类风湿性关节炎呀？"

电话中杨逸菡的声音平缓低沉："是嘛，老毛病，吃药吃得把胃都吃坏了。这不，听见你的电话，她那脸上才有了喜色。"

季健中不由得担心道："哎呀，这么严重！叔，您把电话给俺婶，让我给俺婶说句话。"

杨逸菡一听健中要给老伴儿说话，一边小声催促老伴儿快些，一边放下电话，过来把急着起来接电话的陶老师扶到电话机跟前。显然，陶老师的关节炎还真的不轻。

陶老师对着电话，道："健中，过年了，都好吧？你爸爸什么样子？行了一辈子好，老了老了，该享福了，却躺那儿什么也不知道了。"听了健中的回话，又道："媳妇和闺女哩？我刚刚在想，你在中国，她们都在美国，两下扯着，这也不是个事儿呀！"

电话中传来季健中的声音："婶呀，还真是劳您操心了。不过，现在这也不算什么事。您想想，过去坐轮船，那是慢了些，来回一趟不容易。现在不一样了，有大飞机，怎么都好说。还没给您老说哩，天天和她妈年里头就回来了。这不，都在外头热闹哩！"

陶老师对着电话说："哎呀，这可太好了。就是我这腿不争气，要不然，我去看她们呀！晓明呢？晓明该上高中了吧？"

健中说："她呀，不是该上高中了，而是高中马上就要毕业了。这不，一看妈妈和外婆都回来哩，也急着要回来。只是赶学业哩，这就没回来。婶呀，类风湿性关节炎是慢性病，得想想其他办法，一天到晚老不离药，也不是什么好办法呀！"

陶老师道："我都快愁死了，还没到爬不起来的年纪，没人扶着，这就站不起来了。你说说，啊……"疾病折磨得陶老师身心交瘁，话还没说完就掉起眼泪来了。

一旁，杨逸菡啧啧着，不无埋怨地提醒道："陶老师，大过年的，你看看你，说着说着还掉起眼泪了。"说话间，接过电话，说，"健中啊，你婶子就是这，诗人嘛，感情丰富。什么时候你不忙了，叫你婶给你念念她写的诗。不说'歌德第二'，就是第三第四咱也不嫌地位低呀！"显然他是逗陶老师开心的。扭头看陶老师听见这话破涕为笑，遂对着电话道，"笑了笑了，没事了，你婶子笑了。健中啊，我还真想你们，什么时候路过这里，可别把门隔过去呀！"

电话里响起季健中的声音："怎么能啊，这是过年了，要不然，我这会儿就想过去看您和俺婶子。同时，也顺便拜访一下院里的领导。"

"哎哟，要是这样的话，老叔这儿可是有你们鲁阳产的'沙河大曲'。你要是这时候能过来，咱爷儿俩也来个一醉方休。要不然，等到你一上班，再说来，那就是放空炮——不现实。"杨逸菡对着电话说。

季健中一边应着，一边抬头看了看电子日历，突然如梦初醒似的惊喜起来，说："那咱来现实的。叔——您等着，我安排一下就去看您。"

杨逸菡道："健中，大过年的，一家人难得团圆，你能来？"

电话中传来健中果断的声音："能！"

放下电话，杨逸菡再次拿起小相框，看着相片上季家的老老少少，老人心里有掩饰不住的高兴。

于是，历历往事，不由得又一次涌上杨逸菡的心头——

一九七四年，冶金部南方钢铁设计研究院新材料技术推广中心的专家们，冲破多重阻力，克服重重困难，研究发明了一种高炉用新型炭质耐火材料——自焙炭砖。杨逸菡是这个项目的负责人。为着这一新的发明能够尽快转化成生产力，满足我国炼铁高炉使用炭质炉衬材料的需要，提高高炉炉衬使用寿命，服务国家建设，杨逸菡就来到了曾由他主持设计与建设的鲁阳钢铁厂，推广新型炭砖。因为要跟踪研究，以便获得第一手资料，杨逸菡自然也就成了鲁阳的常客。可是坏事了，由于乡下的旅馆、干店，还有澡堂子，卫生条件不好，消杀设备和药物缺乏，杨逸菡突然染上了一种莫名其妙的病毒，持续高烧四五天，怎么治疗都不见好转。再加碰上倒春寒天气，山路被溜冰覆盖，根本无法转院。看着人奄奄一息的，命就要保不住了，一位好心的护士遂叹息着说："要是季大夫在就好了。"

那么，此时季国重在哪里呢？

一个多月前，在漫漫浩劫中受尽磨难、身患高血压、数次晕倒在手术台上的季国重，因一位位高权重的领导干部住院期间离世而身受连累。因为在给病人会诊研究病情时，季国重根据病人症状，已断定是白血病无疑，一般情况下没有治愈的希望。考虑到自身的责任，同时也是对病人负责，季国重无奈地建议说，在有限的时间里，要尽量满足病人的需要，但不要再多花钱治疗了，因为这是不治之症。当病人问起还能活多长时间时，季国重毫不避讳地说："最多三个月。"谁知，果真不到三个月，病人就去世了。哪知这下坏事了。季国重一句"最多三个月"的话，被当年的"造反派"，当时医院的副院长程狗剩，无限上纲到"见死不救，搞阶级报复"的政治高度，把下肢已经残废、靠坐着轮椅给人看病的季国重又一次推到了批判台上，轮番批斗。医院一姓邱的大夫实在不忍心，就舍了命，暗中用板车把季国重从医院偷偷拉出来送进了山里。当时，收留季国重的，刚好是他早年间曾为其开膛破肚给予救助的人。那人叫董志豪，眼下是县钢铁厂的副厂长。

一听有人病成那样了，季国重左思右想，遂把个人生死置之度外，一路踏着冰雪让人把他送下山。县医院已经容不下他了，他就让董志豪把病人拉出来，住进钢铁厂的医务室。经过化验，果然跟他推断的病情一样，是一种奇怪的病毒症，而且病情十分危急。就当时的情况，必须用一种从德国进口的特殊药物，通过静脉注射进行治疗。但此药毒性很强，莫说用错药，就是在静脉注射过程中跑了针，周边肌肉组织就会坏死，临床上很少有人使用。

季国重配好了药，正要亲自去为病人做静脉注射时，钢铁厂医务室一姓宋的老大夫伸手就把季国重给拦住了，道："季大夫，你要三思呀！"

宋大夫曾是季国重创办县卫生院时的老人，参与了医院发展及搬迁改造的全过程，后因在运动中所谓的政治立场问题，被下放到钢铁厂医务室工作。他知道季国重为地方医疗卫生事业付出了多少心血，更知道季国重被打成"黑五类"后，一家人少吃没穿所受的罪。同时，眼下又在风头上，躲都来不及，为救人再把命赌上，宋大夫觉得季国重已经够倒霉了，他不愿看到他心中的好人再有什么不测。

季国重知道宋大夫的一片好心，遂笑了下，道："我想过。"由于县医院的邱大夫帮他逃出来的时候把眼镜弄丢了，他就伸手摘下宋大夫的眼镜，小心地擦着，压低了声音，道："我这老命不值钱。人家杨工程师是来鲁阳帮助咱搞钢铁的，这份情谊十分难得，能用我这老命换回人家的命，值！"

"季大夫！"看季国重拿起东西转过轮椅要走，宋大夫一边喊着，一边伸手拉住轮椅，既忧心忡忡又愤愤不平地道，"你为医院牺牲得够多了，可他们是怎么对你的？眼下这病人，他有主治大夫，你犯不着把他拉出来，再赌这一场。"

"不是跟他们赌，这是做大夫的良心。看着病人要死不得活的，搁你身上，你能袖手旁观吗？"季国重坚定地看着宋大夫。从学校毕业至今，几十年来，这是他始终如一的工作态度。

"既然如此，那就让我来。"宋大夫说着，就要伸手摘眼镜。

"你是中医。"

"扎个针缝个伤口的，我不是没干过。"

"老哥！"季国重语重心长地道，"你要有个好歹，老嫂子那腿脚，连个送罐儿饭的人都没有呀！"

"你已经成这样了，一大家子人，你要再出点事，你让他们怎么活？"

"放心吧老哥，杨工程师这病，早年间抗战打日军我在老河口当军医时就遇到过，我心里有数。要不然，我也不敢把病人从医院里拉出来弄到你这儿。"说罢这话，季国重示意，拨着轮椅前边走了。宋大夫看阻挡不住，就从卫生室小王的手里接过注射用具跟了上去。

病床上，被病毒折磨得奄奄一息的杨逸菡的命正在鬼门关上悬着。既是陪护又是钢厂副厂长的董志豪戴着口罩焦急万分地在床边坐着，他的两眼盯着面前的瓶子，晶莹的液体顺着输液管有节奏地一下一下往下滴着。

这时，门被打开了。

扭头看见宋大夫端着器具，季国重被小王推着进来了，董志豪急忙上前，搭手把季国重推到病床前。

戴好听诊器，季国重对病人的心、肺等主要脏器进行了仔细检查，在确定没有新的异常情况后，遂把配好的药用针管缓缓地推进病人的血管里。

也就是这一针，季国重一下子就把杨逸菡从死亡线上拉了回来。从此，季国重和杨逸菡，这两个不同专业的高级技术人才，结下了深厚的友谊，杨逸菡对鲁阳这块土地的爱也更加深重了。

凭着这份爱，杨逸菡把他的一颗心也交给了鲁阳。

第十一章　冷热两样心

这年，县钢铁厂由于设备陈旧、技术落后等下马时，手握新型炭砖发明专利技术的杨逸菡，毫无保留地向董志豪透露了一个商机，说你们做炭砖吧，指定比炼铁赚钱。就这样，董志豪与赋闲在家的钢铁厂企管科科长温来运商量，大伙儿评估后还真的把炭材厂建了起来，并且用了三四年时间，实现了经济指标连翻三番。

改革开放之初，国家提倡横向联合。南方院看到鲁阳炭材厂发展成就卓著，遂在鲁阳炭材厂承办的冶金工业部新型炭砖成果交流展示会期间，主动提出，愿拿出一百万元资金，与鲁阳炭材厂开展横向联合。一方面，专利技术要转化成专利产品，得有生产基地，鲁阳炭材是最好的选择。另一方面，鲁阳不仅资源丰富，还有廉价的劳动力。若能把炭材做大，作为科研单位的南方院，也是对地方经济发展的有力支持。

这是个双赢的选择。可是，负责承办联营之事的南方院新材料技术推广中心，驻鲁阳工作组个别人，违背院领导的初衷，在联营协议中，就专利技术以及利益分配等问题，给鲁阳人设置了种种制约条款。但鲁阳需要发展，而发展就需要资金和技术。这样，从多方面考虑，温来运只好违心地代表鲁阳炭材厂，别无选择地在联营协议上签了字。

项目落地后，作为南方院研究新型炉衬材料的首席专家，杨逸菡自然是炭材厂的高级顾问。这样，鲁阳也就成了杨逸菡的第二故乡。当时，作为县经贸委的下派干部，季健中曾在炭材厂挂职锻炼。因杨逸菡和季国重的深情厚谊，杨逸菡与季健中两人之间的关系自然就更不一般。

可是，炭材厂迅速发展之后，主持工作的温厂长为维护鲁阳的利益，看不惯南方院驻厂工作组组长刘文革的所作所为，发生了一些矛盾。

联想到当初签协议时，对鲁阳人签下的那些个霸王条款，杨逸菡与驻厂负责人刘文革也曾发生过争吵。结果不起作用，遂在"胳膊肘外拐"的指责声中，杨逸菡愤然离去。

去年，季国重突发脑血栓造成功能性丧失，成了植物人，杨逸菡知道后就赶过来。在他心里，他真想守在身边伺候季国重，可是老伴儿有严重的类风湿性关节炎病，每天早晨，没人伺候连床都下不来，这便把杨逸菡给困住了。

往事令杨逸菡心里五味杂陈。因为，为着报恩，是他透出的商机，成就了鲁阳炭材。同时，也是他的退缩，给一些心怀叵测之人以可乘之机，最终联营双方为着各自利益，导致炭材厂到了眼下这种地步。但令他欣慰的是，关键时刻季健中上任了。

那么，下一步该怎么办呢？

这时，院门外传来问话声："杨老在家吗？"

问话的是个细高个儿。他戴着列宁帽，脖子上围着丝围巾，腰板笔直，面色红润，猛一看像个五十出头的人，而实际上则是位六十五岁的华发老人。此人叫盖国富，汉江钢铁学院教授。过年了，像他这样的人，不是裘皮大衣，就是高级面料大氅。可他却不是那般打扮。此刻，他上穿皮夹克，下着皮裤子，而脚上则是一双乡下人穿的翻毛牛皮鞋，浑身上下像披挂上阵的战士，冬天里还特别实用，加之他脸上挂着的自来笑，让人一看，就知道他是个机敏睿智的勤快人。

开门一看是他，杨逸菡忙拱手一礼，道："哎呀，盖教授，春节好！"

"好好好！春节好！春节好！"回着礼，盖国富走进来，诡秘地道，"怎么样？我可是准备好了。你看——"他展示了下衣着。"随时都可以出发。"说罢这话，见对方愣了下没有立即回话，又道，"怎么？不会是有什么变故吧？"

"不不不！"杨逸菡道，"答应你的事情，怎么能有变故呢！来，进屋进屋！"

进到屋里，盖国富同陶老师寒暄中，杨逸菡把茶沏好也端到了面前。

接住杯子浅浅地喝了口，盖国富禁不住叹了口气。"老家人实在，形势再好，政策再优惠，可条件呢？就那样子，不从土地里跳出来，要想把日子过好，实在太难了。"喝了口水，盖国富倾着身子凑向杨逸菡，一脸兴奋地道，"杨工，乡亲们一听说搞新型墙体材料有那么多好处，莫说乡里，就连县里那些头头儿们也坐不住了。"

"唉，我那也就是随便一说。"杨逸菡不以为意地道。

"是呀，是随便一说。可那是金点子。"盖国富道，"我反复考虑了，发展潜力大得很呀！"

"两个老头子，可不敢瞎逞能。"一旁，陶老师不无担忧地提醒道，"乡下人挣个钱不容易，万一把厂子办砸了怎么办？"

"只要不发生意外，这个项目一定会火起来。因为当下的农村，人家要干的第一件大事，那就是改善居住环境，而且是刚性需求。"杨逸菡说着，起身从旁边拉过来个行李箱，然后坐回到沙发上，"春节放假，子轩他们都在家，到乡下住几天没问题。"他打开行李箱，又道："这不，一切我都准备好了。只是老哥呀，不好意思……"

盖国富愣了下，道："你说。"

杨逸菡摊了下手，表示无奈："有个事儿撞车了，这两天我真走不开。"

"什么事？"盖国富道。

"早几年在鲁阳得的那场病，差一点要了我这条老命，这事老哥你知道。"杨逸菡道，"刚刚接了电话，这不春节了嘛，就趁这两天有空，人家要过来看我，明天一早就到。"

"这还真是个事。"盖国富不无忧虑地道，"只是说好了明天过去的。"

"那就这样——"杨逸菡道，"下乡的事，你按计划进行。我呢，只要腾出身子，就立刻赶过去。"

"好！"盖国富道。

送走盖国富，杨逸菡给陶老师续了水，心情愉悦地来到书房。可是，一想到鲁阳炭材厂眼下的情况，他的心情立时便沉重起来。

于是，他拉开了抽屉。那里有份材料，是他刚刚做好的扬子钢铁厂高炉炉衬大修设计方案。

他把它正正地放在案头。

他不喝茶叶，也不贪恋咖啡，就从盒子里盛出来一勺子藕粉，又加了一勺子奶粉，再加了点蜂蜜。接下来，他像调酒师那样，精心地用温开水，将杯子里的混合物化开，最后把开水冲进去。这样，一杯既有藕香，又有奶香，营养又好喝的饮料就完成了。

品尝着自己的得意之作，杨逸菡俯下身，对设计方案中一些关键环节和重要数据进行认真的核对和验证。

作为教授级高工，杨逸菡除了讲解技术要领的时候，腰板会笔直地挺起来，一般坐在藤椅上看书看报或是伏案工作的时候，总是爱罗锅着腰。他中上等身材，消瘦的身躯。由于这两年不在外边跑了，原先他晒黑的脸膛，现在也变得白皙了。微微突出的颧骨上，一双明眸格外有神，看上去十分干练。六十一年的人生风霜，也早在他的额头上刻下了年轮。他的肤色失去了年轻时的光泽，头发也已经斑白，但并不稀疏，向后梳着，显得既精神利落又大方文雅。上穿雪白的衬衫和豆沙色厚薄适中的前开襟毛衣，下穿海军蓝裤子，是他在海军服役的侄子退役时送给他的纪念品。脚上穿着黑斜纹布鞋，浑身上下既利落又休闲。当然，知识分子的突出特征还远不止这些。退休了，若不是受托搞一些设计什么的，他有的是充足的睡眠时间，神态就不似早年在鲁阳炭材厂时那般惺忪。无论是看什么东西，还是与人接触，他的两只眼睛总是充满活力和探索的锐气，并且和他年轻时一样，时刻都闪烁着机敏的光芒。

是的，他为我国高炉炭质耐火材料业的发展倾注了大半生心血。

这时候，在杨老心里，就这份大修设计方案有关炉衬材料供应一事，他多么想交给饥饿难耐中等米下锅的鲁阳炭材厂来做呀！

可是，能行吗？

黎明时分，一列火车在京广线上奔驰。

朦胧的灯光里，稀稀拉拉的乘客，有的靠在椅背上，有的挨着车厢，也有的干脆就躺在座椅上睡觉。

突然，车厢里响起了女播音员的广播声，报告着列车靠站情况。

季健中是被广播声惊醒的。他显得十分匆忙，提着挎包就要走，又看见忘在座位上的那本介绍耐火材料的专著——《日本耐火材料》，遂伸手拿起来。

来到广场上，正准备叫车，哪想到杨逸菡已经在不远处等他，季健中遂急忙走过去。

此刻，为着新型炭材，这二人心里都燃着一团火。

上了车，还没等季健中坐稳，杨逸菡就急不可待地叫着健中，道："在电话里一听你到炭材厂了，我心里真是高兴啊！炭材厂终于又有希望啦！"

季健中知道，面前的老人对炭材厂有着别人体会不到的深情厚谊，就道："炭材厂是您一手策划筹建起来的，就像是自己的孩子，您盼望着它赶快长大，可眼下却面临着夭折的危险。您痛心，您是盼着炭材厂起死回生。"见对方不住地点头，健中淡淡地笑了下，接道："您呀，您把我季健中看得太高了。"接下来，季健中简要介绍了当下的一些情况，遂就厂里面临的问题，长长地叹了口气，道："一没人才，二没技术，三没人懂销售，就像是一列火车，没有车头，跑不成呀！"

"没车头是跑不成，可现在不是已经有车头了嘛！"杨逸菡看着季健中，这使健中深受鼓舞。于是，健中把手搭在对方的手上用力一握，既是赞同，又表示了自己坚定的决心。

出租车在流光溢彩的沿江大道上飞驰。

这时，霞光微露，大地从沉睡中慢慢醒来。

出租车驶下沿江大道，然后急速地绕过一个抛物线似的大弯道，把内侧一个在薄雾中笼罩的湖泊甩在后面。车子减速，缓缓地开进一片普通住宅区里停下。

大概是子轩他们听到了响动，全都从屋里迎出来。子轩和爱人杜娟都是汉江钢铁学院的教授。

寒暄中，一看陶老师扶着门框喊他，季健中喊了声"婶"，就什么也顾不得地冲过来拉住老人的手，道："怎么会这样啊，婶，早先不是还好好儿的吗？"

"是呀！那时候没这么严重，眼下就不行了。上了年纪，老了，一年不如一年。"说话间，陶老师被健中扶着在沙发上坐下。

腾出手，健中嫌大衣穿着不利索，加之屋里暖和，就把大衣脱下来。

这时，杨老的孙子志凌叫着"伯伯"，伸手接住大衣挂到一旁的衣架上。

志凌已经是初中生了。这孩子家教好，懂礼貌，而且有眼色，免不了让健中夸奖一番。

看着健中在一旁坐下了，陶老师道："你爸爸呢？还是那样？你说说，这人要是不得病那该多好呀！"

季健中笑了，说："吃五谷杂粮，没有不害病的，关键是看一个人的心态。就像我爸爸，虽然躺下不能动了，可早晚进家，看看还有爸爸，我们做儿女的，心里就觉得有指靠。不过婶呀，您不就是个关节炎嘛，那不算什么。回头我给您找个地方，用其他方法治一治，不说一下子就能把病一把抓走，起码不会这么熬煎人。"

"是吗?"

"是呀!"

陶老师笑了，对一旁的家人道："看看俺健中，干什么都有办法。"

这时，子轩两口子把早饭准备好了。

简单洗漱了下，回转身围着餐桌坐下，一家人陪着健中在十分温馨的气氛中吃过早饭。

子轩和妻子都是事业心很强的人，当父亲的知道他们都在趁春节放假这几天赶写材料，自己也急着同健中说话，一看子轩忙着收拾茶壶什么的，便说："你们都有各自的事，该忙什么忙什么。你健中哥这也到家了，我们到书房里说话。"

一听老爷子这么安排，子轩应着，忙又把刚刚摆上的茶壶茶碗送进书房。回头叫着"哥"，请客人在书房里坐了，也没那么多客套话，子轩抽身便忙自己的事情去了。

茶几上放着好几种水果和点心，显然是杨逸菡特意给准备的。健中见杨老要给他削水果，忙接过自己削起来。

　　想想炭材厂那一摊子，杨逸菡道："你是怎么搞的，冷不防就从矿山到炭材厂了？"

　　"唉！"健中叹了口气，"这件事还真是身不由己。"遂把林厂长撂挑子不干，组织上让他去救场的事大致说了一遍。

　　杨逸菡听了，沉思一下，道："这么说你还没有同刘组长他们见过面喽！"

　　"没有。厂里停工了，又赶上过春节，我去的时候刘组长他们早就不在厂里了。"停了下，健中接着道，"不过我给刘组长打了电话，希望他多支持，合力把厂子搞起来。"

　　"刘组长怎么说？"杨逸菡有点迫不及待。

　　健中笑了，道："人家不仅是组长，还是高工，过的桥比咱走的路都多。从人家嘴里说出的话，丢下个石头蛋子都能发出芽来。"

　　"不错，这方面人家是高手，咱跟人家比，提鞋巴咱也跟人家提不上。"说了讥讽话，杨逸菡十分诧异地又道，"你说说，他算什么人啊，联营联营，又易地建了个新厂子不说，还把骨干也全都拉走了，明着拆鲁阳炭材厂的台。这事呀，也只有他刘文革能做得出来。"杨逸菡气得直摇头。过了一会儿，杨逸菡不无担心地道："下一步你打算怎么办？"

　　健中摇摇头，十分无奈地道："搞炭砖跟搞石墨不一样。搞石墨是挖矿、选矿，是资源型企业。可搞炭砖一要有技术，二要跑市场，得有人才呀！这是鲁阳人的软肋。"

　　"没错。"杨逸菡道，"这是拼人才的活儿。特别是跑市场的人，必须懂技术。刘文革眼下搞这一套，和当年'苏修'撤走专家一样，心黑还要看厂里的笑话。"说着，杨逸菡又把当初商量横向联合之时，刘文革怎么背着全院长，搞的那个对鲁阳人十分不公平的合作协议给抖搂了一遍。

　　看对方为过去的事气得胸脯一起一伏的，季健中笑了。当然，他不是大度，也不是对那合同怎么着，而是觉得再纠缠过去的事情，不仅没有意义，反倒影响情绪。这么想了，他就开导道："见怪不怪。人家起早贪黑，操心费神，也是为着单位利益。虽然情理上说不过去，但摆在桌面上，咱也找不出人家多大错。说白了，这是哑巴吃黄连——有苦无法诉。不过话又说回来，作为一家企业，人才、技术都是人家的，甚至连销售权也都在人家手里握着，这就是刚刚在路上说的，咱是车身，人家是车头，现在人家把车身甩掉不拉了，咱只能趴下。为此，放假前，为了提高工人技术水平，我们办起了职工培训班。我打算从基础抓起，把队伍素质搞上去。同时，我们还有个想法，而且已经着手，破天荒地成立了销售科。把那些有文化又有实践经验的优秀工人，选拔出来闯市场。"

续了茶，季健中忽然想起子轩，忙道："子轩兄弟不是在汉江钢铁学院嘛，我想托他给我打听点事儿。"

杨逸菡笑了，猜测地道："你是想通过汉江钢铁学院培养自己的人才？"

"是的，培养人才，这是大事，再穷，我们也得干。"健中道，"到时候免不了还要麻烦您老从中帮忙。"

杨逸菡笑了，道："这个不成问题，学院有这方面的政策，回头你直接给子轩说就是了。关键是眼前怎么办，你想过没有？头一脚不好踢呀！"杨逸菡注视着季健中。

"叔，我不知道怎么办，所以老叔您得帮我想想办法。鲁阳太穷了，赶上改革开放的大潮，无论如何不能再被甩在后边了。"季健中真诚地看着杨逸菡。

听健中这么说，杨逸菡愣住了。

杨逸菡原地踱了几步，忽又坐回到沙发上，沉思一下，道："市场放开了，要生存就得有自己的核心技术和拳头产品。这样，有关专家的事，我给你张罗。只要有自己的研发团队，掌握了核心技术，造出自己的拳头产品，企业就能立于不败之地。"

季健中道："我要老叔您亲自挂帅。"

"我？"杨逸菡摇摇头，道，"你看见了，你老婶子有严重的类风湿病，莫说变天会厉害，就是不变天自理也困难。"

"这……"季健中想了下，道，"这您放心，婶子的事，我想办法。"

"不、不！这个怎么能麻烦你呀！"

"不麻烦。"

"那也不行呀！"杨逸菡无奈地摇了下头，遂把他和盖国富教授早已商定要到乡下去搞新型墙体材料一事大致说了一遍。

就当下的农村，土地联产承包后，广大农民的温饱问题已经基本解决了。于是，建房热就在四邻八乡兴起来。对此，季健中明白，搞新型墙体材料，单就节约、环保这一点，不仅是一项利国利民的大好事，而且前景非常宽广。站在鲁阳炭材厂厂长的位置，他多么想面前的老专家到他那里去呀！可是，一想到等着上新型墙体材料的项目人，他又不知道该怎么开腔了。

"来，吃点儿水果。"看透了对方的心思，杨逸菡一边让着健中，一边安慰道，"那边的情况已经安排下了，又有盖老那把刷子，我去不去不当紧，这个你放心。至于你那里，电话里一听你去炭材厂了，我就给你想好了。这个人也是南方院驻鲁阳工作组的成员，他叫唐运生。"

"唐工？"

"怎么？你们认识？"

"那倒不是。"侧脸看看杨逸菡，季健中又道，"听说过。"

"想你也不一定见过。"杨逸菡道，"当初你在炭材厂的时候，他还没去。"沉思一下，又哎一声，"有关唐工的事，你听谁说过？"

季健中道："我妹妹呀，她就在炭材厂。"

"那我就省事了。"杨逸菡道，"人品好，成果也多，是难得的好专家。"见健中沉思着不语，又道："想什么呢？"

季健中叹了口气，道："专家都让刘文革给抽到湖北韩坪去了，唐工他……"

"这个不怕。"杨逸菡打断季健中的话，身子朝前倾着，诡秘地道，"唐工比我小两岁，也是要退休的人了，谁能管着？再者，两下合同没到期，谁要是不放，我直接找全院长说去。"

健中听了，忙拱手一礼，表示感谢。

可是，季健中想到手里握有专利技术产品，却一直施展不开，百思不得其解，遂道："叔，您对鲁阳炭材最了解。咱的产品，无论性能，抑或是品质，在国内都是响当当的，可咱老停留在小高炉上，大高炉怎么不用咱的砖呢？辱没了产品不说，咱什么时候才能跟人家欧美和日本人比试比试呀？"

杨逸菡不听此话还算罢了，一听此话禁不住又是一愣。仿佛不认识面前的人，他盯住季健中看了又看，想到当年鲁阳人开发炭砖时的韧劲，断定面前的人会青出于蓝而胜于蓝。但现实情况，不是轻易能够改变的。毕竟，大高炉的背后，支撑的是国家命脉，几十年一贯制，根深蒂固，莫说旁人，就搁在自己身上，有现成的路在面前摆着，谁敢另辟蹊径呢？谁又能担得起这个风险和责任呢？这么想了，杨逸菡道："健中啊，你的心情我理解，我何尝没想过把咱自己亲手研发出来的产品用在大高炉上。可眼下咱就是地黄瓜儿——上不了高架儿呀！"

季健中道："叔，新型炭砖是您一手研发出来的，可以说每块砖上都浸透着您的心血，您心里应该清楚，它是个什么东西。难道——"

杨逸菡笑着摇了摇头，道："从目前的应用效果看，我们的产品，经过这么多年在小高炉上的实践检验，技术是可靠的，应用也是非常成功的。但要说到不足的话，怕是在产品的性能理论研究方面还需要再做些工作。这也是个深层次的问题。但你放心，绝对不影响在大高炉上推广应用。"

"这就好。"季健中道。

"好是好，不过也很难。"杨逸菡道，"你这想法，不是现在，而是早多年刘文革就已经多次尝试过。"

"不好办？"

"根本就行不通呀！"

"这我明白，人家没人信咱，没人敢担这样的风险。是不是这样？"

"没错。"

"大高炉一般集中在大国企，但大国企的通病是创新难。因为这个责任太大，没人敢第一个吃螃蟹。但我相信，我们的专家学者，不会就这么长此沉默下去。"季健中想了下，又道，"我在石墨选矿厂时有个工程师，早几日我到矿上交手续，临走的时候他给我透了个信儿。说他有个同学在冶金部炼铁处工作，听说北方钢铁厂有两三座两千五百八十立方米大高炉都到了大修年限……"

"怎么？你真的想一步登天啊？"杨逸菡愣愣地盯着季健中。

季健中道："既然北钢那里有这样的机会，那我们为什么不可以拼一把试一试呢？鲁迅先生说过，'地上本没有路，走的人多了，也便成了路'。"

"北方钢铁，那可是共和国钢铁界的长子呀！"杨逸菡犹豫了一会儿，突然兴奋地道，"我想起来了——唐工的爱人赵雅芬，大学毕业后曾在北方钢铁厂炼铁室工作过。她在那里肯定有关系，可以让唐工出面，你们一起去北钢试一试。只要找到第一个敢吃螃蟹的人，奇迹就会出现。"

"奇迹会出现的。这需要您和唐工我们一起努力。"

听了这话，杨逸菡禁不住又是一愣。

此时此刻，在这位老人心里激荡的，远不是为当初那个朴实善良、贫穷落后的鲁阳人，找一个能够端得相对牢靠一点儿的饭碗那么单纯了。

第十二章　梦想始于足下

从季健中口里得知北方钢铁有大高炉要大修任务的消息，杨逸菡想想自己研制并经鲁阳炭材厂生产出来的新型炭砖，各项理化指标都达到或超过目前同类型产品的行业标准，是名副其实的好东西，但好产品却上不了国家的大高炉，眼睁睁看着国家大高炉炉衬寿命短、效率低的局面迟迟不能改变，心里很是焦急和不安。

眼下，季健中带来的信息在杨逸菡心里点起了一把火，烧得他真的坐不住了。但他更清楚，就目前的冶金行业来说，光有好的产品不行，还得有推广到市场去的能力。那么，怎样才能像季健中说的那样，把新型炭砖这个宝贝用到国家的大高炉上，实现这一梦想呢？杨逸菡心里不免翻腾开来。

季健中这边，考虑到与南方院横向联合这层关系，便在杨逸菡的陪同下，登门拜访了南方院牵头联营的科技处处长吕继忠。作为联营企业的董事长，吕处长也常到鲁阳指导工作。尤其是对早年间健中爸为杨逸菡治病一事心存感激，吕处长曾专门到过季家，与健中见过面，有一定的印象。

有关季健中到炭材厂任职一事，鲁阳政府早已同他通过电话。此刻，听季健中说的企业发展思路还不错，吕处长心里十分高兴。想想在韩坪新建的公司，吕处长特别嘱咐健中，要鲁阳方面克服当前的困难，抓好国内市场，与韩坪来个比翼双飞。

听了这番话，在一旁作陪的杨逸菡笑笑却没吭声。显然，杨逸菡对吕处长默许刘文革在韩坪另起炉灶有看法，只不过当着面不便说罢了。毕竟在韩坪新建公司一事，站在南方院的角度，能说什么呢？"只有永远的利益，没有永远的朋友。"这是一句富有哲理的名言，杨逸菡深谙其道。

但在季健中心里，对于吕处长说的"比翼双飞"这句话，也只能听听而已。站在领导的角度，这样鼓励健中，显然这是人家的领导艺术。因为市场经济的核心，不就是竞争吗？季健中懂得这一点。在季健中看来，见到领导了，他很想多坐一会儿，往深处谈谈自己心里的想法和下一步的工作打算，以便于让对方了解并得到支持。但正是过大年的时候，吕处长家里人来客去的，健中觉得不便过多打搅，坐了一会儿便起身告辞了。

离开吕处长家，在杨逸菡的陪同下，季健中又买了一些礼物，在偌大的家属区里，沿着笔直的水泥路，走过一排又一排一模一样的家属房，来到刘文革家。

由于打心里腻烦这个姓刘的，杨逸菡把季健中领过来后，只寒暄了两句，连坐都没有坐，就推说家里有客人匆匆走了。

趁着刘文革忙着倒茶的机会，季健中搭眼一看，禁不住心里一颤。同是红砖红瓦的老房子，拿刘文革家与吕继忠家比，一个是高工，另一个是领导高工的处长，但仅从客厅里的大彩电、音响来说，健中暗叹，刘文革家这些高档家电，不是一般家庭买得起的。由此判断，刘家的日子过得是非常滋润的。

还是和电话中说的那样，刘文革对季健中到炭材厂任职一事，表示一百个欢迎。可是，一扯到厂子，刘文革便连连摇头，说当前全世界钢铁业都那样儿，炭材行业要想翻身，不是登天，却跟登天一样难。

在季健中眼里，刘文革是个人物，尽管知道当下的刘组长不可能再为鲁阳谋划什么，但站在联营的角度，以及对方是南方院派驻鲁阳的工作组组长的身份，他还是多么希望对方能出点儿好点子，以便有助于渡过眼前的难关，使企业起死回生。于是，季健中便说了一些与企业发展有关的事，想把刘文革拉到工作上来，谁知一谈到工作，刘文革马上为云霄翔摆了一大堆好，要季健中重用此人。

有关云霄翔，无论各方面，除了季健中，恐怕再无第二人更了解。听对方这么说，季健中心里顿时十分不快。因为那就是个祸害，压住自己不说，单说全厂上下，没有几个人会真心同意让云霄翔站出来当领导。而作为南方院派过来当组长的刘文革，都这时候了还在执意让其重用云霄翔，这就让季健中不是感到莫名其妙和不可思议，而是觉得厌恶和愤慨。可是，人家是组长，不管怎么着，他也不敢小瞧人家。同时，又赶在过节，是专门来看人家的，有些话季健中不便明说，就搪塞道："眼下厂里困难，恢复生产是当务之急。至于人事上的事，我想等车间生产安排就绪了，咱再坐下来研究。"

一听季健中没有正面答复他，刘文革脸上的笑容立时没了。接下来，他沉着脸，盯着健中看了一会儿，咂咂嘴，却什么也没有再说。显然，他看出面前的人不仅有主见，而且有定力，不是随便就能左右的。

看对方把他晾在一边，拿起遥控器选起电视节目了，季健中知道话不投机，遂起身告辞。

这时，刘文革莫说起身送送客人，甚至连句客气话也没有，只摆了下手，就那么盯着电视上的画面，不冷不热地道："慢走！"

从刘文革家里出来，季健中心里像猫抓了一样难受。

正月里的汉江江畔，四处弥漫着阵阵寒意。夜深了，江面上消停了许多，但来往船只忽闪着灯光，和着两岸斑斓多彩的霓虹灯，显得十分神秘。

站在大堤上，听着夜风掀起江水拍打堤岸的涛声，还有初春的寒风吹到身上来，季健中感到的不仅仅是寒意，还有无尽的迷茫。

本来，他是要避开前两任厂长走过的路，谋划出另一条全新的途径。毕竟，一个深山里办起来的小厂子，从事的又是颇具科技含量的产业，哪一点儿能离得开专家呀！之所以赶在这么个时候到南方院，除了杨逸菡这一层关系，季健中还有另外一个想法，那就是要重点拜会一下吕继忠和刘文革这两位领导。他觉得，尽管关系已经搞得很僵了，甚至到了不可挽回的地步，但毕竟是过去的事，是前任的事。现在，换了人，只要心胸敞开了，眼光放远些，别在蝇头小利上计较那么多，一切从大局出发，做到以心换心，再冷的心还能暖不热吗？可是，与刘文革这么一接触，就像是一盆凉水，哗一下从头上浇下来，季健中心里真是彻底凉透了。

面对无法修补的裂痕，怎么迈过当前所面临的一道道坎呢？

在技术方面，有杨老这尊神，季健中大可不必过于担心。但在市场开发上呢？季健中觉得，老人毕竟退休了，尽管专业生产上他熟悉，不会有太大的变化，可老人是纯粹搞研究的，对于市场营销来说，是个全新课题。假如说无法在短期内拿到生产订单，资金状况无法改变，职工还是无法拿到自己应得的糊口钱，加上欠下的外债，几股头一起来了，企业还能生存下去吗？

流光溢彩的大街上，季健中拖着孤单的身影，郁郁地走回来。本想着杨老早就应该休息了，可到招待所一看，杨老正同服务员说着话在等他，这让健中觉得特别过意不去。

原来，从刘文革家分手后，由于扬子钢铁准备将原来的九百立方米高炉扩容到一千立方米以上，早在一年前就委托杨老设计高炉炉衬的大修方案，现在已经出来了，杨老便跟扬子方面取得了联系。说借道往上海去，准备把方案带过去。此刻等着健中，就是要约定动身时间的。

这让健中十分高兴。因为已经进了冶金行业的大门，现在又要到钢铁厂去看一看，而且还是跟着当今国家炭质耐火材料方面的专家，这是多么难得的机会呀！

尽管全公司都放假了，但杨逸菡和季健中乘坐的轮船刚一停靠码头，扬子钢铁公司的尚总还是带着他的助手亲自来码头迎接。

那是季健中第一次看到，商人对专家学者的尊重与敬仰之情，是多么真诚。

扬子钢铁公司是家民营企业，在筹建之初，杨逸菡曾付出过不少心血。一听季健中是专门做炭质材料的，尽管扬子钢铁公司还未曾用过鲁阳的炭砖，但尚总早在圈内多次听说过鲁阳炭砖。再加上有杨逸菡这么一层关系和杨老的有意点拨，季健中和尚总交流后，两下就十分爽快地草签了在炉衬技术合作方面的意向书。即便把当下新型炭材市场比作大海，杨逸菡把鲁阳经手的一百多座小高炉上的不凡业绩这块石头投出去，在尚总心里激起的，也远不是层层涟漪……

一千立方米以上的中型高炉，是目前鲁阳炭材厂接触到的最大容积的高炉，季健中做梦也不曾想到，搭上手就能碰上这么大的好事。当尚总表示，近期就要带上人亲自到鲁阳看一看的时候，他乐得简直都不知道说什么好了。

同时，有着扬子这边提供的便利，季健中和杨逸菡二人也不用再乘船，就坐着尚总的专车来到了上海。

自从杨逸菡走后，唐运生顶上杨逸菡这一角色，窝窝憋憋地跟着刘文革在鲁阳大开了眼界。用他自己的话说，那是肺都快要气炸了。因为，刘文革是个利欲熏心的人。他爱人在南方院工作，本不在南方院驻鲁阳工作组编制，但凡经他手的业务，都要炭材厂在业务费里给他爱人一定比例的提成，且以现金的方式支付。更缺德的是，他指名要女孩子到他身边服务，而且要不了多少天，他就以这好处那好处，信口开河，乱灌迷魂汤，引诱、欺骗人家跟他上床。到鲁阳没多长时间，人们私下里便把"羊群里跑骚胡——弄家儿"这个鲁阳地方上的歇后语，送给了刘文革。试想，刘文革作为教授级高工，又是南方院派驻鲁阳方面的工作组组长，表面上俨然一位正人君子，私下里却是满肚子的男盗女娼，这就免不了让人在背后捣他的脊梁骨。

对于这些乱七八糟的事情，别人能睁只眼闭只眼，而唐运生却不能。因为他不仅是个标准的专家型科研人才，而且是个刚正不阿的君子。莫说让他干那些见不得人的龌龊之事，就是听听他也觉得恶心。他之所以听杨逸菡动员到鲁阳，并咬住牙能坚持着留下来，那是他和杨逸菡一样，眼光比一般人要看得远一些。作为同一个单位的人，又是老同事，除了科研，还有一层意思，便是他不愿看到南方院派驻鲁阳的一些人，为着一己私利和男女作风问题，把读书人的脸面给丢在山里。在杨逸菡心里，有唐运生这个眼里揉不进一点儿灰星儿的人在面前站着，刘文革无论做什么事，指定得有所顾忌。但这下可难为了唐运生。他本就是个暴脾气，又搅在矛盾窝里，看到不平的事，憋不住，就没少同刘文革干嘴仗。好在唐运生遇事不怎么往心上去，再大的矛盾，说说吵吵，过去了也就完事了。用唐运生自己的话说，人就是在矛盾堆里滚爬的，揪住不放，那还怎么活呀！用杨逸菡的话说，唐运生是个敢于舍得的大智若愚的人。

此刻，爱人领着女儿听音乐会去了。唐运生收拾了屋子，想想昨天杨逸菡在电话中说的事情，这便沏了杯咖啡坐下品起来。这是唐运生多年来养成的习惯。只要心里有事，他都会一边慢慢地品尝咖啡的苦涩和浓香，一边细细地把心里的事情捋一捋。也往往是在这时，不管多么复杂，多么棘手的问题，他都会找到解决的办法。

在鲁阳这几年，整天和工人们一起工作和生活，那些个喊他唐工的人，无论年长年少，他早已把他们当成了自己的兄弟姐妹。有时候加班，看到工人们连一毛钱一份的菜都不舍得打，他就故意多打一份菜，把里边的肉拨给工人吃。他本不抽烟，但常常买来香烟装在口袋里，赶到上夜班休息的时候发给大伙儿提神。山里没什么珍贵东西，也都知道他不缺什么，可大伙儿就是想表表心意。于是，赶到季节来了，大伙儿就把山里的猕猴桃、栗子甚至蚕蛹什么的往唐运生屋里拿。有一次，他从电煅烧炉上下来不慎崴了脚，不能走路又想洗洗澡，工人们知道后，就手把手搭在一起编成"轿"，把他抬进了浴室。那一刻，唐运生心里仅仅用感动是难以表达的。众人左一声老师，右一声老师，人家把南方院的人当神敬，可南方院的个别人，暗地里又都干了些什么呀?! 唐运生时常为此着急上火，寝食难安。

山里人不容易，又是一个连续三年迈出三大步，经济效益连翻三番的企业，而且还是南方院找到人家搞的横向联合，人家忍辱负重，盼的是未来发展，可眼下却落到了这么一个地步。不仅仅是站在鲁阳人的立场上，更是出于做人的良心，唐运生觉得，南方院一些人打着单位利益的幌子，办的事情对人家鲁阳太不公平，甚至太没人性了。近日来，尽管放了假，离开了鲁阳，也离开了南方院回到了上海，回到了妻子和女儿身边，可每当他一想起鲁阳炭材厂当下所遇到的困难，他的心比炭材厂工人的心都凉。昨天，一听炭材厂又换了一任厂长，说是报喜，可在唐运生心里，不如说是煎熬更为贴切。因为，他高兴不起来，更不知道用什么办法或采取什么方式，来抚平鲁阳人正在滴血的伤口。

"生意好做，伙计难佮。"对于这句商道上的名言，没有谁比唐运生体会得更为深刻了。

杯子里的咖啡喝光了，接着他又沏了一杯，也早就喝光了。他知道，由于咖啡因的作用，晚上指定是无法入睡。可是，炭材厂的事他一丝办法也没有找到。他知道炭材厂眼下缺的是什么，就连着给几家地方小铁厂打了电话，希望东方不亮西方亮，凭着他的人脉关系，找到生产订单。可是，听听没人接，这才想起，当下正值春节假期，遂无可奈何地愣在了那里。

这时，外边响起了敲门声。他以为是妻子和女儿回来了，便咣一声拉开了门。一看是杨逸菡，后边还跟着个似曾相识之人。之前已经在电话中说过了，这就不用猜了，遂十分惊讶地道："杨工、季厂长，你们怎么这么快呀？"

"怎么，不欢迎？"杨逸菡半开玩笑地看着唐运生。

"唉，哪能呀！"唐运生赶忙解释，"你们能来，我正求之不得呢。"

"那我告诉你——"杨逸菡十分开心地道，"我们走这一趟，是借住东风啦！"遂把扬子钢铁尚总派车送他们一事说了。

"我说嘛，走水路不会这么快，还当你老了老了长出飞毛腿儿了。"唐工道。

于是，包括季健中在内，三个人都笑了起来。

寒暄着在沙发上坐下，想起在扬子钢铁公司签的合作意向书，杨逸菡不无感叹地对唐运生道："体制不一样，办事效率就是不一样。你看人家扬子，一个两百多万元的用砖计划，也就不到一天，这就完事了。你说说，那些个大国企，什么时候能赶得上人家呀！"

听杨逸菡这么说，季健中发自内心地接道："之所以这么快，全托您老人家的福，是您的牌子大。"

"你说这不完全对。"杨逸菡伸手接过唐运生递给他的茶杯，一针见血地道，"人家讲的是效益，图的是金钱。你想——他那高炉跟国内其他大多数高炉炉衬一样，都是四五年的寿命。一听你那里的砖正常情况下能保证七八年不大修，那是什么概念？所以说，要不了几年……不说了，国有企业不想办法，有吃苦头的时候。"

季健中道："您老说大国企，鲁阳炭材厂这个小国企不是早已吃上苦头了嘛！"

杨逸菡和唐运生二人听了，都摇着头无奈地笑了。

这是一个两居室高级知识分子家庭。除了简单的家具，最显眼的就是书多。客厅里摆着一架崭新的钢琴，无处不透着家庭的温馨和知识分子的清高与雅致。特别是客厅里手工制作的石榴形吊灯和茶几上放着的水仙花，还有宛若邻家小妹那样香艳无比的蝴蝶兰，让人一看就知道主人是个富有创意的爱美之人。

由于没有特意准备，初次登门，季健中只在商店里买了两盒巧克力和一些水果。这些高工，由于长期在外地工作，遇到的多是工作上的事，生活环境基本是车间或会议室。季健中带着礼物往家来，一下子就让他找到了家的感觉。加之季健中天生一副弥勒相，又是从鲁阳石墨选矿厂调到炭材厂的，唐运生对季健中感觉分外亲切且充满敬意。因为，县里组织举办的有关宣传学习石墨矿的事情他是知道的。立时，压在他心里的郁闷一下子就减轻了许多。

从季健中身上，他看到了炭材厂的希望。

当杨逸菡激情满怀地发了一通牢骚之后，就急不可耐地把话题扯到了鲁阳炭材。一般情况下，窝憋了这么多年，又看透了企业内外部存在的诸多问题，搁在谁身上，都会发发牢骚。但唐运生只摇了摇头，然后淡然地笑了下，就把一切撂到脑后去了。可面对企业的未来发展，唐运生无形中也在心里为季健中捏着一把汗。因为炭材厂特有的企业运行方式和市场营销模式，是其他任何企业都无法相比的，甚至有着天壤之别。摆在面前的，不是重重困难，而是很难逾越的一座大山。

这时候，唐运生忽然想起，除了平时不断听到"季健中"这个名字，还在杨逸菡家的相框里看见过季健中的模样。就像是发现了新大陆，唐运生十分惊喜地道："啊？你难道就是人们说的神医季国重大夫的儿子？"

看着季健中点了头，杨逸菡在一旁笑了下，道："既然你猜到了，那心里就应该更了解。"停了下，杨逸菡叹了口气，接着道："唐工啊，委屈你了。这几年到鲁阳炭材厂，你本来犯不上跟着受气，是我硬把你推到鲁阳炭材厂，才让你受的气，对不住，实在对不住。眼下呢，你比谁都看得清楚。健中接任了厂长，说实话，他的眼界高。我这人你清楚，啃书本搞一点儿小实验还行，可跟外界接触，搞那些复杂的事情，咱是擀面杖吹火——一窍不通。你同钢铁厂打交道这么多年了，看能不能想想法子，把产品推到大高炉上使用。要不然，健中上任了，炭材厂还是小打小闹徘徊不前，那可是不行呀！"

唐运生听了，摇摇头，十分无奈地道："别说大高炉，就小高炉我也没有办法。你们没来的时候，我正在想这事。不是难，而是真没法子。要不然，我能看着炭材厂停工停产这么长时间吗？"

"是啊，金融危机，造成大部分钢铁企业的经营形势都不是很好。要不是国家拿钱撑着，那些个钢铁企业，也都得趴下。"杨逸菡说罢，想了下，"唐工，你那口子不是在北方钢铁待过吗？"见唐运生点了头，又道："等会儿赵工回来，看她能不能同那边联系一下，就说有朋友想到北方钢铁看看。"

"这没问题。"唐运生想了下，看看季健中，猜测道，"怎么？真的想上大高炉啊？"

季健中信心满满地道："咱的产品有专利技术，上不了大高炉，那就是屈才了。"

"这话不假。可是，你想过没有，这一步路不好走啊！"唐运生如数家珍，"我做过详细统计，自鲁阳炭材厂一九七九年成立，到目前整整十年了。这期间，一共接了一百多座高炉用砖合同，小的只有五十立方米，大的也不过六百五十立方米那个样子。也就是说，咱的砖，在小型高炉上应用，虽然业绩不错，但没有大的突破。这些年来，我们没少想办法，也没少跑路，可以说是下了血本，目标只有一个，就是把咱的砖用在大高炉上。一则，用咱的砖物美价廉。二则，可延长炉衬寿命，的的确确是利国利民的大好事。可事实呢？别说大高炉，连中型高炉也没上去。"停了下，唐运生又道："不是有个青峰钢铁嘛，他们有座一千两百多立方米的高炉，一年前就是要大修的，我也是第一时间赶过去跟人家做了交流，可是谈到现在也没谈成。当然，这里边有国内外大气候的影响，企业不景气，没有钱往里边投资。但很大程度上，也是咱没有大中型高炉上的用砖业绩。修一次炉，动辄几千万，责任太大，没人敢担呀！"

杨逸菡对唐运生这番话深有同感，附和道："是啊，大高炉大都在大国企。由于体制上的原因，一些看似常规上的事，却很难突破。就拿高炉为例，使用现有技术，炉子虽然短寿，但大家都在用，谁也不会节外生枝说什么。反之，你想改变它，有了成绩是大家的，而出了问题，那就是谁主张，谁就得担责。试想，在这种情况下，谁还有积极性和主动性？"

季健中看看杨逸菡，又看看唐运生，知道面前的两位高工都是业界屈指可数的重量级人物，是国家专门从事炭质炉衬新材料研究的专家，大半辈子与高炉打交道，站得高，看得远，眼界宽，懂得多，说的都是实情。他一方面暗下决心，要好好儿向两位专家学习；另一方面，也认识到了国家大高炉的门槛儿高，一般的企业不好进，何况鲁阳炭材厂是山沟里的小企业。可是，在季健中的心灵深处，他就是不相信，这么好的产品，没人看上眼，遂淡淡地笑了下，道："你们说的都对，都是明摆着的事情。可任何事情都不是绝对的。就新产品推广来说，我认为最关键的是机遇，看能否遇上一个有胆略的人。只要遇上那个第一个吃螃蟹的人，奇迹就会出现。炭材厂只有登上大高炉这块高地，厂子才有出路。否则，上对不起国家，下对不起辛辛苦苦整日窝在实验室，搞研究开发的你们这些默默无闻的老专家。"

听了这话，杨逸菡和唐运生想想是这个道理，无不点头称是。

为着大伙儿心中的梦想，当天晚上，唐运生的爱人赵雅芬，便和远在千里之外的北方钢铁总厂设计院炼铁室主任肖一琴取得了联系。一听有这么好的专利技术产品，肖一琴先是啊了一声，显然她对此事感到十分惊讶。想想自己带着一班人急于解决而至今没有解决的问题，别人已经有了成功的解决方案，肖一琴高兴得不能自抑，遂忙不迭地道："好好好！谢谢！谢谢！既然有这么好的产品，那我就翘首以待了。"

第十三章　有准备才有希望

北方钢铁不愧为共和国钢铁大家庭中的巨人，十座高炉，每年的钢产量已经突破了七百万吨。

接到既是校友又是老同事赵雅芬打来的电话，肖一琴真是乐到了心里。

她一大早就来到单位，待杨逸菡、唐运生和季健中三人一到，便马上迎上来。

肖一琴和赵雅芬是北方钢铁学院的校友。两人又都是学冶炼专业的，无论兴趣还是爱好，都是惊人的相似。按照当时的情况，两人都是被分配到上海钢铁研究所的。只是肖一琴怀着"到工厂去，到边疆去，到祖国最需要的地方去"的人生追求，主动要求到北方钢铁来的。因为北方钢铁在国家的大东北，不仅是国家重要的钢铁生产基地，而且也是新一代年轻人施展才华的最好平台。怀着满腔抱负，她对此充满激情。

肖一琴进厂时，尽管中苏关系紧张，大型关键设备停止供应，专家也早就撤走了，但钢铁厂通过不懈努力，企业已经发展起来。虽然生产中这样那样的问题还不少，又赶上了特殊时期，肖一琴和许许多多北钢人，出于一腔爱国激情，既要克服国家一穷二白的困局，又要冲破极"左"路线的束缚，搞科研，攻难关，其艰难程度是可想而知的。同时，也正是她的执着和努力，坚实地打下了她在北方钢铁的地位，无论在生产，还是在关键技术方面，使她成了具有一定影响力的人物。

她五十出头，中上等个头，身材匀称，但略显单薄。可能是常年伏案劳作的缘故，她的肤色显得有些青白。瓜子脸，眼睛不大，架着眼镜，显得非常有神。特别是当她与你交谈时那种专注与温和的样子，让人感到既亲切又谦恭，极富感染力。当然，人过半百了，她那浓密的用发卡拢着、未经任何修饰的齐脖短发，也添上了不少银丝。

接风宴十分丰富，是肖一琴安排的。席间，季健中扼要地向肖一琴介绍了鲁阳炭材的企业发展情况，以及新型炭砖在高炉上的应用业绩。考虑到让肖一琴从个人感情上与鲁阳炭材贴得更紧一些，杨逸菡遂将鲁阳人白手起家，筹建炭材厂的艰辛，以及在生产建设和推广应用新型炭材方面做出的突出贡献，作了简要介绍。同时，鉴于新型炭砖在一百多座小高炉上，已有将近十年无大修的优良记录，杨逸菡以人格为鲁阳炭材厂担保，希望肖一琴打消顾虑，进而把鲁阳炭材往北钢的大高炉上推介。情之殷，意之切，让面前的这位女专家十分高兴。

有关新型炭砖一事，肖一琴虽然在有关资料上看到过介绍，但了解不深，遂就有关问题提出疑问。杨逸菡和唐运生两位高工便从专业技术角度，一一作了解答。

肖一琴是搞专业技术的，她觉得鲁阳炭材的新型炭砖在北方钢铁大高炉上应用是件好事。但考虑到北方钢铁大高炉在国家政治和经济建设中的特殊地位，她也说出了自己的想法和担忧。"新型炭砖技术在北方钢铁大高炉上推广，单就产品品质来说，应该没问题。而且恰逢厂里高炉新一轮大修期早已到了，所以你们来得正是时候。这几年，北方钢铁的炉衬寿命都在四到六年，远低于欧美等发达国家。维修时间长，大修成本高，莫说总厂，就连部里也都感到头疼。为解决这一难题，总厂安排设计院，研发并寻找替代产品和技术的心情非常迫切。据我所知，到目前为止，研发一事压住不提，那毕竟得需要时间。单就替代产品，虽然看了几家生产单位，但都还没有敲定。"说到这里，肖一琴笑了，"如果可能的话，我们期许的，也许正是你们所送来的。但北钢有北钢的特殊情况，季厂长，有杨工和唐工在这儿站着，我也就没什么可隐瞒的。说句实在话，就北方钢铁来说，不是谁的产品都能进得来的。原因是，在北钢的修炉史上，百分之九十的关键材料都是进口或大型国有企业供应的。之所以我说现在正是时候，那是因为受大环境影响，北钢的经济形势也不景气，拿不出那么多钱再买昂贵的材料了。否则，那帮头头儿们，也不会四处跑着寻找国内能够替代的生产厂家了。"

听肖一琴这么说，杨逸菡惬意地笑了下，说："好啊，肖主任，看来这是难得的机会呀！"

肖一琴也笑了下，道："希望肯定有，但北钢厂子大、部门多、程序复杂，是外界所无法想象的。有关采购一事，客户方仅有过硬的技术和可靠的产品质量还不够。换言之，有了好东西，还得有权威人士认可或推介才行。若不然，东西再好，谁都没用过，没人敢打包票，那也枉然。"

听了这话，季健中额头上细密的汗珠轰一下就出来了。因为，鲁阳炭材缺的就是这一点。而且，他和杨逸菡也早就想到了这一层。承载着满满的理想和抱负，季健中不动声色地提起茶壶，借着给各位倒茶续水的机会，憨厚地笑着，道："肖主任，您老大姐是这方面的专家，我和两位老师，之所以敢到北方钢铁来，不为别的，就是奔着您来的。若不然，没有您在北方钢铁这么个关系，借我们一百个胆，我们也不敢来。"

"是呀，肖主任，季厂长这话一点儿不假。"唐运生说着，把刚刚削好的苹果递给肖一琴，接道，"来找你，说白了，就是想找一个敢于第一个吃螃蟹的人。因为新型炭砖真是个好东西，不上国家的大高炉，真的太可惜、太遗憾呀！"

肖一琴笑着点点头，道："我知道这是利国利民的大好事。可北方钢铁是通着天的，有些事情尽管属业务范围，但无不与政治相联系。无论大事还是小事，看着好办，但在别处好办的事情，在北方钢铁就不一定好办。因为这是几十年形成的习惯，一切按制度办事。而制度是什么？制度是有约束性的，是讲程序性的，是各种各样的条条框框。打个不好听的比方，像北方钢铁这样的大国企，就像是一匹骏马，浑身都是劲儿，也都想撒开欢儿跑，可这制度那规章约束着，四处都是绊子，跑不开呀！"

"这话没错，北方钢铁是通着天的。"杨逸菡道，"那我也跟你说句心里话吧。此行，我们之所以敢来，不只是投石问路，我们就是奔北方钢铁在国际国内的影响力而来的。你想想，一个国家级的大高炉，大修后运行最多五六年，就在热应力和异常侵蚀作用下，出现了炉缸环状断裂，炉底有被烧穿的危险，一旦出了事故，那是什么后果和影响？若用鲁阳炭材的新型炭砖，保守说可使高炉的寿命在目前的基础上翻一番，那又会是什么概念？你是搞研究的，又在北方钢铁技术部门身居要职，说话比别人管用。也只有你这个红娘当好了，从根本上改变我国高炉炉衬短寿的美好愿望才有希望。当然了，你心里会想，甚至会无形中埋怨唐工那一口子多管闲事。要不然，你就不会摊上这些个事儿。你别笑，我说这是大实话。若说到千里迢迢为什么找你来，我还跟你说句大实话。看中的就是你当年甘愿吃苦受罪，到祖国最需要的地方去的那一腔热情和担当精神。"

这番话，杨逸菡真的是有感而发，他道出了中国知识分子的心声。也正是这番话，使肖一琴犹豫不决的心，立时便坚定下来。喝着茶想了一下，肖一琴忽然想起个人，遂哎一声，道："有了，要做成这件事，眼前有个人很关键。"见大伙儿都盯住她看，又道："他就是北方钢铁炼铁厂的总工程师、主管技术改造的副厂长——张铁山。"

唐运生皱着眉头想了下，道："这人我听说过，也读过他发表的论文，在高炉技术改造方面，很有两把刷子。"

"对！"肖一琴道，"他是我们北方钢铁学院毕业的高才生，理论和实际工作经验都很扎实。但也很固执，一般情况下，怕是说不动他。假如我们能想办法用事实把他说服了，这事就成功了一大半。"

"好，就找这个张总。"季健中道，"肖主任，你能不能跟张总联系一下，看他方便的话，约个时间，我们见见面。"

"这个应该不难。"说罢，肖一琴拨通了张铁山的电话，一脸喜气地道，"张总，我是肖一琴。问你个事儿，咱那炉子大修的事进展如何呀？"

电话中，张铁山道："进展是有进展，只是都不理想。"

肖一琴看看季健中，心里有掩饰不住的高兴，道："是这样，我有个好朋友，是从南方钢铁设计院过来的。他给我介绍个客户，我大致了解了一下，产品不错，要是用在咱的大高炉上，人家能使咱的炉衬寿命翻一番。"

"什么？能翻一番?!"电话里传来张铁山十分惊讶的声音。他显然不太相信。

肖一琴道："是的，能翻一番。"

"哎呀，那可太好了！"想象得出，张铁山心里是多么激动。

肖一琴道："那你能不能抽个时间和他们见个面呀？"

"行啊！"电话里，张铁山似乎犹豫了下，"肖主任，他们是哪家企业呀？咱这儿的情况你知道，你可别让我白耽误工夫呀！"

"怎么会呢！"肖一琴担心张铁山看不上鲁阳炭材厂，又怕对方追着问，在她心里，她觉得只要两家能见上面，就一切都好往下进行，"就这样吧，我这里还有客人。你说个时间，有什么问题咱当面再谈。"

张铁山在电话中又犹豫了下，道："那就明天上午九点吧，让他们到炼铁厂会议室来。"

次日，按照约定时间，季健中一行怀着十分激动的心情，好像进京赶考似的由肖一琴亲自陪同，来到炼铁厂会议室。

有着六十多年建厂史的北方钢铁总厂炼铁厂，是当今国内大型炼铁厂之一，在业界有着极高的盛誉。但这么大一个炼铁厂的会议室，却十分简朴。一个旧的长条桌，桌面的油漆都脱落了。四周摆放着早已暗淡了颜色的木质靠椅，是再普通不过了。虽然如此，但非常整洁。室内四周靠墙壁安装着铸铁暖气片，墙壁上有几幅已经发了黄的标语，上面写着"质量是企业的生命""安全重于泰山"等。当身穿工作服的张铁山通了话，匆匆关掉哇哇叫着的对讲机来到会议室的时候，肖一琴带着季健中一行已经等了一会儿了。

由于此次会见是单独交流性质，所以只有张铁山一人参加。

这帮人都是干事业的，也就简单寒暄了几句，肖一琴遂以十分精练的语言，把鲁阳新型炭砖的技术含量、性能指标和发展方向，以主代客简要作了介绍，遂把时间交给客人。

千里迢迢就是来亮宝的。杨逸菡是新型炭砖专利技术的持有人，眼下又瞄住了对象，他本是要滔滔不绝好好儿说一说的，但他知道张铁山时间宝贵，这就三句话压成一句，向张铁山作了推介。其间，季健中恰到好处地把随身带来的图片资料和产品简介递给对方。

接下来，唐运生介绍了新型炭砖的技术性能，以及鲁阳炭砖在多座小高炉上的应用情况。针对张铁山老总提出的疑问，两位高工又认真作了解答。

张铁山时年五十二岁，高高的个头，消瘦的身材。身为高工，经年累月在炼铁高炉前奔忙，一千四五百摄氏度铁水的高温辐射，使他略显瘦长的脸庞有些暗红。鼻梁上架着眼镜，沉静的神态使他显得十分干练和朴实。假如摘下眼镜，再把他头上的安全帽换成大草帽，你一定会认为，他是个从田间走来的庄稼汉。

在这之前，作为我国炼铁业的专家学者，又参加过由鲁阳炭材厂承办的全国性新型炭砖技术交流会，张铁山自然知道新型炭砖的一些情况。为此，面对季健中一行的到来，他心里非常高兴，遂站在国家炼铁界的高度，详细询问了鲁阳炭材厂的产品情况和高炉使用业绩，并表示由衷的赞佩。但针对是否把鲁阳的炭砖推荐到北钢的大高炉一事，张铁山虽然在杂志上见到过此项专利产品，在小高炉上有所应用，却从没听说过在一千立方米以上大中型高炉上使用的先例。加之他觉得鲁阳炭材厂时下在行业的影响力不大，尽管有肖一琴和南方院二位专家的竭力推荐，目前选用鲁阳炭砖一事，他是连想也没想过。因为如此之大事，他深信，莫说是他这个副厂长，就是冶金部的老总们，怕是也没人敢负这样的责任。

这时，张铁山看到对讲机的灯又亮了，遂起身站起来伸手握住杨逸菡的手，十分高兴地道："祝贺你和唐工研制出这么好的高炉用砖，我相信它一定会为国人争光。虽然你们还没有大中型高炉上的使用业绩，但从小高炉的使用情况看，还是很不错的。大高炉是炼铁的，小高炉也是炼铁的，工艺基本上相同，但大中型高炉炉内压力更大，炉况更复杂，对炭材质量要求更高。国家建设需要钢铁，北方钢铁肩上的担子很重。肖主任知道，涉及生产上的事情，北钢有句保守的格言，叫作'安全就是成功，成功必须安全'。不过，话又说回来。就北钢当下的形势，我可以开诚布公地讲，资金也很困难，你们的产品价格优势明显，是个好东西，所以我们有合作的机会。但前提是，既要有让人眼前一亮的过硬产品，还要有使用业绩和令客户满意的价格。北钢部门很多，还有许多工作要做。"说到这里，张铁山转身拉住季健中的手，解释道："季厂长，我说这话可能有些直白，但事实就是这样，还请季厂长能够理解。"

张铁山这番话，既含蓄又明白，季健中自然听得懂。眼下，虽然被堵在门外了，但"大高炉是炼铁的，小高炉也是炼铁的"这句话，在季健中心里，对一举冲上北钢的大高炉还是充满信心的，遂连连地点着头，道："我理解张总的意思，但我们会努力的。也希望张总能够给我们机会。同时，也衷心邀请您方便的时候，到鲁阳炭材厂指导工作。"

张铁山笑了。显然，他深知季健中目前内心的迫切愿望。但北钢的特殊地位，有关高炉大修用材问题，实在是太复杂了，不是说办就能办的。于是，他很大度地道："就这样吧，非常抱歉，我有事不能陪各位，一切都由肖主任代劳。"说着，张铁山转身对着肖一琴，道："你们设计院再深入了解一下，这是个好事。若有时间，我们不妨到鲁阳去看一看。"

肖一琴说："好！谢谢张总！"

季健中很想和张铁山多说会儿话，可他看得出人家有急事在身，况且在这种场合下，又是这样的权威专家，他不便多说，遂一个劲地点头，道："谢谢张总在百忙中安排时间接待我们。谢谢！"

"抱歉！抱歉！不过请季厂长放心，这可不是没希望，有在小高炉上的应用业绩，我想在大高炉上的应用，也只是时间问题。回头找机会，我和几个老总们先议一议，等时机成熟了，我请你们再次到北方钢铁来。"张铁山说着，遂安排了有关接待事宜，并十分亲热地与季健中握了握手，然后转向肖一琴，解释道，"是这样，昨天一接到你的电话，我就给办公室杜主任说了，杨老和唐老一行来北方钢铁一趟不容易，又是给我们传经送宝来了，有时间的话，麻烦你带他们去参观一下我们的劳模展览馆，一切都包在我身上。"见肖一琴哑着嘴急着想解释什么，忙道："你知道，七号炉要大修，十号炉和二号炉也都是带病运行，上至冶金部和总厂，下到我们炼铁厂，一个个压力都很大。我是主抓改造的，急得只差头顶上没冒烟儿了。"

这时，张铁山看见对讲机又亮起了绿灯，遂急忙打开，就听里边喊道："张总！张总！邝厂长找您，请您马上到十号高炉！"

"知道！知道！"张铁山对着对讲机回了话，转身对着肖一琴摊了下手，做出无奈的样子，也来不及再说什么，就急急地走了。

这时候，肖一琴站在对方的角度，设身处地想了一下，也就不难理解此事。因为北方钢铁有关高炉上的事，没有人敢越雷池一步。毕竟，谁会拿自己的前途和命运开玩笑呀！考虑到张铁山已经把话说得很明白，肖一琴道："张总就是这么个人，很直率，有什么说什么，不会藏着掖着。在生产中，有关生产技术方面的事，张总若不点头，包括汤总、刘总、安总和陈总在内，谁也不敢做主，这就是北钢的现实。但反过来说，没有集体的意见，张总虽有权威，也不可能越俎代庖。"

天黑下来了，东北的大正月还是非常冷。

在炼铁厂会议室里，季健中和两位高工仍在议论着张铁山说的话。

那么接下来该怎么办呢？杨逸菡狠狠地吸了会儿烟，猛地站起，哗哗啦啦翻出季健中带来的材料，道："健中，明天咱就去北京，到冶金部去。这方面咱不是没人，让部里专家出面说话，总要比咱有分量。"

一看杨逸菡拿出鲁阳人生产的新型炭砖图片，以及在全国一百多座小高炉上的应用业绩资料，唐运生扑哧一声笑了，道："就凭这进京找你那几个学兄学弟？门儿都没有。部里那些老总们，关系再铁，莫说他们不会轻易为你打包票，就是会，钢铁厂那些总工们，都是一言九鼎的人，关键问题上，谁的账他们也不会买。因为这是国家的大高炉，责任太大了，谁能担得起呀！"

想想是这么个理儿，杨逸菡急得没法，这便发起牢骚："大国企有大国企的好处，可毛病也不少。你看看人家扬子钢铁，说是九百立方米炉子，实际炉容超过了一千。人家那办事效率，不到一天，就定下来了。再看看他们，真是一个天上，一个地下，你就是掂着衣裳襟儿在后边跑着撵，都撵不上。"

唐运生道："还真叫雅芬说中了，这事不是有一定的难度，而是难度相当大。"

"看这事儿，还真是座火焰山呀！"杨逸菡感到失望极了。

看杨老连气带急，大正月里解开衣扣在那儿一个劲儿扑扇，季健中怕急坏了老人，忙把茶水递给杨逸菡，哈哈笑着。"杨老，这算什么？虽然见一面没有往下再谈，可人家也没有拒绝我们呀！你想，北方钢铁那是谁？那是国家钢铁业的顶梁柱，是圣地，人家能抽空接待我们就不错了。没听人家张总说嘛，还准备抽空到咱那儿看一看哪！这比我预想的结果要好得多。真的！"说罢这话，他见肖一琴愣愣的不语，样子既失望又无奈，遂安慰道，"肖主任，您放心，借张总吉言，我坚信，鲁阳的炭砖，早晚会用到北方钢铁的大高炉上。"

第十四章　严寒下的坚守

送走肖一琴，季健中挂在腰间的传呼机突然响了。通过电话得知，扬子钢铁公司的尚总一行五人考察组，近日就到鲁阳炭材厂考察。

面对此情，季健中仔细想了下，遂安排杨逸菡和唐运生二位高工返回鲁阳，接待尚总一行。而他自己，则留在北钢招待所执意不回。同时，他打了长途电话，让厂里即刻把新型炭砖样品发往北方钢铁。在季健中心里，他想让张总亲眼看一看鲁阳人生产的新型炭砖。

季健中觉得，北方钢铁这么大的企业，作为一个农村娃，张铁山能在企业中脱颖而出，走到当下这一步，仅有知识和技术是远远不够的，还应该是一个敢于担当和满腔家国情怀的人。只有这样，他才会舍掉一切私心杂念，担此大任。

显然，在他心里，认定张铁山就是他们期盼的那个第一个吃螃蟹的人。

扬子钢铁的尊贵客人要来了，鲁阳炭材厂办公室副主任宋晓燕又是准备材料，又是搞接待方案。这么忙到天黑，看看行政人员基本上都走了，她也从车棚里推出自行车。可是搭上腿就要骑上走的时候，她忽然想起上午那会儿，接到了季厂长从东北打回来的电话。正准备安排人寄样品，室内的电话又响了。电话是县委宣传部打来的，现在要召开各单位"三基本"（马列主义、毛泽东思想基本理论，党的基本路线，党的基本知识）教育工作汇报会，问炭材厂的人为什么还没到。一听把参加会议的事情给耽误了，宋晓燕一边连忙道歉，一边答应人家马上就到，遂放下电话，带上材料就冲出了办公室。在她心里，落实往东北寄新型炭砖样品一事，她是要亲自找运销科来办的，可是那边会议正等着，时间实在是太紧了。正觉得分不开身，忽见严瑾梅闲着没事在走廊里站着嗑瓜子，宋晓燕喊声"严老师"，便走上前把手里拿着的寄件地址递给对方，又交代几句就匆匆忙忙地走了。

纯粹是日常工作习惯，宋晓燕扎下车子又拐回来。一问运销科值班人员什么也不知道，宋晓燕扒出电话号码就把电话打到严瑾梅家里去了。可是，再打就是没人接听。宋晓燕无奈，遂安排值班人员准备样品，而她则匆匆忙忙下了楼。

这时，天已经暗了下来。

宋晓燕骑着自行车在高低不平的乡间小路上用力地蹬着。

有以往到温厂长家里办事的经历，宋晓燕对此路十分熟悉，不大一会儿就到了严瑾梅家里。

可是，推门一看，严瑾梅正陪着小孙子在电视机跟前坐着，一边吹着电热风，一边消闲地在看动画片，宋晓燕心里立时就有些不快。因为那阵势绝不是刚刚回到家里的。她意识到，面前的严瑾梅是故意不接电话的。

宋晓燕道："严老师，样品寄走了没有？"

"样品？什么样品？"严瑾梅俨然什么也不知道似的愣愣地反问道。

宋晓燕头上的汗忽就出来了。可是她还是压住满身的火气，道："我不是给你个地址，让运销科给季厂长寄样品吗？"

"嘻，我当什么事呢？"严瑾梅笑着道。

对方那轻松的样子，宋晓燕还当是把事情办妥了，就道："寄罢了吧？"

"什么寄罢了？没寄。"就像是变色龙，严瑾梅的脸色立时阴沉下来。

"严老师——"宋晓燕不敢相信这是真的，"你不会是开玩笑吧？"

"开什么玩笑？！没寄。"严瑾梅一副理所当然的样子。

"真的？"宋晓燕还是不敢相信。

"真的！"严瑾梅仍是理直气壮。

"这……是为什么?"宋晓燕感到不可思议。

"忙,没顾上。"这么一推六二五地说了,严瑾梅又似发牢骚地埋怨道,"再说了,我都这么大数岁了,眼花耳聋的,我能记住什么?真是的!"

宋晓燕简直都蒙了,有心掉饬对方几句,又觉得没心情,也不愿再多耽误时间,遂转身就走。可她走了几步,又拐回来,道:"地址呢?"

严瑾梅闻声摸了摸口袋,然后把脸一仰,脱口说道:"丢了。"

"你!"宋晓燕想不通,也实在憋不住,就责问着,一语揭穿对方,"严老师,你怎么能这样呢?你是多精明的人,能记不住事吗?"

这时的宋晓燕,简直是气愤极了。同时,她也后悔,不该把事情交代给这样的人。

为了把耽误的时间抢回来,返回厂里后,宋晓燕一看样品包装好了,一磨车子,就要让人往她的自行车后架上抬,可是瞬间她又犹豫了。

这还不是往大高炉上用的炭砖,而是往小高炉上用的,块头儿还不算大,但它密度高,重量实在不轻。说实话,宋晓燕还从来没有带过这么重的东西,何况是个硬家伙,比不得一袋面粉,或一个人那么容易将就。可找人帮忙吧,无论厂门卫,还是行政值班人员,人家都有自己的岗位职责,找谁都不妥。正感到没办法,忽见一辆摩的在厂门口呜呜叫着停下了。

原煤从大西北赊回来了,电煅烧车间的技术员谢大姐赶着来接班,怕耽误时间,就拦了辆摩的。

张罗着把样品装上摩的,宋晓燕在后边一路紧赶。

来到邮电局,宋晓燕对着亮灯的窗口喊道:"小齐!"

立时,有个叫小齐的姑娘打亮灯的窗口探出身来。一看是当年的同班同学,忙摘下耳麦,喜滋滋地道:"哎呀,燕子,你怎么来了?"

"来、来,帮帮忙!"宋晓燕说着,见开摩的的师傅把样品从车上搬下来了,又拍拍手转身看她,她连忙掏出钱付了运费,回身对小齐道,"我有急件。"

小齐急忙出来。一看是这么个东西,愣愣地道:"你……你发样品呀?!"

"别发愣了。"宋晓燕催促道，"快跟小徐师傅联系一下，我要托运。"

"你呀，犯什么傻?"小齐说着，抬腕看了下手表，"这都几点了，等明天吧!"

"不行呀，小齐!"见对方愣愣地看她，宋晓燕解释道，"我们厂有规定，'今日事，今日了'，何况我们厂长在外地急等着用呢!"

见是这样，小齐摇摇头，无奈地道："那也不行呀，一是早下班了，没人办业务；再者，就是把人叫来，把业务办了，这时候，谁给你托运?"

"这个我知道。"宋晓燕道。

"知道你还急什么? 明天吧!"小齐道。

宋晓燕后悔莫及地摇摇头，解释道："是这样——这件事本来应该上午就办了，是我给耽误了。按理说是得等到明天，可是我等不及呀!"

小齐无奈，就道："你的心情我理解。可现在，莫说在县里，就是到市里，不到邮车发送时间，不是还得扔那儿吗?"

想想是这个道理，为尽快把样品发到北钢去，宋晓燕把东西交代给小齐，骑上自行车就往长途站来了。她认识个长途车司机，是往鹰城跑的。

慌慌张张到调度室一看，那司机刚好收车回来。可是一问，人家不跑明天的早班。见她有些失望，一问是赶着往东北发货，那司机笑了笑说好办。于是，他打了一番电话，并很快敲定，让晓燕到时候在邮局门前等着，而且保证不会耽误事。

有关托运的事情，宋晓燕明白，明天的早班，是五点半发车，大约两个小时，就能到鹰城。这样，赶上趟了，样品当天就能到郑州，耽误的时间就能补回来。

宋晓燕悬着的心，这才有了着落。

可是，为着"到时候在邮局门前等着"，不再耽误事，这一夜，宋晓燕调好了闹钟，却一夜也没有合眼，把她熬得心里发急。

看看表三点刚过，反正是翻来覆去睡不着，也不敢睡，宋晓燕索性掀开被子下了床。

昨天回来晚了，也不觉得有食欲，晚饭就没有吃。此刻，她觉得饿了，就悄悄来到厨房。她不喜欢鸡蛋的气味，基本上不吃鸡蛋，可今天她就顾不得这许多了。当她坐下来，啃了两片面包，又把两个荷包蛋吃下，锅里煮的五个鸡蛋也熟了。

看看表马上就要四点了，宋晓燕麻利地洗漱了下就走出家门。

这时候，斑驳的路灯下，环卫工人正在打扫马路，宋晓燕一路小跑。

路过邮局的时候，一看旁边有辆车子还没装垃圾，她就不想麻烦班车师傅再拐弯浪费时间到邮局这边来，遂朝旁边扫大街的师傅喊："麻烦您帮帮忙，送个东西到汽车站，路不远，我给您钱。"

"哎呀，是燕子呀！"那扫大街的不是别人，而是牛志刚的爸爸牛青坡。

一看是自己心中未来的老公公，宋晓燕禁不住一愣。因为，此事不是凑巧，而是不好意思办了。对方腿脚不好不说，人家把自己的工作停下来帮你，人家能接你的钱吗？既然人家不接钱，你能好意思让人家帮忙吗？

正犹豫，志刚爸已经放下扫帚一瘸一拐地走上前拉住了车子，道："闺女，送什么？来，别耽误事。"显然，他看出燕子有急事要办。

宋晓燕心里过意不去，却也不敢耽误时间，遂叫开门，让值夜班的小齐帮着把样品抬上了车子。

再有半个小时就要发车了。车站调度室里，出早班的师傅们已经忙起来了。

巴掌大个县城，作为县财政局局长的女儿，长途站许多人都认识宋晓燕。加之她说话办事既懂礼貌又大方稳重，遇到事上，谁都乐意给面子。

说好了让到时候等着，可是一看人来了货也拉来了，那师傅遂啧啧不已一番，道："加下油门就到了，再说我也忘不了，你真的不必再跑过来。"

宋晓燕擦了把头上的汗，道："刚好碰见叔叔，又有现成的车子，就不想再麻烦您。"说话间，志刚爸急急忙忙到了面前。宋晓燕自然感激不尽，五个熟鸡蛋，她自己留下一个，剩下的四个，志刚爸和那早班车司机每人两个。当然，无论志刚爸，还是那早班车司机师傅，都是一再推辞才勉强收下的。

一路无话。

当车到鹰城办了托运手续，又等到样品安全地装上邮车朝省城驶去的时候，宋晓燕抬腕看了下表，是上午十点一刻。

立时，宋晓燕脸上露出了笑容。因为，发运样品的事，虽然出了岔子，但最终没有因她而耽误下来。

在东北零下三十摄氏度的严寒天气里，呢子大衣根本不济事，季健中就从劳保商店买了件劳动布大衣。他知道张铁山没有离开厂子，高炉那地方他去不到跟前，就候在办公楼外边。一连三天，季健中硬是没见着人，又好不容易打听到张铁山的家，赶在上下班时间，就在胡同里等候。

东北的供暖季，是全天二十四小时供暖。一般情况下，在屋内穿件内衣也会感到暖融融的。这么一来，在屋里汗津津的，可一到室外，那温度忽一下就降下来了。季健中，这个中原汉子，不管怎么武装，那都是受了老鼻子罪。

东山街老君庙东侧，是北方钢铁公安派出所的所在地。赶到傍黑的时候，有一位大嫂冒着严寒，慌慌张张来到派出所举报，说银行对面有一男子已经三天了，每当上下班前后，就在那里逗留窥探，疑似在采点儿，预谋作案。简单问了有关情况，一听是个外地人，三四十岁年纪，相貌打扮又十分奇怪，派出所当班领导掏出枪，哗啦一声推上子弹，带着人就火速赶到了现场。因为他们把此事同刚刚发生过的一起银行抢劫案联系在一起了。

久未等到要找的人，季健中心里不免有些焦躁。他觉得，作为北方钢铁炼铁厂的总工程师、主抓技术改造的副厂长，张铁山的思想境界指定是一般人所达不到的。猜透了这一点，季健中想，和张总仅一面之交，人家不是对鲁阳炭材不上心，而是还没有时间真正了解鲁阳炭材。一旦了解了，做到心中有数了，那就不是动不动心的问题，而是怎么力排众议用鲁阳产品了。这么想了，季健中心里就暖融融的充满了希望。可是，在厂里等了三天没等到人，在家属院胡同口又等了三天还是没等到人。难道人不在单位吗？是出差了不成？可是他私下打听到的消息是人就在厂里。六天时间过去了，季健中的手背冻肿了，发紫了，脸上冻出了疱，特别是脚，他都不知道在哪里藏着是好了。仿佛老天爷也在跟他过不去，越是不适应东北的天气，气候就越发地变得恶劣。铺天盖地的寒潮，存心要把他赶走似的。对此，季健中打定主意，不再见一次张总，不把自己的产品亲手送到张总手里，即便是冻成冰棍，也绝不离开。当然，他在心里，也不止一次畅想着，鲁阳人自己生产的新型炭材，用在了北方钢铁的大高炉上，并一举打开了局面，然后再冲出国门，走向世界那红火的场景。这不仅是鲁阳炭材人，也是南方院一帮专家们十多年来的梦想啊！

然而，就在这时，两个公安人员突然出现了。为首的厉声问道："你是干什么的？"

愣了下神，由于嘴冻得不灵便了，季健中就近似结巴地道："我……什么……也……没干。"这时，他想把身份证掏出来证明自己，可是身体快要冻僵了，胳膊和手都不听使唤，想掏也掏不成。

为首的公安看他穿得十分臃肿，以为他身上藏着什么，就命令道："把手举起来！"

看健中想举手都举不成，那公安哑哑嘴，显然还要质问什么的却立马打住。因为人家已经敏锐地看出一些端倪。

愣怔中，为首的公安人员上前搜身时没搜出什么可疑的东西，搜出了身份证，这就细细地看看身份证，又看看季健中。

从地处中原的鲁阳县到大东北，为了御寒，季健中买劳动布大衣的时候，也买了一顶东北人戴的"四大扇"帽子。时下，由于帽耳朵捂着脸看不清面目，又见脸上裸露的地方冻出了水疱，知道是扛不住严寒了，为首的公安遂不无严厉地道："跟我们走，到所里去一趟。"

季健中被带到了北方钢铁派出所。询问中，一听季健中是河南鲁阳炭材厂的厂长，是来北方钢铁联系业务的。之所以躲在胡同里，是要等北方钢铁炼铁厂厂长张铁山的。但作为公安人员，人家不会轻信任何人，遂把电话打到了北钢炼铁厂询问实情。

　　那天，张铁山在与季健中等人见过面后就上了高炉。大修前，北方钢铁的这座高炉只能是带病运行。可是，突然炉缸部位有几组冷却壁水温差突然升高，把所有当班人员吓坏了。炉缸局部温度超出正常范围，这可不是小问题，如不查明原因有针对性地采取修补措施，很可能将酿成重大事故。为此，张铁山带着有关人员一忙就是两天，直到冷却壁水温差温度恢复正常。看看没事了，张铁山刚要松口气歇一歇，却发现浑身困乏得要死。汤总见他脸色苍白，料定情况不妙，伸手一摸，吓了一跳。张铁山浑身火炭样烧起来。吃药打针，在医院一住就是三四天。刚有点好转，张铁山惦记着带病运行的高炉上的事，这就翻开了他的工作日志。静下心来，他要为这座高炉彻底把把脉，然后提出大修方案。就在这时，电话响了。一听季健中没有走，而且在胡同里等他，张铁山当时就愣住了，遂带着并未痊愈的病体，坐着车朝北方钢铁派出所来了。

　　有着北方钢铁炼铁厂总工程师，又兼主抓技术改造的副厂长这个头衔，张铁山在北方钢铁派出所那绝对是座上宾。毕竟，偌大个北方钢铁，几十万人要吃要喝，靠的就是从炉子里流出来的铁汁子。因为，没有铁，就没有钢；没有钢，就没有材；没有材，就没有钱。跟着迎接他的公安人员来到跟前，张铁山一看面前的人真的是季健中，而且又是这般模样，他立时便愣在了那里，不知说什么好了。

　　张铁山站着看他，一句话也说不出来，这情景感染了季健中，他的鼻子立时一酸，仿佛受了莫大委屈的小弟弟盼来了大哥哥那样，哽咽着道："我让人把样品寄来了，想请您仔细看看，给进一步鉴定一下。"

　　看着季健中脸上冻出的水疱，还有手冻得跟那发面馍一样肿得老高，而且青一块紫一块的，张铁山咂咂嘴，愣了下神，心情沉重且不无埋怨地道："你呀你，你怎么这么傻呀！"

　　夜深了，招待所客房里的暖气片时不时地嘶嘶作响，显然是蒸汽压力很足。头上，电灯光也似乎更亮了。作为长期奋战在我国炼铁生产一线的著名专家，张铁山早就对炭质耐火材料产生了浓厚兴趣。只是受当时多种因素制约，该技术在北钢可谓波澜不惊。

　　此刻，听了鲁阳炭材厂的发展史，再仔细看看桌子上摆着的新型炭砖样品，张铁山隐隐觉得，鲁阳炭材厂子虽小，但确有自身的明显优势。若不然，想当年冶金部也不会把那么个全国性的重要会议放在鹰城召开。同时，那时候的炭砖，还处在推广应用期，而现在的产品，已经发展到了第四代、第五代，无论理化指标、外观尺寸公差等，都有了进一步的提高和优化。再者，仅从价格来看，如果用鲁阳的新型炭砖，修一座两千五百立方米的高炉，仅材料费一项，就可为北方钢铁节约五百多万元资金。因此，张总内心真的是像发现了金矿似的无比激动。他觉得，就当下的情况，在炼铁高炉上，选用新型炭质耐火材料是必然的趋势，是国家荣誉。之所以当初，也包括最近，他一眼就看出了显著优势而没有动心，那是他从北方钢铁的实际情况出发考虑的。毕竟，北方钢铁生产的担子实在太重了。说小了它是企业生产经营，说大了它何尝不是国家综合实力的象征呀！从这个极其深厚的因素说，张铁山肩上的担子重，心理压力大，他是不允许有一丝风险的。否则，他就觉得对不起脚下这片厚重的黑土地和头顶上的蓝天白云。此刻，是季健中的执着精神深深地感染了他。这么想了，张铁山道："从技术资料上看，拿你们的炭砖和北方钢铁目前使用的炭砖相比较，你们的炭砖，各项理化指标性能都要好得多。我会抓紧时间安排，尽快把样品送技术中心做进一步检测，做到心中有数和万无一失。"

季健中道："这我明白。有关程序上的事情，该怎么办，就怎么办，而且要求越严越好。"

张铁山点点头，想了下，叹了口气，又道："炉子大修，莫说在炼铁厂，就是在总厂也是大事。你知道，我们是国企，用谁的砖，不用谁的砖，那可不是一两个人和一两个部门说了算的事情。"

季健中笑了，十分真诚地道："张总，您看我需要找哪方面的老总们进行沟通？"

张铁山听了，微微地笑了下，随之摆了下手，道："这倒不用你到处跑，等我给总厂汇报后，会组织各部门的专家一同外出考察，到时候把鲁阳炭材厂列入考察名单就可以了。"

"那就多谢您了，张总。"说罢这话，季健中想了下，又道，"也请您放心，鲁阳人不会给您脸上抹黑的。"

"这一点儿我一眼就看出来了。你是个有责任、有担当的人，我乐意和你们交往。"张铁山说罢，略加沉思，遂就大高炉使用炭质炉衬材料严格的技术要求，特别是政治责任和社会影响，给健中交了底，要其切实做到心中有数。

张铁山的嘱托，像重重迷雾中的一缕阳光照在了季健中的心上。

第十五章　患难中的友情

回到鲁阳，季健中遂向班子成员汇报了东北之行取得的初步成果。于是，为着向大高炉进军的梦想，鲁阳炭材人全都使出了浑身的力量。

可是，就在全厂上下以全新的姿态，憋足劲儿迎接即将到来的新的发展机遇时，一进办公室，季健中便看到一封信。捡起一看是揭发云霄翔把整车煤倒腾出去卖掉的举报材料，季健中立时便愣住了。

沉思良久，季健中拿着材料到了奚书记的办公室。

尽管举报材料上只署着"职工"二字，是匿名举报，但两人商议后，还是决定查一查。对于这件事，在季健中心里，真的跟吃了只苍蝇一样感到恶心。原因有二：首先是他万想不到厂里会出现这么个事情。在他心里，厂就是家，家就是厂。作为厂里的一员，怎么能拿自己的拳头揎自己的眼呀？第二个原因是，事情牵扯到云霄翔，教他左右为难。当然他不是顾忌云霄翔与冯建义那层关系或其他人怎么的，而是很多人都知道他和云霄翔之间有嫌隙，现在要是查证属实了处理这件事，他担心不知内情的人说他挟嫌报复，落下话柄。

夜幕不知何时降临了。

心情实在是太糟糕了，手头有活儿他也没心情做。拉开抽屉，正看到马青云写的名叫《天天的故事》长篇报告文学大纲。这是季健中从东北回来的第二天，马青云就急急忙忙送过来征求意见的。

拿起大纲看了一会儿，因为写的就是他和天天之间曾经发生的事情，季健中很快便从厂里那些七七八八的事情堆里跳出来，心情也一下子好了许多。

沉浸在往事里，当他读到天天带着女儿，跟着母亲到美国去的这一段时，季健中忽然想起天天临走时对他说过的一句话："爸爸是那个样子，弟弟又是个分不出香臭的人，你什么也不用说我就知道——你不走，你这是孝、是爱，我会记一辈子。即便今后的日子再苦再难，我都会昂起头走过去。因为，我有个最懂得人间真情的好丈夫。此生足矣！"

热血在周身奔腾，季健中解开了中山装领口的扣子。手里捏着故事大纲，原地踱了几步，想着这么多年来的荣辱得失，他觉得亏欠天天的实在太多太多了，遂伸手拿起电话，一问天天也还没睡，他便十分诡秘地道："太好了，天天，等着我。"

披上大衣，季健中一边系着扣子，一边飞一般离开办公室。借着楼道里的灯光，他冲下楼去，打后边推出自行车紧走两步，然后一垫步骑上就朝家中奔去。

后半晌的时候，健中妈见天天转了一圈，忙了一阵又到西屋去了，不知道儿媳妇要干什么，遂停下按摩，为老头子掖好被子走出来。一看天天要为健民拆洗被褥，健中妈就笑嘻嘻地拦住，道："你才说拆洗过，这才几天？干干净净的，别拆了。再说了，现在拆拆洗了，一时半刻也干不了呀！"

"妈，您看——"天天说着，朝婆婆递了个眼神。那里放着一床崭新的被褥。

健中妈叹了口气，道："他，吃饭不知饥饱、睡觉不知颠倒，呒什么讲究。"在健中妈心里，她是要拦住天天的。可是，天天上午过来就发现了。她觉得，小叔子的被褥虽然还不脏，可紧挨床边的地方，却也有了一些浮尘。联想到大华那边的业务，保不准什么时候说走就得走。为此，她决定趁眼下没什么大事要做，就把小叔子的被褥拆洗拆洗。若不然，她心里会不安的。

看着儿媳妇拿了要拆洗的东西，又到花池那边拿了从老当家的身子下边替换下来的衬布走了，健中妈的眼里禁不住湿润了。

在她心里，老季家娶了人家老郑家的闺女，那是人老几辈子修来的福气。

　　天天从老宅回来正要进院，听见喊声，扭头一看是马青云来了。她知道对方为什么来，就笑了下，把对方让进家里。

　　走进屋子，见梁婉君戴着眼镜在沙发上坐着挺忙的，马青云打过招呼，借着往茶几上放挎包的间隙，她见老人忙的是珠宝方面的业务，她插不上腔，便也进了洗衣间。

　　这样，马青云一边和天天拉着家常，一边帮着先洗了健民的被褥，接着又把衬布洗出来。待要往晾衣架上挂的时候，天天怕垫布反复用了会发硬，就烧了满满一壶开水倒进盆子里又烫了一遍。

　　忙完这些洗过手，涂雪花膏的时候，马青云一边搓着手，一边信步走到书房，禁不住哇的一惊，道："你们家里这么多书呀！"

　　听对方这么说，天天也跟脚到了书房。放眼朝书架上看了眼，她淡淡地笑着用手指了下，道："这两架是健中的。他爱看书，只是大部分都是从地摊儿上淘来的。"说着，她上前走了走，抬手抽出一本厚厚的书，一看是《烈火金钢》，禁不住笑了，道："他最佩服肖飞、史更新那样的英雄。"见对方应着到对面书架那边去了，就也跟过去，不无夸耀地道："当初搬家的时候，我爸爸硬是把锅碗瓢盆丢下，也没舍得落下一本书。"

　　书架上的书，尽管没有详细分类，却也大体按政治、历史、农学、文学等类别摆放。

　　马青云抽出一本三四指那么厚的《沫若文集》翻了翻，抬头看仅此类书就有十多卷，长长的摆了一大溜儿，遂啧啧着不忍释手。

　　这时，从客厅里传来落地钟噹噹的响声。

　　看看手表，到了做晚饭的时候。想起男人临走时说的晚饭不让等这句话，天天温婉地笑了下，遂对马青云道："该做晚饭了，你想吃什么？"

　　马青云想了下，道："咱们到外边吃吧？我也该请请你和阿姨。"

　　"那就免了吧！走，让你看看我的厨艺。"天天说着，拉对方从楼梯上走下来。

　　在客厅口，天天见母亲正在往金橘棵上洒水，就喊道："妈，健中说有事回来得晚，咱们吃什么？"

　　一听闺女女婿又这样，梁婉君看看天天，又看看马青云，淡淡地笑下，道："我吃什么都行，你们随便吧！"

天天知道，母亲晚饭的胃口和众多的中原人一样。但所谓随便，也不是什么都可以，而是大体指的两样饭食——甜面片儿和葱花儿汤面条。可是刚剥了葱还没等淋上油腌上，马青云忽然想起，临来时捎了包汤圆，遂急忙走过去拿出来。

一看是汤圆，天天和母亲都笑了。

鲁阳城王家汤圆，是"土改"时在此落户的王家老爷子传下来的。那年，天天一家人从城里回来的当天，由于不就绪，晚饭没法做，吃的就是汤圆。实在是好吃极了，天天就问："爸爸，这汤圆是什么馅呀，这么好吃！""这是青红丝桂花馅汤圆。"郑寒光说着，手中的碗一歪，用调羹勺又给天天拨了个汤圆，接道，"吃吧，只要喜欢，爸爸回头再买。"

如今，三十多年过去了。当年，那好吃的汤圆已成了记忆。一看天天要添锅下汤圆，梁婉君忽地就从沙发上站起来，道："来，你陪马部长说话，让我下。"显然，她的用意不仅是让天天陪客人，还怕女儿掌握不好火候，煮不出好汤圆。

这正合马青云之意。于是，她把天天拉在沙发上坐下。对此，天天叹了口气，道："你也是个痴情的人，瞄上了就不放手。不过我要问你，我们两口子的事情，刘县长不是已经给你说过了嘛，而且你都写出了创作大纲，怎么还……"

"我必须听当事人亲口说。"马青云打断对方，"就我的了解，姐呀，你和季厂长的结合，那可不是一般的爱。"

这话把天天说笑了，天天道："时代造就人。赶上什么样的时代，就有什么样的故事。"

"姐，你说得太好了。"

"你不用给我戴高帽子。看你这么执着，我要再不答应，那就是不知情理。"天天道。

"那我就谢谢姐！"马青云说着，像汉子一样朝天天拱了拱手。

很快，汤圆煮好了。马青云勤快，帮着把汤圆盛到汤盆里端出来。待分到小碗里的时候，天天也把母亲刚刚炒好的葱爆香菇和蒜苗炒鸡蛋端过来了。

上午跟着县领导到宏运煤矿转了转，午餐是在山里一个小镇上吃的。那里的条件比较简陋，餐厅里油烟味大，马青云只动了动筷子便离开了。此刻饥了，待天天妈陪着她放下筷子的时候，天天已在书房里把瓜子、茶水预备好又给炭炉加了木炭，二人遂面对面坐下来。

翻开采访本，见天天默默地看着她却迟迟没有开口，她知道往事太过沉重太过揪心了，既是等不及又不无宽慰地道："姐，一切都过来了，对于过去的事，你也不要太揪心。"

天天叹了口气，沉思一下，思绪的大门一下子就打开了——

初中毕业那年，全校学习成绩前三名的季健中，因为父亲的政治问题，最终没能被街道革命委员会推荐，而失去了继续读书的机会。对此，季健中并没往心里去，就随着上山下乡的时代大潮，进山当了知青。

这天，季健中为大山深处比较普遍的"大脖子"病一事，通过分机转了几转与父亲通了电话。一听是自己的儿子，正愁着无法联系，季国重忙在电话里叹了口气说，因天天上学的事，险些要了郑寒光的老命，要健中无论如何抓紧时间回来一趟。

天天家出事了，此事又是从父亲嘴里说出来的，足见是多么重要和急迫。于是，季健中慌慌张张请了假就立即动身了。

暑假结束，新学年就要开学的前一天，郑寒光一大早便来到学校。学校里有许多事情还不真就绪，他心里着急，想看看有什么事情需要帮忙。四处看看，除了敲钟带守门的校工，莫说一般的教职员工，连一向早来晚走的刘校长也没到。叹了一口气，郑寒光念叨："郑寒光呀郑寒光，你一个历史不清的臭知识分子，你说你瞎积极什么？"这么训诫了自己一番，想着已经好久都没有锻炼身体了，他就握起拳头，还想和早年间在大学校园里那样，跑上十圈八圈试试。可是，一圈还没跑完，他就气喘吁吁地跑不动了。扶着甬道边上的老梨树喘息了一会儿，看树上卸了梨之后剩下的叶子稀稀拉拉老气横秋的样子，郑寒光不由得想到，自己虽然才五十刚刚挂零，却像卸了果子的树木一样没有了生机。平时他怕人家说他翘尾巴显摆自己，总是蔫了吧唧的连跑跑步也不敢。眼下左右没人，不正好可以疯一回跑跑步吗？于是，他就又跑起来，只是把速度放缓了些。跑了两圈，心率虽然有所加快，但并没有不适的感觉。正准备跑第三圈，忽然听到大门口传来自行车的铃声。扭头一看是后勤上的张老师，他就又跑了起来。张老师本来就是个老实人，加之成分有点高，除了工作上的事，不管对谁，基本上都是老死不相往来。转身刚跑了五六步，就听张老师远远地叫道："郑老师！"这时，他才意识到刚才的自行车铃声是为他响的。

张老师个子大，腿长，连车子都不用下，一脚撑地，待郑寒光到了面前，他道："刘校长身体不老舒服过不来，他说有点事，叫你到他家里去一下。"

郑寒光听此一愣。他是教数学和农学的，除了数学和农学上的问题，有什么事能叫他呢？

这么反复地想着，由于离得挺近，不一会儿他就到了刘校长家门前。叫开门一看，见刘校长的爱人是拿着正在编织的毛衣给他开的门，郑寒光就觉得刘校长指定没什么大碍，不然她不会这么清闲。

寒暄着进到屋里，见刘校长在沙发上躺着要折起身让座，郑寒光快步上前劝阻了对方。

对方吞吞吐吐的，也没说是什么事，郑寒光正感到奇怪，刘校长哑哑嘴，显然是不说不行，道："明天同学们就要报到了。新学年开始，是学校的大事。可有件事不说不中，说了又怕你一猛哩接受不了。都是老同志，你了解我的为人，我就不得不对你直说了。郑老师——我对不起你，希望你能理解我。"

听了这么一番话，郑寒光只当是自己又要遭人发落了。由于经受过早年间从城里被撵回老家来那么个大变故，他把什么都看淡了，这就谈不上心理上会有多大的刺激。他觉得大不了就是拉棍子要饭吃，再不然钻到大山里，找个山洞过野居生活。即便是那样，凭着自己的本事，也能生活下去。若给他三五年时间，他就能让酸枣棵结出大枣、让棠梨树结出苹果，到那时，还能困死饿死吗？

"唉，我真的张不开口。"见对方愣住了，刘校长显得十分无奈地道，

"是闺女的事。"

"闺女？她能有什么事？"郑寒光一脸不解地看着刘校长。

刘校长叹了口气，道："你们归十街革委会，李支书昨天晚上来了。原先他们不是报了个初中升高中的学生名单嘛，现在公社革委会把天天的名字又给划掉了。"

"什么？你说什么？？教师子女可是有优先权的呀！"郑寒光急眼了。

"我也是这么说的，可公社……唉，决定权在人家手里。"刘校长气得直摇头。

"不行！这件事没有退步的余地。我去找他们！"郑寒光气得眼都红了，抬手把滑下来的头发往上一甩，一副找人拼命的样子。

"郑老师——"刘校长见人愣在了那里，接道，"鸡蛋碰不过石头。天天上学的事，李支书拉上我，已经找过他们了。"

想想被批斗遭抄家的情景，再想想应得的权利被生生剥夺了，郑寒光一口气没有缓上来，就一头栽倒在地。

从天而降的是灾难性的变故，郑寒光被救护车拉进了医院。

一看是急火攻心迷了神志，季国重忽地就从轮椅上站了起来。但他腰椎神经已经死亡，虽然站起来了，也就坚持了不到一秒钟，就又跌坐在轮椅上。反应过来后，季国重急忙打开他的针灸包，取出特制的钢针，按准穴位，香条那么粗明晃晃的钢针，一连刺了三下，才使郑寒光松开了紧咬着的牙关。这时，郑寒光手脚冰凉，嘴唇和面部都是乌青的，没有一丝血色。季国重知道这是闭了四梢，是气伤心窍所致。如果再这样下去，痰厥气滞上延到大脑，一旦脑组织细胞受到损伤，后果不堪设想。危急时刻，季国重擦了把头上的汗，大声对身旁的医护人员道："快把我扶起来！"

听到吩咐，医护人员上前一步，一边一个，架着季国重的胳肢窝，把人从轮椅上扶了起来。看胳膊被人架着施展不开，季国重摁住病床，一用劲就坐了上去。找准通天穴，一使劲儿就刺了下去。可是，此时病人的穴位全都处于自我封闭状态，这一针虽然刺进去了，却没有刺出效果。此症是季国重从医三十多年来的第一例，他感到十分惊讶。双手摁住病床又调换一下位置，便于施救。他又用劲儿刺了一针。还好，这一针刺出了效果。看着涌出的一滴黑紫浓稠的血珠子，他还嫌不到位，回手又是一针。也就是又补上的这一针，再看郑寒光，紧闭的双眼里，"嘟噜嘟噜"滚出两滴浑浊的泪水。这时候，病人的危急情况虽有缓解，但还在生死之间徘徊。季国重不敢怠慢，压低了声音，对身边他的学生耳语了下。于是，那学生拨开人群跑出去，很快取来一只拳头那么大个儿的钧瓷宝瓶，小心翼翼地递给季国重。拔掉瓶塞，满屋立时异香扑鼻。季国重从宝瓶里倒出九粒绿豆大小的红褐色药丸，数数多了一粒，他又金贵地装回到宝瓶里。腾出手，用温酒化开药丸，季国重亲手给郑寒光灌了下去。大约三分钟后，看病人额头和鼻翼上沁出一层细密的汗珠，季国重这才长出一口气。扭头看了下一旁焦急不安的刘校长，安慰说："放心吧，郑老师没事了。"

第二天早上，看到父亲披着衣服从床上坐起来了，天天觉得爸爸的病好了许多，遂给爸爸倒上茶水端在身边。问问爸爸没有什么事要做，天天背上书包正准备到学校报到去，却被叫住了。

一听被人顶替，再也不能上学了，天天愣了好半天。接下来，她怅然若失地朝自己的房间走去，往床上一躺就再也喊不起来了。在姑娘心里，苦和累她不怕；从城里被撵回来，也没往心上去。单单是升学的名单都报上去了，而且就要开学了，却被人顶替掉这件事，是她解不开的心结。

从记事那时起，她得到过许多欢乐。那时候，爸爸妈妈都在大学里，每到大人不忙的时候，一边一只温暖的手拉着她，打红楼前走过；在丁香树下，伴着雄伟的铁塔激起的回声，听大哥哥、大姐姐们吟诗唱歌；在相国寺里，爸爸把她驮起来听敲钟，看做法事；在龙亭公园，爸爸妈妈一下一下送她荡秋千；在菊园里赏花……随着不可抗拒的变故，回到了鲁阳，当她就要面对一个陌生的世界时，她第一眼就看到了他。他帮她跳下马车，从他那棱角分明的眉宇间，她看到了真诚，看到了友善。她愁苦的心结，一下子就打开了。在同一所学校同一个教室里，肩挨肩用同一张书桌读书。从小学一直到初中，有她的健中哥哥在，任是再苦涩的日子，她都感到是那么的有盼头。和他一起习乐理、练琴艺，青梅竹马，两小无猜，她早把他看成是自己的另一半。她知道，他渴求读书学习，为不能上高中感到满腹惆怅。她庆幸，自己有一个当教师的爸爸。这样，她就可以以教师子女优先的条件进入高中读书。有着先前的默契，她觉得，有她在高中读书，哪儿还发愁她的健中哥哥没有高中知识学呀！她相信，有着她和健中兄妹般亲密无间的友情，加之他的聪明和刻苦精神，她一定能让他成为不进校园的高中生。说白了，她一人进高中读书，肩负的是两个人的责任，而且是义不容辞的。可眼下呢？这一切都破灭了。一个无法接受的现实，让她痛不欲生。

看女儿躺在床上以泪洗面，身体虚弱得一股风就能吹倒的郑寒光，担心女儿想不开，哭坏了身体或寻了短见，他就把家里的绳子、菜刀，哪怕是一把裁纸的小剪刀，都给藏起来，还让妻子日夜守护在女儿床前。

"天天啊，你是爸爸妈妈的心头肉，爸爸妈妈什么东西都可以没有，却不能没有你呀！"郑寒光默默道。

已经三天了，天天就那么蜷曲在床上，几乎是滴水未沾、粒米未进。为此，梁婉君的眼睛都哭肿了。头两天家里还开了火，到第三天，谁也吃不下，干脆就不开火了。

第四天拂晓，听到外边传来隐隐约约的敲门声。恍恍惚惚中，天天忽一下坐了起来，支着耳朵听了下动静就要下床。梁婉君还当女儿真的得上癔病了，忙伸手拉住，急急地道："天天，我的天天呀，你这是怎么啦！"

天天道："健中哥回来啦！"

梁婉君叹了口气，挑挑灯捻儿使其明亮一些，既是无奈，又不无嘟囔地道："你健中哥到山里去了，黑灯瞎火的，他从哪里回来呀，孩子？"

这时，郑寒光身体已经熬煎得不成样子。听到妻子和女儿的说话声，当是女儿神经错乱了，他过来劝女儿："天天呀，你千万可要想开一点儿呀！爸爸……爸爸妈妈都这么大岁数了，就你……一个女儿，你要是……出点什么事，爸爸妈妈，可怎么……活下去呀？"郑寒光气力跟不上，说话断断续续的，已经不那么连贯了。

看看爸爸妈妈都在抹眼泪，天天无奈地叹了口气，道："爸，真是健中哥回来了。我听见了，他正在敲门。让我下去，让我去开门。"

"别、别！"说罢，郑寒光屏息聆听了下，也隐隐约约听到了敲门声。

这么多年来，家里早已没有族人来往了。由于成分都高，郑寒光又娶了个国民党军统特务的女儿，他们唯恐躲避不及。眼下，唯一念挂着的人又上山当知青去了，这又在拂晓里，会是谁来敲门呢？

惶然中，梁婉君急忙穿好鞋，接过手电照着，朝外走去。

这时，敲门声更响了。

"谁呀？"梁婉君一边急急地往大门口走，一边少气无力地问了一声。

"健中。阿姨，我是健中。"

咣当一声打开大门，电灯一照，看到面前站着的人，果然是季健中，而且风尘仆仆的，像是在外边犯了事，逃跑回来的样子。梁婉君吓得声音都颤了，说话也结巴起来，道："你……这是怎么了孩子？！"

"我……怎么了？"看看自己，又看看对方吓得那个样子，猜出是自己太唐突了，忙道，"阿姨，我坐的是飞机场拉物资过路的军车，人家下道回军营，算算离家也就二十多里路了，心里急，这就摸黑赶回来了。阿姨，叔叔怎么样了？"

"啊，他这会儿没事了。"梁婉君看着健中进了院子，掩了门，又插上了门闩，道，"不是你爸爸救得及时，这一关你叔叔指定过不来。"

几天不见，天天一家人都憔悴得不敢认了，季健中眼里的泪，立时就流了下来。问问是这么一个情况，他知道天天喜欢学习，更清楚她是多么希望将来有一天，能够走进大学校门，学有所长，报效国家。可是，现实就是这么残酷，自己又能有什么办法呢？无能为力，他只能开导她，说坐在红楼里边是学习，置身在红楼外边照样能学习。就像是古代，没有这学校那学校，更没有什么专门的教科书，可那时的人们，不也用自己学来的知识，造出了秦砖汉瓦，成就了当今世人无法逾越的唐诗宋词汉文章？还有那么多的黄钟大吕传世经典。特别是"四大发明"，为世界文明做出了重大贡献。事实早已证明，所有的成就，都是看个人的努力。就像是当下，尽管学校的大门没有向我们敞开，我们没办法进入高一级学堂继续深造，但谁敢说我们学习知识、掌握科学文化的进程就到此为止了？我们自己要从阴影中走出来，面对现实，正视现实，接受现实，用努力和奋斗去改变现实。

不是懂得了自己的命运是在自己手里握着的道理，而是健中的话天天听得进去，加之她有不达目的决不罢休的坚强性格，甚至想到草率结束自己生命的天天；在健中的劝导下，窝在心里的气慢慢地从思想阴影里解脱出来了。

次日，健中和天天两人来到郊外。

深秋的山乡大地，是另一番美丽景象。

那年从城里回来到当下，一晃十年过去了。当年，头上扎着两个羊角辫、圆圆的大眼睛、着一身与乡下孩子截然不同服装的小姑娘，如今已经长大了。衬着明净得像水洗了一般的蓝天，天天往柳丝拂地的小桥上一站，在健中心里，那就是天上的仙子到了凡尘。

从两小无猜，到暗许终身，健中和天天都不止一次在各自的日记里把对方暗中称作"我的"。

此刻，不管经历了什么，毕竟是从学校出来走向了社会，而且他已经到了深山插队劳动去了。猜不透的日月流长，天天多么想把健中留下，或是跟着他一起去劳动。可是她说不出口，更做不到。

看着要走出柳荫了，他把采来的红的紫的野菊花，插在用柳枝编成的花冠上，戴在她的头上。又听着他"呜哇呜哇"吹响芦笛逗她开心，天天多么想冲上去投进他的怀抱，向他表露心迹，道出"我爱你"。但矜持和内向，还有妙龄少女天生的羞怯，使她无论如何也不敢表达出来。

那天，往知青点去的时候，他是一个人悄悄走的。这样，天天就和健中错过了一次见面的机会。可此时，当太阳落下去再要升起来的时候，他又要走了。她知道他们不会把彼此忘了，但她真的害怕有朝一日她会失去他。一想到这些，天天心里就像是针扎了一般难受，眼里的泪就止不住地流出来。她甚至恨自己太笨、太无能。看着他逗她开心的样子，天天道："你看这河水多清呀！"说着，天天把头上的柳枝花环摘下来戴在健中头上，然后掭起裙裾朝河边走去。

健中追过去，见她弯下腰撩起清凌凌的河水洗起手来，忙道："小心啊，别滑下去了。"

"要是能滑下去，那该多好啊！滑下去了，什么烦恼也就没有了。"天天又伤感起来。

"说什么呢！"见她洗了手，回身在草地上坐下了，健中也紧挨着坐下，掏出手绢递给她擦了手，接着道，"我们要好好儿地活着，不为别的，就为这头上的蓝天白云，还有这峥嵘秀美如诗如画的山川大地。"

时下，尽管天天心里已经豁亮了许多，但她仍然对街道已经报上去，公社革委会又把她从推荐上高中的名单上划去一事耿耿于怀。而且一想到此事，她的心就会揪在一起，眼泪止不住流下来。

"别这样好吗？"见她默默地流泪，健中道，"我昨天不是给你说过了嘛，上天赐给我们生命，我们不仅不能虚度，还要活出个样子。不就是上学嘛，这没什么了不起。相信我，只要努力，我们将来指定不会比别人差到哪儿去。天天，答应我，你可一定要想开啊！"

见他简直就要急坏了，天天强忍住泪水，苦笑了下，道："你放心，我想得开，只是我不甘心。健中哥，有学上不成，至死我也不会瞑目啊！"

"我相信你有这个志气。天天，咱不说这些不高兴的事好吗？要不然，你让我在知青点怎么生活啊！"健中痴痴地看着天天，似在乞求对方。

"好，不说了，再也不说了。"天天与健中对视了下，两颗心碰撞在一起，禁不住相视而笑，但天天笑着笑着，眼泪又不由自主地从她那消瘦的脸颊上流下来。

"你看看你，又来啦！"健中不无责怪地说着，用手绢帮她擦掉眼泪，开导道，"人就是这样，苦恼不仅仅现在有，将来也肯定还会有。因为，社会是复杂的，而人的思维空间则是无限的，所以苦恼也是无限的。什么是人？有思想、有追求，并能从苦恼和失败中站起来，才能称得上是人。这也是人与其他动物的最大区别。"说罢这些，见她愣愣地看他，他叫了声天天，又道，"我建议你把《钢铁是怎样炼成的》这本书找出来再看看，因为你把保尔的话早忘了。"

天天沉思了下，吟咏道："人最宝贵的是生命……"

"还有一段。你再想想。"健中打断天天。

天天又想了下，道："生命属于我们只有一次……"

"对，就是这句。"健中说着，和天天一起朗诵起来，"即使是生活实在难以忍受的时候，也要想办法活下去，要使生活变得有益。"

看着天天望着远方，而她那粉嫩的脸上还挂着泪珠，健中猜不透她在想些什么，就道："想起什么了?"

"保尔的话说得真好啊!"

"是的，那是个钢铁一般的战士，不仅是苏联人民的骄傲，也是全人类的骄傲。"健中说着，凝视着天天，"生活本身就是残酷的，只有经受住残酷生活的历练，才能闪耀出人生的光彩。天天，我说的这话对不对?"

"对!"

"真的吗?"

"真的!"

"太好了天天，就是这样的! 一个人的心结，一定要自己来打开才行。"健中为天天高兴，他把她的手拉起来有力地握了握，"让我们一道努力吧!"

"好，我们一道努力!"

第十六章　力量源自真爱

次日，要回沟口村了，天天为健中准备了一大包书。打开一看，是一九六五年版的高中语文和数学教科书等，健中高兴得简直嘴都合不拢了。

他和天天有个约定，两年后要比比看谁的学习成绩好。

但那是个特殊的年代，整个社会被一些不良之徒蛊惑得狂躁不安，人们对科学文化讳莫如深，谁还能，谁又敢静下心来读书学习呀！

可是，天性倔强从不服输、特别渴求科学文化知识的季健中和郑天天都有着坚定的志向，这就暗下决心，你越是不给我读书学习的机会，我就非要学出个样子。

在知青点上，对健中来说，他觉得，既然到了沟口村，那就是标标准准的沟口村社员。在他心里，若不在生产劳动中干出样子，改变人们的看法，那就是生不如死。也正是这个强烈的意念在心里憋着，他把郑寒光老师请进山里，让其亲传果树种植和嫁接技术，还有中草药栽培方法。学到了知识，即便是身上晒脱一层皮，他拼了命也要在荒草乱石堆里，把改变沟口村贫穷落后面貌的一棵棵果树苗和中草药种子种到土里，下决心要把荒山野地变成花果山、聚宝盆。

但事无双全。把精力投到劳动中去了，学习的时间自然就少了。又逢上一些人蛊惑"停产闹革命""文攻武卫"什么的，没人生产了，物资供应极度短缺。就拿健中学习一事来说吧，山里没电，知青点夜晚照明全靠煤油灯，而且点灯的油有限量。七八个人住在一个屋子里，起一个五更你把一灯油耗完了，接下来大伙儿点什么？莫说没钱，就是有钱也不是想买就能买到煤油的。白天在队里劳动，抽个空儿只想躺在乱石堆上或荒草丛里直直腰，歇一歇，能看书学习的时间实在有限。因为这是过日子，不是一天两晌的事。所以，健中就指望刮风下雨天集中精力自学。可在那个年代，莫说刮风下雨，就是劳动间隙，都时常有人把你喊在一起，不是布置学《毛选》，开展斗、批、改运动，就是让你把大检举、大揭发、大批判、大清查同整党建党等一系列政治运动结合起来，同反革命分子和经济领域里的犯罪分子进行斗争。

半年过去了，一年过去了，两年又过去了。敢于面对现实，又能适应现实的季健中，看看原定的自学计划实在无法落实，他就十分无奈地给天天写信，说出了自己的苦衷。

最能看透，又最能读懂健中的天天很快就回了信。她说，社会实践活动中蕴藏着无穷智慧，那是人类生活的最好教科书。你在沟口村洒下了辛劳的汗水，雨露阳光下那破土而出的中草药幼苗，一棵棵新栽的果树，还有那离开母体嫁接到另一棵树上去的幼芽，慢慢儿结出了累累果实，那就是普天下最好的答卷。

当问到天天的学习情况时，天天如实地在信中说，城郊的农业生产不怎么忙，至于政治学习什么的，生产队只管查人头记工分，没人管你那么多，这就有充裕的自学时间。在回信中，尽管天天有意没说明自学到什么程度，但凭着天天在学习上的韧劲和来信中的遣词造句，不用问也知道，就那么几册书，她指定早就拿下了。对此，健中感到非常欣慰。同时，让健中感到幸福的还有一件事。那就是天天在信中吐露出的悄悄话。她在信中这样说，与十街的姑娘比，虽然我有文化、有知识，可在纺花织布、描云绣花方面与人家就差远了，到时候没有鞋子穿，露了大踇，你会怎么对我呀？

为着这么一句话，健中想了半夜，激动得怎么都无法入睡。

二十岁的小伙子，情窦早已开了，男女之间的事他已不再懵懂。还在离开鲁阳到沟口村来的前几天，健中多么想对天天说声"我爱你"，可是他没有说。当然他不是没勇气，而是他不想拖累她，成为她一生的累赘。因为，他知道自己连高中都没资格上，将来还能有什么出息呢？

尽管爱情是自私的，但愈是自私，他就愈是不想让她跟着吃一辈子苦、受一辈子累。于是，他就把炽热的爱情冷藏在心里。由此说来，爱情更多的时候都是多么纠结呀！为这个纠结，当他就要走的时候，他才打定主意，不把那句"我要走了"的话告诉她。当然，就一般的年轻人来说，分开了那就是分手了。何况两人从没有过这方面的约定，无论从哪方面都说不到分手这个份上。健中明白，即使天天心里有他，不去追求别的男孩，而别的男孩能不追求她吗？所以，当健中自坐上插着红旗欢送他们远去的汽车，他脸上看似带着笑容，可有谁知道，他的心里是多么悲凄呀！

现在，一句话道出了她的心声，季健中像大海一样骚动不安的心，一下子平静了许多，也踏实了许多。

于是，为了多学一点基础文化知识，掌握本领，报效国家，也为了他心爱的天天将来要嫁的绝不是不学无术之人，季健中就是从这一刻起，自加压力，暗下决心要把丢掉的时间找回来。这样，在参加生产劳动、接受贫下中农再教育的同时，健中凭着他不甘人后的坚强毅力，吃尽了苦头。有时为了赶学习计划，一连多天，他每天的睡眠时间都不足四个小时。直到把他和天天计划中要学的文化知识啃下来的时候，他忽地发现，握笔的手早磨出了老茧。当然，当他和天天交流自学体会时，心里是多么自豪和喜悦呀！

试想，在那个特殊年代，又是在连灯油都买不来的艰苦环境下坚持学习，那得有多大的毅力、胆量和勇气呀！

这是天天万万没想到的。她喜悦的心情无以表达。在回信中，她不便用中文表达爱慕之情时，就用俄语来抒发她对健中深深的爱意。

健中在学校里俄语成绩是最好的。他收到回信，抑制不住自己内心的喜悦之情，读了一遍又一遍，单从语法应用看，他明白，天天的自学成绩十分突出和喜人。

为着上天给他送来这么一个聪慧、纯朴、善良、天真而又像花朵一样美丽的姑娘，健中在沟口村的生活即便再苦再累，也感到甜蜜和幸福。他觉得，只有在火热的社会实践的大熔炉里，把自己打造成像神话中的夸父那样，敢于战胜任何艰难险阻的男人，才配得上她。当然，为这样一个心爱的人儿，他在感谢上苍的同时，爱屋及乌，把天天的爸爸妈妈敬在自己的心里。他觉得，她之所以那么美丽、那么善良、那么天真无邪、那么才华出众，这一切的一切，全都归结在一起，那不都是爸爸妈妈的功劳吗？有着这么一颗感恩之心，健中在心里发誓，在日后的生活中，一定要想法报答他们。

可谁能想到，在他连一句感谢的话还没来得及说的时候，天天的爸爸却为着一次家访把性命搭了进去。

说到这里，天天泪流满面，哽咽着怎么也说不下去了。

这情况是马青云万万没有想到的。一看戳到人家心尖上了，马青云觉得很是过意不去，一边慌着又是递茶，又是递手帕，一边解释道："姐，人类社会就是一条大河，要前进就免不了会冲起一些泥沙。咱们都是从那个时代过来的，你的理解比我深。"

"是的。"天天道，"只有经风雨，才能见世面，这话一点不假。对我而言，也正是有了那些经历和体会，不管干什么，我都觉得有使不完的劲儿。"

"是吗？"这话立时感动了马青云，她眉飞色舞地道，"这太好啦！姐，你能这么想，真的，你比我想象的还要伟大。"

"伟大？"天天被马青云的话给逗笑了，笑过，她收了脸上的笑容，用手帕搌了搌挂在面颊上的泪痕，发自内心地道，"要说伟大，不是夸我老公，他那才是伟大呢！"

"你说说看！"马青云对此很感兴趣，抬头看着，等着对方的回答。

"我只说一点儿，你就明白了。"天天道，"他可能没给你说过……"

"他呀，对什么都守口如瓶。若不是刘县长给我透露了一些情况，你们的事，我压根儿就不会知道。"马青云道。

"是这样——"天天道，"前年春，我女儿高中毕业，我那一口子到美国参加女儿的毕业典礼。看得出他太爱女儿了，我就说，你多住几天，要不也办个绿卡吧！他说，让我想想。可是，也就住了不到半个月，他就茶饭不思起来。我当他怎么了，一问才知道，他想他的矿山，还有个什么黄技术员，说是才从学校出来，是南方人，不知道生活习惯不习惯。"

"是的，这一点我在矿山时也听说了。"说过这话，马青云沉思一下，"姐，真是对不起！有些事在心里憋着，不问明白，我也会茶饭不思。"

"你说。"天天看着马青云。

马青云道："我知道郑老师是家访回程途中出事的，可我了解的总是不全面，你能不能细细地给我讲一讲？"

"这个话题实在太沉重了，压在我心里已经十七八年了，从没对人说过。"天天为马青云添了茶水，禁不住长叹一声，"看得出，你是用心之人。再个，鲁阳能有你这样的挂职干部，这是幸事。所以，我就把心扉敞开了。"

"太好了！"马青云说着伸手拿起了钢笔准备记录。

这时，一旁的电话铃声突然响了。一听是丈夫要回来，而且又是那么一种语气，天天的脸立时红了。好在她很快就镇定自若起来，借着看一旁的落地钟，她道："天晚了，回头找个时间吧！"

马青云不知道电话里都说了什么，但她猜得出是人家老公来的电话，遂道："是不是季厂长要回来？"

"是的。"

"那……好吧。姐，咱可说好了，我回头再来。"看对方点了头，马青云颇感遗憾地拿起采访本依依不舍地走了。

送走马青云，天天看母亲已经睡下了，遂走进浴室。墙上挂着即热式电热水器，是健中特意托人从南方一家公司购买的最新产品。她放了盆热水，然后把袜子脱下来，才说要把脚插进盆里，健中回来了。

大概是嗅到了肥皂的气味，季健中都走到浴室门口了又折转身走进晾衣房。拉开电灯一看，他立时就愣住了。叠得整整齐齐晾着的被单、床单，是他陪着天天打百货商店买回来做给弟弟盖的铺的。特别是一片片柔软的布片儿，那是往父亲身子下边垫的，他岂能不知。要不是抑制着自己，心里猛一热，眼泪早出来了。

就在浴室里，她无法拒绝他，任他卷起袖管为她洗了脚，然后又任他把脚拉进怀里。依着早年间天天去美国后，健中在工作之余特意学到的知识，依次按了"三阴经穴"和"三阳经穴"。他对天天说，这些经络，经常按摩，可以消除疲劳，调节情志，放松身心。并叮嘱说，在以后的日子里，如果他不在身边，天天可以自己按摩。这关怀，这爱，真的都抚慰到天天心里去了。

在大洋彼岸，她整天有做不完的事情，也从没时间和习惯享受这些。待他按了左脚又把右脚拉起来的时候，一股热流涌上心头，泪水顺着腮帮，嘟噜噜滚了下来。

顿了一下，她把脚抽回来，然后一把就把对方紧紧地抱住。

回应着热吻，季健中周身热血沸腾。他不由得把她抱起来快步走进卧室。

仿佛是初恋，当天天发现对方愣愣地看她，脸立时红了，心也怦怦地跳。她急忙松开手，颇感不解地道："你是做企业的，不是按摩师，怎么会懂得这些？"

季健中笑了下，道："爸爸躺下不能动了，做儿子的，能为他老人家做些什么呢？所以，不仅是我，健华、健秀，还有健辉，都懂得这些基本知识。只不过，我的手法比他们要高明一些。"

"为的是能给爸爸好好儿地按摩？"天天道。

"也不尽是。"健中道。

"还有什么？"

"你呀！"健中道，"我知你生活不轻松。抚养教育女儿，女儿成绩连年都那么优秀。还有舅舅和母亲，他们都年事已高，真正支撑大华的，重担都在你一个人肩上。虽然你我不能朝夕相处，但你每时每刻都在我心头。练出这一手，也是为了你回来了，好弥补对你的歉疚。因为，我的天天太累太辛苦了。"

"不！"天天道，"你把本应得到的什么都放弃了，而且把本应我干的活儿都干了，应尽的孝都尽了，而我却逃得远远的，即便有心也无济于事。健中呀，是你太累太辛苦了。"

"我知你会这么想。"健中道。

"为什么?"

"因为,我也在你的心里装着。这方面,我看得见,也体会得到。"

这话让郑天天感动无比,橘黄色的灯光下,她一下子便钻进他的怀里。他抚摸着她光滑的肌肤,幸福的暖流猛烈地撞击着他的心窝,只想就这么走进另一个世界,永远不再分离。

是的,在这一对深恋着的人心里,渴望的东西实在太多了,而真正得到的则真的是少之又少。

早年间,由于年轻,而且有些话也不好意思出口,便全都藏在各自的心里。特别是天天,漂泊在异国他乡,生活的重压几乎使她喘不过气来,而每当到了夜半更深,一觉醒来的时候,孤独也无时不袭上她的心头。此刻,躺在这个男人的怀里,感受着男人有力的心跳,一肚子悄悄话她是要说的,而且句句都是真心话。毕竟,年轻轻分多聚少,已经十多年了,不说思念之苦和生理煎熬,也不说女儿的父爱什么的,单单就炭材厂眼下的情况,在他心里压着,她是怎么都不放心呀!可是,待他缓过劲来,有关厂里设备更新改造一事,他那里有一搭没一搭地应了,待再要问人事调整时,回答她的已经是鼾声了。

天天愣住了。她怕把他的胳膊压麻了,就轻轻地把他的胳膊抽出来放在一边。伸出手,天天把床头灯拉亮。替他掖好被角,闻着他温馨的气息,看着他原本胖嘟嘟的脸盘明显地消瘦了许多,而整个人都睡着了还拧着眉头的样子,她知道他太累了,厂里的事情太多,很多事情十分沉重且一时难以解决。她觉得帮不上他,禁不住叹了口气,不无爱抚地朝着他的腮帮轻轻地亲了下,道:"你呀,真是个'冤家'!"

次日一大早,季健中骑上自行车到厂里还没来得及上楼,厂办主任郑光荣,拿着挂号信大远就喊叫着季厂长跑过来,十分惊喜地道:"好消息!好消息!"

接过挂号信一看,是北方钢铁通知他参加炼铁厂高炉炭质炉衬技术交流会的邀请函,季健中掩饰不住内心的激动,道:"不错,不错,是个大好消息。"

　　就像是十年寒窗等到了大比之年，季健中准备了一番，遂带着厂销售科的李军强，与杨逸菡、唐运生二位高工一道，再一次匆匆到北钢来了。

第十七章　攀登路上没有坦途

会议室里坐满了人。

季健中和杨逸菡等鲁阳方面的人在会场靠边的地方就座。

正在发言的是一家大型炭材企业的厂长。据他介绍，他们的炭材厂，始建于二十世纪五十年代中期，是我国大型炭材企业之一。该厂由外国专家设计并提供主要设备，无论技术还是人员都是一流的。这么多年来，工厂不断扩建，产量成倍上升，品种不断增加，不仅为我国冶金工业的发展做出了巨大贡献，而且为国家炭材业发展培养了一大批专业技术人才。生产历史悠久，产品质量稳定，历年来都是大型冶金企业高炉用炭质耐火材料方面的首选。

接着发言的也是一家大型炭材企业。他们厂虽然创建时间不是太长，但投资大，起点高，仅出过国、留过洋的硕士生、博士生就有好几个。为此，厂里给他们建起了科研大楼，成立了新材料研发中心。企业是名副其实的高成长型和高附加值现代化企业，无论生产装备、制造工艺，还是生产技术、产品种类和产品质量等，在当今我国炭质耐火材料界都是一流的。

出席会议的各个厂家，各有各的优势，各有各的核心技术和拳头产品，都是当今炭质耐火材料界的擎天玉柱、跨海栋梁。老企业有老企业的优势，新企业有新企业的亮点，为着攀上北方钢铁这么一棵冶金界的参天大树，一个个高谈阔论、志在必得。

这时候，只见主持会议的张铁山点名道："杨老是我国新型炭材界的老前辈，手握多项新材料专利技术，屈尊座谈会，是不是带来的有什么最新成果呀?"

听张铁山这么说,杨逸菡遂十分谦恭地站起来,向与会者深深地鞠了一躬,显得谦卑而又和气,极富涵养和见识,道:"谢谢,谢谢!"

见是这样,张铁山遂笑着拍起巴掌,以示回应。

立时,会场里的人们全都鼓起掌来。

杨逸菡一看大家都朝他鼓掌,忙拱手还礼。接着,在座位上欠了欠身子,他十分虔诚地道:"各位都是冶金界和炭质耐火材料行当里的大腕,能和各位同人聚在一起共同交流,我感到十分荣幸。这几年,高炉用炭质耐火材料行业有长足发展,可以毫不夸张地说,我们与欧美等西方发达国家比,差距越来越小。就其研究成果而言,我们丝毫不逊色于他们。但是,我们的炭质炉衬新材料在高炉上的推广应用成效,与他们比,还是有一定差距的。研究成果与市场和生产脱节,专利技术转化严重滞后,致使花了大量的科研经费,却得不到应有的效果。不说站在国家的高度,单就个人而言,每每想起,我都觉得汗颜。因此,这几年我总在想,这原因那原因,难道就没有我们自身的原因吗?所以,我真心感谢北方钢铁举办本次专题交流会,使我们有机会和大家一起交流,说说心里话。我深信,影响行业发展的障碍,一定会在改革开放中找到解决的办法,为我们国家的大高炉添福增寿!"

听了杨逸菡这番感慨,在场的人大部分都感同身受。可以说,是杨逸菡说出了大家从没说出的心里话。

就现实而言,这样的场合,说到底是个争名夺利的场合。大家要争夺的,无非是北方钢铁高炉这个既有名又有利的市场。试想,一旦你的产品在北方钢铁的大高炉上使用,身价自然就会成倍增长。到那时,你自然就会在冶金界纵横驰骋。

可是,听了杨逸菡这番话,事业与科学战胜了追名逐利,责任与担当战胜了上推下卸,现场就自然多了几分人情味。

赶上这氛围,杨逸菡话题一转,又道:"有个地方,大家可能知道,也可能不知道。早年间,由于要收集数据,跟踪研究,我到了非常偏僻的国家级贫困县——河南省鲁阳县。那是个在地图上不仔细找很难找到的地方。可是就是在那个地方，却生产出了我们中华民族第一批新型炭砖。一举结束了我国高炉炉衬一直沿用硅酸铝质耐火材料，以及普通焙烧炭砖的历史，填补了国家在炭质耐火材料方面的一项空白，并由此为国家增加了大量的外汇。可这种新型炭砖已经问世十余年了，却至今还在小高炉上徘徊。为什么？有人说这是市场问题。叫我说，这何尝不是体制问题？还有就是我们的一些人，在思想上，缺乏那么一点点敢为人先的担当精神。没有这种敢闯敢试的精神，科技就不会进步，科技成果也就永远不能转化为生产力。这不仅浪费了我们宝贵的时间，也直接导致了我国高炉短寿的问题始终无法解决。"

是的，当年带着红薯干，带着高粱面窝窝头，从大别山里走出来的杨逸菡，十年寒窗苦读，接着又漂洋过海去丰富自己，还有三十余年坎坷不平的科研经历，在社会这个大风大浪中扑腾了大半辈子，他不仅看透了人生，也看透了社会现实。说实话，他的性格是耿直的，他对人生也是充满着金色向往的。同时，他对伟大祖国的爱，也是一般人无法体会得到的。就像是对母亲的爱，是爱在骨子里的。因此，当他觉得憋屈，当他感到有话要说的时候，他会毫不保留地把心里的话给说出来。加上他耿直的憨脾气，杨逸菡就毫不顾忌地说出了一般知识分子不会说出的话。

这是个火药味十足的问题，也是从事科学研究和在一线坚守、用知识创造财富的广大知识分子所普遍关心的问题。特别是张铁山，作为炼铁厂的总工程师，也作为主抓技术改造的副厂长，名义上对企业的技术进步负有不可推卸的责任，可头上却又戴着这样那样的紧箍咒，明明是科学的、可行的东西，你说行，人家说不行，那就是行也不行。取得了成绩是大家的，出了问题就是个人的。长此以往，即便你怪有锐气，怪有棱角，也会把你磨钝了变秃了，锐性也只能变成惰性。有着这般苦衷在心里装着，张铁山一看杨逸菡说到此把话打住不说了，这便接了话，道："好，杨老，您老这话说得太好了。就冲着您老这番话，我相信，这个交流会就不会白开。"

这时，杨逸菡环视了大家，然后谦虚地说："有关技术问题，请允许我让我们院的唐工说两句。"

　　唐运生立马起身彬彬有礼地向与会者打了个招呼，直奔主题，道："目前，我国高炉用的炭砖，大都是采用罐式煅烧炉煅烧出来的无烟煤做原料。由于原料煅烧温度低，炭砖在高炉内高温、高压环境中，就会发生收缩，产生裂纹，铁水就容易钻入炭砖，造成对炭砖的侵蚀，导致使用寿命短。而我们鲁阳生产的新型炭砖，主要有两个显著特点：一是选材优良，处理方法也不同。该新型炭砖所使用的材料，选用的是优质低灰分无烟煤，通过电气煅烧炉进行煅烧。这种处理方法，煅烧温度高，煤颗粒收缩完全。然后采用高频模压振动成型机进行制作，炭砖的密度大，颗粒嵌布均匀，体积稳定性好。二是焙烧方法独特，使用性能优良。我们的炭砖不是在焙烧窑里焙烧出来的，而是在高炉内利用烘炉和生产过程中产生的高温完成焙烧的。不仅改变了普通炭砖在生产厂家用焙烧窑焙烧，既浪费能源又污染环境的传统作业方式，而且由于在高炉这个密闭的环境中焙烧周期长，通过物化反应，炭砖表面会形成一种耐腐蚀、抗铁水侵蚀性能优良的热解碳。同时，炭砖中的挥发物在高温下朝热面挥发时，使炭砖的孔隙和砌缝得到进一步'密化'。而密化后的炭砖，由于石墨化程度的提高，其导热性能也大大提高。由于这一系列在炉内特殊条件的作用下，炭砖发生了质的变化，使新型炭砖的使用性能也发生了根本改变，从而不仅为高炉炉衬的长寿提供了宝贵的先决条件，而且为高炉的安全运行打下了坚实的基础。"

　　现场一片默然。

　　显然，鲁阳炭材厂的新型炭砖，着实高人一筹。

　　唐运生说完，又是那么彬彬有礼地向与会者打了招呼坐下了，张铁山有感而发，道："改革开放，各项事业都在发展。说到我们冶金工业，鲁阳的新型炭砖，这就是我们国家改革开放百花园里的一朵玫瑰。"停了下，张铁山又道："这样，鲁阳的季厂长自到会议室就在那儿坐着，连一句话也没说。他是鲁阳炭材厂新的掌门人，专家都讲了，咱听听他怎么说。"说着，张铁山带头鼓起掌来。

　　掌声中，季健中向与会者深深地鞠了一躬，道："各位专家、老前辈，今天有幸能和大家在一起交流学习，是个难得的机会。南方钢铁设计研究院和我们鲁阳炭材厂是合作单位，新型炭砖是我们杨工和唐工齐心协力研究出来的科技成果，填补了我们业界的一项空白，它不仅仅大大延长了炉衬寿命，同时该新型炭砖生产周期短，性价比高，价格仅为焙烧炭砖的三分之二、进口炭砖的五分之一，能为高炉节约大量维修费用，且施工简便。"放眼看了下，见与会者都在默默地注视着他，季健中又接着道："感谢张总和在座的各位专家，给我们提供了这么好的学习机会。诸位是否记得，五年前，国家科委和冶金部曾在中原召开过一次新型炭砖技术成果推介会？"

"有！"一位与会者插话道。

"会上推介的就是我们鲁阳的专利技术产品——新型炭砖。"季健中道。

一旁，机灵快活的李军强十分利索地把面前准备好的几张当年出席会议的代表集体合影，以及部分代表交流时的照片，趁势分发给张铁山等人。

看了下照片，张铁山立时认出人来，道："齐院长，这不是你嘛！还有你，汤总、李工，咱们是一起去的，不会忘记吧？"

"怎么能忘啊？"照片传到北钢设计院齐副院长手里，齐副院长细看了下，"当时，我就希望把这项新技术，用在咱北方钢铁的大高炉上，但有些同志思想上有顾虑，不敢用嘛！"

杨逸菡听齐副院长这么说，接道："这也不奇怪，一座高炉就是一口大锅，要养活几万人，不谨慎也不行呀！"

"能理解？"张铁山把话接了过去。

杨逸菡道："理解、理解，人之常情嘛！"

"这话太难得了，真是太难得了！"张铁山说着，由衷地朝杨老点点头。

季健中这一手，就像在平静的湖面上投进去一块石头，立时激起千层浪。他趁机道："各位，先期用上鲁阳新型炭砖的高炉，炉衬寿命已达十年了，目前还在安全运行。与此同时，根据大高炉的特点，该技术又有了新的改进。目前，在小高炉上成功应用的是我们的第三代产品。为了适应大型高炉的需要，第四代和第五代产品，我们不仅已经研发出来了，而且还经过了国家权威部门的检测。我最后要说的就是，如果我们双方建立了合作关系，我们不仅要保质保量按期供应给客户产品，而且我们还将为客户提供满意的售前、售中、售后服务。由于筑炉是这项技术中的重要环节，为此我们还专门组建了一支经验丰富的专业化施工队伍，以确保这项技术在高炉上得以科学实施。"说完，他面向与会者满含深情地行了个躬身礼。

立时，会场上再一次响起热烈的掌声。

这一次，由北方钢铁发起组织的炭质耐火材料技术交流座谈会，举办得非常成功。从交流气氛上看，鲁阳的新型炭砖非同凡响。

季健中和杨逸菡等一行四人心里都非常高兴。考虑到北方钢铁的大高炉在业界的影响力，他们就借助北方钢铁技术中心这个平台，对鲁阳新型炭砖第四代和第五代样品准备再次做出权威性鉴定，从而在产品质量上打消各方面的顾虑。

在北钢炼铁厂，张铁山肩上的压力比任何人都大。因为他是主管技术改造的，对使用鲁阳的炭砖充满着期待。为了能够成功使用这一新的产品，可以说他这是在自己煎熬自己。

这时，他想到了成功，也想到了失败；想到了为企业建功立业时的荣耀，也想到了挫折与失败时的责任和担当。朴素的家国情怀，像一团火在他心中燃烧着。出于对新型炭砖使用效果必须坚持"安全安全再安全"的慎重态度，张铁山把自己关在办公室里。他的桌子上摆满了当今世界耐火材料业各种资料和图片。可是，越看让他越觉得纠结。因为，科学技术的突飞猛进，实在撩拨得他眼花缭乱。硅酸铝质砖、炭质砖、焙烧炭砖，还有不用焙烧的新型炭砖……特别是炉衬技术方面，既有导热的，又有隔热的，两种截然不同的技术全都用到大高炉上去了，还真是让人眼界大开。如此这般，为着确保北钢的大高炉使用新技术、新材料换来安全和长寿，张铁山真是绞尽脑汁、愁肠百结啊！

为了排解郁闷，换一换脑子，张铁山来到花园里。

整整一个寒冬的熬煎，冰天雪地里，酷寒的日子不仅没有让根植在泥土里的生命停止，反倒越发地强劲。迎春、海棠、丁香、一叶兰……特别是月季，深红色的芽苞憋足劲儿长了出来——那是对春天的期待。

虽置身在花园里，但春的气息一丝也没有感染到张铁山。

突然，他愣住了。

透过窗子，他看到他的老伙计汤总在办公室里坐着，那个入神的样子就仿佛是一尊浮雕。

张铁山沉思了下，不知道他在想什么，遂匆匆地离开花园走进了对方的办公室。当一眼看到汤总的办公桌上正正地摆放着的新型炭砖的材料和样品时，张铁山禁不住又是一愣，道："你这是干什么？也是为新型炭砖的事发愁了，是不？"

汤总摇着头笑了下。看得出他不想说，但对科学技术严肃认真的态度还是让他憋不住，道："可不！新型炭砖是个好东西，又经过了一百多座小型高炉的实践检验，应该没有问题。"从他这句话可以知道，显然他是看出了在北钢待修的大高炉选材上，张铁山是倾向于用鲁阳的新型炭砖的。

张铁山一听是这，知道对方猜出了他的心事，而且心里有话还没有说出来，便朝对方看去。

这两个人，由于在业务上看法比较一致，工作中很多事情基本上都能想到一起，无论生产、科研，还是技术改造、工艺更新，可以说汤总都是张铁山的好帮手。同时，早两年单位分房子，又分在同一栋楼上，而且还是门对门。这样，两人很自然就成了莫逆之交。只是张铁山脾气有些急躁，办事总会快半拍；而汤总脾气不急不慢，平时会慢半拍。此刻，见对方有些犹豫，等了下，对方没有立即说出来，张铁山的躁脾气就上来了。他伸手把他拽进自己的办公室，然后往沙发上一摁，不客气地道："你坐这儿，心里想什么就说什么。"

扶了扶眼镜，汤总沉思一下，慢条斯理地道："要说炉子都是炼铁的，应该不会出现什么问题。但炉子大小不一样，炉内压力就自然不一样，而且炉衬的厚度也不一样，这是不争的事实。从那天开始到现在，我都在想，新型炭砖不是焙烧砖，必须通过炉内热量完成焙烧，效果才能发挥出来。"

张铁山听了，沉思一下，道："你是担心由于炉衬厚，在炉内焙烧不均发生意外，是吧？"

"不光是这个问题。"汤总说着，把面前的茶缸往前推推，指着茶缸比画着说，"这是高炉的炉缸和炉底，还有这四周，靠热面的焙烧没问题，那么靠冷面的怎么办呢？这还真是有些冒险呀！"

听了此话，张铁山立时就是一愣。

两人闷坐了一会儿，想起肖一琴也是这方面的专家，多天来正因为此事不怎么放心的张铁山就道："走，找肖主任去。"

自从交流会之后，作为炼铁室主任，肖一琴的心里和汤总一样，也是扑腾扑腾的，怎么都安定不下来。毕竟，这是一项大胆的尝试。如果按计划把高炉修好了，达到了预期效果，万事皆休。可万一搞砸了怎么办？几千万砸进去事小，万一因炉衬出了问题，影响了生产，或发生了事故，这责任谁能担得起呀！为此，肖一琴也在埋头研究这方面的问题。

听到敲门声，开门一看，见是张铁山和汤总来了，肖一琴显得有些惊讶，道："还真把你们盼来了。来、来，快请进！"

看桌子上摊开的东西，张铁山知道肖一琴也是对高炉大修有操不完的心，就问："想出名堂了没有？"

倒好茶，借着给张铁山递茶水，肖一琴道："从鲁阳提供的设计方案来看，各方面都比较成熟。但在大高炉炉衬设计上，鲁阳的方案还需要做进一步完善。"

"怎么完善？"张铁山迫不及待地问。

"要给新型炭砖充分的焙烧时间，才能确保安全。"肖一琴道。

"肖主任，咱三个还真的想到一块儿去了。"张铁山紧接着说。

遇事慢半拍的汤总这时不紧不慢地开腔了，道："慎重，方能无虞。是不？"

张铁山听了，沉思了下，道："这样，鲁阳方面还没走，明天让他们也过来，咱们再仔细研究一下。你们看如何？"

"这样更好，毕竟鲁阳在这方面积累了很多实践经验。"肖一琴道。

次日，把鲁阳新型炭砖送北方钢铁技术中心做进一步鉴定之事安排妥当，季健中、杨逸菡、唐运生一行，就与张铁山、汤总和肖一琴坐在了一起。为了杜绝新型炭砖在烘炉和生产过程中因焙烧不均匀，以及靠近冷却壁的炭砖不能完全焙烧，可能会出现的影响高炉寿命的问题，北钢炼铁厂、北钢设计院、南方院专家和鲁阳炭材四方坐在一起，具有针对性地开始了研究与探讨。

关于新型炭砖靠冷面不能完全焙烧的问题，大家一致认为，靠冷面紧贴冷却壁，砌一层一定长度的高导热炭砖，将原来冷却壁与炭砖之间的捣料层内移就可以解决。但如何使新型炭砖有足够的时间完成焙烧，特别是在新型炭砖没有充分得到焙烧之前，能否适应大高炉强化冶炼的需要等关键问题上，张铁山等人还真的被难住了。

这是一个十分严肃和极其复杂的科学问题，张铁山几个人坐下来，从国内，谈到国外；又从国外，扯到国内；从美国热压炭砖的"导热技术"，又联系到法国陶瓷杯的"隔热技术"，优劣长短，一下子讨论到天黑，也没研究出个子丑寅卯。

之后几天里，张铁山把自己关在书房里，面对手边的资料，他在不停地计算着、思考着……

张铁山出生在黑土地上，父亲在世的时候是屯里的生产队长，但他把生产队出工时敲的大铁钟都快要敲烂了，嗓子喊哑了，手上的老茧脱了一层又一层，直到腰都累弯，也没有摆脱贫穷的命运。张铁山兄弟姊妹六个，他排行老四，借着哥哥、弟弟，还有姐姐和妹妹们的护佑，田里的活儿，他没怎么干，家里的事，他也没怎么做。但他知道一家人的苦，以及父亲把自己的心血和汗水全都洒在田地里的用心，他就把所有的心思和精力放在读书学习上。最后他不负众望，终于以优异成绩，考上了北方钢铁学院。他珍惜来之不易的学习机会，压住了浮躁，潜心在红楼里读书钻研，收获知识。大学毕业后，他被分配到了北钢炼铁厂。

从炉前工和工艺技术员做起，一直干到现在的位置上。

在生产实践中，他参与或组织领导过上百项高炉设备改造和炼铁工艺技术升级，成就卓著，是教授级高工。

本来，按惯例，当下要修的七号高炉，无论是从安全方面考虑，还是从政治影响出发，主要炭材还是要选用国家大型炭材企业的产品，并且进口一些炭质材料用在关键部位，这样更安全、更可靠。可是，由于碰上了季健中这么一个执着的人，又有鲁阳炭材良好的使用业绩，以及使用新型炭砖可以为国家节约一笔十分可观的修炉费用，张铁山决心用国内技术、国产材料，实现我国高炉长寿的愿望就更加迫切了。当然，站在个人的角度，张铁山对即将做出的决定也着实感到后怕。试想，两千五百立方米级大高炉，日出铁量五千多吨，一旦高炉炉衬出了问题，烧穿了炉子，跑了铁水，对一个主持高炉大修，又力主使用新材料的总工程师及主抓技术改造的副厂长来说，后果真的是不敢设想呀！对此，张铁山的心本来就悬着，再加上汤总和肖主任的担忧，心里的滋味就可想而知了。

现在，张铁山踌躇满志。他排除了一切私心杂念，一大早就站在了耸入云端带病运行的七号高炉操作台上出神地端详起来。针对新型炭砖在烘炉和高炉生产中可能会出现的问题，张铁山联想到了古代将士临阵杀敌时身上穿的盔甲。他觉得，要安全，就必须把炉底和炉缸部位的保护砖，由普通的黏土砖改为高档的陶瓷材料——刚玉莫来石砖，让它像杯子一样严严实实地覆盖在新型炭砖的外面，使其形成一道坚固的屏障。形象地说，有了这层刚玉莫来石砖做内衬，就等于给新型炭砖穿上了一层"盔甲"。在张铁山心里，这样的设计，就是个双保险。新型炭砖在这层"盔甲"的保护下，有了充分的焙烧时间，待完全焙烧后，其性能得到充分发挥，导热系数自然大大提高。高导热的炭砖，又可以把刚玉莫来石砌体内的热量带出去。刚玉莫来石砌体的热负荷降低了，不仅延长了刚玉莫来石衬砖的寿命，而且由于刚玉莫来石的保温性能好，可以使炉内温度提高，从而达到节能的效果，可谓相得益彰，一箭双雕。

就像是曙光，照亮了黎明前的黑暗，迎来的将是漫天朝霞。

第十八章　创新为什么这么难

　　有了全面而又科学的设计理念，张铁山返回办公室。他把汤总、肖一琴、杨逸菡、唐运生和季健中等人叫在一起，兴致勃勃且信心满满地与大家交了底。

　　一听他这个独到的想法，肖一琴沉思一下，自言自语道："也许这就是行业内久久期盼的那个最佳的炉衬设计方案。"

　　杨逸菡听了，也深信不疑地接道："又何曾不是打开我国高炉长寿这方宝盒的金钥匙呢？"

　　接下来，几个人商量了一番，并对多种耐火材料进行了筛选，最终支持张铁山这个大胆的设想，同意采用刚玉莫来石砖为新型炭砖做"内衬"、当"盔甲"。因为刚玉莫来石砖硬度大、强度高、耐高温且保温效果好，既可起到保护新型炭砖的作用，又能独当一面，并能提高炉温。同时，随着炉子的运行，当这个"盔甲"被侵蚀完后，经过充分焙烧后的新型炭砖，其优良的导热性能在温差的作用下，在整个炉膛内，在炭砖热面会自然形成一层耐高温、硬度更大、保温性能更好的渣壳来保护炭砖，从而达到稳定炉温、延长炉龄的目的。

　　这是相互依存的矛盾统一体。把导热性能良好的炭砖和保温性能良好的刚玉莫来石砖砌筑在一起，强强结合使其发挥不同的作用，这是一个既独树一帜、别出心裁，又科学大胆的新型炭砖高炉内衬设计方案。

　　但是，由于新型炭砖和刚玉莫来石这两种材质性能不同，热膨胀率也不同，因此，针对如何处理好热膨胀带来的问题，几个人又进行了多次研究和计算，最终从预留缝隙、使用泥浆、施工方案、烘炉及操作规程等多个角度入手，找到了理想的解决方案。

张铁山把这项新技术命名为"新型炭砖—陶瓷砌体复合炉衬技术"。

接下来，围绕这项新技术，张铁山决定，有关项目建议书，由北钢炼铁厂、北钢设计院、南方院和鲁阳炭材厂共同参与联合设计，开展攻关。有关技术审批工作则由他负责上报。同时建议，将这一新技术在北方钢铁厂七号两千五百立方米高炉上试用。考虑到七号高炉亟待大修，而且实在不敢再拖下去，张铁山当即提议，由他主持，肖一琴、杨逸菡、唐运生和季健中几个人协助，共同起草北方钢铁炼铁厂七号高炉大修设计方案。

这是个划时代的创举，而且有必胜的把握，张铁山几个人心里全都燃着一团火。不到一个星期，大修方案赶制出来了。考虑到时间的宝贵及能否顺利获批，张铁山和肖一琴一起，带着方案先见了总厂设计院的齐副院长，陈述了自己的想法。

看了方案，又有针对性地问了些技术方面的问题，这个我国炼铁界的知名专家——齐崇凡副院长认为，该方案设计独特，理论又相当扎实，具有一定的说服力，自然大力支持。接着，张铁山又找到自己的顶头上司，北钢总厂炼铁厂厂长、党委书记邝润东。

邝润东二十五岁加入北钢"厂际协作联合攻关小组"，三十多岁便成为享誉全厂的革新能手，是在高炉生产实践中一步步成长起来的高级管理人才。从业三十多年来，他的心愿就是为国家多炼铁。围绕七号高炉大修一事，还在年初的时候，邝厂长就催着让写进了总厂的年度工作安排计划。现在，看着手里的大修方案，想想前不久针对北钢高炉组织的炉衬技术交流会上大家的发言，再想想炼铁厂当下的经济状况，说实话，为了北钢高炉的生产安全，早就为七号高炉运行捏着一把汗的邝润东一看方案是自己的好搭档张铁山一手研究策划出来的，两眼立时就亮了。毕竟，用国产材料、国内技术能使高炉安全、高效、长寿，是他的夙愿。于是，他拨通了齐副院长的电话，张铁山就在一旁听着，邝厂长和齐副院长在电话中兴高采烈地热议了一会儿，遂就七号高炉大修方案论证一事作出安排。

北钢总厂炼铁厂"新型炭砖—陶瓷砌体复合炉衬技术论证会"于三天后下午三点在炼铁厂会议室召开。

会议内容很明确，而且所有的与会者三天前就拿到了要论证的方案讨论稿，大家都有了充分准备。北钢总厂炼铁厂班子全体成员，设计院、技术中心、耐火材料公司、筑炉公司等主要领导和专家四十多人参加。

论证会由邝润东亲自主持。围绕北钢的"政治地位、社会影响"以及炼铁厂的"经济现状、安全生产"几个关键词，邝厂长道出了北钢人的社会责任、企业担当和他对本次论证会的期望与要求。

北方钢铁设计院齐副院长就七号高炉大修设计方案作了说明。齐副院长刚把话说完，无论是炼铁厂领导还是技术中心、筑炉公司的大部分领导，一个个全都兴高采烈地议论开来，赞扬之声自不必提。那样子，简直不用再讨论，大有就这么定了完事的势头。

然而就在这时，北钢筑炉公司的王汉朝老总提出了疑问。他说："北钢筑炉公司自成立以来，对传统的耐火材料的施工工艺了如指掌。但新型炭砖的施工工艺，我们还是外行。大高炉的施工不仅决定着高炉炉衬的寿命，而且还牵扯到投产后的生产安全，是整个高炉大修中的重要环节，不知在这方面，你们考虑了没有？"

张铁山说："这方面，鲁阳炭材厂专门有一支新型炭砖炉衬施工队伍。我已给他们讲过了，到时他们愿意派技术人员，帮我们共同完成施工任务。"

"那就好，我们也跟着学学，提高提高。"王汉朝老总说，"这也是个难得的机会。"

筑炉公司王汉朝老总的话音刚落，北钢耐火材料公司的副总朱正，就在大伙儿倾向于用新技术、新材料对七号高炉大修方案大加赞扬时，挥了下手里的七号高炉大修方案讨论稿，先喊了声"邝厂长"，又叫了声"齐院长"，然后对张铁山提出了一个十分尖锐的问题。"我想问一个问题——"看与会者都愣愣地看他，朱正接着道，"张总的这个方案，涉及新材料、新技术，实事求是地说，有新意，也有积极的一面。但我要问，这项技术，目前在国内或国外哪一座千级以上高炉上使用过？"见人们不语，朱正直视着张铁山，又道："张总，你想过吗？新型炭砖连一座中型高炉的修炉业绩都没有，就直接往大高炉上推，这样的胆子是不是太大了，步子是不是太快了？无论是站在政治的高度，还是钢铁生产的高度，这个风险绝不能冒，更不敢冒！"

说来也巧，朱正和张铁山是校友，都是北方钢铁学院毕业的。只不过，两人毕业后，张铁山义无反顾地投身到热火朝天的炼铁厂生产建设中来了，而朱正则被派到日本继续进修。回国后在北钢耐火材料公司没动窝，一步步走到副总职位上。说实话，朱正的一颗心，也全都在厂里。特别是近年来，但凡炼铁厂高炉大修，朱正没少出力。这样，他和张铁山的关系处得相当好。但在高炉炉衬材料开发和工艺技术创新上，两人有分歧。说白了，朱正是个保守派，而且本位主义思想比较严重。

在那次由张铁山一手组织的炭质耐火材料技术交流会上，一听鲁阳人的发言，尽管是大山里的一家名不见经传的小企业，朱正的第一感觉就是遇到了巨大挑战，但他并未往心上放。因为他明白，莫说是山沟里生产的玩意儿，也莫说是刚刚才有了点儿名气的炭素材料制品，即便是久负盛名的国家大企业，又即便是用黄金堆出来的高炉衬砖，他断定，张铁山负不起这个天大的责任。莫说不敢用，就是想想他也只敢想半截，而另一半他指定被吓回去。当然这不是臆断，而是当今社会的现实和通病。尤其是在素有"老大哥""排头兵"美称的北方钢铁更是如此。有着这么个意识，尽管张铁山对鲁阳的新型炭砖表现出了极大热情，而且也非常看好，但在朱正看来，也无非是镜子里的花朵——看一眼而已，或是天上的流云，一阵风吹过去也就什么也没有了。可是哪承想，张铁山不仅想了，而且还要用到当今我国现代化程度最高的大型高炉上，而且是冶金界最为关注的七号高炉。真是邪了门儿了，太阳打西边出来了。

大前天下午，也就是拿到由设计院下发的有关召开论证会通知的当天，朱正当即就是一愣。在朱正的耐火材料公司，他们有主打产品，多少年来全都是只赚不赔。近年来，朱正的耐火材料公司，尽管也毫不例外地受冶炼业不景气形势的影响，生产、销售、产值、利润等主要经济指标有所下滑，但悠久的历史、庞大的既有市场、长期的稳定客户关系，再加上其他一些优势，体现在职工身上的，也无非是奖金少拿了几个子儿，或是工资迟发了几天而已。可是，面对鲁阳炭材的异军突起，特别是就要进入七号高炉这样一个正面冲击，就像是下棋，一炮就给打了个闷宫，使其无法挪动了。不仅仅是朱正这个副总，上至总经理，下到车间员工，一看是这么个形势，公司上下当即就炸了窝。试想，北钢耐火材料公司，市场虽然庞大，但主要还是靠北钢内销。十台高炉，内衬平均寿命那么样，每年要修的高炉都不止一台。说白了，朱正的耐火材料公司，仅靠内部自销，日子就比一般的企业要好得多。可是现在饭碗要被人打破了，好日子过不成了。在这种危机面前，朱正的感受最深，而且也最为复杂和直接。原因是，一旦鲁阳的炭砖上了北钢的大高炉，朱正所履职的公司，其生产的普通耐火材料制品就得扔到一边睡大觉。若那样的话，作为副总，朱正的主要职责是研发，是质量，是培育拳头产品。现在落伍了，跟不上趟被市场给无情地淘汰了。这些问题一旦出现，对朱正来说，那就不是少拿工资和奖金的问题，而是他的职位，也要跟着市场不景气指数的出现，而被无情地拿下来。

此刻，张铁山一看遇到扫帚顶门了，心里咯噔一沉。想想方案所涉及的内容，以及将来要用的材料，断定对方这是要用"安全生产之名义"，为他的"本位主义鸣锣开道"了。想想北方钢铁这些年在生产发展和技术创新中，一些人抱残守缺裹足不前的态度，张铁山心中有气，遂憋不住软中带硬地道："目前还没有，但马上就会出现。"

"那我明白了。"面对同窗，也面对协作中的好友，朱正咄咄逼人，"你想做中国钢铁界第一个吃螃蟹的人？"

"吃螃蟹怎么了？"张铁山毫不相让，但他却面带笑容，十分幽默地说，"不亲口尝一尝，就永远不知道螃蟹到底是什么味道！"

"你不用再说了。"朱正道，"邝厂长、齐院长、各位专家，我承认，这套方案有独特的一面，设计组的人也花费了许多心血。可我要说的是，我们在座的，新型炭砖加陶瓷砌体技术，谁手里有成功经验？"

见众人一个个摇头，为了让大伙儿支持他反对正在论证的方案，朱正看看张铁山，然后把眼光落在汤总身上。他知道，汤总和张铁山关系不一般，说话有分量。同时，他更清楚汤总是个既认真严谨又从不随波逐流的人，遂道："汤总，您在高炉上搞了大半辈子，您可曾见过新型炭砖加陶瓷砌体技术在大中型高炉上使用的先例？还有，新型炭砖外边再加个陶瓷砌体，前者是'导热'的，后者是'隔热'的，这是截然不同的两种材质。可是现在，张总却要把性能完全相悖的材料结合在一起使用。莫说我们现代人，就是早在一千多年前的宋朝，我们的老祖宗就明确告知我们，物有'十八反，十九畏'配伍禁忌。缘于此，我就要问问汤总，针对张总搞的新技术，您说说心里话，这行吗？"

"这个……"汤总迟疑着愣了下，明白对方的用意，"这确实是个前所未有的新技术，需要实践来验证。但是……"

"不用但是了。"朱正打断对方，步步紧逼，"我只问汤总一个问题，现在要用新型炭砖，假如不能焙烧成功，请问汤总，您对高炉安全能不能放心？"

汤总实话实说："高炉生产环境千变万化，一开始我也不太放心。但我们在设计上特别强调了这一点，遂采取了措施，加了陶瓷杯，这应该没有问题了。"

"好的！"朱正把手里的材料啪一声摔到会议桌上，十分生气，又不无痛心地直指张铁山，"张总，七号高炉，那是国家的大高炉，你把它当成'螃蟹'，而且还要'尝鲜'。请问，你这不是拿我们的炼铁厂当试验场又是什么？同时，你不要忘记，七号高炉，那是什么？那是国家屈指可数的大高炉，生产重要，政治影响更不容儿戏！"

听了这话，张铁山不是急了，而是出于激愤。他义正词严地道："朱总，正因为是国家的大高炉，我们才必须迈开这一步！否则，我们将永远跟在别人屁股后头爬！"说罢，他肚子里似乎还有许多话要发泄，那样子是压不住火的，可他还是压住了。他叹了口气，既是对着朱正，又似在检讨自己，语重心长地道："朱总，也许我幼稚，但我绝不是心血来潮，更不是刚愎自用。你想想，你是主攻耐火材料专业的，又是总厂派出去喝了洋墨水回来的，你应该知道当今世界耐火业发展趋势。可我们又都干了什么？为了一个怎么也打不破的所谓的'安全'魔咒，难道说我们就要躺在大国企的安乐椅上，眼睁睁看着高炉短寿的现状不去改变它，就这么一天天地拖下去吗？！"

朱正道："张总！你要知道北钢的地位。我刚才说了，它肩负的是国家使命和荣誉。在安全这一问题上，那是通着天的。难道说，为了尝尝鲜，你要把天捅塌吗?!"

张铁山道："你这是谨小慎微！"

朱正道："出了问题，我们谁也担不起这个责任！"

"请放心，天塌了我来顶！"点着烟吸了两口，张铁山的心情似乎平静了许多。他朝朱正走去。为了平息争论，让对方压住心火，他抽出烟递给朱正。见对方气冲冲的不理他的茬，他就又收回来。可是他太激动了，手在发抖，抽出来的香烟怎么也装不进盒子里去，就索性夹在耳朵根儿上。坐下来叹了口气，心情慢慢儿平静下来。"高炉短寿，是捅在我们北钢人心上的致命伤。这个伤痛，我们已经背了这么多年，我不是背不动了，而是我无脸再背下去！各位在座的心里都不糊涂。当今世界，国外的一代炉役，已经达到了十年、十五年，甚至更长。可我们北钢的炉子呢？十台高炉炉衬平均寿命只有四点六年。这是个什么概念？不是国家这一杆大旗罩着，我们背得动吗?!"拿起桌子上的文件在面前挥了下，他把话又说了回来，"新型炭砖加陶瓷砌体是项新技术、新工艺。就眼前来说，在大中型高炉上是没有先例，更没有成功的经验可资借鉴。但在小高炉上已经创造了十年无大修的业绩。因此，这一步，我们必须迈过去。再说了，之所以敢这么急着拿出来请大家论证，毫不客气地说，我们设计组是有充分的科学依据和理论支撑的。"

"再科学那也必须拿到实践中去检验。"朱正坚持己见。

"不错，是得拿到实践中去检验。朱总，请问，不应用，哪来的实践检验?!"张铁山针锋相对。

看顶住牛了，设计室主任肖一琴轻轻地咳嗽了下，引起了大家的注意，然后不慌不忙地就该方案的设计初衷、科学依据、理论支撑，以及材料应用和可能会遇到的问题及解决方案，一一作了必要的解释。用一句话来归结，设计这套方案，理论依据充分，措施安全可靠，目的就是为北钢乃至全国高炉的节能、高效和长寿闯出一条新路。

说出道理了，又是这么个良苦用心，看得出朱正还是有其他想法的，但他就是找不到要说的理由了。所以，虽然人都站起来了，却翻翻眼愣了下又坐了下去。

邝厂长明知故问地道："朱总，你怎么不说了？"

"说，我当然要说。"朱正强词夺理，"我还是那个观点，我反对！"

"朱总，你的心思我明白。"张铁山道。

"我什么心思？"朱正道。

"什么心思？针对高炉炉衬材料，如果采用了这套方案，你们耐火材料公司生产的传统产品，从即日起，真真到了不更新换代不行的时候啦！而且在材料创新方面，我早就说过不能再等了。可你们呢……"显然，张铁山下边还有话，但他却没有再说下去。因为，再说下去就揭到某些人的伤疤了。当然，朱正也明白这一点。于是，现场立时便沉默下来。

这是一个非常现实，同样也是非常尖锐的问题。有关高炉安全，莫说用没用过的材料和技术来更换炉衬这么大的事情，就是用传统材料、传统技术，在工作中哪怕是任何一点疏忽，都会导致出现问题，造成重大的经济损失。更何况，北钢天大的政治影响和社会责任在面前摆着，谁敢不小心谨慎呀！

冷场了，也看出端倪了。在邝润东厂长心里，听了这么一番争论，莫说张铁山提前给他交过底，他心里已经有了数，单从他的搭档的对话中，他也看透了对方的心，这就更加坚定了他支持新方案的决心。他跟大高炉摸爬滚打了大半辈子，又处在我国炼铁界的宝塔尖上，为着高炉安全、高效、长寿，看着自家的高炉就这么四五年的寿命，连国内的小高炉都不如，邝润东此刻的心情比谁都沉重。他摘下眼镜擦了擦，然后放在面前的笔记本上，总结道："我们开了一个很好的论证会。尤其是破天荒地听到了不同声音。不仅难得，更说明大家态度积极、认真、务实。"说到这儿，他把刚刚摘下的眼镜又戴上，拿起方案看了下，又道："把新型炭砖用在大高炉上，这是首创，大家有所担心，这很正常。各位专家没见过这样的先例，也是实际情况。在论证会之前，我和齐副院长私下交流过，说实话，作为厂长，我之所以支持这套方案，是因为我们的炉衬技术真的早就到了非改不行的时候。但改革和创新是成功与风险并存的事。这样，张总，肖主任已把有关技术问题作了介绍，就你的想法和如何规避风险，再给大家解释一下吧!"

"好!"在张铁山心里，针对朱正的反对意见，他猜得透对方有积极的一面和自私的一面。所谓积极，从政治角度出发，他不愿有任何影响北钢形象的事情发生。所谓自私，那是朱正怕用了新材料而使耐火材料公司的业务量减少，并且堂堂的北钢耐火材料公司在这次耐材招标中很可能被淘汰出局。作为副总，他当然不乐意。这么想了，张铁山遂颇带感情地就个人担当，以及修炉的紧迫性和材料优劣、性价比等，谈了自己的看法。针对使用这套方案的安全问题，他非常通俗地道："新型炭砖在大高炉上的应用，尽管还没有先例，但鲁阳人十年间，已在一百多座小型高炉上的成功实践，是有目共睹的。至于这套新技术应用到大高炉上会不会出问题，请大家放心。我可以公开和认真负责地说，只要不发生特别的意外，是没有问题的。因为，考虑到新型炭砖在高炉内能够得到充分焙烧及其安全问题，我们给新型炭砖穿上了刚玉莫来石这层'盔甲'。用句通俗的话说，这层'盔甲'，就是能保证高炉安全的'金钟罩''铁布衫'。退一万步说，它的实际效果，即使达不到预想的效果，但它只会比原来的技术好，而绝对不会差。"

这就是知识! 是一个工程技术人员庄严的承诺!! 是打开人们心灵窗户的金钥匙!!!

听张铁山阐述完，看朱正愣愣地坐在那儿不动了，而其他专家则如释重负地长出一口气笑了，邝润东厂长遂笑了笑，道："请在座的过来开技术论证会，针对技术问题，大家尽管没有提出更多的修改意见，但对朱总的建议，张总你们方案组的专家们还要再认真地考虑考虑。总之，没有提出大的问题，不说明方案已经很完善、很科学了。越是在这样的情况下，越要更严谨、更细致。希望通过大家的努力，这次修出个好炉子。"

费了这么个周折，加上由北钢技术中心出具的鉴定意见证明，新型炭砖在北方钢铁七号高炉上应用，从理论上说，已经不成什么问题。但上边呢? 一旦方案逐级上报，如果上边的专家们吃不准，把住不批又该怎么办呢?

　　带着这一问题，由于李军强有业务已经提前走了，季健中和杨逸菡、唐运生三人根据张铁山的建议，准备向冶金部炼铁处有关领导和专家，就新型炭砖—陶瓷砌体复合炉衬技术，拟在北钢大高炉上的应用作一汇报，以便从高层寻求支持，这就马不停蹄地到北京来了。毕竟，冶金部炼铁处，是我国冶炼界最高权威机构，如果能得到专家们的认可，把新方案付诸实施的把握会更大。

　　但此处可不是吃闲饭的地方，能同人家坐在一起探讨高炉内衬技术，也不是人人都有机会的，更不是所有人都有胆量和应有的专业知识储备接受质询的。同时，你所提出的技术理论，如果不能使人家眼前一亮，人家也断然不会陪着你瞎耽误时间。

　　来到冶金部，杨逸菡把有关技术向在此工作的老同学等几位专家作了汇报。并在他们的关照下，炼铁处主要负责人亲自主持了论证会。作为方案的起草人，杨逸菡和唐运生就设计理念、技术支撑、材料构成、施工要领，以及应用效果和实物图片等，分别作了详细介绍和展示。接下来，短短的沉默之后，与会的十几个专家教授轮番上阵提出疑问和质询。

　　作为行业的专家学者，自然对美国的高性能"导热"炉衬技术和法国的陶瓷杯"隔热"炉衬技术十分了解。现在，一个要"导热"，一个却要"隔热"，两种炉衬技术要结合在一起，猛一听是违背常理的，可细一想却是强强联合。单从这一点，专家们回过神来，眼前自然就亮了。当然，也不可能没有疑问。这样，在经过充分的酝酿和论证之后，终于得到这些专家们难能可贵的一句话："可以试一试。"

　　有了专家们基本认可的表态，季健中和两位高工这才终于长出了一口气。

　　回到冶金部招待所，眼看为进入北方钢铁大高炉该补的功课补上了，自己该使的劲儿也使尽了，剩下的就是等待北方钢铁的人去厂里实地考察，季健中便对杨逸菡和唐运生说："近一个月来，把两位高工累坏了，咱歇会儿出去散散心，赶明儿咱四处走走。北京可是有看不完的好地方呀！"

　　可杨老杨逸菡哪有观光的心情呀！

　　眼下，尽管北方还是残雪遍地，而且时不时地还在下雪，但南方阳气上升，春草已开始发芽。这时候，正是一年四季风湿病人最难熬的时候。杨逸菡惦记着老伴儿的身体，一听健中这么说，他长叹一声。"你的心意老叔领了。可你知道，你老婶子的身体不行。这样的天气，孩子们一个个都忙，虽说从老家叫了个亲戚过来帮忙，可他们谁能猜得透你婶子的心呀！"说罢这话，见季健中把他手里正整理的提包拿过去放到一边了，不知对方心里想的什么，又道，"你这是干什么？"

　　季健中道："老婶子的事你不用担心。"

　　"你！"杨逸菡道，"你真的把她给接到鲁阳了？"

　　"是的。"

　　"嘻，她一个老婆子，这不是给你们添麻烦嘛！"杨逸菡十分自责地说。

第十九章　解不开的谜团

这个杨逸菡，从事科学研究，一步步成长为我国新型炭材领域的翘楚，凭的是知识和技术，是个耐得住清贫、守得住寂寞的人。有关科研攻关上的事，他什么都不怕，唯怕生活中欠下谁的人情。当得知就在他和健中等人赴北钢期间，健中已安排厂办主任郑光荣带着副主任宋晓燕搭上南下的火车，把老伴儿接到鲁阳的时候，杨逸菡遂感叹起来。

那天，陶老师来到鲁阳后，她就让车子直接开到了季家。天天和母亲回来了，两下聚在一起，知心话哪能说得完呀！在健中家一连住了三天，到第四天头上，由于讲好了要泡温泉的，陶老师这才依依不舍地跟着带车来接她的郑光荣和宋晓燕离开了。

可下车一看是鲁阳下汤温泉宾馆，老人执意不住。自然，陶老师一张嘴说不下郑光荣和宋晓燕两个人。没办法，陶老师说只住三天，要不然这就走人。就这样，陶老师住了下来。开始的时候陶老师还不太习惯，可是到第三天的时候，陶老师竟然在浴盆里泡着泡着就睡着了。那个舒服，陶老师说这么多年从来没有过。类风湿性关节炎可把她折磨苦了，每到晚上，好不容易睡着，也就是翻一下身子就被疼醒了。眼下在温泉里泡，不知是温泉里各种矿物质对关节炎起了作用，还是因水温的作用使疼痛减轻了许多。加之宋晓燕嘴甜会伺候人，不是给陶老师捏捏这儿，就是按按那儿。陶老师喜欢戏曲，宋晓燕唱得也好听。陶老师在上大学的时候虽然接受的是师范教育，但毕业后却阴差阳错进了文化馆创作组，是个女诗人。一听陶老师打听温泉宾馆的来历，宋晓燕的话匣子就再也合不住了。

鲁阳历史文化厚重，不说仓颉、墨子这些大圣人大哲学家，也不表一代贤令元德秀、文韬武略元次山，单就"凤凰衔书台""琴台善政"以及"牛郎织女洞"什么的民间传说，就让陶老师听得如痴如醉。

看看三天时间过了，陶老师忽然想起四里营也有温泉，这就同宋晓燕商量，让其移师四里营。宋晓燕自然不会听陶老师的，说四里营有温泉不假，但是个公众洗浴的大池子，人多、嘈杂，也没有住宿条件。陶老师听了说，就住咱招待所。眼看着陶老师再不离开温泉宾馆，人就要急疯了的样子，宋晓燕无奈，就按照陶老师说的，从宾馆回到厂招待所把她安顿下来。

四里营有温泉，鲁阳炭材厂就在四里营，只是一个在村南，一个在村北，两者相隔有二里多地。陶老师不让厂里派车，没办法，宋晓燕骑着三轮车，二人就到四里营温泉来。一天两次，每次大约一个小时，票价三毛钱。一听买月票更便宜，陶老师背着晓燕就买了月票，泡一次只需两毛钱。同时，泡着温泉，前后左右还能跟附近村里来洗浴的老乡们聊聊天。这对于陶老师来说，可真是难得的机遇，因为与乡下的姑娘媳妇们拉拉家常，面对面听一听土地联产承包后农村人的喜怒哀乐，让她一下子就找到了文学创作的宝藏。

开始的时候，陶老师还让宋晓燕带着她，后来干脆就不让带了。说疼得轻了，自己试着敢走路了，而且也有了胃口，吃饭也有味了。

季健中知道杨逸菡惦记着陶老师，车子没有进厂，就直接开到四里营温泉来了。

拿下汤温泉宾馆和四里营大众温泉浴池比，前者是大老板投资，集餐饮、住宿、会议、养生、理疗为一体的园林式温泉主题系列大酒店，后者是四里营村民自己建的，就是野地里围着泉眼口盖起一些房子，服务对象是普通老百姓，是澡堂子水平。

泡了澡，同宋晓燕说笑着走出来。抬头一看不当不正停着一辆吉普车把路堵上了，陶老师嘴上没说，心里觉得开车的不懂事。可是，正要侧侧身子走过去的时候，陶老师忽地愣在了那里。因为，车门开处，跳下车的人不是别人，正是自己当家的。

杨逸菡也愣住了，急道："哎呀，你这腿——敢走路了？"

"可不，敢走路啦！你看——"陶老师说着，也不让晓燕搀扶，自己试着走了几步让对方看。而且真的觉得不那么疼了。

在杨逸菡心里，之所以这两年他的心思离炭砖远了，除了他看不惯南方院某些人的所作所为外，也与老伴儿的身体无不关系。看来泡温泉还真有效果，杨逸菡心里十分高兴。

从四里营温泉浴池回来，季健中端起搪瓷盆在卫生间洗了洗，回到办公室，心情怡然地拿起杯子泡上茶。可是，茶还没泡好，健秀嘭一声把门推开到了面前，道："哥，你还知道回来呀！"健秀是健中的小妹，大学毕业分配到炭材厂化验室。

看妹妹脸都气青了，健中还当床上躺着的父亲怎么了，忽一下站起来，急道："爸爸怎么了？"

"爸爸？"健秀愣了下，突然明白过来，急忙道，"爸爸没怎么，我是说天天嫂子。"

像陀螺一样整天忙得团团转，尽管他是多么在意天天，可是把人家丢在家里自己一走多天，虽然知道她能理解他，但人家远渡重洋带着老母亲回来了，而自己却……

当然，最主要的是他这么一忙，把赶在清明为岳父郑寒光立碑一事也给忘得一干二净。

就在季健中接到电话，前往北钢参加炭质炉衬技术交流会刚走没两天，天天便和母亲，按照临在美国动身前大华董事会的决定，赶赴泰国，对位于曼谷威斯区洛迈镇即将落成的珠宝工业村进行考察。泰国是世界有色珠宝生产加工中心，聚集着世界上百分之九十以上的红、蓝宝石生产加工。同时，泰国政府将珠宝产业列为国家的优先发展产业之一，出台免税政策，对宝石产业给予很大的扶持。另外，工业村不仅国家政策宽松，而且距廊曼机场五十公里，距素汪纳普国际机场只有两公里，距孔堤港口也仅二十公里，出行非常便利。

在泰国安顿下来后，天天和母亲几经周折，与华裔商人何荣光老先生取得了联系。这个何老先生，是天天的外公早年初涉珠宝业时，在缅甸结识的好朋友。何老是泰国亚洲宝石学院的创始人，桃李满天下，在国际珠宝界声名显赫。天天和母亲此行任务完成得十分漂亮不说，还通过何家出面联系，由何老先生早年的新加坡学生帮忙，大华珠宝拟在新加坡投资珠宝贸易一事，也一并落实下来。

在刚到泰国的时候，天天还恐耽误为父亲立碑一事。哪承想，转了一遭又回到鲁阳的时候，离清明还有足足五天时间，天天心里十分高兴。因为有这几天宝贵的时间，为父亲立碑之事，她就能做好充分的准备。这时候，尽管季健中在北钢还没动窝，但有天天的表弟陈春生顶着，一切都办得十分顺利。

那年，郑寒光家访返回途中在大沙河不幸落水去世之事，险些把春生的魂给牵跑。赶在国家恢复高考，春生考上了四川美院。原本，他有留在大城市工作的机会。但他知道当年郑老师进山家访，不仅仅为亲戚家的孩子能够继续上学，更是为山里人不再过穷日子。毕业后，春生被安排在县第二玉雕厂，从事工艺技术开发工作。

按照日程安排，为郑寒光立罢碑之后，天天和母亲是要返回美国去的。就日常工作而言，大华总部的业务，由黄志峰老先生在家坐镇，天天和母亲还真的无须劳神。然而，在泰国和新加坡开办业务一事，尽管大华那边已经派人就位了，但毕竟还有很多工作需要跟进。

可是，有件事情在心里压了四十多年，天天的母亲梁婉君明白，六十多岁的人了，今天脱了鞋，谁也不敢保证明天还能再穿上。当然，天天也在等健中从北钢给她带回来好消息。于是，这娘儿俩就在清明过后的第二天到了开封。

那天为父亲立碑，都快要出城的时候，天天想起有件东西忘带了，就又拐了回来。

大街上，街坊们见郑家一大帮人都过去了，遂七嘴八舌议论起来。这情景，正好被天天碰上。

一听说到天天的爷爷郑文甲是个"破家五鬼"，当年的老支书李麦收摇着头说："你们都别跟着瞎胡嚼人舌头。文甲俺俩一般大，都是属蛇的，从赤肚孩儿长大，他什么样，我知道。"

"麦收爷，他不是瞎胡混，在外头把小闺女儿都抱回来了嘛，还能什么样？"一个小媳妇笑咧咧地说。

"是呀，家里有一窝，又在外头弄一窝，还把家业都卖了。这是吃着碗里，看着锅里，到处拈花惹草，你要跟他那样，俺奶不早把你休了！"又一个小媳妇也跟着打起趣来。

李麦收叹了口气，道："你们说的没错。文甲把家业卖了，把小闺女儿抱回来这都是事实，可我就是犯迷，也不相信他是那种糊涂人。"

"麦收哥，不相信是你老糊涂了。"一个敞着怀晒太阳的瘦老头咂磕儿道，"老郑家几辈人是不赖，都是知书达理的外事场儿人。可你咂想想，啊，撇开文甲不说，他走哩早，什么也说不清了。就说寒光吧，一父同胞，自己的亲妹妹，硬是要拜堂成亲。他……跟他爹更出格。这不是明摆着让人捣脊梁骨嘛！"

爷爷的事天天风言风语听说过，心里一直堵得慌。尤其是瘦老头儿的话，让她听着扎心。

当晚，天天又到了老支书李麦收家里。

老支书见此一愣，因为，不说以往，单就这次回来，天天掂着粿子已经来过一次了。于是，他把手里时常拿着的梳子装在衣袋里，腾出手，拿出天天上次回来给他买的助听器往耳朵里塞了塞，道："有事？"

"爷爷，我还真有点儿事要麻烦您。"天天听父亲说过一块银圆的事，她忘不掉李家的大恩。在她心里，李麦收就是她的亲爷爷。

"啊，什么事？你说，你说。"李麦收道。

"爷爷，往年回来，我总没在意，可是今天就不同了。"天天道，"白天大伙儿在大街上说的话我都听到了。我爷爷他们的事，我也憋了多年，我就想问问，我爷爷他到底是怎么一回事呀？"

听了这话，李麦收说了段往事让天天自己品评。他说十来岁的时候，他跟街坊上一个小少爷在湖边赌杏核儿，输光了对方还逼着他赌，不然就得趴在地上当马骑。这时，正碰上郑文甲放学回来。一看那小少爷想欺负人，郑文甲说，你也别跟他赌杏核儿了，你跟我赌这个——郑文甲说着，从口袋里掏出一把琉璃蛋儿亮了下。小少爷高兴极了，可是他没带琉璃蛋儿。郑文甲说，既然没带那就不赌了。小少爷不同意，遂讲了个条件，说他赢了，郑文甲给他琉璃蛋儿，他要是输了，就一泡尿把鲁阳湖浇满。郑文甲一听就笑了。见小少爷急于赢他手里的琉璃蛋儿，两人就摆开了架势。方法是压指头。结果连续压了三把，小少爷都输了。偌大个鲁阳湖，有多少泡尿才能浇满呀！这样，郑文甲也就把此事当成一个笑话过去算了，可看热闹的街坊们不依。小少爷的爹见此，立时急了。找人说和，这才同意，由小少爷家里出资，李麦收上了三年私塾。至于卖掉山货庄和把小闺女儿抱回来一事，李麦收说，指定是有原因，郑文甲绝不会办对不起家人的下路事。

听了这番话，天天对爷爷有了进一步的认识，遂打破砂锅璺（问）到底，追着问卖山货庄，问那个小闺女儿的来历。李麦收一听就叹起气来。他说，那时候天天的爷爷整天都在外头跑，很少见他回来。都想着他真是办了下路事，羞于见人，哪承想人没了。

默默地坐着，麦收奶忽然想起个事，就对老伴儿说："那一年你还当着支书，上边不是来过一干子人嘛，好像就是问文甲哥什么的。"

已是七十出头的老人了，李麦收受到老伴儿的启发，愣在那儿想了一会儿，忽然想起来了，说声"你叫我找找"，遂戴上眼镜，从匣子里扒出个破本子。显然，那是李麦收当干部时的记事本。翻了一会儿，老人找到近似大事记的一句话，就凑到天天面前仔细念起来："一九八一年三月二十五日，上午，县志王主任一行来家，打听文甲一事。"

大概是看出天天很失望，李麦收道："问问你伯，也许他会知道一些。"

天天道："我早问过了。伯伯也说不明白。"

李麦收笑了，道："也是，我领着王主任找过他，你爷爷的事，他还吭我知道得多。可我，唉，我又给你说不出一二。"

从老支书李麦收家里出来，尽管爷爷的事情还是没有什么收获，但天天断定，有人打听爷爷一事，就足以说明此事没那么简单。

次日，奔着老支书李麦收提到的王主任，天天向县党史办打了个电话，一听接电话的正是王主任，她便和母亲找来了。

说明来意，王主任很快就想起来了，遂从文件柜里拿出一个文件盒，并扒出一封开封市委党史办的公函。

看了公函，天天母女如获至宝。因为，公函虽然简短，却有一定的信息量。特别是函中提到的"请贵县协助调查郑文甲与'兴国联军'的关系"这句话，对郑家来说，这真的比金子还要珍贵。

奔着公函上留下的信息，天天和母亲来到开封，首先见到的人是不曾想到的。此人叫郑暖，竟是马青云的母亲。

她已是六十有二的人，戴着眼镜，上穿半新不旧的咖啡色提花缎面手工盘扣紧身夹袄，下穿黑色呢裤子。从时间上看，这条裤子已经泛出了黄褐的底色，毫不夸张地说，比一个小伙子的年龄还要大。细处看，人虽上了年纪，背微微地驼了，而且也生了华发，但无论长相和气质，依然是那么神采奕奕，不仅端详，而且富有涵养。

一听领着找到家来的老人说出"鲁阳"二字，郑暖不仅不感到意外，反而十分平静地啊了一声，随之就把半开的屋门打开。当她第一眼看见天天时，感觉好像看到了自己的女儿一样，她突然明白了什么似的，连忙侧着身子说着"请进请进"，先是拉住梁婉君的手往屋里让，紧着又十分亲热地拉住天天的手一同走过来。

趁着郑暖往盘子里添糖果、倒水的机会，天天母女俩看到，这虽然是一套普通居民住房，却处处整洁、温馨。仅此，可以看出，女主人是个勤快而又朴实的人。

也不用猜了，从一见面郑暖那从容而又热情的神态，天天就明白，指定是马青云透过信儿了。

找上门了，天天让母亲喝着茶，她就把自己的家世、身世作了简单介绍，然后对母亲道："妈，想问什么，您对阿姨说吧！"

梁婉君沉思一下，起身到郑暖跟前。郑暖猜出对方的意思，也起身拉住梁婉君的手，两位老人相互谦让着在一条沙发上坐下。

梁婉君叫了声"老姐姐"，遂叹气道："那天看见青云戴的戒指，不瞒你说，我一眼就看出来了，那是老郑家的东西。可是我就跟坠入十里云雾中那样，怎么也看不透、想不明白。"

"我给青云说过，她的根在鲁阳。那天你都猜出来了，青云她能猜不出来吗？"郑暖叹了口气，道，"虽然是陈年旧事，几十年都过去了，可那太揪心了。不瞒你说，什么时候想起，我这心里都是滴溜溜地疼。"

这么说着，她早已是泪流满面，引得梁婉君和天天也不安起来。但郑暖很快就从痛苦的往事中跳出来。她擦了擦眼泪，起身从盛物架上拿起一个紫红色小盒子。那里面装着那枚戒指。她把戒指拿出来，求证似的对天天母女俩道："是不是这个？"显然，知道了情况后，马青云已经把戒指留在家里了。

梁婉君接过看了看，又递给天天。天天细看了，认出戒指背面留的有字，遂道："妈，这个也带着字哪。"

梁婉君把戒指交给郑暖。她沉思了下，回身拿起随身饰包，从里面取出一枚同样是银质，形状是蜘蛛，蜘蛛背上还镶着玛瑙的戒指。但不同的是，这枚戒指上镶的玛瑙，不是红色的，而是绿色的。梁婉君欲比对，就听郑暖在一旁发话了。

"这是一对。你这个上边是个'肖'字，而我这则是一个'走'字。"说着，她把两枚戒指并在一起，又道，"你看这是什么字？"

"这不是'赵'字吗？"天天道。

"是的。"郑暖道，"这是我的姓。"

这是个谜，而且也太深了，天天和母亲只能猜出个大半，而另一半却怎么也解不开其中之意。

梁婉君道："老姐姐，那年寒光是一路乞讨回的开封。他告诉我家里出了事，说是和你结婚了。我恨他，可是我也理解他。但让我弄不明的是，他好不容易在学校给你找了份儿差事，而你却跟着别人跑了。没见你，我也想了这事那事，觉得你这人，啊……可一见面我就看出来了，你不是那种随便就能改变主意的人。老姐姐，这到底是怎么一回事？熬煎我这都几十年了，你今天得告诉我。"

郑暖笑过，真诚地说："背了一身赖名声，压得我都抬不起头。满心话，我早就想说出来了，只是见不到人，没有机会说呀——"

那年，郑暖已经跳进了十八岁里。在穷人家里长大，又背着个私生女的恶名，整日里风刀霜剑，使她抬不起头，也尝尽了苦头。她虽然穿得破旧，更没钱打扮自己，可青春的气息是拦不住的。因为没钱买布做衣裳，她老恨自己长得高。还有束胸，她都不知换了几条，却总是抱怨短了短了又短了。不过，在某些方面，她就省事多了。比如每天早起，别人要噙口红、描眉，要搽脂抹粉梳妆打扮，而她却生就一副好肌肤，"不施粉黛亦倾城"。可是有一天，她从私塾馆放学出来，人都走过去了又被人回头截住。也就隔了两天，那人拄着文明棍就上门提亲，喊明叫响要纳暖做妾，这可把一家人难住了。在娘心里，倒不是那歪瓜裂枣一棺材瓢子怎么着，而是她有心事，遂急忙打电报让郑寒光赶紧回来。在娘儿仨紧赶着布置好的新房里，一看母亲让点上红蜡烛，又从盒子里取出两枚一红一绿、同样质地的蜘蛛形状戒指，要其戴上拜堂成亲时，郑寒光咚一声就给老人跪下了。卖掉山货庄又抱回郑暖那年，郑寒光已经五岁。在他心里，郑暖就是父亲在外边胡混生下的，妹妹长、妹妹短的整天喊着，现在怎么能拜堂成亲呢？传出去街坊上又会怎么说呢？还有，这多年来，这事那事的已经把脸面丢尽了，现在又……为此，郑寒光说什么也不从。娘有严重的肺气肿，她的日子不多了，这一急就差点背过气去，把郑寒光急得不轻，要连夜送娘去医院。可是她说什么也不去，就是非逼着儿子和她的郑暖拜堂。原来，她说暖不姓郑，而是姓赵。至于其他事情，老人对儿子说，你爹嘴严，什么事都不说，只交代暖是他把兄弟家里的根。那边出事了，孩子不能饿死，并留下这一对戒指。

听了这么一段往事，梁婉君明白，面前的郑暖，就是自己男人的前妻。但她心里还有许多谜没有解开。她沉思了下，看得出她不想问，毕竟，搬出这些过往之事，这是戳人家的心尖。可她又实在憋不住。她往跟前凑凑，拉住郑暖的手，亲切地道："老姐姐，后来呢？又发生了什么事情？怎么会跟人跑了呢？我一眼就看出来了，你不是那样的人呀！"

"你说的咒错。那时候，莫说还有个那样的家，即便没有，即便再苦再难熬，我也绝不会动窝半步。"说到这儿，就仿佛换了个人，郑暖挺直了腰，脸上也堆满了喜悦，"我碰到一个怎么也没想到的人——"

郑寒光和郑暖结婚的次日夜里，睡梦中房子突然失火了。若不是街坊们发现火势喊叫着扑救，郑家这三口人非葬身火海不可。山货庄卖了，剩下的又一把火烧了，这就把所有的生活门路全断了。搬进城隍庙和叫花子们住了几天，郑寒光和郑暖想想不是办法。毕竟，娘上了年纪，又一身病，大冬天住在跑风漏气的破庙里，娘受不了呀！没办法，郑寒光就和郑暖用那些被大火烧得黑不溜秋的檩条、椽子在原址上支起个窝棚遮风挡寒。吃没吃，喝没喝，又加着有老病根，娘熬不过去撒手走了。当哭干眼泪葬了母亲，郑寒光实在无法时，不知谁悄悄塞进来一块银圆。愣愣地看了半天，郑寒光把郑暖的手拉住，他说他得走，也许能想来办法。要不然……两人抱头痛哭起来。次日，郑寒光临走时又拐了一个弯。他猜出那块银圆是谁悄悄塞到他家的，这是救命钱，他必须得当面说声谢谢。这样，一块银圆留给了郑暖。她不敢花，就买了棉花，又借了架纺花车纺线。没明没夜地苦熬，郑暖纺了四斤多线。哪承想，当她卖了线再回来的时候，纺花车被人砸了。次日黎明，被寒冷冻醒的郑暖实在没办法就坐着一个人发愣。突然，城外响起枪炮声，直打到吃早饭时才渐渐停下。胆战心惊地钻出来一打听，说是解放军把县长和保安团打跑了。生逢乱世，人命如蝼蚁，可怎么着也得想法活下去。流着眼泪，郑暖看着被人砸坏的纺花车，想修却不知道该怎么下手。正没办法的时候，一个叫花子模样的人来了，并说他会修理纺花车。郑暖叹了口气，正要谢绝，就见对方一边小声说着什么，一边弯下腰开始修理纺花车。郑暖感到诧异，细看，见是街坊上的麦收叔，未待开口，两行泪水顺脸流了下来。可是，当她又到店里买棉花时，那门市大门紧闭，连一个人也找不到。饿极了，郑暖想买个馍填填肚子。但她站了好一会儿也没敢把钱掏出来。她担心，把持不住把钱花了接下来更没法过。天早已黑了下来，郑暖饿得直不起腰，就圪蹴在一堆破烂上迷迷糊糊睡着了。睡梦中，她好像听到了什么动静，也嗅到了食物的香味。摸索着爬起来一看，破门口放着一碗炒熟的豆腐渣和几块生红薯。刚才嗅到的香味，显然是豆腐渣散发出来的。见此，郑暖怎么也抑制不住自己，就呜呜地哭起来。因为，从搬到城隍庙，再从城隍庙里搬回来，这早就不是第一次了。她知道，这是街坊们在想法让她活下来。若不是这样，她不知道自己早就饿死在哪里了。和着泪水吃了些豆腐渣，正不知日后怎么报答街坊们的恩情，挡风的破板子被人悄悄挪开了。愣怔中，一看是个男人闯进来了，郑暖吓得魂都飞了。还以为是那老棺材瓢子派来的人，郑暖就顺手抓住破菜刀。正要喊叫，那人压低声音，连忙哎一声，开腔道："别怕别怕，我是解放军。"之后不久，十几年都没进家的郑寒星瘸着一条腿回来了。站在废墟上，一听娘死了，郑暖也跟人跑了，郑寒星差点一头栽倒在地。

听了这话，愣愣地看着郑暖，梁婉君道："那真是解放军？"

郑暖欲往下说，却听见门响，遂连忙擦了下脸上挂的泪，压低声音，颇显诡秘地道："是当家的回来了。"

说话间，一位大高个，头上戴着前进帽，身着毛呢大衣，尽管脸上有了皱纹，但仍不失军人气质的老人开门走进来。

这时，郑暖已经站起身来，喊声"老马"，把同样站起来的梁婉君和天天介绍给老伴儿："这是鲁阳的客人。"

老马正解扣子的手立即停下，紧接着上前分别同梁婉君和天天握了手，道："哎呀，欢迎、欢迎！那天听青云一说，我就知道你们要来，这还真来了。"说罢，老马又笑起来。看得出，人家是爽朗人。

寒暄一阵，老马招呼大家坐下来，而他则脱了大衣，随手拉过一把小靠椅，倚着茶几而坐，并顺势执起茶壶挨着往杯子里添水。那样子，俨然一热情厚道的侍者。

郑暖看看梁婉君，忘了刚才说过的话题，道："刚才说到哪了？"

梁婉君似乎也忘了，可是愣怔中，就听天天把话接住。天天道："说那人是解放军。"

"看我这记性。"郑暖道，"真是没想到，那人呀，不仅是解放军，还是我父亲。他姓赵，叫振家。"

老马听了，哈哈大笑了一气。笑毕，他道："我明白了。你们说的是我和老团长第一次到鲁阳的事儿。"见郑暖笑着点头看他，就道："当时我和老团长把我们家郑暖接出来后，部队正在打仗，老团长把她交给我，他就带着大部队走了。那时候，你们瓦屋那地方刚刚解放，由于急着赶部队，我把人送到地方，交代了几句，拿了几个馍也走了。后来，你这个大姐赶上中原军政大学招生，她就当了学员。毕业后，她是要随着干部大队南下的，可是身孕出来了。郑暖的情况比较特殊，连几位大首长都知道。也算是有这个缘分，待她生完孩子，前来报到时，刚好是我们那里。后来呢，心里装的事太多了，我和你大姐转了一圈儿，又到开封来了。可是一打听，啊，一切都结束了。"说罢这么含蓄的一句话，老马又哈哈笑起来。笑毕，他探着身子，仿佛捡了个漏似的，颇显诡秘地道："世上的事情就是这么奇怪，可见怪又不怪。就说我们家郑暖吧，什么都没有了不是？可她却偏偏碰上了我老马。看看——住有住的，吃有吃的，这当然是托了共产党的福，什么也不愁啦！"

梁婉君听到这里，似乎悟出什么，就对郑暖道："你可能冤枉他了。在接住那封电报前，我和寒光结婚的喜宴早都定下了。没想到他回来就反悔，说是已经结婚了。过了三四十天，听说你跟人跑了，我就又找到他。"

"也许这就是命吧！"郑暖看看梁婉君，又看看天天，"不过我也对得起他。青云不姓马。"见天天愣愣地看她，又道："她跟你一样，也姓郑。"

得住此话，老马又哈哈笑起来，诙谐地道："老郑大哥呀，怎么说呢，吭福！这么好两个女儿，往哪儿找啊！"说罢这话，他又叹了口气，道："话又说回来，人这一辈子，那就是赤巴脚过乱石滩——没有不硌脚的时候。"

在开封住了几天，马青云不仅回来了，老马的儿子也从部队请假回来了。这一大家子就无话不谈，梁婉君和天天都非常高兴。

当然，马青云也在这时候道出了她的秘密。说她之所以要到鲁阳挂职锻炼，一是上级部门分配给她所供职的单位，有到贫困地区挂职锻炼的名额，加之丈夫在省政府驻京办工作，儿子又在部队上，无论在家，还是到外地都是她一个人，没什么牵挂。二是从母亲那里得知，她的根在鲁阳，骨子里流淌的是郑家的血脉。只不过使她万万没想到的是，事情会这么巧，一到鲁阳，第一个深入了解的人，竟是自己的妹夫。也许是心灵上的感应，当天天和母亲一起回到鲁阳，本是待到春节放假时，要带回家给母亲吃的山楂果，她不由自主地就给拿出来了。当然，当梁婉君拉她在身边坐下时，她表面上虽然没有表露什么，但在心里，什么事情她几乎全都明白了。显然，马青云这人，表面上大大咧咧的，但遇到事上，内心深处，真的会像一泓秋水那样波澜不惊。

有关郑文甲什么的，此行基本上没有什么收获。只是老马说他听老团长说过，老团长是当年闹"兴国联军"的时候与郑文甲拜的把子。至于其他方面，老马说，他是抗战胜利后跟的老团长。那时候他年纪小，才十六七岁，什么也不知道。部队整天行军打仗，老团长又在过江战役中牺牲了，没时间，没机会，也从没想过问这问那。

在郑暖这边，早在二十世纪六十年代初期，为着郑家的养育之恩，郑暖就专门到鲁阳来过。只是那时候街坊们都说她是抱来的私生女，又说是因为她老当家的才关住门把家业卖了。有着这样那样的顾虑，她来鲁阳就没有公开露面。作为养女，郑暖是攒满劲儿要给养父烧张纸的，可是一打听还是什么也没有，她就趴在养母坟头哭了一回。后来，老马见郑暖时不时对着早年戴过的戒指发呆，他知道郑暖心里想的什么，只要遇到机会，他都多方打听。特别是早几年郑暖退休后，老马还陪着郑暖到当年"兴国联军"的发生地——郯县走访，可惜什么线索也没得到。万般无奈之下，老马想起了组织，遂通过市委党史办发函到鲁阳，请求协助调查，结果还是一场空。

现在，有关郑文甲的事情，已经过去了五六十年。一个大活人，那么折腾过来，都说郑文甲死在外边了，可在哪儿死的，又是怎么死的却成了谜。对此，马青云和天天不相信爷爷会死得无声无息，甚至连把骨头也没落下。

第二十章　树欲静而风不止

在开封城，由于动迁频繁，城里变化很大，天天和母亲在马青云一家人的陪同下，尽管没有看到老宅，甚至连个邻居也没见到，但巍峨的铁塔还在，河大的红楼，还有相国寺、龙亭和包公祠……重回故里，梁婉君还着实感叹了一番。特别是登上黄河大堤，尽管河面上的冰层融化了，可岸边背阴的地方还被残冰覆盖着，又赶在枯水季节，黄河仍是那么默默无声地流淌着，但在梁婉君心里所激发出的是无尽的乡愁。离开开封，两人又去了西安，回程则到了洛阳，看望了健中的大妹妹健梅一家人。

由于事先进行了联系，当天天母女回到鲁阳的时候，健中亲手做的蒜苗炒鸡蛋和麻辣豆腐已经摆在了桌子上。

看着健中为女儿打水，帮女儿熨衣，在炭火里为女儿烤红薯、爆豆子，还有肩并肩坐在电视机前甜蜜地说说笑笑的样子，梁婉君真的想多待些日子，也真的想像从美国回来的路上说的那样，下决心，想办法也要把健中带到美国去。可是，一想到在家乡遇到的这样那样的暖心事，还有炭材厂那么些人连基本生活都还无法保障，她就又左右为难起来。这几天，一想到马上就要走了，梁婉君实在呒办法，就跟女儿商量，要女儿彻底跳出大华算了。然而，天天听了，只微微一笑，却没有递腔。显然，她还没有留下不走的想法。

出关是在上海，同时也说不准多长时间才能回来，临送天天母女走的头天晚上，季健中向常务副县长刘振国请了假。

这样，按照厂里惯例，奚道强书记代行厂长职责。

这之前，由于公事和私事在一起缠着，季健中在外边四处跑着不怎么到厂里来。加之他带着天天到厂里转了一圈，就又出差去了，人们的闲言碎语就多起来。特别是一些人联想到天天同母亲在美国有生意，还有县外贸积压了多年的玉制品人家连挑也不挑、拣也不拣都统统打包运往美国一事已经传得沸沸扬扬，这就给这些喜欢猜疑的人留下了发挥的空间。他们认为，季健中要跟着媳妇到美国去了，炭材厂没什么指望了。立时，阴云又一次笼罩在炭材厂上空。

这天，也就是季健中带着车拉着满车的玉器，送天天和岳母走后的第五天，四里营二三十个村民在牛二娃的带领下，前边是打着"欠债还钱，我要吃饭"白底黑字的横幅，后边是叉车和拖拉机轰隆隆响着，气势汹汹地朝炭材厂扑来。

在门卫当班的是王自力和"知了皮"孙新志。大老远看见对方来势凶猛，两人就急忙关门落锁，可是已经晚了。只见对方冲上来四五个手持棍棒的年轻人，也就眨眼的工夫，王自力被对方给撂倒在大门旁边的空地上。孙新志是四里营的外甥，跟牛二娃是表兄弟，虽然没挨揍却没有跑及，手里的钥匙串被人家缴了械。

听见响动，厂党支部书记奚道强便冲出了办公室。一看要出事，便喊道："你们干什么？都给我站住！"他想喝住众人，可是没人听他的。看镇不住对方，奚道强冲下楼来，身子一磨就把牛二娃拦住了。他瞪着牛二娃，喝道："牛二娃，我告诉你，炭材厂是国有企业，一草一木皆为国家财产，你千万不要胡来！"

牛二娃听了，打手势让身后一群吵嚷不止的村民静下来。

这个牛二娃，没有多大学问，是那种实实在在的种地人，但他早几年在部队上待过，学了不少精细，绝非四肢发达头脑简单之辈。加之他和奚家有表亲戚关系，遂掏出烟敬到奚道强面前。见对方不接，牛二娃遂不温不火地笑了下，公事公办地道："奚书记，你说你们是国有企业，那我问你，我们这些种地的老百姓算什么？"见对方呷呷嘴没有吱声，又道："你们给国家创造财富，靠工资吃饭。我们呢，我们种的地也不是哪个地主老财家的——那是国家的土地，纳的是'皇粮'。你们把土地占了，一年的租地款就那几个子儿，本应年底兑现，可你们今天拖明天，明天拖后天。

奚书记，咱拍拍心口想一想，欠电业局的钱你们还人家了，欠自来水公司的钱你们也还人家了，可欠四里营的钱呢？拖拉机堵门你们还是不还，四里营的人就这么好欺负吗？"

面对质问，奚道强知道拖着租地款不给不对，可不管怎么说也不能胡来呀，遂叹了口气，道："二娃，年里头我代表厂里，在你家亲自跟你交涉过。厂里眼下困难，你答应说让缓上几天的。"

"舅，缓几天是过去，现在不中啦！"

"为什么？"

"因为没有明天啦！"说罢这话，牛二娃打了个手势，即有两个年轻人到了面前，一左一右一齐上手，把奚道强架到一旁去了。看着人冲进了院里，牛二娃搭手一礼，又道："舅，二娃得罪您啦！"

没能制止住对方，奚道强抽身朝昨天上午才回来的南方院驻鲁阳炭材厂工作组组长刘文革的办公室走去。在奚道强心里，他觉得自己面子小，摆不平此事，希望刘文革出面平息事态。哪想到，正在暗中观察动静的刘文革听了，眼睛一瞪，道："欠债还钱，天经地义。你们地方上的事，我能有什么办法？"

奚道强愣住了。在他心里，双方联营办企业，利益共享，出了事是双方的责任，可眼下怎么就成了你们我们的呢？

看奚道强被他弄得瞪着眼愣在了那里，刘文革唯恐天下不乱，遂道："奚书记，现在这情况，说句不好听的话，炭材厂气数尽了。别看弄来个合同，可钱呢？没有钱接了合同那就更糟糕。与其要死，不如早死，省得都在这儿活受罪。"

奚道强实在忍无可忍，他咬咬牙，恨恨地质问道："你……你们到底还合作不合作了?!"

刘文革冷笑一声，反问道："你觉得合作还有意义吗？"

"有！"想想刘文革办过的事和眼下的态度，奚道强憋了一肚子火，这就不客气了，"没有合作，新型炭砖技术再好，也只能窝在实验室里躺着睡大觉。"

"睡大觉？"刘文革愣了下，紧接着又是一声冷笑，嘲讽道，"那也比背着你们这个累赘强！"

"什么？你说我们是什么？"见刘文革瞪着眼不语，奚道强一针见血地痛斥道，"自从合作以来，每年的利润你们拿走了一半不说，出了成果，作为合伙人，要转化成果，我们还得倒过来掏钱从你们手里买。刘组长，天底下有这样的道理吗?! 我们是累赘吗?!"见对方被他说住了，奚道强又进一步道："眼下之所以成了累赘，你手拍心口想一想，到底是什么原因，难道你心里不清楚吗?!"

悻悻地走出刘文革的办公室，奚道强心里简直成了一团乱麻。想到季健中请了假不在单位，作为书记，他要独当一面，遂快步朝车间走去。

但就在这时，电煅烧车间的技术员谢大姐打车间里跑出来报警："快来人呀，不好啦，顾厂长受伤啦……"

当下，炭材厂最关键的设备是"电煅烧无烟煤装置"。这套设备，是引进日本技术建的。为了这套设备，当时的老厂长温来运花费了不少心血，也投入了大量资金，不仅在我国开创了采用电煅烧无烟煤的先河，也为制造优质炭材制品奠定了坚实基础。为此，炭材厂在全国拿到了多项科技成果奖。

牛二娃带着人和叉车轰隆隆响着来到车间，还未下手，就惊动了在车间领着人改造设备的副厂长顾永强。他急忙拦住众人，满面带笑地质问牛主任是来干什么的。看对方不递腔还要气势汹汹地继续往里闯，跟脚过来的工人们，忽一下全都站出来和顾永强形成一道人墙。牛二娃一看这样，觉得犯不着解释什么，遂沉着脸，喝道："让开！"

早在炭材厂奠基的时候，作为鼓手，牛二娃还带着村里的铜器队前来助兴。早几年，他退伍回村，不久就当选为村主任。逢上企业效益好，有些修修补补上的活儿，也都交给村里接手，不说得多大利，起码沾了炭材厂不少光。那时，炭材厂与地方的工农关系搞得非常好。作为村主任，牛二娃可是厂里的常客。莫说领导层，就车间里的一般工人，大多都认识他。不见面不说，一见面大老远就叫牛主任，从没人小瞧他，更没有谁冷落他。

此刻，一看牛主任撕下脸了，顾永强一面忙着掏香烟，一面赔着笑脸道："牛主任，这是谁惹你生气了？有话好说嘛！"

"该说的我已经说过了。"牛二娃一看顾永强一帮人把路挡住了，两眼一瞪，"顾厂长，租地款我们不能眼睁睁看着打了水漂儿。实话给你说吧，年里头，你们来了新厂长，租地款你们没给，但厂门我给你们让开了。眼下，欠其他单位的钱你们都给了，欠四里营的钱你们却始终没给。我说过二话吗？没有。我牛二娃够不够意思？"见顾永强点了头说声"够意思"，牛二娃又道："既然知道我是够意思的人，那今天谁的面子我也不看。我要拆机器。"说着，朝村民挥了下手，下令道："拆！"

一声令下，开叉车的加大油门，轰隆隆响着把叉车开到了面前。

在牛二娃一帮人心里，面前这几个工人，谁也不敢阻止他们。毕竟，血肉之躯，谁敢跟铁家伙碰呢？可是在工人们心中，就像奚道强刚刚说过的那样，厂区里的一草一木都是国家财产，谁也不能动。就在叉车快到跟前的时候，司机看看叉车前边的工人们，一个个怒目圆睁地瞪着他，那样子只差没有跟他玩命了，遂叹息一声，把车停下。原因是，这司机也时常到厂里干活，大家都熟悉。再者，炭材厂对他来说，那是财神爷，他无论如何也撕不开脸，更不愿自断财路。同时，他还觉得，万一不慎，惹出麻烦来，那就不好收场了。可是，就在这时，一个村民看叉车停下不动了，狠狠地朝司机骂了一声，道："吭蛋子儿货！"骂声中，那家伙挥了下手，众人上前想吓唬吓唬炭材厂的人把路让开。哪知顾永强毫无防备，再加上脚下不知被什么东西绊了一下，身子失去平衡，只听扑通一声，整个人便仰面倒在地上。

这时，站在身后早就被吓愣怔的技术员谢大姐，一看顾厂长跌倒在地上，便弯腰去扶。哪承想，伸出手感觉到热乎乎的不对劲，一看满手是血，吓得喊叫着跑出去了。

谢大姐是早年间温来运厂长雄心勃勃上"电气煅烧无烟煤装置"时，特意从外单位要过来的大专生，而且一干就是八年没动窝。因为这套设备，不仅首开了我国电煅烧无烟煤的先河，而且一举使我国的无烟煤高温处理系统上了一个新台阶，其设备的操作系统及管理规程，不是谁上来就能摸得准，驾驭得了的。

此刻，一看谢大姐一副失魂落魄的样子，现场所有人无不一惊。

冲进车间，一看顾副厂长受伤了，工人们立时恼了，这就各自抄起家伙向牛二娃一帮人扑去。

对牛二娃来说，之所以来这么一出，也不过为村里那点租地款而已。一看顾永强受了伤，工人们被激怒了，牛二娃也怕把事态闹大，这就急忙后撤想罢手，但为时已晚。也就在牛二娃一帮人同工人们对峙着撤到院子里的时候，等候在厂门外的四里营村民们见势不好，冲进院子前来支援。

立时，双方龇牙瞪眼，各自摆开阵营，互不示弱，喊叫着、斥责着，当然还有个别人不堪入耳地辱骂着，激怒和挑战对方。

这时候，任何一个人，谁也不愿意看到事态进一步扩大。毕竟这种场合，稍有不慎就会失去控制造成群殴，甚至闹出人命。

可有一人却是例外，那便是南方院的刘文革。此时，一看双方这么个阵势，他就下意识地挥了下拳头，叫道："好，太好啦！"

"好什么呀好？"

听见说话声，刘文革扭头一看是南方院的唐运生，遂愣了下，胡乱朝桌子上等他签字的几份文件一指，随口搪塞道："文件……文件起草得太好了。要不你先过过目？"

"留着你自己过目吧！"唐运生知道对方心里想的什么，十分不满地白了刘文革一眼，"你可真能沉住气。闹出人命，这炭材厂可就真的完了。"

站在办公室里，透过窗子，见工人和村民们在院子里叫骂着、推搡着乱成了一窝蜂，刘文革两手一摊，不冷不热地道："咱是外人，咱能管得住谁呀？"

唐运生恼火了，一语揭穿对方，道："我看你是在看笑话，压根儿就没想管。"

"人家这是地方事务，与咱何干？"说罢，看唐运生拂袖而去，刘文革追出来，呵斥道，"唐工，你可别把手伸得太长喽！"

那么，作为南方院派驻鲁阳炭材厂的工作组组长、高级工程师——刘文革怎么会是这样一个态度呢？

那年，新型炭砖项目获得冶金部重大科技成果奖后，南方院新材料技术推广中心为打造国家品牌，这些专家便走出了设计院。他们一只眼盯上国家改革开放的最前沿——深圳，那里有雄厚的资金支持。另一只眼则盯上国家贫困地区的廉价劳动力，以及国家对贫困地区的扶持政策。也算与鲁阳有缘，在国家科委牵头、鲁阳炭材厂承办的"全国（鹰城）新型炭砖技术交流会"期间，南方院全院长亲自出面，与鲁阳炭材厂达成意向，遂把横向联合的厂址选在了鲁阳。这样，南方院科技处处长吕继忠当选为联营厂的董事长，厂长一职则由鲁阳地方政府选派。在日常工作中，董事长吕继忠在南方院身居要职，不开董事会或没有其他什么大事，人家基本上不在鲁阳，而作为南方院派驻鲁阳炭材厂的工作组组长、国家级高工——刘文革实际就成了全权代表。但此人有个毛病，打骨子里看不起贫困地区的山里人，刘文革莫说对一般员工，就是对鲁阳方面出任的厂长他也看不上眼。怀着这么一种心态，刘文革对本来应由厂长决定的事情，无形中总想插一手，或不给厂长以任何决策权。加之他一身臭毛病，久而久之，就造成了矛盾。

那天，就在季健中受了老鼻子罪后总算见到张铁山的时候，扬子钢铁公司尚总一行前来考察，他们对鲁阳的新型炭砖比较满意，这就正式建立了合作关系。眼下，扬子钢铁高炉大修方案，杨逸菡早已加班加点制作出来，厂办主任郑光荣一看刘文革回来了，逮住一回不容易，遂急急忙忙找他签字。在鲁阳炭材厂，有关技术方面的事，一切都得由刘文革说了算，倘若他不在文件上签字，那就是废纸一张。

刘文革打发走郑光荣就愣在了那里。因为，这太出乎他的预料。一个新手，又是这么个市场形势，竟然在人们过大年欢天喜地的爆竹声中，不费吹灰之力草签了意向书，把一座一千立方米级的中型高炉大修合同搞到手了。对此，刘文革心里禁不住倒吸一口凉气。一方面，他恨自己的恩师杨逸菡多管闲事，另一方面觉得这是碰上对手了。

深思中，他似乎意识到情况不对劲，就急忙起身打开了后窗。立时，他看到橘黄色的火苗从煅烧车间高楼上的排气管里直往上蹿。同时，身着工装的工人，还有几辆小型自卸车，在厂院里来来往往地忙碌着。看在眼里，刘文革不用问就知道炭材厂又起死回生了。

这时候，刘文革思前想后，心情灰暗到了极点。愣着神点上烟狠狠地吸了两口，他的孬点子立时就出来了。他觉得，压住扬子的大修方案不签批，再来个易地生产会怎么样呢？这样，韩坪方面有活儿干，自己的面子不仅能拾起来，有了效益还能分到红利，那不就是从天上掉下来的馅饼吗？可又一想，去年夏秋之交转走那份合同，已经弄得沸沸扬扬，把林如山也给气跑了。这要是再来个虎口夺食，工人们不把他扔进鲁阳湖里喂鱼那就怪了。

这是走进了死胡同，刘文革还真的是一筹莫展。看职工食堂的人一溜叮当骑着三轮车，哼着梆子戏，美滋滋地把晚餐用的食材买回来了，他就禁不住长叹一声，遂掂了两瓶酒，少气无力地把门关上朝外走去。

来到村里，刘文革本是要到村支书那里去的，一看门锁着，就转身向牛二娃家走来。

刘文革这么个地位，在鲁阳是人们仰脸高看之人。在四里营，逢年过节，串个门喝个小酒什么的，只要刘文革在家，牛二娃是一回都不会少，而且大都是在村支书家里。此刻刘文革到自己家里来了，牛二娃大嘴一咧，道："刘组长，你老兄怎么想起到我这儿来了？"

"怎么？不欢迎？"刘文革说着，叹了口气，"马上要走了，还真舍不得呀！"说着，伸手把酒递给了牛二娃。

牛二娃为人豪爽，喜欢喝两杯，是个甘愿为朋友两肋插刀之人。一听对方这么说，遂和爱人一起嘻嘻哈哈寒暄着，把刘文革让到屋里沙发上坐下，道："刘组长，你这不是刚回来嘛，怎么又说马上要走啊？"

"你怎么知道我刚回来？"刘文革愣愣地说。

"厂子就在眼皮子底下，你刚到家，就有人给我说了。"翻眼看看对方，牛二娃嘿嘿笑着往跟前凑凑，诡秘地道，"怎么了？情绪不高呀！是不是云助理的事吭弄成，搁在心里了？"

"嘻，提那干什么？想想就来气。"刘文革也往牛二娃跟前凑凑，发牢骚道，"你们鲁阳人——怎么说呢，狗咬吕洞宾——不识好人心。放着云助理这样的人才不用，却……不说了，不说了，说说非让我气死不可。"

"那你是瞎生气。"见对方盯着他看，牛二娃又道，"现在机会不是又来了嘛！"

"现在？"刘文革愣愣地问，"现在什么机会？"

见媳妇洗好杯子端过来了，牛二娃提起茶瓶咕嘟嘟倒上茶放在刘文革面前，大大咧咧地道："别藏着掖着了，刘组长。虽说季厂长到任了，可眼下那阵势不是我说，你们厂里人都说季厂长干不了几天。人家老婆孩子都在美国，搁谁碰上这事都会拍拍屁股走人。"

刘文革愣愣地点了点头，他脑子活，反应快，心里就想得多。他觉得，季健中真要走的话，就当下政府的办事效率，县里的头头儿们必得为再找个厂长忙活一阵。趁此群龙无首之际，不就能堂而皇之地把现成的合同给转到湖北新建的厂子去吗？毕竟，合同耽误了，那是要受经济处罚的。站在驻鲁阳炭材厂工作组组长的位置上，再来个偷梁换柱，不论弄到哪儿，他都有理由把别人的嘴巴堵住。可他又一想，姓季的要是不走呢？还有厂子真的就这样活起来了，那又该如何呢？

正在这么想着的时候，院门外传来说话声。趔着身子一看，见是一帮年轻人，牛二娃忙对刘文革道："刘组长，打工的事咋弄哩？你看，人都等不及了。"

一听是这么个事，刘文革忙起身对院门口站着的一帮年轻人道："哎，你们都准备得怎么样了？"

听刘文革这么一问，已经说好就等着走的这帮小青年，遂扑扑腾腾全都挤过来了。

这个说："刘组长，我们早就准备好了，什么时候走呀？"

那个道："正月十六可是早就过了，咋还不让动身哩？"

还有的说："是呀，你是大工程师，说话可得算数，别骗我们呀！"

…………

听了这些话，刘文革咂咂嘴，叹了口气，道："你们急，我更急！可光急能有什么办法？实话给你们说吧，那边的职工公寓还不就绪，要是现在过去，那就得住到荒山野岭上。那边的情况你们不清楚，满地都是蛇，不是掂块席片儿都敢躺下的。"看面前的年轻人大眼瞪小眼被他吓住了，刘文革又道："都是为了你们好，再等两天吧！你们可不能无组织无纪律，什么时候动身，一切都得等我通知才行。"刘文革说罢，见把年轻人糊弄住，一个个没精打采地走了，回头对二娃十分不快地说："你找的都什么人啊，进厂是要考试呀！"显然，糊弄了村民，接下来这是要糊弄村主任了。

愣了下，想起在酒场上为安置这帮人到对方新建的炭材厂打工，牛二娃被将住一连喝了三碗酒的那回事，他十分不快地道："攉堆煤搬块儿砖能要多高水平？反正就这些人，一个不能少，你想法安置。"

"你这是给我出难题。"刘文革显得很无奈。

说话间，听得厨房那边叮叮当当一阵响动过后，随着门帘一挑，二娃媳妇满脸带笑地端上来四盘菜——肘花、花生米、松花蛋和醋熘土豆丝，摆在了桌子上。

面对面围着五斗桌坐下，刘文革与牛二娃两人便吱儿一声吱儿一声地喝起来。

想起刚才的话没有说完，牛二娃借着端酒的机会，道："刘组长，刚才说什么来着？你要走？"

刘文革听了，沉思一下，一仰脖喝了杯中的酒，道："是这样，你们都看见了——你们这边的投资环境实在太差了。动不动就停电停水不说，又穷得叮当响，想贷款连个担保单位都找不着。你想想，厂里一分钱没有，又到处是债，厂子实在是办不下去了。所以，我们这些人也都要走。厂里半年多都没有生产了，你知道。现在又来个季健中，说句心里话，季健中这人是有本事，可人才、技术、市场全在我们手里搁着，我们这一走，他再有本事还能怎么着？实话给你说吧，别看他们弄了个合同，炉子冒烟了，可一分钱难倒英雄汉。还有，正像你刚才说的，人家老婆是大款、富婆，公司在美国，听职工们给我说，外贸局积压那么多玉器，全都打箱拉走了。那是什么气魄？那就是有钱人。怎么样？你是村主任，炭材厂就在你这四里营地盘上，你说说，这几天你见他季健中了吗？"见对方摇头，表示没见到，刘文革一拍大腿，进一步蛊惑道："保不准人家押着货，跟着媳妇早坐上飞机走了。"

一听是这么个情况，牛二娃脸上立时没了笑容。想想将近一年半了，租地款一分没给，牛二娃伸手把凳子往前面挪挪，以便离得更近一些，道："刘组长，炭材厂完了，欠村里的钱怎么办？"

"这我哪知道！"见牛二娃愁上了眉头，刘文革笑了，"不过你也不用担心，就你们那仨核桃俩枣儿的，急什么？不是有那句话嘛——瘦死的骆驼比马大呀！"

牛二娃摇了摇头，道："架子再大，要是没有肉，那不白搭吗？"

刘文革也摇起头来，道："事情不能这么比，炭材厂就是关门了，那不是还有机器嘛！"看着牛二娃上了心，刘文革端起酒杯，道，"来，不说这些了，咱喝酒！总之一句话，有炭材厂那一摊子在面前放着，赖好拆掉一台设备，哪怕当破烂卖，都比你那租地款多……"他明白，炭材厂人把设备看得跟命一样珍贵，谁要敢动，那就拿刀捅他们的心尖。

此刻，看马蜂窝被他戳起来了，刘文革觉得，双方打起来，即使不出人命，只要拍趴下几个人往医院里一躺，就厂里这个现状，连个医药费都垫付不了，要想翻身，实比登天都难。这么想着，刘文革遂得意地笑了。在他心里，只要厂子忽塌了，接下来什么事情都好办。

可抬头看，他忽然就又愣住了，因为奚道强喊叫着冲上去了，紧跟着唐运生也冲上去了，两人正在制止即将发生的械斗。

刘文革不看则已，一看眼都黑了。

当然，他不是希望打死人的事情发生，而是置身于这复杂的矛盾中，他掰不开柯权儿了，就想趁炭材厂一团乱麻之时捡一个漏儿。他觉得，这个漏儿只要能捡到手，湖北那边什么事情都不用发愁不说，四里营牛二娃这儿一二十个人的打工问题也就更不在话下了。

现在，正在刘文革挖空心思毫无办法之时，"黑蝎子"云霄翔带着"跟屁虫"元根壮等五六个狐朋狗友，骑着自行车，哼着什么"哥哥你听我说，妹妹我知道你喜欢我"爱呀情呀的小调，不知在什么地方喝得晕晕乎乎的回来了。厂里乱成一锅粥了，云霄翔几个人不知道发生了什么事，立时就停在那里，一个个伸头瞪眼看热闹。

立时，刘文革又暗自笑了。

摁灭了手里的香烟，刘文革"蹬蹬蹬"跑出办公室，一边喊了声"云助理"，一边急急地冲下楼来，故作恨铁不成钢的样子，用指头点着对方，道："难怪没人选举你，关键时候你就不知道把握机会。"

昨天晚上，从醉酒中醒来，想想刚刚过去的事情，刘文革断定牛二娃这边的火被他点着了，炭材厂指定得被戳得稀巴烂没法收拾。这么想了，他心里立时畅快了许多。双手垫在脑后，想得最多的还是炭材厂刚刚签下的扬子钢铁那份合同。假如姓牛的以讨要租地款为名能给他闹成事，他借机把合同弄到手，那可真是"踏破铁鞋无觅处，得来全不费工夫"。可是他又一想，牛二娃虽然脾气直、爱冲动，但他毕竟在部队上锻炼过，又当了这么多年村主任，怎么说也是经过阵势的人，即便再冲动，办事还是有底线的。假如没有闹出事，又该怎么办呢？这么想了，他先是伸手拉开电灯，接着忽一下撩开被子下了床。没有倒热水，就那么用冷水洗了把脸，遂冲上咖啡喝起来。愣着神沉思了一会儿，他便拨通了云霄翔家里的电话。

刚躺下不一会儿，电话铃声响了。一听是刘文革打过来的电话，因赌着花了钱对方又没把事情办成，就早早地溜回南方去这口气，云霄翔不冷不热地道："刘组长，这都下半夜了你怎么还想着我呀？"

抬腕看了下表，也就刚刚十点一刻，刘文革知道对方窝了一肚子火，可是眼下有用得着对方的地方，遂给对方戴起高帽子，道："云助理呀，我什么时候也忘不了你云老弟对我们南方院，特别是对我刘文革的大力支持与……""行了，行了。"云霄翔显然不耐烦了，他打断对方，没好气地道，"厂长吭弄上不说，助理也被人家撸掉了，以后什么事也帮不上你了。"大概是觉得对方要挂断电话，刘文革忙道："不是，不是。""不是是什么？""是这样——"接下来，刘文革可着他的想象力说了一通。中心意思是，炭材厂要出大事，而且是在劫难逃。退一万步说，即便季健中不走，就炭材厂眼下的窟窿，他无论如何也补不上，要云霄翔多动动脑子，把握好火候，到时候，炭材厂指定十拿九稳得落到他云霄翔手里。这一番话说得，如同一把火烧得云霄翔立时便坐不住了，遂觉也不睡了。拨了一通电话，他把面前这几个人全都叫了起来，打凌晨起一直喝到大天明。为争夺炭材厂厂长这把交椅，他放出的话是，除了暗杀这一条不能干之外，其他什么手段都可以用。显然，云霄翔这是要孤注一掷了。只是没想到，炭材厂的大事来得这么快。

此刻，云霄翔有酒劲儿在那儿撑着，脑子反应就有点迟钝，对刘文革的话，一时没有明白过来。正愣怔中，就听刘文革道："没看见四里营的人开着叉车来拆机器嘛，现在职工们都在护厂，你怎么能躲在一边袖手旁观？"

这下，云霄翔明白了。他先是随手捞起一把破扫帚，紧接着招了下手，带着他的酒肉朋友，仿佛发了疯一般嗷嗷叫着朝人群冲去。

这时，炭材厂的人和村民们在奚道强和唐运生等人的劝导下，事态眼看就要平息下来，可是云霄翔招呼上手下几个酒肉之徒，趁着酒劲冲过来，扯开嗓子喊叫道："弟兄们，四里营这群白眼狼，平时没少揩咱厂里的油。堵咱的大门不说，这又开着车到厂里拆咱的机器来了。这是一群喂不熟的狗，不给他们点颜色看看，他们指不定还要上天哪！"说罢，云霄翔挥起手中的扫帚，带着风声呼呼耍了一番，似乎是觉得耍出了威风，这就朝四里营人扑去。

见是这样，工人们一想，一向没把工厂当回事的云霄翔都冲上去了，这就不顾一切地也跟着上了。

一方是护厂心切的工人，另一方是地被占了，钱要不回来，又要挨揍的村民。这时候，他们心里全都憋着怒气和怨恨，一场难以控制的群体性械斗即将开始。

第二十一章　道不同不相为谋

眼看着要闹大，就在这千钧一发之时，一辆出租车鸣着喇叭开进院来，未等停稳，季健中推开车门，便大喝一声，道："住手！"看大多数人没听见，又提高了嗓音："都给我住手！"

在海关，办完出关手续来到机场，都要走进闸机通道了，天天却伸手把母亲拉住。在她心里，她多么想夫妻不再分离。可是她明白，就现在的情况，她的心上人眼前这一步，无论如何都挪动不开。早几年，就是健中还在炭材厂挂职锻炼那时候，身上没什么担子，可以说是一身轻松。正是看到了这一点，她和母亲商量，趁健中来美国探亲的机会，把绿卡办了。然而，健中也就停了不到半个月，就再也待不下去了。那个吃不香睡不安的样子，天天明白，她的宝贝丈夫的心在中国，就像昆仑泰山，是无法撼动的。这次回来，无论是站在公家的角度，抑或是出于个人考虑，天天觉得，健中各方面都尽了心。可面对新到的单位，又是那么个情况，天天心里立时就什么都明白了。于是，当母亲那天说那话的时候，她只笑笑，却什么也没说。她心里清楚，眼下的健中，肩上压的担子不是卸不掉，而是面对这么个现实，他不仅磨不开脸，更不会看着那些工人没饭吃。此刻，愣愣地看着母亲，还没开言，天天两眼的泪水就禁不住流了出来。

看到此情，梁婉君不用猜就知道女儿心里想的什么。她看看不远处朝她挥手告别的季健中，又看看女儿，禁不住笑了下，遂伸手要过天天为她背着的饰包，不无疑惑地道："你不是不留下吗？"

"妈，他那一摊子，我实在是不放心呀！"天天道，"您看呀——"

天天欲要解释，却被母亲打手势制止了。梁婉君叹了口气，道："奚书记和心平那天到家里来，他们闲聊时说的话我都听到了。"

天天道："不说替他分担多少忧愁，起码多个说心里话的人。可是……"

"不用可是了。"梁婉君道，"他走不成，你就应该留下。至于别的，有妈在，你什么也不用担心。"

在梁婉君心里，当初带着女儿和外孙女离开中国到美国去，除了要照顾日渐年迈体弱的父亲之外，一个最大的心愿，就是要圆女儿一个大学梦。现在，这个梦不仅早已实现，女儿还通过自己的努力，在大华赢得了良好的口碑，成了市场总监。这方面，不说人活得多么光鲜，起码说个人能力得到了认可，自身价值也得到了体现。人嘛，学业、事业有成了，剩下的还能是什么？那不就是家庭嘛！

看着母女俩停在那儿了，又听到机场播音员催促登机的喇叭声，健中不知道发生了什么事情，遂急忙跑过来，提醒道："怎么回事？飞机马上就要起飞了！"

未待天天开口，梁婉君叹了口气，道："你走不成，她也不走啦！"

"啊?!"季健中惊得愣住了。

送走岳母，季健中连气都没喘匀就同天天急急地往回赶。刚到县城，季健中的传呼机突然响了。

他是在街头一个小摊上回的电话。电话是唐运生打来的。

一听牛二娃带着四里营的村民开着车到厂里来拆机器，双方正在对峙中，季健中禁不住倒吸一口凉气。他担心气头上双方干起仗，场面失控闹出什么事来。

还别说，虽然季健中才接手，而且这事儿那事儿的让他忙得不可开交，真正在厂里的时间还确实有限，可他的威信却在广大干部职工心里已经有了位置。

在剑拔弩张一触即发的时刻，也就是这一声，不仅仅是工人们，就连四里营的村民们也都停了手。

季健中隐隐约约能够感觉到事情因何而起。看双方都住了手，路也给他让开了，遂走上来，道："请问，哪位是牛主任？"

牛二娃一听点住他的将了，遂咳嗽了一声，又翻了翻眼，十分不快地道："你是谁？"

"我是季健中。"

"季健中？"疑惑中，牛二娃忽然想起，年二十八那天，跟着县领导到家里拜年时见过此人，只是那时候季健中在家里，穿着很随便，而现在则是一身正装，加之正在气头上，一时还真的没有认出，一听面前的就是季健中，心里禁不住又是一愣，忙道："你……不是跟着媳妇到美国去了嘛，怎么又回来了？"

季健中道："走是我的自由，回来是我的责任。我问你，你来干什么？"显然，季健中对牛二娃来这一出，心里很是生气。

牛二娃道："讨账！"

季健中道："讨账？讨账用得着带这么多人吗？"

牛二娃被问住了。愣怔中，就听云霄翔在旁边道："是这样，季厂长——咱厂里不是欠他们几个租地款嘛，姓牛的这是来拆咱的机器的。简直是一帮土匪！"说罢，故意做出气冲冲的样子，朝牛二娃吐了口唾沫，又讨好地往季健中跟前站了站。

牛二娃鼻子都气歪了，道："租地款不能打了水漂。不给钱，不拆机器，我们还能有什么办法？"

"牛主任，租地款的事，也怪我没把工作做好，这是我的错。可我知道奚书记专程跑了一趟，你也是亲口答应同意让缓几天的。"季健中道。

"不中啦，好人当不成。现在是一天也不能缓了。"牛二娃毫不放脸地说。

这时，季健中知道对方是铁了心逼着要钱的，面前的坎儿他是迈不过去了。可一分钱难死英雄汉，呒办法他就只能给人说好话，以求对方松松手，让炭材厂渡过难关，遂赔着笑脸，又叫了声"牛主任"。可是，下边的话还没说出，天天从一旁走上来，小声道："欠钱总归是要还的。为这事，你不用作难。"说罢，她冲牛二娃笑盈盈道："欠你们多少钱？"

牛二娃一愣，道："你是何人？"

天天避而不答，却直奔主题，道："你不是要钱吗?"

牛二娃咂了下嘴，道："五万!"显然，他觉得，面前的不是还债人。

天天听了，伸手就要掏包，却被季健中一把拉住。健中小声道："你干什么?"

天天也小声道："还钱呀!"

"嗳，这不是你的事。"季健中道。

"你的事就是我的事。"说着，天天转向牛二娃，道，"把你的人带走吧，待会儿给你办手续。"

牛二娃扑哧一声笑了。显然，他不相信这是真的。可是，就在这时，他的弟弟三娃把他往一旁拉了下，道："哥，人家和季厂长是一家子。"

"啊?!"牛二娃愣住了，简直像跌进了十里云雾之中迷惑不解。因为，他以为此人坐着大飞机往美国去了，却万想不到会在自己面前站着。当然，事情弄成这样也是他怎么也没想到的。同时，在他心里，四里营人就是穷死，他也不会把人丢在大老远从美国回来探亲这么个特殊身价的人面前。这个红脸汉，自以为办了没材料事，立时羞得无地自容，扭头就走。可是，刚走了几步，想想炭材厂当下的困难，以及刚刚在车间里闹出来的乱子，牛二娃又拐了回来。他四处看看，见顾永强在不远处坐着，厂卫生员正在给他包扎头上的伤口，遂急忙走上前。

顾永强不知对方何意，愣愣地道："你还想干什么?"

牛二娃道声"对不起"，转过身把后背给了对方，道："走，到我家养伤去。"

顾永强虎着脸，没好气地道："滚!还没到拐棍儿搠在你家门口的时候。"

当天傍晚，在结束了一场无法收拾的乱局之后，季健中安排健华领着天天回家，又看着工人们一个个下班走了，遂把厂领导，包括南方院的刘文革、杨逸菡和唐运生三人给叫在了一起。

年里头，尽管季健中有许多事缠身，顾不上到村里去跟村委会沟通，可他真的安排奚书记到村里去了，而且还得到村"两委"的谅解。在健中心里，他知道种地的不容易，何况又把人家的地占了，粮食不够吃，乡亲们得用租地款买粮食顾嘴。那么，为什么牛二娃会出尔反尔，动这么大气带着人开着车来大闹一场呢？对此，季健中断定幕后有人鼓动，其目的就是把炭材厂的天给戳塌。按季健中的脾气，他是要把此事问个明白的。毕竟，把事情闹到这一步就是拿职工和村民的生命做赌注，用心实在太险恶。可是，当下要做的事情实在太多，他没心思和精力顾及此事。同时，想闹事的人也没有把事情闹起来，对他来说，这一页就算翻过去了。

听了奚道强书记和邢留义、顾永强两位副厂长的工作汇报，季健中感到很满意，遂根据厂里工作进展情况，对汇报中提出来的意见和建议作了归纳。随后就办公室郑光荣主任负责起草的领导责任分工、绩效管理、财务收支管理，以及劳动纪律等内部文件谈了自己的看法。根据季健中的思路，厂里将有一个新的规划和新的管理模式，以确保"一三五"目标如期完成，即一年扭亏为盈，三年实现主要经济指标翻一番，五年冲出国门发展海外市场。

刘文革是专家，又是组长，捏着鲁阳炭材厂的命门，眼下厂里到了哪种地步他比任何人都清楚。一听季健中的"一三五"目标，正塌蒙着的眼睛忽地就睁开了。在他心里，那是一百个不可能。同时，他从侧面了解到，企业将要推行的这规定那办法，对他是百害而无一利。联想到蛮有把握把云霄翔给推上厂长位置的事没有弄成，以及把牛二娃都鼓动起来了却是那么个结局，刘文革心里的气就不打一处来。他想说两句挖苦挖苦季健中，又觉得好笑，就真的扑哧一声笑了。翻翻眼，见季健中看他，本不想说什么的刘文革这就憋不住了，道："季厂长，搞炭素，玩的是高科技，什么'一三五'目标？你该不是痴人说梦吧？"

"什么痴人说梦，我说的是炭材厂的发展规划。"季健中显然不高兴了，他白了对方一眼，接道，"我是立过军令状的，所以我会按新的管理办法行使管理权，以确保各项工作得以落实。"

这是季健中的心里话，也是大实话。可在刘文革听来，那就是天大的笑话，是不知天高地厚，这便口是心非地胡乱点了下头，道："行，你有思路，祝你马到成功！也同着大伙儿的面言一声儿，设计院给我交代的有重要工作，从眼下起，我得离开鲁阳一段时间。告辞！"

　　刘文革说罢这话，夹起他那非常精致的小本子就要走，季健中忽然想起人事上的事，觉得有必要告知对方，以免被对方抓住什么把柄，就道："哎，刘组长！"见刘文革听到喊声停下来回过头看他，季健中道："眼下炭材厂是个特殊时期，各项工作需要加强，以便尽快扭转这一困局。早几日我给县委组织部汇报过，领导同意调些干部过来，现在给你正式通个气儿打个招呼。同时，办公室草拟的销售科和生产科干部调整文件不知你看过了没有？厂里不景气，凡事咱得抓紧呀！"

　　"我正要找你说哪！"刘文革又坐回到沙发上，而且把腋下夹着的笔记本往面前的茶几上啪的一摔，怒气冲冲地道，"云助理被你晾那儿了，我没有追究你。为什么？你来的时间短，不可能什么都了解。可现在呢？邢厂长和一班老人都在这儿坐着，他们最清楚。当初联营时签下的合同，你要是没看，我建议你仔细看看。联营厂是有章法的，不是个体户小作坊，谁想怎么着就怎么着。"见季健中愣愣地看着他没有接腔，刘文革又道："比如人事，协议书上写得明明白白，'但凡中层干部调整等重大事项，厂长只有建议权而没有决策权'。可你呢？你怎么连厂长助理都不放在眼里，不吭不哈说免掉就给免掉了？季厂长，你这是严重违反合同的！"

　　"是吗？"季健中看看刘文革，在他心里，他实在不想揭对方的老底。见对方恶狠狠地瞪着他，知道面前的矛盾不可调和，便也来了气，"首先违背合同的是你。合同上明文规定，双方联营期间所获得的科技成果、经营信息，不经双方同意，不准转让和泄露给第三方。刘组长，你执行了吗？！"

　　"厂里没钱，作为组长，我不能看着再倒赔人家。"刘文革气势汹汹地道。

　　"中了！"季健中不想纠缠往事，恶气变好气，"你是组长，有权转让。作为厂长，我得领着干活，你得叫我有得力人手才行。再说了，云助理是林厂长提拔起来的助理。我见文件了，聘任期只有一年，不仅时间早就过了，林厂长不也走了嘛！"

　　"不行！"刘文革道，"你这一套我早看出来了，是标标准准的排除异己。从矿山拉来那几个人不讲，现在又要往厂领导班子里安插自己人，你这是搞家天下，绝对不能接受。"说罢，气呼呼地站起来就走。可是都走出门了，刘文革又猛地转过身来，隔着门道："这是严重违背合同的重大事项，回过头来，我将建议召开董事会，弹劾你！"

季健中见对方不放脸，想到春节里到家拜访时，刘文革那一出子，知道对方不会让他顺顺当当干，遂憋不住了，冷冷地道："中啊，我等着你弹劾！"

"你?!"刘文革愣愣地盯着季健中，他似乎还要说些难听的话，可是这时候忽一阵风从后窗刮来，砰的一声，把门关住了。

这情况来得突然，把刘文革吓了一跳，遂恼羞成怒，照着门猛地踹了一脚。那意思，他是想把门给踹开的，可是没有踹开，更不想喊门，便悻悻而去。

在刘文革心里，他是想用当初签订的不公平合同条文，困住季健中的手脚，用钝刀子把鲁阳炭材厂生生锯劂死。温来运不是觉得当初的合同不合理，要跟他争一争嘛，结果怎么样？还不是被撵走了嘛！你们不服气，又弄了个林如山，结果又怎么样？还不是自动辞职又干不成了嘛！云霄翔是我看中的人才，可是你们却把季健中给弄来了。这显然是根本没把我当回事嘛！对不起，这就别怪我，因为是你们非要和我较量，是不见棺材不掉泪嘛！

此时的刘文革，不仅仅与炭材厂有着不可调和的矛盾，同时也对地方政府充满了无法化解的怨恨。

这就是刘文革，把一个好端端的企业弄垮了，还要把罪责强加在别人头上，这真的是标标准准的"只许州官放火，不许百姓点灯"的强盗逻辑。

可眼下他是真的碰到了对手，季健中压根儿不理他那一套。你不是不在文件上签字吗？那好啊，我省得再找你。

于是，季健中于次日来到县机械厂把安心平拉上。由于已经向县委组织部请示过了，遂在职工大会上宣布，安心平为常务副厂长，景前进为总工程师，肖汉伟为生产科科长，牛志刚为副总工程师兼技术科科长，李军强为销售科科长，同时宣布的还有车间中层干部任免名单和新的一揽子管理制度及规定。

起先，在和奚道强等厂党、政领导讨论酝酿选调干部时，季健中还看中一个人——王二怪。

就此人来说，由于当年的那泡尿，季健中对王二怪真的是恨在了骨子里。可是，为着炭材厂的发展和未来，他又十分看中对方。毕竟，十多年军旅生涯，王二怪在解放军这个大熔炉里锻炼，早已今非昔比了。若不然，他能当上军官又带着沉甸甸的军功章转业回来吗？可是，登门拜访时才知，人家已辞了公职下海创业去了。对此，季健中感到挺遗憾的。

这天，随着新的各项管理制度的出台，季健中把他早年的结拜兄弟——云霄翔给"请"到了办公室。

因为，有职工举报，云霄翔老毛病又犯了。一看乌亮乌亮的原料煤从大西北赊回来了。他伙同货车司机倒卖原煤一事，还真的不是子虚乌有。这一阵子，经奚道强书记深入细致的调查，已经有了铁证。对此，季健中怒不可遏，道："企业不是无底洞，莫说现在企业正在爬坡，即使将来发展了，富裕起来了，也绝不允许一些人钻企业的空子，从中揩油。"

按照奚道强、何百松的意见，是要开除云霄翔的，季健中也表示同意。可是，考虑到地方上盘根错节的人际关系，邢留义副厂长犹豫了半天，最后还是从对面的沙发上站起来，过来挨着健中坐下，脸对着脸，推心置腹地道："季厂长，云助理这人做那事，从根儿上扒扒，怕是进去住不掏钱房子都不屈他。可是，该低头的时候，不低头可不中呀！一个是安主任，那可是县里的老领导，收拾他外甥，他当舅舅的，能高兴吗？再者冯主任那儿，眼下人家是经贸委的常务副主任，可以说是咱的顶头上司，现在咱跟人家的妻表弟瞪住眼了，今后会不会影响到咱的工作？这两方面的人情，咱都得好好儿考虑考虑，可别因小失大呀。"

此话一出，不仅是奚道强，就连何百松也改了口，都觉得不能太认真。理由是，在地方上办事，弄不好，不管谁歪歪嘴儿，想不到的麻烦事就出来了。

见顾永强在一旁坐着吸闷烟，季健中不知对方想的什么，就道："顾厂长，你有什么意见？"

"我？我能有什么意见?"在炭材厂领导班子调整工作中，就他的资历来说，组织部当初把他安排在这里，那也是经过深入细致的考虑的。回顾任职前组织上的谈话，虽然领导没有明说，但他却明显地意识到，年轻轻的，领导就把他放在炭材厂，那是培养他有朝一日披挂上阵主政的。可是，安心平一来就宣布为常务副厂长，显然是把他给晾到一边了。这样，思想意识一时没有拐过弯来，顾永强心里还真的挺别扭，情绪自然就不怎么好。此刻，听季健中这么问他，他抬眼看看对方，不痛快说话就显得生硬，遂伸手摸了摸头上裹伤的纱布，道："我没意见，你们看着办就是了。"

看出对方情绪不太对劲，季健中也没往深处想，加之时间紧，他就笑了笑，道："那就这样，还是奚书记那句话，叫花子板拐棍——不跟狗生气。咱们退一步吧！有关云霄翔这边，让他'退赔赃款，限期调离'，其他渎职涉事人员，半年内，只发生活费，以示惩戒。"说到这儿，他看了看大伙儿，又道："有意见现在提出来，咱们共同商量。如果没意见，就照此执行。"

初步决定出来后，包括顾永强在内，厂党、政、工联席会议所有与会人员都没意见，季健中就对奚道强说："奚书记，你别出面了，云霄翔这泡臭屎让我蹚。"

在待人接物方面，季健中最讲面子，而且也最有礼貌。平日里，无论大事小事，或是面对生人熟人，即便是三生儿小孩儿，他出口的第一个字，基本上都是"请"，最后两个字就是"谢谢"。但看着云霄翔推门进来了，这个"请"字，他无论如何也不愿说。因为他太了解对方了，把"请"字用在云霄翔身上，他觉得这个字都会被熏脏。当然，云霄翔自然也早就看透了季健中，知道被叫过来没什么好事，他就恶狠狠地瞪着季健中。

这么愣了下神，季健中本来什么也不想说，可是作为厂长，他得履行职责，这是一方面。同时，早年结拜时，他是老三，对方是老二，念着家丑不可外扬这个理念，他也得出面，既恨铁不成钢，又不无责备地道："你是当二哥的，你看看你都办的什么事吧！"

"人这一辈子，谁敢保证没有过差池的时候？"云霄翔横气十足地道。

"差池？就这么简单吗？"想起当年在知青点，云霄翔先是把蚯蚓挂在钓鱼钩上逮老乡家的鸡在山沟里烧着吃，后来又发展到偷偷摸摸逮人家的狗、羊，甚至偷仓库里的芝麻种，还有把生产队在山沟里吃草的老叫驴偷着骑出来卖掉，季健中断定对方这是很难改了，既愤慨又不无痛心地道，"不是桐花爹念你年轻，网开了一面，你早就应该知道等着你的是什么下场。"

"你得了吧你！"云霄翔邪火烧心，眼都红了，他盯着季健中，恶狠狠地道，"不是你告的密，谁能知道？"

"什么？我告的密？"

"你自己想吧！"

"好！二哥呀二哥，你这是真的唤不醒了。"季健中近似咕哝地说着，遂伸手拿起桌子上的红头文件，往云霄翔面前一丢，"这是对你的处理决定：'退赔赃款，劝其调离。'"

云霄翔盯着季健中，气哼哼地道："你是这割袍断义。"

"割袍断义？"季健中气得嘴唇都是抖的，但他知道现在的云霄翔已不是早年的云霄翔了。这种情况下，季健中真的一个字也不愿说，可班子成员在研究处理决定时的心思，他觉得有必要让对方知道，遂实话实说道："不是大伙儿护着你，那就不是'退赔赃款，劝其调离'这么简单了。"

"笑话，就这么个鸡毛蒜皮子的小事，搁得住这么给我上纲上线?!"云霄翔不以为然地道。

"小事？好，既然你觉得冤枉，那就让厂里把你偷鸡摸狗所有的违法证据，全都交给司法机关，看他们会怎么处理你。"

"你……"云霄翔从牙缝里挤出一个"你"字，却没有继续往下说，而是恶狠狠地瞪着季健中。那样子，只恨不能一口把对方生吞活吃了。

见是这样，季健中也不多言，只冷笑一声，便把文件拿了起来。

一看对方要收回文件，云霄翔急忙伸手夺过。接下来，他上下瞟了眼，气急败坏地"呼呼啦啦"把文件操作一团攥在手里，仿佛是从牙缝里挤出来那样，道："行！"欲走，又转过身来，既是威胁又狂妄不羁地冷笑一声，道："季健中，既然你无情，就别怪我无义。咱骑驴看唱本——走着瞧，总有一天，我还会回来的。"

"回来好啊！"季健中道，"到时候，我会让你看看，差一点被你捣砸的厂子，未来会是个什么样子。"

"哼！"云霄翔不服气，可是他什么也没有再说，气呼呼地走出去了。

在二楼楼梯口，碰见俞小曼乐呵呵地正要上楼，云霄翔脚步立时就停在那里。他那样子，分明是有话要说，但他只愣了下神，又径直走了。

见此，俞小曼一愣，遂转身追去。

在一楼收发室，站在窗前，已闻到风声的严瑾梅，一看云霄翔耷拉着头，落驹驴似的过来了，遂咣一声，把门拉开，颇怀心事地道："霄翔！"看看云霄翔和跟脚过来的俞小曼进来了，严瑾梅砰一声关了门，急不可耐地道："姓季的喊你干什么？"

云霄翔翻眼看看严瑾梅和俞小曼，什么也没说，只把手里握着的被他揉成一团的文件递给严瑾梅。

展开纸团，一看是厂里下发的处理文件，严瑾梅冷笑一声，道："果然不出我料。"

昨天，职工大会结束后，严瑾梅左右看看还是不见云霄翔的面，遂把刚好走到身边的俞小曼往旁边拉了下，道："见咣见云助理？"

俞小曼看了严瑾梅一眼，少气无力地叹了口气，既不满又扫兴地道："还云助理哩，早被人家抹掉了。"

听了这话，严瑾梅也不多言，只神秘地递了个眼色，道："走！"

跟脚来到自行车棚，严瑾梅和俞小曼各自找到车子骑上。出了厂院，严瑾梅高一声低一声，一路发着牢骚，急急地骑着车子，也就不到十分钟，她们便来到一户独门小院门前。下来车子，俞小曼拍响了院门。

正在翻录磁带的云霄翔，听到拍门声禁不住一惊。翻录黄色磁带是违法行为，云霄翔早就做好了被抓现行销毁证据的准备。看到现场伪装好了，云霄翔拍拍手，一身轻松地走出来，打开了院门。一看这二人结伴来了，而且一脸怒气，不知出了何事，忙道："怎么了？"

俞小曼看了严瑾梅一眼，对云霄翔道："严大姐有话。"

云霄翔愣了下，道："进屋！"

在沙发上坐下，严瑾梅指责道："你在家忙什么，连职工大会也不参加？"

"我参加个狗屁。"云霄翔不屑地道。

"这就是你考虑不周。"严瑾梅摘下挎包放在面前的茶几上，仿佛打开了场子做好了准备，接着道，"我和小曼刚刚参加完职工大会，我看出来了——"见俞小曼仿佛主人般倒了茶端过来了，忙伸手接住，道："这管理那规定，屁，都是冲着咱们这些职工来的，当官的永远都罚不到自己身上。"

俞小曼拍拍手，又拍了下溅到衣襟上的水，接了话茬，道："是呀，什么财务、供销、劳动纪律，还有印章管理，一连下了七八份文件，你说说麻烦不麻烦？一个锅里耍稀稠分不出你我。眼下可好，吭得这个签字，那个同意，我这管章的连动都不能动，这算怎么回事?!"

"不能动还算小事，弄不好那是要开除人的。"这么火上浇油地说了，严瑾梅往云霄翔跟前凑凑，道，"老奚头搞的那个调查结束了，你准备怎么应对？"

"随他们便去，想怎么整就怎么整，反正我就这一堆儿。"云霄翔不屑地道。

"那可不行。"严瑾梅道，"新官上任三把火。就你们那种关系——发小儿、同学，还有结拜兄弟，这要是头一把火就烧到你身上，那可是比什么都厉害。"

"烧了又怎样？"云霄翔道，"他还能把我送到西大院去？"

"你当他不会？"严瑾梅道。

云霄翔看严瑾梅一脸严肃，为他担忧的样子，他喊了声"姐"，既是安慰，又狂妄地道："不是他不会，而是他不敢。"

"霄翔！"俞小曼见云霄翔这样，立时急了，"不能当眼子，咱得提前应对呀！"

"放心。"云霄翔说着，放眼看了下俞小曼，"就他们那帮人，谁敢动动我试试！"

"你可别太大意了。"严瑾梅道,"我看出来了,他姓季的容不下你。"

此刻,严瑾梅看云霄翔愣愣地看她,遂接了前边的话,"这是要铲除异己了。"

俞小曼愣了下,道:"那我也不干了。"

云霄翔冷笑一声,道:"君子报仇,十年不晚。"

想想季健中不是那种落井下石赶尽杀绝之人,俞小曼叹了口气,劝道:"人在矮檐下,不得不低头。霄翔,是你的不对,认个错儿,就给人家说一声好话低下头吧!"

云霄翔听了,一瞪眼,道:"给他?妄想!老子还嫌丢人哪!"

在云霄翔这人看来,季健中远不是他的对手。那时候,就鲁阳而言,大多数人家都很穷,有的甚至连裤子都穿不上。但云霄翔的爹是县里管粮食救济的大官,每年,国家救济粮下来了,他爹那支笔可是起老大的作用。造个假名单什么的,就能把救命粮虚报冒领或贪污克扣下来,暗地里拿到黑市上卖高价赚昧心钱。对此,云霄翔看在眼里不以为耻,反倒认为那是他爹的本事。于是,想想自己家冒尖流油的生活,再看看别人家一个个黄皮寡瘦、清水鼻涕流大长、腰都直不起来的穷酸样,他都把这看成是没能耐,该那些人活受罪。后来,云霄翔的爹东窗事发,被公安人员押着,游街示众后送到西华监狱,强制劳动改造去了。面对他爹暗地里干的那些个令人发指、该遭天打雷劈的龌龊事,云霄翔那个恨都刻到骨子里去了。但他不是恨他爹干了什么不该干的事,而是觉得天下人都跟他过不去,这就产生了严重的心理扭曲。生活中,他看什么都不顺眼。那时候,他和季健中、安心平已经结下了金兰。但就算是这,他对季健中父亲被人陷害了,家里落了难,这家端碗豆,那家给把菜,逢年过节了连个灶神爷也请不起的境况,不仅没有同情心,反倒认为是他们得罪了上苍,该有这么个下场。若不然,季国重都下肢受伤瘫痪了,还摇着轮椅,背个大匣子(医疗箱),城里城外四处跑着赎罪干什么?在社会上,陌生人他跟人家没交往,自然无法联系在一起。于是,云霄翔的两眼就盯上了身边人。尤其是到山里当知青之后,一看季健中是"许昌地区首届学习毛主席著作积极分子",并且还在大会上介绍了先进事迹,云霄翔打心里觉得,就跟吃了只苍蝇一样感到恶心。特别是在桐花面前，明知道健中和天天已经结了婚，他故意使歪材料，骗桐花到山沟里找健中，想法戏弄人。不是桐花爹深明大义，屎盆子早扣健中头上了。知青返城时，经贸委向县人事劳动局申请了一个名额。那时候，云霄翔的舅舅安兆良在县里是大红人，很多人都想巴结他。实际上安兆良根本就不知情，县人事劳动局就在知青安置名单上，把"季健中"三个字，暗中换成"云霄翔"，而且还通知让其准备报到上班。但人家经贸委不是谁都要的，人家要的是人才，是要季健中的。现在名单下来了，一看不是想要的人，老主任赵亮猜出这是有人暗中做了手脚，遂把云霄翔的名字划掉，又把季健中的名字添上，以组织名义让人事科二次出面，把季健中又给要回来。对此，云霄翔气坏了，并从此在心里对季健中又深深地划了一道壕。

现在，云霄翔能向季健中说好话吗？这样，从收发室出来，云霄翔回到办公室，先把他和季健中、安心平一起照的合影从墙上摘下来。这个合影照，当然不是近期照的，而是早年间结拜后照的。同时，也不是先前就挂着的，而是季健中来炭材厂之后才挂出来的。云霄翔盯着相片上的季健中看了又看，不知他的邪火有多大，连精制的相框都给摔在地上，又给踩得稀碎搓进垃圾桶里去了。接下来，他就收拾了收拾，摔门走人了。

而俞小曼则是半月后办理的调离手续。当然，俞小曼不是因为在季健中就职典礼时，办了不该办的事羞于待下去，而是她眼下已经陷入了感情的泥潭。加之云霄翔已经意识到自己在炭材厂的下场，早就给俞小曼透了话，这就愣是跟着上了贼船，铸下终身憾事。

在管理层上，因此事是在奚道强书记主持工作期间发生的，出于自责，奚书记在厂支部生活会上作了自我检查。

从此，在云霄翔心里，他与季健中结下的梁子，就再也无法解开了。

第二十二章 破冰

为了迎接北方钢铁考察团的到来，季健中心里铆足了劲儿，下决心以此为契机，按国家大高炉标准要求，全方位抓好炭砖生产的基础工作。

当然，每一项工作的落实都需要资金来保障。当下厂里尽管拿到了扬子钢铁公司的合同，把百分之三十的预付款全投到生产中去了，但仍像撒胡椒面儿一样，实在是起不了多大作用。为维持生产和更新设备，季健中不得不把天天手里的十万美金兑换成人民币，除了支付欠村里的租地款外，余者也都投到生产和设备更新及改造中。

每天，季健中大都把时间花在了车间一线。由于大高炉用砖精度要求更高，场地也要求更大，原有的炭砖加工设备已经跟不上生产要求。比如，组装车间里的预组装平台边长只有十米，现在要符合北方钢铁的考察要求，就必须由十米扩大到十五米。厂里请不起专业厂家设计制造，这就在季健中的带领下成立了攻关小组，设计出一个可调式钢制平台，并让机修车间挑灯夜战，加班赶制。同时，为确保产品运输过程中的安全，产品包装方式也需要改进。当然，这还不是全部。因为，一旦拿到北钢的合同，对鲁阳炭材厂来说，这就是破天荒的事，要办的事情还有很多。但不管再难，也要一步一个脚印地向前走。

这天，季健中忽然接到喜讯，一个十多人的北方钢铁总厂专家考察团就要到鲁阳来了。

真是盼星星盼月亮似的，终于盼来了北方钢铁总厂的客人。考察团的车子一到，按照事先的分工，季健中等厂领导就亲自上前，为客人拉开了车门。其热情、谦恭、真挚、厚道的程度，自不必说。

然而，当全厂上下经过多天努力，像迎接天神一样接住客人就要上楼时，只听"砰""砰"两声闷响，随着冲击波似的气浪扑散开来的同时，夹杂着玻璃碎片哗哗啦啦，还有滚烫的开水，飞溅着就顺着楼梯扑下来了。

这情况来得突然，使正要上楼的人们吓了一跳。

特别是郑光荣，为迎接北方钢铁厂客人的到来，按照厂领导的安排设计了接待方案。从布置检查，到一项项落实，他不知熬了多少眼、费了多少心，自觉万无一失的他，万万没有想到临到客人上楼了，会有这么当头一"炮"。

惊骇不定中，忙前忙后流的汗早已把雪白的的确良半截袖衬衫贴到后背上了，郑光荣忙从人群后边冲上来。他"扑扑嚓嚓"踩着满楼梯流淌的热水和"咯咯吱吱"的玻璃碎片上楼，一看是严瑾梅在楼梯口愣愣地站着，便即刻猜出刚才砰砰的响声和满楼梯的狼藉是她一手制造的。郑光荣高中毕业来炭材厂就在办公室，从科员一直干到主任，无论内涵，还是外相，毫不夸张地说，他虽然年轻，才二十三岁，莫说是中层干部，就是一般的副厂长在某些方面，都难以比上他。

一看出了这么一个事，又偏偏是自己手下的人捅的娄子，气就不打一处来。毕竟，要是把客人烫伤了，你说你怎么收场吧！假设因此把全厂上下期盼努力了多日的大事给搅黄了，那就是罪人呀！这么想了，这个帅气而又能干的小伙子，怎么都忍不住。他浓黑的眉头拧成了疙瘩，抬手扶了下眼镜，盯着严瑾梅，压低了声音斥责道："阿姨，你这是怎么搞的？怎么这么不小心呀？"说罢这话，再看严瑾梅脸都青了，也没往深处想，只当是吓得，又见负责卫生的秦明杰慌慌张张拿着工具到了跟前，遂缓和了语气，"中了、中了，别站着了，忙你的去吧！"

当考察团的专家们被请到会议室的时候，客人们下车时脸上的笑容早没了。显然，严瑾梅弄这一出子，严重影响了企业形象。

作为企业的考察团，人家重点是来看生产技术和产品质量的。考察团的成员由北方钢铁设计院、炼铁厂、原材料处、筑炉公司，以及耐火材料公司等多方面的专家组成。炼铁厂的总工程师张铁山和炼铁室主任肖一琴二人也是要来的，只因这是他们推荐的企业，为了避嫌，两人就没有来。

由清一色技术人员组成的考察团，采取听汇报、看现场、当面质询等方式，在整整一天近似苛刻的挑剔中，对鲁阳炭材厂的生产环境、机器装备、质量管理、企业规范等，提出了许多问题和意见，有的非常中肯，而有的则近乎是吹毛求疵。显然，考察团的专家们对地处深山的鲁阳炭材厂是颇不放心的。特别是北钢耐火材料公司的副总朱正，他本来就对使用新型炭砖耿耿于怀，又见这家深山里的小厂，其各方面的条件甚至比他想象的还要差一些，他的头更是摇得像拨浪鼓样，一百个不赞成。

还有严瑾梅弄那一出子，因为楼梯走不成，只能转向安全通道，一来到楼上，考察团负责技术的汤总心里就凉了，觉得这是白跑了一趟，是瞎耽误工夫，但他绝不会把心事表现在脸上。

汤总是清华大学材料系毕业的，又被公派出国留学，是戴着博士帽回国的，如今是国内外耐火材料界的知名专家。人家不仅有学问，而且城府深。在接待室，他看似笑眯眯地在听产品介绍或看技术文件，但他的心早就跑到别的地方去了。因为，作为国家钢铁业的一面旗帜——北钢的高炉大修，真的是牵一发而动全身。尤其是工期，也真的是在同时间赛跑，用"只争朝夕"这个词来形容，绝不为过。可是，当汤总随着其他专家在车间里参观的时候，了解到鲁阳的新型炭砖在多家高炉上已经安全运行十年了，还在继续生产的客户业绩表，他就利用自己在业内的人际关系，开始了电话咨询。一听使用鲁阳新型炭砖的高炉，真的是安全运行了那么长时间眼下还在使用，汤总的心情立时就变得明亮起来。同时，尽管一到鲁阳炭材厂还没上楼就碰上那么个事情，但对他来说就是鸡毛蒜皮子的小事了。在他心里，他关心的是有没有过硬的、能在大高炉应用的产品。鲁阳炭材厂，厂子不大，厂房设备虽然没那么漂亮和现代化，但生产现场井井有条，从员工精神面貌，到生产管理，再到检测条件等，还真的让他刮目相看。

考察团就像一阵风，来去匆匆。他们雷厉风行的工作作风，严谨细致的工作态度，以及人人都有的通天本事，给鲁阳炭材人留下了深刻印象。

针对考察团临走时留下的"综合考量，集体研究，择优选用，等待通知”的结论，上至厂长，下到一线员工，大伙儿一个个的都十分揪心。

大家深知，对国内钢铁行业来说，北方钢铁就是风向标、活广告。莫说国内，就是在国际钢铁界，使用任何一种新材料、新技术，消息就会很快通过各种途径散播出去。产品若能被选中，不仅可以提高企业知名度，以此打个翻身仗，还能一举把企业推上良性发展的快车道。反之，你只能徘徊在小高炉上小打小闹，要想出人头地，比登天还要难。

一开始，季健中心里也十分焦急，可是他很快就平静下来。他觉得，当今企业，靠的是技术、产品、质量。有着新型炭砖在那么多座小高炉上的应用业绩，拿下北方钢铁大高炉订单还是有希望的。

想到了这些，季健中一方面把北方钢铁专家团提出的问题和意见归纳整理，认真研究，想方设法抓紧落实整改，变压力为动力；另一方面亲自带领有关人员深入车间，调查研究，抓改造，促生产，保质量，上台阶。

这时候，围绕扬子钢铁公司高炉用砖组织的“大干两个月，岗位做奉献”劳动竞赛活动已经全面展开。做精品砖、回报扬子钢铁的夙愿在每个员工心里压着，全厂上下人人精神抖擞，个个干劲冲天，生产现场红红火火。

这期间，杨逸菡和唐运生在一线技术人员配合下，最新研制的新型炭砖第四代和第五代产品，以及与高炉配套的散装材料等，也相继开始批量生产。这些材料，不仅填补了国内空白，而且解决了生产和施工过程中环境对施工人员的健康可能造成的不良影响。

这是喜人的收获。

带着这个喜悦，季健中时时紧绷的神经这才稍稍放松一些。

屈指一算，又有多天没进家了。老父亲在床上躺着，作为儿子，他心里是多么焦急呀！然而，就在这时，他接到了北方钢铁总厂发来的一封急电，要他前去参加两千五百立方米高炉大修用炭质耐火材料的招标会。

季健中把这次投标工作当成是一场决战。

那一晚，他特意吩咐职工食堂做了米酒蛋花汤，还炒了个竹笋肉片。没有好茶，他就用薄荷泡茶，又放了少许单晶糖，杨逸菡说没喝过。季健中问唐工口味怎么样，对方先伸出一个大拇指，又跟着补充道：“好喝！”

就投标过程中可能遇到的问题，季健中带着景前进和两位专家作了深入细致的探讨，并把北方钢铁总厂专家团来鲁阳实地考察时提出的问题，进行了认真梳理，为最后的技术答辩作了充分准备。

飞往北方钢铁所在地区的是一架小型客机，速度慢，噪声大，载客量只有二十来个人。这之前，季健中除了到美国去坐过大客机外，在国内还没有坐过。全程飞行三个多小时，赶在飞机落地的时候，噪声震得大伙儿连机场的广播喇叭都听不见了。

季健中是个非常重感情的人。出发时，他特别吩咐负责销售工作的李军强准备了鲁阳大山里的蕨菜、蚕丝被，还有木耳和猴头几样地方名贵特产。可是，千里迢迢的，为了避嫌，莫说给张总和肖一琴送去，甚至连个电话也没敢打。

按理说，投标工作应该是顺利的。可是，对于鲁阳炭材这个大山深处的小企业来说，那就非同寻常了。当然，对新型炭砖没人再怀疑什么，只是人家担心山里人做出来的产品能否始终如一不走样。

谁中标，谁出局，经过近似挑剔的数轮答辩后，专家组还是定不下盘子，这就把矛盾端给了北方钢铁总厂炼铁厂的最高决策层。

炼铁厂党政领导听了专家组的汇报，禁不住也陷入了短暂的沉默之中。专家组的专家们不敢咬牙印，厂领导不知道牙印该怎么咬。当然，这不是决断能力的问题，更不是将来担不担责任的事情，而是通过这次改造，能否实现一代炉役安全、高效和长寿的重大决策，全厂上下所有的神经全都紧张起来，谁也不敢小觑呀！

为着慎重从事，邝润东宣布休会三十分钟后再议。

这时，炼铁厂厂长邝润东和设计院副院长齐崇凡相继把张铁山叫到跟前进行了单独询问。张铁山依据事实，谈了三个投标方各自的优劣长短。当然，张铁山倾向于新材料、新技术，尽管没有直接表露出来，但老总们还是心领神会地听了出来。这样，鉴于张铁山在北方钢铁炼铁厂的声望，加之要改造大修的炉子由他负责，各方面的情况没有第二个人比他更了解、更熟悉、更上心，邝厂长和齐副院长遂当面锣对面鼓，就当下要修的高炉改造方案所用炭质材料定标一事，最后又回到原点，要张铁山亲定。

下放权力，实际上是下放责任。

立时，张铁山头上的汗水，忽一下就出来了。

走进会议室，高管和专家团的老总们，所有人的眼睛全都投向张铁山。

现场一片寂静。

空气像凝固了一般让人揪心。

在人生经历中，这是张铁山遇到的最为紧张的时刻，也是最为揪心的一件事。想当年，即使站在党和国家领导人面前，汇报北方钢铁开展厂际协作联合技术攻关，填补我国冶金史上技术空白的时候，也没有这么沉重和紧张过。

"怦！怦！怦！"他都听到了自己的心跳声。

此事非同小可，若成功了，炼铁厂仅高炉大修材料费一项与国内同类产品比，就可节约四五百万元，而且很可能创造北钢炼铁厂一代炉役使用寿命的新纪录。若出了问题，影响了高炉生产和安全，张铁山深知，自己名声扫地不说，等待他的将是引咎辞职，甚至受到严厉处分，成为北方钢铁发展史上的罪人。

面对会议室里一双双咄咄逼人的眼睛，还有压在他身上的北方钢铁炼铁厂总工兼副厂长这副担子，尽管张铁山胸有成竹，脑子也非常清醒，但在这一刹那间，他还是被难住了。走前人从未走过的路，面对的是国家的大高炉，承载的是国家建设与强盛的重任，他哪敢有一丝的疏忽呀！何况鲁阳炭材厂是那么一个小企业，万一……但就是在这犹豫和犯难之时，张铁山的眼前忽地幻化出，同样是为了国家的大高炉，杨逸蒝和唐运生两位高工，为了新型炭砖像蜡烛一样耗去的心血，更有季健中身上所具有的执着精神深深地打动了他，张铁山凝神沉思后打定了主意，拿起笔，凝视着标书……

在招待所客房里，凭借着大国有企业的牌子，又有同处一地的地缘优势，北方炭材厂一帮人知道北方钢铁炼铁厂的首脑们，正在开会研究确定标书一事，而且断定非他们莫属，又是牛肉、烧鸡，又是五香豆、松花蛋弄了一桌子，五五六六地喝上了。

同时，还有一家炭材厂，是国家在"大三线"建起的厂子，实力雄厚。眼下，虽然没有热闹三光地提前庆贺，但一个个满面笑容，在那儿喝着茶，美滋滋地听收音机里播放的陇剧《二姐娃做梦》。显然，人家也是在神定自若、信心满满地静候佳音。

季健中从走廊走过来，北方炭材厂一位端着茶杯出来倒茶叶水的老总笑嘻嘻地对季健中道："来、来，季厂长，这会儿不忙，过来咱们喝两杯！"

"谢谢！谢谢！"

尽管季健中对中标一事有着足够的信心，但他知道世界上的任何事情都没有绝对把握这一说。因此，他也做好了两手准备。可是，想想为此所付出的心血，他是多么想夺得此标呀！

因为，一块块炭砖，蕴涵着南方院专家和鲁阳炭材人的心血，组合起来，就是个节能、高效和长寿的魔方，早就应该显现出它应有的光彩。

他不仅是个心灵智慧之人，而且更是个雄心勃勃的实干家。在他当着县委、县政府领导和厂里干部职工的面许下的诺言里，跻身国家大高炉用材是第一步。也只有走出这关键的第一步，才能实现炭材厂"一三五"奋斗目标，冲出国门，去征战世界高炉用材这块高地。不然，老被堵在大高炉门外，你的砖再好，宏伟计划再周密，也都将是小打小闹而已。一次次接受质询，一次次业绩展示，还有一次次郑重承诺，把季健中，还有杨逸菡和唐运生给弄得筋疲力尽了。但他知道这个订单的意义，更知道该标书背后的分量。

看着杨逸菡皱着眉头在那儿一个劲儿地吸烟，唐运生透过窗子呆呆地看星河般灯火辉煌的北方钢铁厂区夜景，季健中知道面前的两位专家，为鲁阳新型炭砖能不能中标一事，在饱受着痛苦的煎熬。

听隔壁屋里传来的五五六六划拳行令的嘈杂声，季健中看李军强提起茶瓶，分别往杨逸菡等人杯子里加了水到一旁去了，便道："咱们盼着中标，可也别太揪心把自己愁坏了。我相信，凭咱的本事，即便上不了大高炉，只要把中小高炉的业务弄好了，咱的日子也不会过不去。"

杨逸菡摇摇头，然后看着季健中，道："这不是厂子过去过不去的事，而是费了这么大心血，万一此标夺不住，错过这么个好机会，以后再要想上国家的大高炉，那可就更加困难了。再说了，你的心劲儿在哪里，我这老头子能不知道吗？"

"是呀，撇开别的不说，单说眼下，厂里这么困难，这要是白折腾一回，不说你这厂长，就是一线员工知道了，也接受不了呀！"唐运生道。

季健中笑了，十分自信地道："要是这呀，您二位老总尽管放心——我有预感，我们中标的可能性很大。"

杨逸菡听了，扭头与唐运生交换了下眼神，看看季健中，愣愣地道："你怎么这么自信？"

季健中说："我没有理由不自信呀！"

杨逸菡想了下，道："你是说张总一定会倾向于新材料、新技术？"

"是的。张总心里装的不仅仅是高炉炼铁，更装着一个崇高的事业和理想，那便是一代炉役的长寿和冶金工业的技术进步。与他见面的第一眼我就看出来了，他心里没有私心杂念。要不然，当初我也不会那么傻在冰天雪地里苦苦等候。"看对方愣愣地看他，季健中欲言，又嫌北方炭材厂几个人在隔壁喝酒噪声大，就走过去关了门。回过身，健中道："出于知识分子的赤诚之心，张总知道事情该怎么办。"说到此，季健中端起面前的茶杯，"来，咱们也热闹一下！"

当东方的太阳喷薄而出，新的一天开始的时候，一个振奋人心的消息传来了。经过领导和专家组的反复研究磋商，最后张铁山终于在产品推荐栏目中，用钢笔郑重地写下"河南鲁阳炭材厂"一行字，并十分工整地签上"张铁山"这个响当当的名字。

这是鲁阳炭材厂创建十一年来，第一次拿到通向国家两千级以上大高炉的通行证。

鲁阳炭材厂一个辉煌的时代由此拉开了帷幕！

这天晚上，中标后正在客房里认真阅读新型炭砖和复合炉衬设计方案的季健中和李军强二人，突然听到有人敲门。

开门一看，面前站着一位中年妇女，身边还带着一个五六岁的男孩，李军强正要问话，却听对方道："哪位是季厂长？"

"我是。"季健中应着，急忙起身迎上来，道，"请问您是……"

"我叫郑秀菊，炼铁厂张铁山是我爱人。"郑秀菊笑眯眯地道。

"哎呀，是您呀嫂子！"季健中十分惊讶地说着，马上拉住男孩的手，和李军强一道把客人迎进屋里。

看没有什么好吃的，李军强忙从挎包里捧出从家里捎来的山核桃放在孩子面前。

季健中指了下孩子，正要问话，就听郑秀菊道："这是孙儿。"

李军强见孩子有些怯生，就道："今年几岁了？让叔叔猜猜。"说着，皱着眉头想了下，道："六岁。"

"不对，五岁！"孩子十分严肃地给予纠正。

"那明年不就六岁嘛！"见孩子笑了，李军强也笑起来。

郑秀菊天生一副蒙古族血统样的身躯，四方脸盘，体格丰满健壮，是那种既上得了厅堂，又下得了厨房，贤妻良母式的北方女性。

看李军强忙着倒水，郑秀菊忙阻止道："不忙不忙，我和季厂长说几句话。"

"那您坐吧，阿姨。"李军强说着，把倒好的茶放在郑秀菊面前的茶几上。

郑秀菊点点头表示了谢意，就侧脸对孙儿说："你和叔叔出去玩一会儿，行不？"

看着小男孩点了头，李军强领着他到对门的房间去了。

回过脸来，郑秀菊见季健中看她，就叹了口气，道："这几天，老张总是沉默寡言，看得出他心理压力很大。问他什么事，他也不说，后来才知道，是为了高炉大修选用你们厂的材料犯愁。我就告诉他，这么大的国企，用得着你一个二级机构的副厂长担心吗？让上边定好了。你做主，出了事怎么办？你担当得起吗？但是他说，这是一种新材料，价格又好，一个炉子大修下来，光材料费一项就可节约好几百万。我说，既然是好材料那就用呗。他又说，大炉子上还没用过，这是要担风险的。我说担风险的事尽量少干，你出事了，这个家怎么办？是不？"

一听是这么一个事，季健中把茶杯端起来双手递给对方，道："嫂子，这件事难为张总了，也让您跟着操心，对不起。不过请您放心，我们虽然是小企业，但这样的材料我们已经在很多小高炉上用过，不会有问题。"

"季厂长！"郑秀菊忧心忡忡地提醒道，"现在是大高炉，不是小高炉呀！"

"是的，这是我们没做过的项目，也是我们接下来要做的标志性工程。不为别的，单为张总为我们操的心，我们会更努力把产品质量搞好。张总你们一家子为了我们担了风险，我知道该怎么做。"

听季健中这么说，郑秀菊脸上有了喜色，道："要说我真不该插嘴这事，有老张呢呗！但我从来没有见他这么犯愁过。他是农民的儿子，大学毕业就在高炉上当操作工，后来当炉长，再后来当副厂长，一步一步上来不容易。他胆儿大，爱创新，还不怕担风险。这不，这件事又让他给赶上了。为了给工程节约费用，又想让工程做得好，他会不顾一切。现在，他签下名字，决定要用你们的砖。听听是个好事，我也支持他。可是，还真的让人担心呀！那么大的炉子，万一出点事儿……唉，我也不说那么多了。季厂长啊！你刚才叫我嫂子，那你就是我的兄弟。嫂子就再给你说一句，北方钢铁市场很大，你一定不要为了眼前利益因小失大，一定把产品质量做好，可不敢出半点差错。也算我求你了，行不？"

面对这真情的恳求，季健中心里很不是滋味。他看着对方凝重的表情，真诚地道："嫂子，按理说，我早就该到家里看看，把心里话给您说说让您放心，可我知道俺哥您一家子的为人，顾忌这，顾忌那，这就不敢去，害得您带着孙子跑过来，对不起！请您一百个放心，我知道利害关系。工程做好了，凭着北方钢铁这块大牌子，我们鲁阳炭材厂也打打广告。"

郑秀菊说："季厂长，你能看到这一点就好。可是，你说的我都信，但你下边的人能照你说的做吗？能保证质量不出偏差吗？"

"能保证。"季健中道，"我知道是张总还有支持张总的人担着风险为我们定的标。我不会自取其辱，做对不起人的事。回去后，我会采取措施，下气力把要做的事情做好。"

郑秀菊看看季健中，一脸沉重地道："我们全家人的身家性命都压在这个工程上了。看得出你是实在人，不会办过河拆桥的事。不过我还是担心，企业就是企业，为着各自的利益，什么事情都会出现。但愿到时候，别让老张下不了台呀！"

两人谈了许多，待要走的时候，季健中叫李军强把带来的蚕丝被给郑秀菊送过去，说是一点心意。但郑秀菊说什么都不收，最终她说："如果带回去，老张还会给你送回来，何苦呢？"

看着郑秀菊拉着孙儿离去的背影，季健中心里感到一阵阵的酸楚，禁不住眼睛湿润了。

是的，人家为使用你的产品把身家性命押上不说，连老婆都跟着把心操碎了，季健中啊，你可拿什么来回报人家呀？

马上就要立夏了，在中原，如果不反常，天气早已热起来。可在大东北，凌晨的气温还是有阵阵的寒意。

此时，季健中心里比这未曾退去的寒意更严峻，因为那是"责任"二字在身上压着。

用心血加赤诚，拿下个五百多万元的大订单，高于炭材厂历史上最好年份全年的销售收入，对地处深山沟的鲁阳炭材人来说，这是前所未有的奇迹！

推开面前的窗子，看着黑夜中的星斗，季健中在心里轻轻地呼唤着自己的名字问自己，市场加机遇再加上无数人的托举，你有幸取得了如此丰厚而又荣耀的收获，可是你能够像承诺的那样向北方钢铁，向关心你、支持你的人们交上一份满意的答卷吗？

天渐渐亮了。

季健中发现，为进一步完善和优化北钢七号高炉大修设计方案中的细节问题，隔壁的杨老几个人，也彻夜未眠。

漫步在北方钢铁总厂招待所的草坪上，一阵晨风吹来，寒气是那么重。但此时，季健中周身的热血都在沸腾。

是的，不远的将来，渴慕已久的梦想就将实现。

这是何等的自豪和骄傲啊！

可是，随着合同的签订，一个新的问题出现了。那就是，要完成这份五百多万元的订单，至少需要投入四百万元的资金。

可这四百万往哪儿找呀？

此种情况下，银行能给你贷款吗？县财政有能力支持你吗？再者，按北方钢铁技术协议要求，不管是理化指标，还是外观尺寸，都比过去更严。要达到这些技术要求，还要再添置和更新一些设备。除此之外，全厂上下还得把吃奶的力气全都使出来才有保障。

任务艰巨，困难天大啊！

而且远非是自己个人所能解决的。

在季健中签完合同没有离开北方钢铁之前，他就把所有应该提前准备的技改方案和生产上的事，通过电话告诉了在家主持工作的奚道强和安心平，让他们即刻着手落实，做好大生产前的一切准备工作。

鲁阳炭材厂，终于迎来了一个前所未有的、重大的、历史性的发展机遇。

第二十三章　合同拿下之后

怀着热切的期盼和踌躇满志的心情，将合同待办之事安排妥当之后，一回到鲁阳，季健中既没到厂里来，也没进家到老父亲跟前看一眼，而是把车直接开进了县政府大院，并急切地走上楼，直奔常务副县长刘振国的办公室。

先后三次北上，终于与北方钢铁签下了合同，这不仅仅是炭材人的骄傲，也是所有鲁阳人的骄傲。他不会掩饰自己，所以说到动情之处，季健中的眼泪夺眶而出。

当然他不是来表功的，更无意让谁同情，唯一的希望就是寻求政府的支持。

刘振国是个十分稳重的人。他静静地听，时而点头，时而凝视着对方，半个多小时内他没有递一句腔。待听完汇报，他只说了"请你跟我来"这句话，就带着季健中到了县委书记陈明的办公室。

日前，县委王书记从中央党校学习归来，升职到市里去了。眼下，陈明任县委书记。这样，由于县长一职暂时空缺，刘振国遂到陈书记这里来了。

寒暄简短而富有真情，特别是陈书记的手是那么温暖。

季健中愣在了那里。

他曾多次与陈书记和刘副县长握手，也曾多次从面前的领导手里接过奖杯、奖状，但这次却感觉不同。也正是此刻触动心灵的感受，让他牢牢地记在心里，化为不竭的动力。

不知是怎么联系到的，也就是喝一盏热茶的工夫，县经贸委主任赵亮、财政局局长宋家昌，县工商银行行长蔡金城、农信社主任贾庆春，以及其他相关部门领导，一个个坐在了县委二楼会议室。

这是为一个企业破天荒召开的紧急会议。刘副县长肯定了季健中自上任以来所做的工作和取得的成绩，强调了拿下北方钢铁大高炉订单，在助推地方经济发展中的重大意义。同时，他也不回避当下鲁阳的财政状况。但他坚定地指出，越是问题多、困难大，就越是要乘着当前来之不易的改革开放的东风，既要敢想，更要敢干，还要以背水一战的决心，破釜沉舟的勇气，上下一心，努力改变鲁阳的困难、落后局面，打好地方经济翻身仗。可是，当谈到要大家伸出手来，针对订单落实资金问题时，先是县财政局局长宋家昌愣住了，显然这是他没有想到的。接着是工行的蔡行长，尽管他一言未发，但他那紧锁的眉头和连连摇头的样子，把心思全都暴露出来了。而与季健中面对面坐着的县农村信用社主任贾庆春，自进到会议室，一听专题会议是这么个内容，他先是惊讶地啊了一声，继而点点头，说声行啊，那种不无嘲讽的样子让季健中立时就感到十分蹊跷。

任务提出来了，看着面前的人大眼瞪小眼的都在那儿发愣，刘振国觉得，那些实行地方与部门双重管理的单位有人家的自主权，他不便过多强求，就想让财政局的宋局长把头带起来。毕竟，在过去几年间，因为工作上的交往，宋局长和季健中在私下的感情也日益深厚，面前的财神爷，对季健中那是相当的佩服。作为主抓工业的常务副县长，刘振国心知肚明。他认为，无论从私，或是从公，姓宋的都会积极地与县委、县政府保持一致，坚定地站在季健中这一边，从而同舟共济，把要办的事情办好。于是，他向宋家昌递了个眼色，开门见山地道："宋局长，你打算怎么落实？"

"我？"宋家昌掏出香烟正要往嘴里送时突然愣在了那里。很显然，这情况使他感到有点意外。

"你带个头儿。"刘振国笑容可掬地道。

点住将了，知道无法回避，宋家昌先是耸了下肩，紧跟着笑了下。"好吧，我说说我的看法。"这么说了，不知他是渴了，还是水热，宋家昌端起杯子不知抿住了没有就立刻放下了，干练而真诚地说，"季厂长吃了这么多苦，下了这么大功夫，把沉甸甸的合同拿回来了，说实话，这是一件了不起的事，值得庆贺。为什么？因为不是一年两年了，炭材厂包括南方院那群专家们，都下了不少劲儿，也都在一直努力，可以说鞋底子都跑烂了，嘴皮子都快磨破了，想做的梦却总是做不来，没想到是季厂长一出手就给圆了。仅凭这一点，我佩服。干事业嘛，尤其是我们鲁阳，缺的就是这种不怕吃苦受累的担当与开拓精神。这也再次证明，纪念改革开放十周年，县委、县政府树起的健中同志这面旗帜树得好，也确实是名副其实。"接下来，他还是带着笑，而且恰到好处地引用了伟人"事情都是两个方面"的观点，顺理成章地说出了他心里另外一层意思，"在肯定成绩的同时，也要看到我们的不足。就拿合同来说，好事是好事，而且是个极大的突破，这一点是肯定的。但反过来，对我们鲁阳来说，要完成这么大的合同，就我本人而言，我是有信心。因为陈书记和刘县长亲自主持这次会议，研究解决方案，我相信没有克服不了的困难。但有句老话说得好，钱是硬通货。凭当下县里的财力，说句不该说的话，就是把县直单位的行政费用全部压缩下来，一时间也很难拿出那么多钱。因此呢，要完成这么大的合同，我认为困难还是很大的。"

听了这话，蔡金城猛吸了两口烟，然后把烟蒂摁到面前的烟灰缸里浸灭，说："时下，国家紧缩银根，莫说小企业，就是大企业要想贷款也是很难的。特别是在县行贷款，五十万以上的额度，还要市行批准才可以，否则就踩住红线了。"说完，为了寻求支持，他不自觉地看了下一旁的贾庆春，不是要打什么通通鼓，而是当下的地方金融机构都一肚子苦水，都想找个地方吐一吐。同时，他看出姓贾的情绪不太对劲，就想探探风声，又道："贾主任在这儿坐着，人家是老领导，当前金融业是个什么情况，别人可能体会不到，他指定能体会到，也最有发言权，咱听听他怎么说。"

立时，现场所有人的眼光，全都投向了贾庆春。此人十八岁参加工作，就在金融战线上摸爬滚打，经多见广，其成绩还真的不小。在以往，但凡治地方经济发展的事，他都会主动登门，为你出谋划策，可以说是不遗余力。

此刻，见大家都把眼光投过来了，贾庆春把正在上面记着什么的记录本合起来，挺起腰，又欠了欠屁股，似要开腔，却没有开腔，颇显无奈地苦笑着摇了摇头。

此情，季健中看了，立时急了。因为，他知道对方老到，不到关键点上，不会轻易发表意见。而一旦要发话了，往往会出人意料，三两句话就会把人将得倒噎气。用鲁阳人的话说，此人是能从鸡蛋里头挑出骨头的人。也正因为这一点，自他执掌鲁阳农信社的帅印，在贷款问题上，风险率一直很低。这样，他在赢得这先进、那荣誉的同时，人们私下里还给他送了个雅号"三只眼"。

一看贾庆春这般神情，尽管季健中不怕"三只眼"鸡蛋里头挑出骨头来，但他担心浪费时间，为了掌握主动，尽快把资金落实下来，就刚刚蔡金城提出的问题，他急忙表态说："贷款给中小企业，风险大这是实情，但炭材厂已经拿到了订单，只要车间转起来，把产品生产出来发出去，资金很快就会收回来归还贷款。"说罢这话，贾庆春嘲讽地扑哧一笑却没有开言，猜出对方心里有顾虑，季健中就进一步道："贾主任，我季健中办事怎么样，你最清楚。早几年筹建石黑矿，几乎有一半资金，都是你支持的。不说本金，就是利息，也从没欠过你农信社一分钱。是不是这样？"

"是。"贾庆春梗着脖子，样子十分认真地道。

"真是假是？"季健中故意转着圈又问了下。

"真是。"说罢这话，贾庆春见季健中如释重负笑着站起身来，先给他丢了支烟，转身又让别人时，他突然又道，"但那是过去——"见众人听了这话，都愣下来看他，又接道，"现在恐怕未必。"

问题倒过来了，季健中猜不透"三只眼"要往哪块儿茄子地里钻，遂回到座位上，静等着对方。

一旁，刘振国恐冲破主题争论不休，遂挺下身子想把话题岔开，却见一旁的陈书记温和而又沉静地接了腔，道："你说，让贾主任接着说。"

"是这样，陈书记，刘县长，你们都百忙中专门抽出时间坐下来，研究解决企业资金问题，这是我们鲁阳人的福气。但有些话不说还真的不行，因为这是责任。"贾庆春道，"当然，我说的未必准确，不是要针对谁，而是当今社会的现实。一个大国企，一个小国企，若说要打个比方的话，那就是一个在天上，一个在地下。可现在两下却要搅和在一块了，大家想啊，这里边会不会有什么玄虚？比如合同的来历——"见人们听了此话一个个都愣住了，又道，"这么大的订单，我们赌不起。五百万呀，对咱们鲁阳人来说，就是砸锅卖铁，能砸来这么多钱吗？"

这一杠子下来，简直把季健中给打晕了。他不知道接下来该说什么是好，就禁不住笑了下，道："不知道贾主任什么时候也学会杞人忧天了。"

"不！这不是杞人忧天，这是现实。"贾庆春言之凿凿，说罢这话，端起杯子又猛地放下，接道，"作为厂长，想救活企业，心情可以理解。改革嘛，八仙过海，路子是宽了，但千万不能也跟着把鞋弄湿了呀！"

听了这话，见在座的都把脸转向了他，连陈书记和刘副县长也都愣着眼看他，季健中先是一愣，因为他做梦也没想到有人会这么怀疑他，而且是过去几年间都在不遗余力支持他的农信社主任，遂扑哧一笑，道："贾主任，你什么意思？我怎么听不懂呀！你说合同是骗来的？"

"我这是随便说说，也是为你着想。"贾庆春道。

"那你就尽可放心。"季健中道，"我季健中不会办那些下路事。"

"是的，你不会，我相信你。可是对方呢？"贾庆春把话挑明了，道，"市场经济，大鱼吃小鱼的例子也不少呀！"

"那就更不会，人家是大国企。"季健中都有些不耐烦了。

贾庆春道："南方院是什么？那不也是大国企嘛，而且是知识分子成堆的地方。林厂长那个订单，还不是眼睁睁看着让人家给弄到韩坪，一口吞吃了嘛！当然，这还不是主要问题。"

季健中本就听不进去，一听这话，更感到莫名其妙，就道："什么是主要问题？"

"除资金之外，会不会因为其他因素而执行不下去？"贾庆春又用他的第三只眼看问题了。

"有大家的支持，我们保证执行下去。"季健中信心满满地道。

贾庆春又是一笑，而且颇带辩证色彩地道："保证是一方面，可现实又是一方面。何况有些现实，不是说改变就能改变的。"

"不错，炭材厂的现实，确实不怎么乐观。但有挑战，更有新机遇。"

季健中当是对方认为炭材厂包袱重，无法摆脱困难局面，从而影响到合同执行，遂摆起事实，"扬子钢铁的合同，二百多万将近三百万，生产上已经全面铺开。加上北钢这个合同，八百万还出了点儿头儿。我大致估算了下，刨去新材料新价格利润空间增大不说，毛利润当在一百二十万到一百五十万。同时，有了扬子和北钢这两面大旗，炭材厂的经营环境，指定会一步步好起来。为此，我们会全力以赴，把合同执行好。也希望在座的各位支持我们，帮助我们渡过难关。"季健中是带着恳求的心情，说出这番话的。

这就是用事实说话，面前所有人脸上都挂上了笑容。特别是陈书记，也不尽是受此话的感染，而是为全县的工业现状和经济发展形势着想，他道："贾主任有顾虑，我听出来了，也看出来了。现在的形势，就企业贷款而言，对金融机构来说，随着改革开放的日益深化和市场经济的逐步发展，风险也会进一步加大，这是不争的事实。为此，贾主任、蔡行长你们的工作，不仅要积极努力地服务好地方经济，还要在加强管理和防范风险，工作中多长一只眼才行。"见二人都点头回应了，又道，"至于炭材厂执行合同一事，贾主任，你还有什么意见？"

"是这样，陈书记——"贾庆春道，"合同方面的事，我也就是这么一说。毕竟，眼下的社会，什么事情都会发生。要不然，中央开展'打击经济领域中严重犯罪活动'干什么？这是外部的，可以不说，我要说的，还真的另有原因。"

"什么原因？"刘振国嫌贾庆春说话磨磨叽叽，等不及就把话接住了。

"那肯定有。"贾庆春看出刘振国带了情绪，也就不回避了。因为，往大处说，为着地方经济发展农信社应尽最大的努力；往小处说，也是为着自身的利益。毕竟，为着沉在炭材厂的一笔大额贷款收不上来，贾庆春早就成了热锅上的蚂蚁，他实在不愿看到风险再一步步加大，并落到他的头上，遂一针见血地道："根据我们掌握的情况，炭材厂设备陈旧，有些已经到了报废年限，这不是瞎说的吧？就这状况，能生产出合格产品吗？"

"不错。但我们已经对部分设备进行了更新改造。"季健中连忙解释。

"那另一部分呢？"贾庆春对炭材厂的内部情况似乎比季健中还清楚。

"另一部分我们也正在积极想办法，很快就会得到解决。"季健中道。

"那还是钱的问题。没有钱，什么事情也办不成。"贾庆春说着，显得很无奈地摇了摇头。

贾庆春突如其来旁敲侧击的质询击中了目前炭材厂的软肋，阴云再次笼罩上季健中的心头，使他一时语塞，不知说什么是好。

这情景，陈明书记和刘振国常务副县长看了，也禁不住一愣。百忙中研究落实资金问题的专题会，成了讨论炭材厂有没有资格得到扶持的辩论会。

本来，季健中的东北之行所取得的成绩，一下子就打破了鲁阳地方经济停滞不前的困难局面。也正因为如此，不管是刘振国，还是陈明，就仿佛突然间抱了个金娃娃，二人喜出望外。可是，贾庆春这家伙，还真的把人打到十里云雾中去了。

看着现场的人全都愣愣地看他，而会议的主角——季健中头上的汗也急出来了，贾庆春还不算完。因为，继刚才一记又一记重拳之后，紧跟着还有他的组合拳。他不紧不慢地掏出香烟拿在手里，但没有急着去点，而是用打火机在面前的案子上"咣咣"点了两下，看引起了大家的注意，遂进一步道："各位领导，情况远不止如此。我还听说，南方院的专家和主要技术人员全都撤走了。"说罢这话，见一旁的蔡金城掏出香烟却没找到火，他知道对方和季健中的关系，更知道这个人在工作上一贯秉持的是司务长打他爹——公事公办的态度。他觉得，假如此人发句话帮帮腔，指定比他更有说服力。那么，有了统一战线，达成共识，把专题会要放的水一下子闸死，即便压在炭材厂的那笔贷款成为呆账、死账，只要不再有新增风险，农信社的日子，就能好对付一些。否则，长此下去，撇开自己不说，农信社非被拖垮不可。这么想了，贾庆春遂恰到好处地啪一声打着火凑过去为蔡金城点着烟，随后自己也点着吧咂几下，吐出浓浓的烟雾，唠家常似的对蔡金城道："现在搞市场经济，尤其是像炭材厂这样凭科学技术发展起来的企业，没人才那可比没钱更要命呀！"

此话又一次击中了炭材厂的要害。

对此，蔡金城不便多说。可是，人家把话撂给你了，作为同行又不能不递腔。再加上他也不想在放贷这一问题上，因为执行个合同，眼睁睁看着自己的大舅哥栽跟头，或出现其他什么闪失，他就颇显无奈地笑着点了点头，又随声附和道："那是、那是。"

"是什么?"季健中实在憋不住了。在这些人面前，他向来是谨小慎微，生怕一着不慎惹人不高兴，更别说得罪谁了。可在自己妹夫面前，肚里有气没处撒，他也要释放一下。但出于礼貌，他还是笑了下，颇带骄傲的意味，自信地道："有关人才问题，南方院的专家是撤走了，可我们已经请来了杨老和唐工，人家是新型炭砖专利技术的持有人，而且手里还握有最新专利技术产品。在此，我可以毫不夸张地说，快则两年，慢则三载，炭材厂人才培养计划就会落地生根、开花结果。不久的将来，炭材厂靠自己培养出来的人才，不仅能使企业冲出困境，而且还将再一次成为鲁阳地面上的利税大户。"

第二十四章　众人拾柴火焰高

　　季健中这番话，说到了一个人心里，他就是县经贸委主任赵亮。他明白，专题会要解决的是资金问题，之所以把他也叫来，这是系统内之事，他责无旁贷。至于钱的问题，经贸委不管钱，也就没有他的事。如此，自进到会议室，除了寒暄几句，在心里为季健中高兴之外，其他就该听的听，该记的记，说到嘴上功夫，他便始终没发一言。而此刻，他就坐不住了，遂笑了下，明确表态，道："我支持季厂长。"见自己的话引起了与会者的注意，又道，"陈书记、刘县长百忙中把咱请来，那可是充满希望的。"

　　在鲁阳地面上，这个早年间年纪轻轻就崭露头角，在工业口一干就是二十来年的老主任赵亮，在人们的心目中，那就是一根能稳住万顷波涛的定海神针。那年，他放弃跟着大领导到大城市去的机会不动窝，拿他自己的话说："儿不嫌家贫"。

　　童工出身，如今逢上了太平盛世，他觉得这是人老几辈子积来的德。为着这么个好光景，也为着山里的穷乡亲早一天富起来，遇到当下这种事，他总是第一个站出来，哪怕舍了老脸，他也要为费心巴力在一线冲锋陷阵的厂长、经理们搂好后腰，当好后盾。

　　还在过大年的时候，一听季健中在电话里说要到北钢认认门儿、试试水，他心里立时就是一热。但他知道北钢的门槛儿高，不是一般人进得去的。哪承想，季健中还真的把沉甸甸的合同拿回来了。然而，欣喜过后，他也犯了愁。因为，炭材厂的实情他比谁都了解。现在要执行这么大的合同，压住人才、技术这些问题不说，仅流动资金一项，就能成为压死骆驼的最后一根稻草。可是，一看县委书记和常务副县长都亲自坐下来，专题研究解决此事，他心里真的有说不出的高兴。因为，有组织出面，大家抱成团，就没有解决不了的问题。过去几十年，地方上办的一件又一件大事、难事，不都是大家同舟共济，手拉手一道努力干出来的吗？

　　看看面前的书记、副县长，又看看左右两旁的部门主管，联想到先前季健中搞石墨矿所取得的成绩，他禁不住轻轻地咳嗽了下，仿佛自言自语地道："机器旧了是实情，缺技术、没人才也是实情。但这事儿要看碰上谁。"见大伙儿都愣愣地看他，就掷地有声地接着道，"这件事搁在别人身上，那还真就是个问题。但搁在季厂长身上，以我看，那就是小菜一碟。大家想想，当年搞石墨矿，莫说缺人才，就连木材、钢材，不求人你从哪儿买？结果怎么样？事在人为嘛！"接下来，看面前的县委、县政府两位领导脸上乐呵呵有掩饰不住的笑容，而两旁几个部门的头头儿们顾虑重重还在那儿愣神，老主任赵亮知道大伙儿担心什么，就推心置腹地道，"我们鲁阳的穷帽子，戴了一年又一年，总没有摘掉的机会。现在，季厂长吃苦受罪，总算为我们找回了振兴工业、发展经济的一线生机。往小处说，它是一份合同；往大处说，又何尝不是我们鲁阳人摆脱贫穷落后面貌的希望所在！各位领导，如果我们前怕狼后怕虎，这也不敢干，那也干不成，穷帽子我们还要戴到何年何月呀！"说了这话，他当然还有一肚子话没有说完，但他知道这是什么场合。毕竟，县委和县政府的主要领导在跟前坐着，他怎能不知道分寸呢！可是，此事对鲁阳工业企业的发展实在太及时、太重要了。他担心合同拿回来了最终成为一张废纸。作为经贸口的当家人，面对的又是多少人削尖脑壳急着想拿却拿不下的合同。为此，在他心里，有些话不是不吐不快，而是非说不可。想到以往走过的路，老主任赵亮动了感情，就仿佛是在人们面前推开了一扇窗子。他道："想当年搞'三线'建设，一下子从全国各地开进来十几家军工企业。少砖没瓦的要盖房，任务下来了，怎么办？"话说到此，他看了看贾庆春，禁不住笑了下，"贾主任那时还是信贷员，也是从那时一步一步上来的，是对'三线'建设有功的人，里边的曲曲弯弯他最清楚。同美帝和苏修争时间、抢速度，有时间让你讲条件吗？于是，全县人民饿着肚子使出了砸锅卖铁的劲头儿，没条件创造条件也要上。最后怎么样？我们不仅没拖国家的后腿，还提前超额完成了上级下达的各项任务。现在这种情况要比那时好得多，最起码大伙儿吃饱肚子不挨饿了。假如我们再把那种艰苦创业的精神拿出来，还有什么事情办不成？这样，当着县委、县政府两位领导的面，我赵亮先表个态，为了我们鲁阳的工业经济能由此打个翻身仗，我会动员机关所有人义无反顾地支持炭材厂，完成这个大合同。"

这番话让现场所有人又是一愣。但这是动心的一愣。他说到了大伙儿的心里，而且引起了共鸣。

是的，干事创业，不仅要有克服艰难困苦的勇气和决心，还要有敢于担当和勇于担责的坚定意志，以及敢闯敢干的大无畏精神。

老主任赵亮话音刚落，见陈书记和刘副县长不约而同地拍起了巴掌，这时的贾庆春和先前的季健中一样，头上的汗，忽一下也冒了出来。尽管老主任赵亮说的是实情，同时作为当年"三线"建设的参与者，莫说平日闲暇之时，即便是在睡梦里，他也曾无数次怀念过那个火热的年代。可是，那是钱呀，若一念之差，再弄个呆账、死账，他觉得头上这顶主任帽子能不能戴还是两说。这么想了，他怎么也不愿再冒这个险。以他的性格，或换个人，他会毫不隐讳地说出理由，当面反驳。明知道面前是个坑，谁会睁大双眼往里边跳啊！但在鲁阳工业界的老领导赵亮面前，他不是不好意思，而是敬畏之心让他不便开口。毕竟，在以往的工作中，就是面前这位老主任，曾无数次协调农信社和企业之间的关系，帮过农信社不少忙。想当年，无论在下边，还是在上头，他贾庆春能当这先进、那典型，无不与老主任的默默相助有关。可是，眼下形势变了，风向不对头，而且炭材厂存在的问题又实在无法回避，他憋不住遂叫了声"主任"，笑嘻嘻却藏而不露地道："您说得没错，也感谢您过去多少年来对农信社的大力支持。但有些事情，不怕一万，就怕万一呀！关公关云长，过五关斩六将，那不是还有走麦城的时候嘛，万一有个闪失怎么办？"

听了这话，老主任赵亮先是笑了下，接下来既软中带硬，又信心满满，且不无敲打地道："只要大伙儿都伸手抬着，那就是一万个成功，而不是万一会败下阵来。"

　　"好！我们的老主任不仅说得好，而且站位高。就眼下的形势，北钢这份合同，对我们鲁阳来说，的的确确是机不可失。道理呢，赵主任已经说得很明白——要改变我们鲁阳的穷面貌，那就得把拳头握起来大家一齐发力才行。"叫了好，又说罢这话，刘振国看看宋家昌、蔡金城等人，他知道当前县财政和地方金融单位的实际情况，也知道拿钱的事难办。可是，除了财政和银行，别的无处可求，他就拣好话给其戴起高帽来，以便把资金落实下来。他道："财政和银行，都是管钱、理财的。逢上改革开放，这十多年来，地方经济发展虽然有困难，但我们的财政收入逐年都有所提高。一个山区小县，工行在蔡行长的努力下，储蓄额突破了五个亿，而你贾主任手里不也有将近三个亿嘛！这说明什么？小河有水，大河才能满。当下炭材厂的情况有了很大的变化，企业的日子不好过，急等用钱，找谁？不找财政，不找银行、农信社，日子就过不下去，看着到手的合同，不能眼睁睁给黄了。你们都是企业的靠山，现在需要你们这靠山了，你们应该挺身而出。三上东北，零下二三十摄氏度的极寒天气，健中同志吃的苦，我们在座的谁也体会不到。目前，我们县的经济状况，想必大家都看到了。企业一个个都不景气，税源少了，可我们的开支不降反增。所以，救企业就是救自己。"看看在座的，不是在那儿吸闷烟，就是捧着茶杯在那儿发愣。刘振国头上的汗立时又急出来了。他知道这几乎是强人所难，可不这么办，合同就完不成，看着是好事却不能落地，遂语重心长地又道："把大家请来了，就是要大家群策群力，解决问题的。希望大家站在全县的大局上，站在振兴地方经济的大局上，把手伸出来拉一把。说实话，完成北钢这份合同，不仅仅是他季健中同志一个人的事，也是我们全县人民的事。大家要有这个思想观念、全局意识，要把它当成是自己的大事来对待。不好办不能办的，也要想办法以变通的方法，积极地采取措施，支持炭材厂。同时呢，健中同志回去后要把生产组织好，把合同履行好，并且要保证，回款后把所有借款偿还掉。"

　　"好的！执行完合同，我保证第一时间归还贷款。"季健中道，"莫说是这么一件大事，就是民间不是还有那句话嘛——有借有还，再借不难。我表态，有关贷款一事，我们一定讲信誉，以实际行动重建良好的银企关系。这一点请大家放心。"说罢这话,季健中拱手一礼,满怀真情地又道,"各位,不为别的,就为我们鲁阳人赶上这么个好时候,算我季健中求大家,拜托啦!"

刚才,刘振国的一番话说得在座的人哑口无言,季健中掷地有声的真情流露,也提振和感染了大家的情绪。拿下北方钢铁这么大的合同,确实是县里的一件大事。按理说,在座的各位领导,应该站在大局的高度,采取切实有效的措施,想方设法克服困难,同心协力支持炭材厂的工作。可企业目前的困难确实不小,同时对准的又是国家一流的大型钢铁企业,一下子从小高炉冲上大高炉,能那么容易吗?你这里把吃奶的力气使上了,把钱投上了,万一他那里把合同办砸了,到时候还不起你钱了,那又该怎么办,怎么向国家交代呢?

看到大家还在忧虑,陈书记坐不住了。他措辞严厉地讲道:"同志们,不知大家想到了没有。为一家企业,县委和县政府共同出面,这么紧着把大家请到这里,商讨生产资金问题,谁经历过?你们在座的说说,谁经历过?反正我是第一回。同志们,这说明什么?这是大事呀!若不然,刘副县长也不会急出一头汗。解决资金问题,把合同履行好,看似是企业的事,是炭材厂的事,但这又何尝不是在座的我们每一个人的事?我们一定要有大局意识,要有这个思想觉悟和政治高度。对此,能不能积极主动地把炭材厂所需资金问题解决好,从组织原则上说,也是衡量一名党员干部,能不能同县委、县政府的决策部署保持高度一致的问题。这是一场硬仗,我们要协调各方力量,把劲儿往一处使。我提议,由刘副县长挂帅,在座的各单位领导参与,成立个指挥部,统一调度。有关资金问题,给大家三天时间,抓紧研究落实。振国,你看怎么样?"

刘振国道:"好!"

"那就拜托啦!"陈明道,"财政、银行,还有农信社,都要主动点儿、慷慨点儿。没办法,想办法也要落实,不准放空炮。经贸委赵主任是老领导,当年我在基层的时候,人家就是主任。拜托了,赵主任那里不仅要积极协调,而且要搞好服务,还要争取多方支援。同时呢,炭材厂季厂长那里更要积极想办法,看能不能自筹一点儿。总之一句话,大家要把拳头握起来，齐心协力，确保合同所需资金，帮助炭材厂打好翻身仗。"

见陈书记和刘副县长都这么重视，这么大决心，再想想早几年炭材厂对地方经济发展所做出的贡献，紧接着陈书记的话，宋家昌开口表态道："好，县财政确实有困难，但由于是解决炭材厂的流动资金，使用期限又只有几个月，我这里表个态——再难，我们也要想办法筹集资金，支持炭材厂，完成大合同。"

"好！"叫过好后，为了把任务夯实，刘振国又道，"宋局长，你那里能筹多少？"

"五十万。"

"五十万？"

知道刘振国嫌少，宋家昌就叹了口气，道："只能是这么个数了，多了怕是筹不来呀！"

"那就给个整数——一百万。"刘振国开始加码了。

一听这么个数字，宋家昌吓得一愣，但他想了想，还是很干脆地道："舍不得孩子，套不住狼。好吧，就是砸锅卖铁，我们豁出去了。一百万！"

"好！我们眼下的鲁阳，缺的就是这种舍命精神。"落实了县财政这方面，刘振国把眼光投向了贾庆春，而且直截了当地说，"县财政拿一百万，农信社是地方经济发展的原动力，请贾主任想想办法，按一百万的目标抓紧落实。"

贾庆春微笑着点了点头，道："争取，争取。"就贾庆春的处事原则，向来是干在前面，而很少把功夫下在嘴皮上，即便有时说了，那也是干起来再说。可今天呢？攒满劲儿来那么一家伙，是想赶在前面把风险避开的。哪承想，风险不仅规避不开不说，又当了露头的椽子。有着这么个心理，当刘副县长向他下达任务时，他的态度就显得十分暧昧了。

然而，就当前的情况，没了农信社这坑水，还真的养不成大鱼，刘振国自然不会放过他，遂道："不是争取，而是落实。没得商量！"如此严肃认真地说了，瞄见对方愣愣地看他，遂扑哧一笑，诚恳又不无诙谐地道："豁出去吧，即便真的走了麦城，你也是英雄！"

贾庆春叹了口气，道："'工欲善其事，必先利其器。'可健中那里……一旦打住糜了，不好收场呀！"

"我们保证没问题。"季健中连忙把话接住。

贾庆春摇摇头，又沉思一下，模棱两可地道："走着看吧。"

一听这话，就要走过去了，刘振国又立马上前把他拉住，道："贾主任，你这态度，真的不行。"

贾庆春无奈，遂道："行行行，我想办法。"

这时，会场上这些财神爷们只有蔡金城在那儿写着什么，没见反应。刘振国等不及了，就道："蔡行长，你那里呢?"

"我?"蔡金城急忙合了本子装起来，道，"我赞成县委和县政府的意见，也支持这个决定。我们会积极去市行争取。至于能不能争取到，那就要看上边的态度了。"

一听这话，刘振国担心工行放空炮，耽误了合同，立马道："上边的态度固然重要，但你蔡行长的态度更重要。必要时我陪你过去。"

"多谢! 多谢!"蔡金城说着，唯恐走不脱似的，夹起公文包急急地离开了。

见是这样，季健中立时便愣在了那里。

知儿莫若母。尽管季健中还跟没事人一样，但母亲一眼就看出儿子心里压住事了。看儿子又紧不慢地在给床上躺着的人按摩，她就笑着道："行了，你妹妹刚刚给你爸爸按摩过。她前脚走，你后脚就回来了，又按了这么长时间，你歇会儿，让你爸爸也歇会儿。"

"妈，您想吃什么? 我给您做。"健中见母亲手里端着碗，不知要干什么就问。

母亲笑了，道："傻孩子，妈是看见你少气无力腰都直不起来了，指定是还吭吃饭哩! 洗手吧，葱花面条，一会儿就好。"

母亲比以前瘦弱多了，不知什么时候黑发已经都变成了白发。父亲由于脑血栓成了植物人，屈指算来已经两年零三个多月了。虽然健中的兄弟姊妹多，但都已成家立业各有各的事情，这样，不用绳就把母亲拴在家里哪儿也动不了了。一日三餐，父亲全靠鼻饲进食，一天得花多长时间呀!

时不时地翻身按摩，把没有知觉的病人伺候得干干净净，又得花多少心血和劳动啊！还有就像当下，儿女们回来了，饥了渴了她都在心里惦记着，想方设法让你吃一碗如意饭。于是，大家商量，决定雇个保姆帮忙，可是母亲一听就摇起头了，说用不着。

洗着手想着心事，季健中心里禁不住十分愧疚，觉得对不起父母。看到母亲端过来的葱花面条，闻到那种香喷喷的味道，季健中心里禁不住猛的一悸。

这时候，想想为打进北方钢铁那高不可攀的门槛儿操的那些心、吃得那些苦、受的那些罪，还有信心满满雄赳赳把合同拿回来了却又为钱所困。还有大洋彼岸，他是岳母娘跟前的半个儿呀！可自那日岳母独自一人去美国后，忙大华的事情不说，还要照顾外孙女，而他呢，他真的是把亲人都给忘到脑后去了。特别是天天，说是留下来不去美国了，但肩上压的担子，没有三头六臂，谁能担得起呀！可是，半年多来，莫说帮她做点什么，反倒让她时时为他操心劳神。还有父亲在床上躺着，作为长子，自己多天都没到父亲的床前了，真是忠孝古难全。

为了北钢的合同，他生贾庆春的气。是的，当下社会，一些人利欲熏心，上下勾结，形成利益链条，莫说合同欺诈、走私贩私，甚至连坑死人的假药、假酒都造出来了，还有什么事情不能干呢！可我季健中是什么人？难道你们不知道吗？还有，厂里的设备是旧了，但该换的换过了，没能力换的能修的也已经修了，而且北方钢铁的专家们也都认可了，还要怎么着？特别是蔡金城，天老爷呀，那是亲妹夫啊！

这么想了，季健中就像是沙漠中奋力前行的骆驼，实在困了、饥了、渴了、走不动了，只想停下来歇歇。又像刚刚懂事的孩子在外边受了委屈后见到了亲人，只想扑在母亲怀里放声大哭一场，倾诉一下。可是，他又不能放声大哭。他知道母亲和父亲一样，平生最看不起的就是那些哭鼻子的人，说那是懦弱的表现。

是的，那年，季健中的父亲被打成那样的人，降级降薪，若不是他有个神医般的能耐，指定被人家扫地出门。但这并不是厄运的全部。也就在健中的父亲扫厕所、挑大粪，没完没了被人监督劳动改造的同时，健中母亲也被人从县医院撵出来成了家庭妇女。全家人只靠父亲每月微薄的收入维持生计，又赶上"三年困难时期"，吃没吃，喝没喝，又四处都是疑惑的眼睛，那日子不难吗？可是母亲硬是从没掉过一滴泪，不仅让一家人都活过来了，还为季家添丁加口。

现在，伸手接过母亲递过来的葱花面条，季健中强忍住泪水，做出轻松的样子，亲切的叫声"妈"，说："儿子不孝，爸爸躺下两年多了，累都让妈受了。"

"妈就是这个命，也习惯了。"母亲说着，拉椅子在儿子对面坐下。作为过来人，也知道儿子的秉性，老人不用猜就知道儿子当下是为什么所累，遂道："吃吧孩子，妈知道你是在外边遇到扛不动的事了。不要紧，吃了这碗面再睡一觉，等养足了精神，什么都有了。妈相信，在俺健中跟前，从来就没有蹚不过去的河、迈不过去的坎儿。"

"妈，鲁阳太穷了，想办点儿事儿实在是太难了呀！"季健中愣愣地看着母亲。这时候，他不想落泪，可泪水却不由自主地流了出来。

"唉，不哭，不哭。要是不难，能让我儿去吗？"母亲说着，忙掏出手帕，起身为儿子擦掉泪水。

健中见此，连忙眨了眨眼睛，止了眼泪，自责地道："妈，儿子是不是太不中用了？"

"不！我儿能干。妈相信，什么事也难不住我儿。"母亲微笑着看着儿子，样子是那么的自信和骄傲。

从这微笑中，季健中看到了鼓励和信任，还有无穷的力量。

屈指算来，季健中已经越过了不惑之年，但在母亲面前，就仿佛还是孩提时代那样。他吃罢母亲特地为他做的葱花面条，就在父亲的脚头儿躺下来，从下午五点多开始，一觉睡到次日上午八点多了方才醒来。

这期间，季健中的弟弟妹妹们不断地回来。可是他们一进门就被母亲拦住，并被告知，脚步要放轻点，不要弄出声音来。特别是健辉都回来两三次了，看看人还没醒，就存不住气了，道："妈，大哥怎么还没醒啊？"

母亲就尽量把声音压低了说："你哥哥太累啦！"

赶在这时候，天天也从新加坡打来了电话。

那日，就是天天出面还四里营村民租地款的那个月底，由于不回美国了，根据公司新的发展需要，梁婉君代表大华珠宝董事会，任命天天全权负责公司在亚洲的所有业务。这样，为着新的投资能尽快见到红利，天天就把与鲁阳方面商谈下来筹建玉雕厂的所有事情交给表弟春生，紧接着就出国去了。现下，鲁阳炭材厂的生产、经营情况如何，天天心里着实是无时不在挂念。因为，她知道丈夫肩头的担子也实在是不轻呀。

此刻，一听人从东北回来了，婆婆要去叫醒他，天天虽急于知道合同的进展情况，却又连忙制止，说让他好好儿睡一觉歇歇吧。

当然，在这十几个小时里，尽管他糊里糊涂还做了一些梦，但自上山下乡回到城里以来，还从来没有这么放松过，如此舒舒服服、毫无牵挂地睡上这么一大觉。

正像母亲说的那样，一觉醒来，季健中身上真的蓄满了力量。

洗漱毕，卷着辣椒炒鸡蛋和大葱，吃了母亲烙出来的又薄又软又筋又香的烙馍，喝了一大碗加了冰糖不热不凉的绿豆粥，那样子是把一切疲劳和烦恼全都抛掉了，季健中的心情特别好。活动了下胳膊腿，季健中来到父亲的病床前。看看尿袋里有了一些尿液，他就取下来倒在厕所里。返转回来，他为父亲翻了身，把尿袋又重新系好。腾出手，他换上白色衬衣，系上一条浅蓝色领带，又特地给皮鞋涂了油擦亮穿上，跺跺脚试试挺满意的，这就穿上马甲和风衣，遂对正给父亲洗尿布的母亲说："妈，我走了！"

看看儿子把自己打扮得英俊潇洒，走起路来总是那么精神和自信，健中母亲感到十分欣慰。听儿子这么说，就笑眯眯地道："走吧！万事开头难，挺过去就好了。"母亲说着，起身从口袋里掏出一包人丹，又道，"你爸爸就那样，有妈在，你放心吧！"说着，把人丹递给儿子，接着道，"闷了困了丢嘴里几粒，一会儿就精神了。"

"好！"健中应着，接了人丹走出院门，抬头一看，立时愣住了。

因为，他看到蔡金城来了。

就在刚刚的时候，蔡金城往炭材厂季健中的办公室打了个电话，想给大舅哥解释一下贷款上的事。听听没人接，料定人在家里，这就赶了过来。此刻，看见健中沉着脸愣愣地看他，蔡金城扑哧一笑，道："哥，这是生我的气了吧？"

"能不生你的气吗？学会跟人家演双簧不说，还就数你脱得干净溜得快！"季健中没好气地说，"这么大一件事，你的态度如此暧昧，你对得起书记、县长的一片苦心吗？"

蔡金城道："银行的投资导向有变化。"

季健中道："我管不了那么多。我问你，县委、县政府领导都这么重视，你究竟打算怎么办？"

蔡金城道："有困难，而且困难不小。再说了，你何必冒那险？"

季健中道："行了，我有事。"

"哥！"蔡金城想喊住就要从身边走过去的季健中，但季健中头也没回地走了。

这时，有关季健中从东北回来的消息全厂人都知道了。而且还知道这个新上任的厂长从北方钢铁带回来个五百多万元的大单子。在全厂干部职工心里，这份五百多万元的合同分量，远远不止那个数。这样，随着产品对企业利润贡献率的增长，单位效益好了，职工的日子也会慢慢儿好起来。特别是当大家听到县委、县政府成立了"大干一百天，完成北方钢铁供货任务指挥部"的消息后，全厂干部职工的干劲儿更大了。大家知道，有县委、县政府的支持，就没有克服不了的困难。

厂党、政、工联席会上，季健中向大家通报了北方钢铁招标的过程，还有北钢对炭材厂的期待，以及回来后县委、县政府主要领导的重视和财政的支持。说到资金缺口，健中知道压力很大，自筹难度也很大。但他相信县委和县政府的领导，还有自己克服困难的决心，他就把干劲儿给大家鼓得满满的。

于是，从领导到职工，继扬子钢铁合同之后，大家更是跃跃欲试，冲天的干劲儿，再一次被激发出来。

鲁阳炭材厂——这艘在大风大浪中搁浅的航船，在季健中的带领下，又要扬帆起航了。

看着各项工作都平稳有序地开展起来了，季健中腾出空来，就把所有的心思集中到筹资一事上。毕竟资金跟不上，前边所有的工作，都将会半途而废。

他觉得，企业不景气，就职工工资来说，虽然想尽办法补发了几个月，但拖着没发的工资，仍然有两三个月。因此，季健中不想在企业内部集资。那么，缺口资金又该怎么解决呢？

第二十五章　知难而上

就在季健中闷闷不乐，把自己关在办公室里毫无办法的时候，他的门被人敲响了。

开门一看，季健中心里禁不住一惊。来者不是别人，而是南方院驻鲁阳炭材厂工作组组长刘文革。

当下，在季健中心里，由于十分清楚地看透了刘文革的为人，说句实在话，他真的不想理他。可是，出于交际上的礼貌，季健中还是十分客气地道："哎呀，是刘组长回来了。来来来，请坐、请坐！"

寒暄过后，刘文革就开始以他小人之心度君子之腹。他首先不无嘲笑地说，这么大个合同，说季健中没少在下边走路。还说他为上国家的大高炉，花掉的银子那是多了去了，屁事也没办成，遂向季健中讨要公关经验。对此，季健中在此人面前什么也不想说，就笑了笑不无敲打地道："制造新型炭砖，你刘组长有商业机密，而且七八年都不外露，我季健中能攀上国家的大高炉，自然有公关绝招，能告诉你吗？"

这么简短的交锋过后，一向傲慢不羁的刘文革，十分亲切地叫了一声"季厂长"，笑着说季健中不够意思，不瞎扯了，随即把脸一沉，仿佛他就是钦差大臣，道："我今天来不是代表我自己，而是受院里的委托来的。目的只有一个，就是关于北方钢铁合同的执行问题。这不仅是联营厂的事，也是我们院的事，因此院领导很重视。你知道，鲁阳炭材厂的装备已经老旧，到了该报废的时候，承担这么大的供货任务风险很大。产品质量不能有一点儿马虎。我知道你为拿到这份订单下了很大力气，真的很辛苦，理应得到应有的回报。但事物都是一分为二的，这个不用我解释。特别是北方钢铁的订单，季厂长，你想过没有？责任天大呀，要是把合同执行砸了，它不仅是经济赔偿的事，而且要坐牢的。"

季健中猜出对方别有用心，遂不温不火地说："刘组长，那你的意思呢？"

刘文革直言不讳地说："我的意见是，合同仍然对准鲁阳炭材厂，配套产品如捣料、胶泥等也由鲁阳厂生产。但主导产品第四代和第五代新型炭砖在湖北厂生产。那里的工艺、装备很先进，这样才能确保万无一失。"

短短的一席话，使季健中怒不可遏。登上北方钢铁大高炉这个台阶，是鲁阳炭材人日思夜想的大事。在行业市场开发方面，可以说是一张无形的通行证。莫说在国内，就是在国外冶金界，那也是令人刮目相看的。这是巨大而又无形的企业市场资本，更是金钱无法买得到的，这道理人人皆知。拥有了这张通行证和这么大的企业市场资本，谁还会再小看鲁阳炭材厂呀！可如此大的好事，人家刘组长就像哄小孩儿似的，不仅要你拱手把这张通行证让出来，而且与你怎么都担不起的天大责任联系起来，说这一切都是为了你好，这就不难让人思量了。要知道，刘文革能说出这样的话，那不是可笑和幼稚，也不是滑稽与荒唐，而是卑鄙至极的强盗逻辑使然。

说起刘文革，祖辈都是乡下种地的农民。祖上最鼎盛的时候是他太姥姥那辈，光名下的稻田就有七八百亩，而水磨坊和油坊在当地更是小有名气。就当时那阵势，老刘家还真是富甲一方。可是，晦气事来了。在他家的水磨坊里发现了一具无头女尸，一场官司下来，老刘家只差没有拉棍子要饭吃了。但"祸兮福所倚"，土改时刘家成了贫农。一九四七年深秋，在人民解放军第一次解放韩坪的隆隆炮声中，刘家添一男婴，爷爷给他取名叫刘财旺。希望他给家里带来好运，使家境富足。一九六六年春，那场"运动"开始，正在韩坪高中读书的刘财旺背上行李，在点燃革命烈火北上南下"大串联"的路上改名"文革"，表明他参与斗争的心情，是多么难以抑制和狂热。之后，随着中央"抓革命，促生产"指示精神的落实，刘文革离开学校，在他的老家象山食品公司跟人家学杀猪。大学恢复招生后，刘文革沾他在县文教局当革委会副主任的姑父的光，走后门当了工农兵大学生。而后，刘文革被公派到日本留学。回国后，分配到南方院新材料技术推广中心。

之后，杨老杨逸菡的科研团队成果迭出，刘文革也发挥过不少作用。南方院新材料技术推广中心与鲁阳炭材厂横向联合，作为新型炭砖项目组成员之一的刘文革，以他当年投身洪流时的那股热情，说要下基层锻炼，在无产阶级革命大熔炉中把自己百炼成钢，遂毛遂自荐，便以组长身份，到鲁阳来了。

南方院和鲁阳炭材厂的联营期共十年，现在距合同期满还有两年多点儿时间。但这个善于脚踩两只船的刘文革，早已是身在曹营心在汉了。

因为刘文革权欲大、私心重，又善耍小聪明。作为南方院驻鲁阳炭材厂的主要领导，刘文革以专家团队和大城市来的高级知识分子自居，一开始就拿鲁阳人当眼子，总想一手遮天，把便宜占尽。可是时间一长，人们看透了，他的手段就再也不灵了。加之两年前他回老家奔丧，爱摆谱的刘文革把大话撂出去了，又赶上温来运把他看上的女大学生弄走不说，还在董事会上同他公开叫板，而且破釜沉舟地干了一仗，他就由气生恨，再由恨生仇。于是，他的心术就不正了。想想他给韩坪人夸下的海口，以及韩坪人给他许的愿，刘文革遂背信弃义，名义上说是要兴建海外出口基地，并获批在湖北韩坪又建了个炭材厂，实则是对鲁阳人怀恨在心，是变着法子打背后抽鲁阳人的台子板，把厂子晾在一边了。

可眼下，有了北方钢铁这么有名气的国家大高炉订单，鲁阳炭材厂不仅灭不了，而且还会很快红火起来。刘文革通过向北方钢铁耐材公司的副总朱正打听消息。得知鲁阳炭材厂如愿以偿拿下北方钢铁大订单的消息，他是又急又恨。这二人，不仅是当年留学日本时的同窗好友，而且臭味相投，无话不说。特别是对杨逸菡和唐运生两位高工三下北钢一事，他觉得这是胳膊肘往外拐，遂气得火冒三丈。但他哑巴吃黄连——有苦说不出。一来这两人一个已经退休，另一个也面临着退休，干什么是人家的自由，他干涉不了。二来南方院和鲁阳炭材厂联营协议尚未到期，两个人的工作，不管出于什么目的，都是符合联营协议所规定的条文，并未犯忌。再者，刚到南方院新材料技术推广中心的时候，这两人又都曾带过他，是他的恩师，从面子上说，他没资格，也不好意思对两位老师说三道四，指手画脚。

眼下，湖北韩坪炭材厂方面信心十足，可拿不来订单，又不能一开工就给工人放假，这就把人急坏了。

怎么办呢？面对被他弄僵了的合作关系，还有被他捣趴下又要一下子红火起来的厂子，起了外心的刘文革不仅容不下，更觉得这比打脸更让人难堪和无法接受。

想起鲁阳是全国挂了名的贫困县，再想想炭材厂目前的状况，刘文革粗略地估算了下，要完成北方钢铁大高炉供货任务，没有四百万资金是不行的。然而，对于鲁阳炭材厂来说，这笔投资不亚于天文数字。况且县里穷，即便有了订单，政府方面也不可能从资金上给你支持，而唯一的办法，就是向银行申请贷款。

这么想了，刘文革知道工行蔡行长是季健中的妹夫，他不便多说。同时，银行有规矩，不是谁想干预就能干预的。但农村信用社就不一样了。从某种意义上来说，它就是政府的小金库。为此，他急急忙忙赶在季健中前头，从韩坪专门回到鲁阳走进了农信社主任贾庆春的办公室。

刘文革与贾庆春是老熟人，并且南方院驻鲁阳工作组的账号在农信社，有业务往来。为了堵死季健中想通过农信社贷款这条路，刘文革采取欲擒故纵的策略，针对贾庆春公私分明的性格，也是下了一番功夫。当然，他这次过来跟以往不一样。以往来，是公事公办，而此时则是假惺惺地以老朋友的关系找对方商讨贷款一事。说厂里最近接了一个大国企的订单，但设备用了十多年，很难再维持生产了，不过全厂上下会努力克服。有些话，别人不好说，作为老熟人，他过来先打打招呼，能放一马就放一马，千万不要那么认真。如果到时候真要派人到厂里考察装备，让贾庆春心中有数，不管怎么着，一定要想尽办法把款贷出来。要不然，那么大的高炉，又是国家重点骨干企业，攀上了却连合同也执行不下去，不是光丢企业的人，地方上哪方面的脸面也不好看。再者，既然和人家签了合同，那就得执行。否则，耽误人家，或产品出了问题，赔几个钱事小，按法律甚至要抓人。另外，南方院的工作重心已经调整了，在鲁阳工作的专家和技术人员也已派到湖北去了，因为湖北的出口基地已经建成。不过不要紧，鲁阳是他的第二故乡，他还会一如既往地给予支持，等等，反正长短说了一大堆。刘文革这是使的反向思维术，尽管里边漏洞百出，但此时的贾庆春，满脑子挥之不去的就是炭材厂要完蛋了，其他的什么也听不进去。

这个贾庆春，大半辈子在金融战线上摸爬滚打，道上的事他知道得比谁都清楚，遇到的风险也是多了去了。听了刘文革的一番话，他本是要亲自到炭材厂看看的，可是有事没去成，就派手下人暗中对炭材厂进行了了解。一听跟刘文革说的大差不差，遂在紧急会议上当着陈书记和刘副县长的面，他就这了那了，冠冕堂皇地提出了一大堆问题，接二连三地向季健中发难，中心意思是担心炭材厂出现闪失，让地方上也跟着受拖累。

做好了这番功课，断了季健中的财路后，刘文革就打着他的如意算盘，觍着厚脸皮来找季健中。

然而，季健中早就看透了刘文革的为人，用句土话说，对方一撅尾巴，他就知道要拉什么屎。于是，他就十分不快地道："刘组长，你的想法是不是太过天真了。我说两点意见供你参考。首先，鲁阳炭材厂虽然是个小厂，但它是国有企业，但凡涉及厂里的人、财、物、产、供、销等重大事项，必须报县里同意，我本人当不了家。其次，北方钢铁是大型国企，这么大的合同，人家也是非常认真和严肃的。若不然，人家也不会派出十多人的专家考察团前来考察。现在，不经对方同意，把合同转让给别人，这和你说的一样，也是要承担法律责任的。因此，你说的事，我无权办，更不会办。"季健中不紧不慢、不急不躁一推六二五把刘文革心里打的如意算盘给拨拉到一边了。

但刘文革自有他的说辞。待季健中话一落地，他便道："这没问题，政府方面的工作我去做。为了我们两家好，我会让他们掂量出轻重。至于北方钢铁总厂那边，我会作出解释，让他们知道鲁阳炭材和韩坪炭材是姊妹厂，都是在南方院的支持下建立起来的联营单位。之所以当下要这么做，是因为任务重，技术难度大，为了保工期、保质量，我们是分工协作。如果对方有异议，我可以让我们全院长请部领导亲自出面协调解决。"

见刘文革不死心，季健中遂笑了下，软中带硬地说："刘组长，我是厂长，这个合同是经我一手签回来的，我要是不同意呢？"

"季厂长，有些事情你可能误会了。"刘文革愣愣地看着季健中，又道，"由于鲁阳炭材厂条件所限，已经不可能再往大的方面发展。根据南方院总体发展战略和基本工作思路，有关新型炭砖研究及推广工作重心已经转到湖北韩坪去了。眼下，你尽管把杨老和唐工给请来帮忙，可那能行吗？这是大生产，是系统工程，凭的是科学，靠的是技术，仅凭一两个退了休的老头子，能撑得起天吗？北方钢铁是国家冶金行业的排头兵，这么大个事，不敢有一丝的疏忽呀！你是明事理干大事的人，应该知道，我之所以这么做，既是为两个企业着想，更是为你好。你想想，咱这儿虽是国有企业，可说大了还没有南方人家的私人作坊规模大。接这么大的单子，一旦出了问题，你怎么收拾？"

"谢了！"季健中一反常态，面带微笑，然而又是一本正经地说，"我不同意。"

刘文革没想到会是这么个结局，遂有些气急败坏地说："你有钱吗？这么大的合同，没有四五百万现款，你就干不下来。如果延误了工期，违约了，按合同包赔人家罚金事儿小，怕是你从此就再别想翻过身了。知道吗？"

"我知道这里边的利害，心中自然有数。至于钱，我会想办法，也请你不必杞人忧天。"季健中信心十足，而且把硬话也撂出来了。

刘文革愣住了。想想在湖北新起的那盘炉灶，觉得不趁自己身为南方院驻鲁阳全权代表的权力，想法把季健中拿到的北方钢铁高炉供货合同弄走，一旦鲁阳炭材厂就这么做大了，无论在南方院领导面前，还是在鲁阳人面前，自己的那一套，指定是网包抬猪娃儿——露出蹄爪了。如果是那样的话，自己将从此威风扫地不说，还留下一个宁折不弯的竞争对手。这么想了，刘文革遂灵机一动，破釜沉舟地道："季厂长，这样吧，为跑北方钢铁这份合同，你是费了心，也知道你花了不少钱。当下，鲁阳炭材厂也实在困难。作为姊妹厂，有责任帮一把。我代表湖北韩坪炭材厂向你承诺，只要你同意把合同让出来，韩坪方面愿给鲁阳炭材厂划拨五十万元的业务费。不干活净赚五十万，这总可以了吧！"看季健中听了不为所动，刘文革心一横，仿佛博彩场上输红眼的赌徒，几近气急败坏地加码道，"五十万不行，我出一百万，总可以了吧！"说罢，他咂了咂嘴，解释道，"你想想，这个合同有多少油水？说句实在话，累死累活不说，还得担惊受怕，干完也不可能有一百万元的利润。"

"利润是不大，这我知道。"季健中直直地看着刘文革，"但不管你说什么，即便将来干砸了，甚至把我这条小命搭上，我都不会转让这个合同。鲁阳厂的设备，跟你新建的韩坪厂的设备比肯定有差距。还有，你把南方院的技术人员也都撤走了，眼下的鲁阳炭材厂，要人没有人，要钱没有钱，各方面是很困难。但我不怕，也难不倒我。"看看刘文革一脸不甘的样子，健中又道，"刘组长，念你在鲁阳待过这么长时间，也做了许多工作，我尊重你，也谢谢你！但我还是要提醒你，希望你记住，精明是好事，但精明过头，把周围的人都看成傻子，那就不一定是精明，甚至会彻底毁了自己的名声。"

"行，你能，你有本事，你干吧！"刘文革看说不动对方，遂恨得咬牙切齿，拂袖而去。

这里，刘文革前脚走，杨逸菡后脚就到了。

看季健中紧着给他倒茶，杨逸菡打出手势给谢绝了。转身朝外边刘文革走去的背影看了下，急急地道："他来干什么？"

季健中淡淡地笑了下，道："他愿意出一百万。"

"出一百万干什么？"

"把合同拿走。"

"卑鄙至极！"杨逸菡气得胸脯一鼓一鼓的。

倒了茶，看对方捧在手里却没有喝，季健中知道老人在为他着急，他不愿老人这样，就笑了下，道："喝点儿水吧，也别太往心上去。怎么说呢？世上没有蹚不过去的河。"看杨逸菡皱着眉头没接腔，又自信地道，"放心吧，有您老在，还有大伙儿的支持，我说一句大话，在我季健中面前，只有改变不了的过去，没有改变不了的现在。"

是的，回首走过的路，季健中真的就是这么个人。但面前的困难，可不是当知青下乡或是筹建石墨矿那阵。那时候，沟口村的山山岭岭，就是他广阔的用武之地，只要舍得流汗水、下力气什么事都能干成。即便是要建的矿山道路再远，坡再陡，沟再深，或是那荒无人烟野狼出没的地方，但有银行的支持，他又不怕舍掉身上十斤肉，还能有什么事情做不下来呢？可眼下就不能同日而语了。

县财政在紧急会议的第二天就把筹到的款子拨过来了，但一百万元对整个合同来说，还是杯水车薪。这时候，杨老想到了自己，也想到了南方院那些高工们。

这几年，国家改革开放，上上下下的积极性和创造性都真正地被激发调动起来，在推动国家各项建设飞速发展的同时，人民群众的钱袋子自然而然地也鼓了起来。别的不说，就拿南方院来说吧，工资与效益挂钩，上不封顶，下不保底，在一大堆成果面前，许多人都进入中级和高级职称系列，领奖金，拿补助，过去七八十元的月工资，现在一下子能拿到五六百，甚至一两千元，那是真的有花不完的钱。还有自己家里，闺女是财会专业，一毕业就分配到设计院财务处去了，不愁吃，不愁喝，无忧无虑。家里五口人，除了一个读书的学生，剩下的四个大人工资收入都不低，这就开始理财，每个月都有余钱存到银行里，利息虽然不高，却是在不断头地生财。

结合当下鲁阳的现实，杨老就想，南方院和鲁阳炭材是联营单位，有了这么大的单子，炭材厂职工们手里没有钱集不来资，但作为联营单位的南方院为什么就不能出点力呢？因为这是同样的义务呀！况且都是理财不说，若把院里职工手里的余钱集到厂里，支持炭材厂完成这个合同，不仅院里年底可以分红，对职工个人来说，红利比国家银行定期存款的利息高出三倍还要多，谁会不高兴呢？

这么一想，杨逸菡就兴冲冲地道："健中啊，你不用发愁了。找钱的事，我倒有个想法，保管能行。"

"啊，什么想法？您说呀叔！"季健中都有点急不可耐了。

杨逸菡道："这几年，这难那难的，折腾的炭材厂塌架了，职工们吃饭都成了问题，手里哪会有钱？炭材厂和南方院是联营单位，他们也应该集点儿资，支持一下嘛！他们谁的手里可是都有钱，集它七八十万不是什么难事。"

季健中心里豁然亮堂起来。

当着杨老的面，季健中拨通了刘振国的电话。

一听是这么一个事，不仅仅是刘振国，正为炭材厂着急发愁想办法的陈书记立时也高兴了。

也就在当天，根据县政府常务会议形成的意见和建议，季健中通过电话征得南方院吕继忠处长及有关部门领导的认可和同意，这便带上县政府出具的推介信，由杨老杨逸菡亲自领着去了南方院。

本来也就是抱着试试的态度，但谁知杨老的这一建议效果显著，再加上是由他亲自出面组织的集资活动，效果比预期的还要好，居然筹集到了将近一百万元。

与此同时，也就在季健中到南方院去的当天，鲁阳方面的陈书记和刘副县长分头行动，全县上下立即动员起来想办法、伸援手，遂应了"众人拾柴火焰高"这句老话，资金总额居然筹集到了将近四百万元，基本满足了生产急需。

于是，鲁阳炭材厂"大干一百天，完成北方钢铁大高炉供货任务"的大幕终于拉开了。

第二十六章　人生命运多坎坷

对于鲁阳炭材厂人来说，终于遇到了重生的机遇。尤其是李德昌，心里有掩饰不住的高兴。随着生产的发展，炭材厂共青团工作也在不断加强。

这天，团县委的批复一下来，李德昌下班后连家都没回，就急急地朝小桃家来了。

小桃家紧邻火车站，也就十多分钟，他就看到了那个想进又不敢进的院门。因为小桃妈就在自家的门前摆摊儿，为着自己的宝贝女儿，院门她看得可紧了。尤其是对李德昌，炭材厂发不下工资了，德昌家那边又呒办法，为着女儿的将来，从未求过人的小桃妈，不知费了多少心血，又不知下了多大决心，央亲戚托朋友在一家局委下边新成立的公司给联系了份工作。德昌的文笔好，人家需要个文秘。遇到这样的口，那就是十分难得的机遇，可是德昌却最终没去。

这下坏事了，就在院门口，小桃妈劈头盖脸把德昌一顿数落后，咣当一声，就把院门关上了不说，还撂下狠话："走吧，你有本事，你走你的阳关道，俺过俺的独木桥。"

此刻，伴着月光，远远地看着，好不容易等到小桃帮着母亲把摊儿收了，又等到院里消停下来时，德昌早急出了一头汗。因为不好意思光明正大地进院，他是想神不知鬼不觉地翻墙进去。可是，临到跟前时他才发现，院墙虽然不高，但年久失修，上边的砖活络了不说，还有几盆仙人掌，使人无法近前。但这挡不住德昌。毕竟，二十三岁的年轻人，有心上人在，莫说这些困难，即便刀山火海又能怎样呢？

四处观察了下，他找来一把缺了腿的马扎靠在墙上，又小心翼翼地把仙人掌往一旁移了移，遂朝院子里看去。

上房屋那边黑洞洞的，断定劳累了一天的老人已经睡下了，而西屋里则明灯蜡烛的，而且屋门和窗子都开着。

这时候，他虽然不知道小桃在干什么，但他心里十分高兴。此番做贼般过来，要的就是这一刻。

为了不弄出响声稳妥进院，李德昌看准位置纵身一跃落在院子里。还好，一切都挺顺利，只是落地的时候有只手摁住地了，黏黏的不知摸住了什么。放在鼻子上一闻，原来是块肥皂头儿。

尽量不弄出响声，李德昌摸索着拧开院子里供平时洗衣服、浇花用的自来水把手洗了下。

甩着手上的水，德昌怕吓住小桃，就不敢直接进屋，而是朝窗子走去。可是，刚要接近窗子什么还没看到，随着低而沉的一声断喝"别动"，一个硬邦邦的东西抵住了德昌的腰窝。

他本来就胆小，又是这么进的人家的院子，立时，德昌吓得魂都要飞了。可愣愣地回头一看，正看到心目中那张画一样美丽的脸。

"好你个小桃，吓死我啦！"压低声音说罢此话，李德昌张开双臂就把小桃紧紧地抱住。

小桃高兴极了，当嘟一声，手里的棒槌就丢在了水泥地上。

就在窗前的空地上，这一对热恋的人好一阵热吻。

从小学到初中，再到高中，小桃和德昌都是同班同学。德昌内向，整天都闷声不响的，在同学们眼里，几乎注意不到他的存在。在小桃心里，真正让她眼前一亮的，是初中一年级开学不久的时候。那天，班主任老师随堂向同学们展示一份作业，页面整齐干净不说，洋洋洒洒八百多字的作文，全都跟蜡版上刻出来的一般。那时候，由于年纪小，同学们大都对学习好坏还并不特别在意，加之李德昌属于那种大堆上人，又总是默默无语的，这样，好学生李德昌的名字，就仿佛是天上的流云，飘过去也就飘过去了。哪承想，关键时候他还有惊人举动。

那年，暑假快要结束的时候，小桃和几个同学头一天就商量好了，待次日天一明，她们就结伴出发到山里去。听说山里到处都是野果子，她们铆着劲儿到山里采摘果子，计划做山楂糕。可是，转了大半天也就采了没多少，而且还都是歪把儿咧嘴儿没人看上眼儿的劣质货。显然，采摘山楂果的季节已经过去了。待到就着泉水吃了干粮歇过来劲儿的时候，有个同学眼前忽然一亮，遂出了个主意。于是，她们不去找山楂果了，而是跟一棵沙梨树较上了劲。可是，树虽不高，却不是伸伸手就能够着的。这样，看着满树的果子，她们只能干着急。这时，有个同学找到一个带钩的树枝。于是，"咔嚓咔嚓"几声，连果子带树枝弄了一地。一个个正摘得高兴，一老三少山里人到了面前。一听"沙梨摘就摘了，把树枝弄断了明年还让不让结果"的质问声，小桃她们一个个全都傻眼了，知道这是找了祸事。被人家截住不让走了，几个人脸都吓白了。突然，仿佛从天上掉下来似的，李德昌到了，并大远就扯着嗓子道："放开她们，沙梨树是我弄坏的。"

那天，她们安全回了城，但小桃连晚饭都没吃就从家里溜出来。她这是惦记着李德昌的安危。可是，推开院门一看，被惦记的人正在院子里洗脸呢。

满心的纠结无法释怀，小桃道："人家把你放了？"

李德昌咧咧嘴，慢悠悠地道："不放我，他们家就得添一双筷子。"

至于是怎么被放了，德昌不说，小桃始终也没有问，但德昌的形象就此在小桃心里扎了根。

在高中阶段，但凡遇到弄不太清楚的问题，不管是数学，还是外语，小桃总能在德昌这里找到准确答案。

可是，高考下来，考上大学的都走了，而李德昌这边却始终没有动静。包括校长和教导主任在内，都说这是被人顶替了。德昌更是这么想。他托人查了高考分数，也准备好了要付诸法律，而且材料都装进袋子里了，但他又叹了口气，安慰自己道："也许这就是命。"

当时，正赶上炭材厂招工，李德昌以总分第一的成绩，成了炭材厂的员工。

而小桃在临近高考的时候，由于父亲突然病故使她痛不欲生，加之母亲又生了一场病，小桃日夜守在病床前，这就把学业耽误了。觉得没希望，她就连考场都没进。没办法了，她学了服装裁剪。接下来，在团县委组织的一次义务植树活动中，李德昌和小桃不期而遇。一看还是那么个闷不拗儿的样子，小桃姑娘心里好生喜欢。在她心里，她真的就爱李德昌这个闷不拗儿的性格。这样，两人接触了几次，尽管谁也没有明说，但牢固的恋爱关系就此确定下来，直到当下。

此刻，在小桃妈住的堂屋里，大概是棒槌落地的响声惊到了母亲。那里立时传来问话声："桃子，啥响哩？"

"妈，呒事儿，我踢住棒槌了。"随着哧哧的两三步之外都很难听见的窃笑，小桃把德昌拉进屋里。

"怎么呒睡？"

"睡了还能逮住你？"

"那你是等我啦？"

"想哩美！"小桃说着，白了德昌一眼，又合不拢嘴地笑着道，"学会飞贼了，竟敢翻墙入室。"停了下，又道，"你说吓住你了，你摸摸——我的心到现在还嗵嗵嗵嗵跳得厉害哩！"话说到此，她把德昌的手拉起来朝自己的胸脯上摁去。

德昌愣住了，他哪经过这呀！

温暖、柔软而又极富弹性的酥胸让他禁不住猛一激灵，仿佛触了电，猛地抽回手朝小桃看去。

意识到大意了，小桃羞得把脸扭到一边，头都不敢抬了。

好事凑到一块儿，李德昌心里美极了。他拉住她的手，而她则立刻朝他看去。

德昌道："告诉你个好消息。"

"我知道，炭材厂挺过来啦！"小桃喃喃地道。

"还有。"

"还有什么？"

"刘组长他们不是都到湖北新建的厂子去了嘛，可万没想到，早先那个杨工不仅又回来了，还帮着厂里连续搞到两份大合同。都是前所未有的，大伙儿的积极性从来就没有这么高过。另外还有一个好消息……"

见对方话说半截打住不说了，小桃等不及，就催促道："说呀，还有什么好消息?"

德昌有掩饰不住地高兴，道："为配合企业生产、加强企业团组织建设，激发和调动全厂广大青年投身到'大干一百天，完成北方钢铁大高炉供货任务'活动中去，在厂团支部改选中，我也进步了，当上副书记了。"

在小桃心里，之所以认定了德昌，抛开别的一切不说，一条最为重要的就是隐藏在德昌内心深处的上进心。想起两人的事，小桃沉思了下，喃喃地真诚而又动情地道："不盼你将来能怎么着，只求你不甘落后我就满足了。"停了下，"明天你过来，看俺妈还有什么话说。"

德昌牵挂的就是这事。现在目的达到了，他心里跟喝了蜜那样甜。扭头看见一旁的缝纫机上放着一些碎布块儿，就道："你这是做什么? 还连明彻夜的。"

"这呀——"小桃说着，伸手拿起一顶已经做好的牛仔布前进帽。她看了下，遂咬掉线头，把帽子戴在德昌头上，并拿出小镜子让德昌看。

镜子里，人本来就帅气，这就更加精神了。

看看帽子，又看看案子上放的半成品，德昌愣愣地道："一顶都够戴了，怎么弄这么多?"

小桃道："厂里有的是边角料，仨钱不值俩钱的，买回来动动手，还能赔了不成?"

这真是个好主意。碰上聪明能干的小桃，德昌心里高兴极了，而唯一能表达的，就是把对方搂进怀里使劲地亲了下。

与心爱的人相处，两人都有说不完的亲密话。

说笑声中，小桃把缝纫机踏板蹬得咯噔咯噔响，德昌则在一旁打下手，把帽檐、帽圈儿烫得平展熨帖。

第二天，赶在傍晚收摊儿的时候，小桃遂把炭材厂当下的情况说给了母亲听。

想起那天的一句气话把女儿的事耽误到现在，小桃妈心里也有悔意，遂在哀叹声中道："女大不中留呀!"

得到小桃妈暗许的消息后，德昌遂置下礼物过来了。

小桃妈见德昌正襟危坐的，沉思一下，招手让德昌坐在身边，道："小李呀，你生阿姨的气吗？"

一听这话，李德昌摸不透对方心里想的什么，遂笑嘻嘻地实话实说，道："阿姨，您把小桃养大，还这么有出息，又同意让小桃和我相处，德昌感谢您还来不及呢，怎么会生您的气呀！"

"不是这个，我是说大前年。"小桃妈看着李德昌，见对方愣愣地看她，就笑了下，"那天你和小桃商量结婚，阿姨没同意，知道为什么吗？"

"知道！"李德昌道，"生活艰辛，您现在又下了岗，您是担心小桃过门后日子不好过，这个我理解。"

"理解就好。当父母的，谁不盼着自己的儿女把日子往好处过？是不是？"小桃妈见德昌点头答应了，就笑了下，又道，"你知道，阿姨原来在食品厂工作，还创造过'九根鸡毛上天'的佳话，省里的大报纸都登了。可后来呢？撵不上形势了，食品厂倒闭了。要技术没技术，要文化没文化，年纪也大了，没办法，只能在大街上摆摊儿。风刮日晒，不说吃苦受罪，单单每天都是天不明就得把摊儿支上，大半夜了还在大街上瞪着眼等人买点儿什么。小李，你能行吗？"

李德昌先是愣怔了下，紧接着又懵懵懂懂地点了点头。显然，对小桃妈眼下的境况，别说让他经历，怕是连这方面的思想准备也没有。

看透了对方，小桃妈笑着道："你不行。"

"我行，我不怕吃苦。"他爱小桃，为了表示决心，李德昌挺直了腰。

小桃妈道："不错，你能吃苦，也很聪明能干。可阿姨断定——你拉不下这个脸。"

这话把李德昌头上的汗一下子就急出来了。因为好不容易盼来了工厂起死回生的好时机，两人才喜气洋洋地同老人商量婚事，而小桃妈的这番话，分明是把李德昌给否定了。如此这般，结婚之事还有希望吗？

一旁，小桃也急了。她怕德昌脸上挂不住，更担心母亲不吐口。借着倒茶，小桃悄悄向母亲暗示了下，又压低了声音，道："妈，人家德昌有志气，不说大富大贵，过日子指定不会比别人差。再说了，炭材厂已经今非昔比了，您还担心什么？"

"我能不担心吗？"小桃妈道，"炭材厂眼下是有了起色，可日后呢？谁敢保证？"

"哎呀，妈！"小桃道，"德昌是人，不是神仙，日后怎么着他看不到。"

"我看得到。"德昌道，"这话我过去不敢说，现在我敢说。"

"敢说？"小桃妈道。

"敢说！"德昌道。

"凭什么？"小桃妈质问。

"凭什么？"德昌沉思了一下，"炭材厂虽然是个小企业，又坐落在山沟里，但我们的产品、技术，全世界独一无二，没有不红火的道理。"

"还有吗？"小桃妈道。

"有！"德昌的心跟炭材厂贴得紧，心里有底气，说话就有力，"执行北钢这么大的合同，无论是资金，还是生产工艺、技术，各方面都有困难，可有季厂长领着，我们什么也不怕。"

听听是这么个理儿，小桃妈遂叹了口气，对德昌道："你说得不错，你们厂的情况，我也听说了。还有你们的季厂长，阿姨虽然不认识他，可我整天在大街上坐着，南来北往的，见的人多了，听的事也多了，那是个好厂长。可阿姨气就气你太死心眼儿。你说说，阿姨费了那么大劲儿，好不容易遇到个口儿，虽说比不上县委、县政府那些部门牌子大，可那家公司靠着局委，也不是谁想进都能进的。可你……"

见母亲说到这里抹起了眼泪，小桃怎能不明白老人的用心，可事情早就过去了，就一边为母亲擦着眼泪，一边劝道："妈，德昌不去自有他的道理。他给我说过，他喜欢炭材。再说了，我也支持他。"见母亲拿眼瞪她，又急道，"不说了不说了，事情都过去了，说了也白说。只是今后，妈您放心，我们一定听您的。"

翻眼看看女儿，又看看李德昌，怜女儿，疼女婿，小桃妈呒法，遂长长地叹了口气。

扬子钢铁的合同还没收完尾，北方钢铁的合同在费了九牛二虎之力后也终于到手了。这样，两个合同加在一起，那就令人刮目相看了。为此，马青云又是走访座谈，又是现场采访，继《痴心殷殷不畏难，换来累累丰收果》长篇通讯，介绍季健中三上北钢拿下大合同之后，又一篇以"凝神聚力促发展，鲁阳前景似火红"为题，就鲁阳各界在县委、县政府组织领导下，为确保北钢合同顺利实施一事写的文章又上了《鹰城日报》的头版。一时间，季健中和鲁阳炭材厂的名字又一次走进人们的视野。

来炭材厂已经七八个月了，季健中也养成了习惯。在车间和厂院里四处走走看看转了一遍，井然有序的生产环境，热火朝天的冲天干劲，使季健中的心情再也没有这么好过。

回到办公室，端起凉白开咕嘟嘟喝了一气，他伸了下懒腰，便靠在椅背上想休息一会儿。突然，他嗅到了扑鼻的汗臭味，遂立马站了起来。一天到晚脚不沾地，又连续三四天没有回家，他该回家换换衣服好好儿地冲下澡了。

回到家里一看，季健中立时便愣住了。他看到，院子里扯满了绳子。上边，万国旗般挂着红红绿绿的床单、被罩，当然还有父亲垫身子的布片儿，而县委宣传部的副部长马青云，正在那儿弯着腰整理刚刚用过的洗衣盆。

还没待健中开口，听见院门响，正在厨房门前刷锅的母亲，抬头一看是儿子回来了，便惊喜地道："看你多有福，该洗的人家青云都忙了半天洗出来了。"

"妈，又脏又累的，您怎么能让青云姐洗呢！"显然，从天天那儿排，健中已改了口。

"你说得轻巧，我能拦得住吗？"母亲笑着说。

一旁，马青云笑起来，说："你呀，你要是觉得过意不去，我倒是为你想了个办法。"

"要我补偿呀?!"季健中道。

"可不！"马青云道。

"那你说，怎么补偿？"季健中道。

这时，大街上传来卖韭菜的叫卖声，马青云一脸喜悦地道："你等着。"说罢,她朝健中母亲喊了声"姨",道,"咱中午吃韭菜饺子吧?"这么说了,也不等对方应声就急急地跑出去了。

"哎呀青云姐,你这是……"季健中不知说什么好了。他赶忙跟出去,急着掏钱,却被马青云推到一旁。

看马青云掏了钱拿了韭菜,季健中十分无奈,也只能不好意思地道:"你是客人,午饭怎么好意思让你来张罗!"

"你说得不对。"见对方愣愣地看她,马青云弯腰捡起掉在地上的几根韭菜,起身时既亲切又调皮地白了季健中一眼,道,"我刚刚对姨说了,这是天天的家,我是天天的姐姐,这个家,也自然是我的。"见对方笑而不语,又道,"不信?你问我姨。"

"我信。"季健中道,"只是我们老季家高攀了。"

"那你应该高兴才对。"马青云道。

"鲁阳来了个好干部,我当然高兴。"季健中发自内心地道。

见马青云走过去与母亲头顶头择起韭菜来,季健中走进屋去。

父亲在床上静静地躺着,好似熟睡着一般。季健中轻轻地拍了拍父亲的脸,逗父亲开心。接下来,他给父亲翻了身,看看身下的布片儿干干的,他就向父亲打了个响指,算是道别。

在洗手间简单洗了下换了衣服来到母亲身边,正不知干什么好时,马青云正好拿起韭菜。见他在一旁愣神,她就随手把韭菜塞给对方,吩咐道:"别逃懒,最后这点儿你择。"

没多久,各样东西准备停当,三人便围着五斗桌开始包饺子。

看得出健中妈非常喜欢马青云。伴着小擀杖在案板上来回晃动的咯噔声,母亲一边擀着饺子皮,一边把近些天马青云不断头到家里来,又是帮这帮那的给夸奖了一番。

抬眼看看马青云,季健中心里禁不住怦怦乱跳。毕竟,人家的父母都在大城市又都是干部。同时,面前这个既聪慧漂亮又勤快能干的女部长是正儿八经的大学生出身的笔杆子,是高级记者,堂堂的县委宣传部副部长,遂禁不住道:"感谢你能到鲁阳来,吃苦受累还总是非常乐观,这一点我佩服。"

"仅此而已吗？"马青云一边把包好的饺子整齐地码放在锅排上，一边侧脸看着季健中。

"当然不是。"

"还有什么？"

"听说你挂职期满又给续上了？"

"不是续上了，而是实实在在调过来成了鲁阳人啦！"

"鲁阳有这么大的吸引力吗？"

"也是，也不是。"

"怎么这么说？"

"我给你说过，我有计划。"

"那就省了吧。"

"为什么？"

"不值得。"

"不！"马青云道，"从矿山回来，我就打定主意，这个报告文学，不仅要写，还要力求写好！只是……"

季健中道："只是什么？"

马青云颇感后悔地道："都怨我，要不是回去跑调动，有那段时间，一切都该就绪了。"

听了这话，母亲停下正擀的面皮，叹了口气，对儿子说："天天忙成那，这又到泰国一走这么长时间没回来，妈又说不囫囵，健中呀，抽个空你给你青云姐说说。这是她的心上事，你要帮她完成。"

"妈，那段历史我忘不了。"健中道，"这是碰上了青云姐，要不，只要有空闲，我也会写下来。"他见马青云愣愣地看他，又解释道，"我不是忘不掉那段历史，而是它会给我力量和战胜困难的勇气，从而走好脚下要走的路。"

"那你就更应该对我说。"见对方不语，马青云又进一步解释道，"那会对更多人产生影响。正面的，也是积极的，不可估量。"

"我相信会这样。"

当晚，季健中家新宅院子里。月光下，烧汤花艳艳地开了，习习的夜风吹拂着蜡梅树枝叶，庭院里的灯光摇曳不定。

客厅里，季健中从一只藤箱里拿出来几个日记本递给马青云。

凑近灯光翻看了一会儿，想想那晚天天没讲完的故事，马青云遂把日记本放在挎包里。然后，她反客为主给季健中添了茶。看他捧起茶杯愣愣地不语，马青云心情十分沉重。"我把政府为郑老师落实政策的文件找出来了，真实情况和我听说的大体一致。"见对方看着她笑，她还以为说错了什么，就愣愣地道，"怎么了？"

季健中提醒道："姐，你应该改口了，那是爸爸。"

"哎呀，看我吧，还真是不习惯。"马青云自责地道。

季健中喝了口茶，不由得叹了口气，遂把当年的那些扎心事道了出来……

那天，在暑假即将结束，再过两天就要开学的时候，大沙河畔向郑寒光叫表叔的一位亲戚突然进城来了。看到亲戚提着一篮子个儿大、肉厚的红果，郑寒光的两眼立时就亮了："哎呀，春生，哪来的红果？"

"俺家树上结的。"

"你家有红果树？"

"表叔，您忘了，那年俺来串亲戚，俺向您要了段红果树枝条。"

"啊，你学会嫁接了？"

看对方点了头却背过脸哭了，郑寒光禁不住道："你这孩子，这是怎么了？"

原来，春生下边有四个弟弟妹妹，全家就靠爹娘在生产队挣工分吃饭，年年都得吃国家的统销粮。春生爹见儿子准备开学的东西，就没好气地说："吭一点用处，割把草也能挣个工分，不上啦！"

春生知道父亲的脾气，对于不让他上学，他心里十分不甘。想想再有一年高中就要毕业了，他实在不想半途而废。不说将来能有什么出息，起码能把高中毕业证拿回来，也不枉大队和生产队的叔伯爷儿们推荐他一回。春生就从树上摘了一篮子红果扛着进城来了。从平时的言语中，亲戚里头，春生知道，父亲最佩服的人就是他的这个表叔郑寒光。

知道了事情的原委，郑寒光就在全校教师开学前的收心会上，向学校领导报告了此事，并请了假，遂于次日过了大沙河，既是走亲戚，也是家访，郑寒光到了山里。

山里穷得少吃没喝的，日子实在难熬。春生爹认为，背袋红薯干进城读书，不如在家割把草换工分那么实惠。因为沟里崖上没有上学的那几户人家，哪家都比有上学孩子的家庭挣的工分多，日子就自然好过许多。这么一比，就不愿让孩子再上学了，说那是瞎耽误工夫。

郑家和陈家是姑表亲戚。郑寒光没到外边求学之前，每年的八月十五，还有春节什么的，他都跟着大人，掂着月饼或馃子，进山来看他们的姑姑。只是到外边上学之后，仔细想想，郑寒光有多年都没来过了。现在姑姑和姑父早已去世了，不是春生的爹娘带着春生兄妹几个时不时到城里串亲戚，郑寒光几乎都快把这门亲戚给忘了，这条路自然就生了许多。

山里人家没有太多的讲究。春生家也是依山就势，与另外几户姓陈的老户一样，都是几间低矮的草房，算是有个遮风避雨的地方。至于厨房和厕所什么的，那就更不成样子。只是陈家的柴门两旁的篱笆墙上，爬满了葫芦秧和丝瓜秧，当然还有牵牛藤，眼下都开着花，结着果，给山里人家增添了许多生机。特别是春生嫁接成活的几棵红果树，红彤彤的果子坠得枝头都弯了，使山村人家也充满着诗情画意。

郑寒光的到来，让他的表哥和表嫂高兴得腰都笑弯了。当然郑寒光到了山里，心情也特别好。尤其是当他看见陈家的条几上摆的那些用木头和青石雕刻的人物和动物造型时，更是眼前一亮。

惊喜地拿起来看着，一问才明白，这些虽然粗糙，但不失活灵活现或憨态可掬的雕刻，全是春生没事时自己鼓捣着玩的。

在郑寒光心里，春生这孩子，仅摸索着嫁接红果树都让他喜出望外，没想到还有雕刻方面的爱好和灵性，更让他有掩饰不住的高兴。

于是，他就把春生拉在身边给夸奖了一番。又费了许多口舌，对春生爹进行劝导。

对春生爹来说，他虽然是睁眼瞎，连自己的名字也写不全，但他佩服有学问的人。不然的话，亲戚里边，他也不会对已成"赖人"的郑寒光特别敬重。

看老表大老远到山里来了，又是为了孩子的学习，春生爹就哈哈一笑，什么也没有再说。

临走，郑寒光还特意看了春生自己学着嫁接的红果树，不无夸耀地对春生爹说："表哥，再穷再难也得让孩子把学上完。他比咱们都强，是条龙呀，得着水就能飞起来！"

看看果树上的生长枝控制得不是很好，郑寒光想收拾一下，主要是想借机会传授一下手艺。这样，他就要了把刀子，先做出示范，接着手把手让春生学着，把果树上不必要的枝枝杈杈修剪了一番，又交代了一些果树病虫害管理上的注意事项。

这时候，他还想多待会儿，和老表一家子多说会儿话。可是，他看到天边起了乌云，担心大雨来了困在山里。

看他执意要走，春生就拿出一顶雨淋帽要其带着。

刚走出村子没多远，忽然电闪雷鸣起来，紧接着瓢泼大雨就浇下来了。狂风暴雨中雨淋帽都戴不到头上，郑寒光正不知道如何是好，春生追上来了。他担心山洪下来遇到危险，就把郑寒光留在了山里。

次日一大早，郑寒光看雨过天晴的，心情就特别好。喝了他表嫂烧的鸡蛋茶，由春生陪着开始返程。

走了有一里多山路，碰上个进城卖药材的老汉。一听是春生的表叔又是高中老师，那老汉崇尚知识，对郑寒光特别亲近。有了伴儿，郑寒光就从春生手里接过邻居送的刚刚下来的豇豆、绿豆，还有芝麻、红薯，执意让春生返回，和那老汉说说笑笑朝大沙河走去。

这时候，奔腾咆哮的山洪虽然过去了，但大沙河里的水至少比平时多了半槽。看着像黄汤一样浑浊而又湍急的大沙河，郑寒光禁不住浑身一阵战栗。刚刚发过洪水，他担心踩不好河道里几乎就要被河水淹没的脚搭石掉进河里。这么犹豫着，那老汉已经挑着要卖的一担药材，蜻蜓点水似的，轻轻松松踩踏着若隐若现的脚搭石到了河中间。回头一看郑寒光正在胆战心惊地看他过河，那老汉就真情地道："郑老师，要是不行的话，我回头背你过河。"

"不用！不用！"郑寒光颇为幽默地道，"想当年，在大学西迁路上，为躲避日本鬼子，在卢氏过那河，不比这小。"

"那你听着——"老汉立在河中间的脚搭石上，回头看着郑寒光，交代道，"山里就这条件，造不起桥，就踩着脚搭石过河。郑老师，你不常过，下次再来，就知道技巧了。"

"还有技巧？"

"那是。"

"老哥，你说说看。"

"拿老辈人的话说，就是'紧走搭石慢过桥'，大胆走就吭事。"说罢这话，那老汉演示似的也就眨眨眼的工夫到了对岸。可是，等稳住身子正要回头的时候，听到啊的一声，郑寒光一脚没有踩牢稳，身子一晃就跌进大沙河里去了。

尸体是两天后在下游水库里找到的。

这情况，若说是根正苗红的人，不被追认为烈士，起码也是人们学习的典型。可郑寒光是什么人？是从城里被撵回老家来接受革命群众监视劳动的改造对象，这种情况，不仅什么都没有了，还落个"不慎落水身亡"的名声，成了没材料人。

为解决学生的辍学问题，丈夫把性命搭进去了，家里再次陷入绝望之中。为给丈夫讨一个公道，梁婉君先后到县文教局和县革委会申诉。可是，她不仅没有得到一句暖心的话，一些人一听她要给被监视劳动改造的丈夫跑事，不是笑她傻，就是说她幼稚。更有个靠造反上来的人看了材料，不仅不同情，还拉着老长脸吼她，说："一个臭老九，死了死了还害得革命群众遍地找，这不是给社会找麻烦又是什么？！"

若站在政治的高度，丈夫这是为培养无产阶级革命事业接班人献出的生命，可最终得到的却是那么一句话。

梁婉君寒透了心。一口气憋在心里，便一病不起。

第二十七章　心贴心

听到噩耗，季健中又是连夜动身回来的。

看着健中在逝者遗像前上了香跪着不起，梁婉君心里生生死死地想了许多，这才从床上折起来。她说想吃点东西，待打发天天去了厨房，梁婉君就把健中叫到面前，说："孩子，你属什么呀？"

"阿姨，我是属虎的。您忘了，我和天天同岁，而且还是同月同日生的呀！"

"哎呀，你还说你比天天大一个时辰哩！阿姨糊涂了，想不起来了，把什么都忘了。"梁婉君说着，十分凄凉地笑了下，盯着健中看了一会儿，嘴巴张了几张，大概是说不出口，可是不说又不行，这才说，"有个事儿阿姨问你，怎么想你就怎么说，千万不要勉强。好吗，孩子？"见健中认真地点了头，就道，"从那年回来到现在，已经十多年了，可以说你是阿姨看着长大的。告诉阿姨，你喜欢天天吗？"

听梁婉君这么说，季健中猜出对方这是觉得日子不多，是考虑后事了。他脸上的泪直往下流，神情也非常紧张，急急地道："阿姨，您现在身体不好，要好好儿养病，别想那么多好吗？"

"不，你告诉我。孩子，喜欢不喜欢天天？"梁婉君都有些急了，盯着对方问。

在季健中心里，他是多么喜欢天天呀！他早已把天天称作"我的"了，而且是海枯石烂也决不会变心的。可眼下这种情况他该怎么说呢？

大概是看出了健中心里是怎么想的，梁婉君也知道这是难为面前的年轻人了。可她执意要这么做，就紧着又把刚才的话重复了一遍。看着健中郑重地说出"喜欢"二字，梁婉君脸上才露出了笑容。

当天晚上，梁婉君去了趟季家。

不知两家大人是怎么商量的，没隔几日，健中和健华一起把天天从郑家接到了季家。中午就在家里请了几个亲戚和几个要好的同学一同吃了顿饭，算是把喜事办了。

梁婉君了却了心愿是要在家等日子的。可是，健中不放心，就说了很多好话，硬是把天天和丈母娘一起接到沟口村。看着丈夫活着的时候来沟口村，手把手带着健中一帮人嫁接成活，眼下已缀满枝头的累累果实，还有健中身上不知脱了几层皮，在沟沟崖崖上栽下来的一棵棵果树和一苑苑名贵中草药，梁婉君立时便惊呆了。她不相信健中和他的战友们会有这么大的毅力，能在云彩眼儿里种下这么多果树和药材。还有为发展林果业，改善山里出行条件，大队革委会主任张枣根，发扬"愚公移山"精神，带着大队人马正在修的出山通道，梁婉君无不在心里感到震撼。谷雨娘等一帮山里老嫂子、大妹子带着鸡蛋、蚕蛹，还有山地里种出来的芝麻、绿豆……来看她们。一下子，普天下最使人暖心的事，突然降临到了天天母女面前。特别是当梁婉君从桐花手里，接过被太阳晒得黑紫黑紫的山葡萄，看着为采摘山葡萄桐花胳膊上、腿上划出的一道道血痕时，梁婉君感动得泪水再也控制不住了。

这是打开梁婉君心病的钥匙。加之健中的父亲为梁婉君诊脉用药，用中医的话说，这是打通了心经，梁婉君的身体渐渐好了起来。但心理上的伤害实在太重了，每当夜深人静的时候，梁婉君总是被噩梦惊出一身冷汗。

忽然有一天，县委统战部转来一封来自大洋彼岸的信件。拆开还没看完，梁婉君早已泪流满面。

信是梁婉君远在美国的父亲梁一夫写来的。

说实话，在梁婉君心里，她既爱父亲，又怨恨父亲。之所以爱，那是父亲给了她生命，供她读书，才有了生死路上的那段姻缘。她爱自己的丈夫，就无比感谢父亲。说到怨恨，她真的曾无数次埋怨，干什么不好，你说你怎么偏偏做了国民党军统特务。若不是父亲那段抹不掉的历史，她相信凭着她和丈夫的才华，绝不会落到当下这步田地。

可是，爱也好，恨也罢，父女情分和血缘关系是天定的，既无法选择，又无法否定和回避。

流着泪给父亲写了封回信，但只有短短的这么两行字——

感谢您还知道大洋彼岸有个苦命人。鲁阳虽苦，但对于一个罪人的女儿来说，那不就是应得的报应吗？勿念！

针对来信询问家庭情况一事，梁婉君只字未提。但考虑到天伦之念，梁婉君犹豫再三，还是趁着健中和别人一起回鲁阳联系购买化肥的时候，与挺着大肚子的女儿到照相馆拍了一张全家福，随后给寄了过去。

显然，梁婉君是带着满腹牢骚和情绪来对待父亲的。

两个月后，大洋彼岸的梁一夫又急急忙忙发来了第二封信。在信中，他大体谈了在海外的创业经过，以及当下的经营情况。他虽然没有明确说出要女儿带着一家人赴美共叙天伦，但字里行间，梁婉君一眼就看出来了。当然，他还在信中谈到了当下令人欣慰的中美邦交。梁婉君明白，之所以父亲特意提到并加以解释，其目的就是不给以任何借口，渴望父女团聚，其情之殷，其意之切，尽在其中。对此，梁婉君感叹，父亲虽然在历史上有令人不解的一面，但就其智商，她打心里还是佩服的。同时，随着信件的到来，梁一夫还特意汇来了五万美金。显然，那是让其赴美用的盘缠。

压抑委屈了半辈子，眼下家里又是这么个状况，就像是关在笼子里的鸟儿，那是多么渴望展翅高飞去享受自由啊！

可是，梁婉君看罢信，却毫不犹豫地把它点着烧了。儿不嫌母丑，狗不嫌家贫。同为华夏儿女，在梁婉君心里，无论在什么样的情况下，也无论自己受了多么大委屈，那种与故土不容分割的至诚情怀是怎么都无法磨灭的。

有着大华珠宝公司董事长的头衔，梁婉君不用问就明白，远在大洋彼岸的父亲过得很殷实，无须她挂念。这样，在之后的日子里，梁一夫接二连三地来信，梁婉君一概没有再回复。

一天傍晚，梁婉君从生产队菜园里薅罢草收工回来，顺便从幼儿园接了外孙女刚回到家里，就听到有人叫门。开门一看是位西装革履的老人，梁婉君当时就是一愣。

据来人自我介绍，说他是寄居美国的侨民，祖籍安徽，姓黄，叫志峰，是大华珠宝公司的股东。

一听"大华珠宝公司"几个字，梁婉君的脸上立时没了笑容。因为，她明白此人是父亲派来的说客。就她的脾气，她是要把黄先生给关在门外的。可是，人家毕竟那么大岁数，又远道而来，遂淡然地笑了笑把来人让进了屋里。

哪知道，这一让不当紧，黄先生用亲情加旅居海外的千千万万个爱国华侨的一腔思乡报国情怀，说得梁婉君泪流满面。

次日，赶在县侨办的人一上班，她就找到人家咨询有关出国的事宜。当她得知，像她这样的家庭，又是到美国去找自己的亲生父亲，是可以申请到国外旅居时，她的心便"怦怦怦"情不自禁地狂跳起来。显然，梁婉君这是怦然心动了。

为着女儿的大学梦，同时更为着刚刚四岁就能把"怒发冲冠，凭栏处、潇潇雨歇。抬眼望，仰天长啸，壮怀激烈……"背得滚瓜烂熟的外孙女将来有个好的受教育环境，梁婉君家都没进，她先到女儿所在的队办企业——鲁阳玉雕厂向女儿说了自己的想法。接着，这母女俩又一起给健中打了电话，说是有事要他赶紧回来。

最终，为着傻弟弟，还有在轮椅上坐着的父亲，作为家中的顶梁柱，季健中下了狠心，说你们先走吧，我随后过去。而天天呢，在无比纠结中，她流着眼泪，跟着母亲，带着女儿去了美国。

从一九六八年秋天开始到沟口村当知青算起，他用了二十年时间，经历了上山下乡、知青回城和艰苦创业三个阶段。季健中和他所在集体用心血和汗水，为山区人民献上"许昌地区首届学习毛主席著作积极分子""全国林业建设先进单位""全省矿山建设先进单位"三份厚礼。而天天为了却心愿，经过一年多的紧张准备，自学考进了旧金山州立大学，开始了信息科技专业的学习。而后，她又到加州大学伯克利分校商学院读商务管理。在出国之前，天天是生产队的社员，是队办企业的玉雕工，在参加生产劳动之余，在父母的精心辅导下，自学了高中课程以及部分大学课程，可是自父亲不幸去世后，学习也被迫停了下来。同时，结婚后她还要抚养孩子照顾家庭，即便有心学，可哪来的时间呢？步入大学后，从迷茫中回过神来的天天时时处处都在挑战自我。从不适应到适应，她加快了生活节奏，以高昂的精神状态，向市场营销和商务管理学制高点发起冲锋。做不完的作业，读不完的书，还有写不完的论文，让这位来自中国、一向吃苦耐劳的天天也倍感紧张。可是她珍惜当下所有的一切，一刻也没有停下攀登的脚步。最终，她修满了学分，顺利地拿到了商务管理学硕士研究生学位。

按照当时的情况，走出大学校门后，天天是要在大华历练一下接手要职的，可是她没有丝毫的犹豫就回到了中国。在天天心里，除了尽季家老大媳妇儿的责任，她是想把当年丢下的玉雕刀重新拿起来的，但她最终未能如愿，而是从零开始，摸索并积累下经验，成为当下大华珠宝公司的市场总监。

这么悲壮而又凄美的人生故事，听得马青云唏嘘不已。而且，她听得实在是太投入了，手中的钢笔，就那么拿着，也就只记录了个开头。

这天，在四里营找了个独门小院安置下来的杨逸菡，见宋晓燕把剁好的羊肉放到盆子里打酱油去了，扭头看看正忙着剥葱抠姜的陶老师，禁不住笑了，说："你还真是胃口大开呀，准备这么多饺子馅，你能吃几碗呀？"

自打开春那时起，陶老师被接到鲁阳泡温泉，加之健中打发他的弟弟健辉，到大山里头找人称"半仙"的查大姑奶，讨了些据说是祖传的专治类风湿性关节炎的药丸子服用，不知是在温泉里边泡洗出了效果，还是药丸子起了作用，陶老师的关节炎病真的好了不少。眼下，不拄拐杖，竟然自己能坚持站立走动二三十分钟也不感觉疼了。

听杨逸菡这么说，陶老师笑了，说："吃几碗？反正不比你少吃。"说罢，陶老师叹了口气，又道，"刘组长他们走了，你又搬到这里，剩下唐工怪孤单的。今天中午把唐工和健中叫过来，咱们一块吃顿饺子。"

山里人穷，也没什么稀罕物，只是沟里崖上养出来的山羊肉鲜味美。一听陶老师请吃饺子，季健中特意让春阳买了两瓶鲁阳产的"沙河大曲"，一下班就赶过来了。

这院子，是四里营的村主任牛二娃提供的。

那日，大闹炭材厂之后，牛二娃越想越后悔，更觉得不该听信刘文革的一面之词。可世上没有后悔药，牛二娃想想没有别的和睦办法，遂夹了条香烟就到健中的办公室来了。

季健中与牛二娃虽然是在那种情况下的一面之交，但他一眼便看出对方是个红脸汉，心里甚是喜欢。因为自己又何尝不是直性人呢？抬眼见是牛二娃来了，季健中故意沉着脸，道："钱不是给你了嘛，又来干什么？还夹条烟。我可给你说，二娃，你少来这一套。"看对方脸红得像鸡冠，一个劲儿赔礼道不是，季健中不忍再逗对方，但仍没放脸，道，"要想认我这哥也中，但我有个事儿，你得想办法给我办办。"遂把想给杨逸菡两位老人租个院子的事同牛二娃说了。牛二娃一听就笑了，因为他的一家子嫂子随军刚走不几天，院子正闲着。健中派人下了一番功夫后，这农家小院还真的成了福地，令陶老师老两口十分开心。

虽说农家小院没有奇花异草，但迎着院门的夹竹桃还有小桃红眼下却开得正盛。同时，院里还有个小菜园，里边的韭菜葱绿葱绿的。而且经陶老师亲手种下的豆角，还有黄瓜什么的也都开始长秧子了。特别是紧挨压井种的那丛十香菜和油菜，可让陶老师高兴得不得了。昨天晚上煮面条，她就薅了几棵下到锅里，让杨老至少多吃半碗。还有那绿莹莹的十香菜，配上大蒜捣成泥儿，都是纯天然绿色食材，让人胃口大开。

待季健中和唐运生相跟着进院的时候，杨逸菡已把茶壶茶杯什么的又特意清洗了一遍。尽管晓燕早已擦过了，但南方人爱干净，又闲着没事，杨逸菡又仔细地把果树下的水磨石桌子和几把小靠椅擦了一遍，摆得端端正正的。

客人来了，况且又是自己的厂长和心中十分敬仰的高工，宋晓燕特别高兴。她嘻嘻哈哈地说着吉祥欢迎的话，忙前忙后倒上茶请大家喝着，这就开始下饺子。

宋晓燕机灵能干，眼里不仅有活儿，而且嘴还甜。整天里，左一声阿姨，右一声阿姨，一天到晚把陶老师哄得合不住嘴。按陶老师的心思，她不想给厂里添麻烦，可是又舍不得让晓燕走，就想了个"换工"的主意让晓燕给她办。所谓换工，就是杨逸菡在厂里帮忙不拿补助，而宋晓燕照顾她的生活她也不出劳务费。因为晓燕做不了主，陶老师就带着由她亲手起草的协议直接找到了厂财务。可这事谁能做主呀？曹艳玲就把事情汇报给了厂长。杨逸菡是高工，陶老师是诗人，儿子媳妇都有不错的工作，季健中知道杨家不缺钱，之所以要换工，图的是心安理得，遂交代曹艳玲按照陶老师的意思办。

看着陶老师的风湿病一天天好起来，杨逸菡没了拖累就越发地变得乐观。一看晓燕也模仿着写了首诗让老伴儿过目，杨逸菡所有的心病一下子全没了。在杨逸菡心里，莫说老伴儿想出个换工的主意，就眼下这种情况，让他倒找给厂里点儿钱他都乐意。你想，病魔缠身好几年，把人折磨得要死不能活的，眼下不仅能下床走路，还能帮着干一些家务，这是要感谢上苍的呀！

鲜羊肉馅饺子，还有陶老师按中原人的口味，精心准备的四样小菜，宾主都吃得津津有味。

杨逸菡和唐运生本不喝酒，季健中平时也不怎么沾酒，但遇到场面上的事他还是把酒倒上。包括陶老师和晓燕在内，也都端起了酒杯，为着心中许许多多的高兴事干杯。

借着晓燕给大家倒酒的机会，陶老师想起姑娘的爱好，她就说："燕子，把你写的那首诗拿来。"

"啊？阿姨，您要它干什么呀？"晓燕明白陶老师接下来要干什么，禁不住脸就红了。

看晓燕不好意思，陶老师仍坚持道："拿来！叫恁季厂长听听提提意见。没准帮你推荐出去，还能发表哪！"

那是晓燕跟着陶老师学写的第一首诗。陶老师拿在手里，眼镜不在眼前，便把稿子又递给晓燕，说："还是你自己念吧！"

由于这首诗出自晓燕的内心，抒发的是自己的感情，而且她也有朗诵天赋，听起来就特别感人。平静下来，她吟诵道——

> 这里是一团火，
> 亲爱的工友们在辛勤劳作。
> 一个坚定的信念牵住你我，
> 一路走来，
> 别无选择，
> 攀登路上那行深深的脚印——
> 是我们为时代书写的诗作。
>
> 这里是一团火，
> 亲爱的工友们在辛勤劳作。
> 把梦想写在车间的画布上，
> 山高水长，
> 悠悠岁月，
> 艰难困苦挡不住前进的你我——
> 用汗水描绘那五彩的生活。
>
> 这里是一团火，
> 亲爱的工友们在辛勤劳作。
> 只为那金凤凰一飞冲天，
> 风雨同舟，
> 相伴苦乐，
> 在那万紫千红的百花园里——
> 有我们用心血浇灌的花朵。

"完了？"健中似乎还未尽兴，愣愣地看着晓燕。

"啊，完了呀！"晓燕也愣愣地看着她的厂长，脸上有一丝茫然不解的表情。

"嘻，你应该继续写呀！"季健中感到十分欣喜，接道，"这是我们劳动者的赞歌。比那些无病呻吟的酸秀才写的诗，不知要好到哪儿去了！"

陶老师道："这闺女有才气。你们炭材厂啊，可不简单，弄不好还要出个大诗人呀！"

"那就托陶老师您的福了，给咱燕子推荐推荐，扬扬名。"杨逸菡把话接了过去。

陶老师道："那咱义不容辞。回头啊，给我们《诗刊》编辑部的老师们联系一下，让他们也欣赏欣赏咱们当代工人的诗。"

众人热闹一阵，话就扯到了厂里。

时下，自拿下北方钢铁高炉供货合同后，有县委、县政府的大力支持，看着闯不过的火焰山硬是闯过来了，全厂上下这就开足了马力，热火朝天地干起来。特别是发往扬子钢铁公司的产品已经顺利运到，施工队的人也随货开拔，大修拉开了帷幕。在备料方面，拿到资金后，业务上就带着支票亲自上门圆了账。这样，信誉在面前摆着，协作自然高效。

想想健中三次东北之行所付出的心血，杨老不仅佩服健中的勇气和智慧，更对健中的为人由衷地赞许。他觉得，有这样的当家人，就没有干不好的事业。跟着这样的人干事，就是累死他也乐意。

酒过三巡，畅想到自己亲手研发出来的新型炭砖，在小高炉上徘徊这么多年之后，终于就要登上国家的大高炉，杨逸菡心里热乎乎的，而且有种激情在鞭策着他，让他跃跃欲试。那么，大干一百天，完北方钢铁大高炉供货任务后又该怎么办呢？同时，还有外出施工、市场开发及人才培养等项工作又该如何考虑和一项项落实呢？杨逸菡就把他和唐运生交换过的一揽子计划给季健中和盘端了出来。

老专家这是想到炭材厂的根上去了，季健中心里十分感动。他认真地思考了下，结合内外部环境及未来发展，谈了他的具体想法和意见。

而后，经厂党、政、工联席会议研究，将这些想法和意见一一补充、完善落实下来。特别是人才培养，既牵扯到当前，又影响到长远，鉴于以往的教训，季健中特别强调，不拘一格选拔人才的前提是看人品和德行。生活中，尽管刘文革和云霄翔这样的人季健中没碰到几个，但他是多么害怕遇到这样的人。

于是，随着杨逸菡前往扬子钢铁坐镇指挥高炉大修、唐运生北上提前介入青峰钢铁高炉大修没几天，由季健中亲自主持选拔，前往有关重点高校接受培训的二十多名青工名单也出来了。

与此同时，为打破炭材厂专业人才青黄不接的困局，按照季健中的提议，杨逸菡同唐运生费了不少脑筋，通过联系，还真的给物色了个人，而且还非常理想。此人也是南方院的高工，姓曹，单字叫晖。就南方院部门业务分工来说，曹工一直在从事专利技术转化，虽然没到过鲁阳，但鲁阳炭材很多职工都认识他。因为当年职工到青岛炭素培训时，曹晖曾带过他们。这样，曹工对鲁阳炭材人来说，也算是老熟人。

有着这么个缘分，曹工眼下也和杨逸菡一样，都是退休之人，家里又没什么挂念，在电话里一听说到待遇，曹工立时就笑了，说："什么钱不钱的，那是小事。关键是忙了大半辈子，退休了没事做还真的是急人呀！"有着这么一个心态，曹工遂于接到电话的第三天就到了鲁阳。

万事俱备，鲁阳炭材就像是上紧发条的钟表，一刻不停地向前进了。

这天，季健中从煅烧车间出来正准备回办公室，侧身见组装车间的余华星一个人圪蹴在车间门口。季健中一眼便看出这老主任心里有事，遂走过去。

递上烟吸着，季健中道："这都下班了怎么还没走？"

余师傅淡淡地笑了下，道："有个事儿，虽说不算个什么事儿，可细想一下还真的是个事儿。"

季健中也笑了，道："那到底是什么事儿？"

原来，柿子花开罢，就轮到石榴花和枣花开了。麦是火里生金，一场南风刮来，又到了一年收麦种秋的时候。

在车间里，有两个家在农村的职工，找余师傅商量想调一下工，好腾出时间回家把麦收收，把秋庄稼种到地里。毕竟，"人生土是根，命存地为本"。家在农村，种地也是大事，而且刻不容缓。

这是正当理由，而且有责任帮助解决，余师傅遂亲自协调把调工的事办了。这时，余师傅又想，在厂的职工可以调工，回家帮助收麦种秋，可家在农村出差在外的职工该怎么办呢？一边是企业的生产任务，一边是一家里待收到仓的粮食，职工该怎么把这一碗水端平呢？虽然余师傅自小在城里长大，可是他知道焦麦炸豆时的急迫。

一听是这么一个事，季健中想了下，道："余主任，这是我的失职，让你费心了。这样，我跟奚书记和何主席商量一下，通知各车间班组，包括家在农村需要帮忙的在厂职工，看看有多少人，回头咱拿出一个方案。眼下厂里困难，从物质上咱帮不上什么忙，但该想的咱一定要想到，能做的也一定要做到。目的是，绝不能为了收麦种秋一事让大伙儿分心，更不能因为腾不出时间，误了农时把麦子烂在地里。"

自从就职典礼时出了那么个事情，无论怎么想，奚道强心里总觉得过意不去。特别是当他看到在厂里最困难的时候，走到半道又回来的天天二话没说就把钱拿出来解厂里的燃眉之急时，奚道强一下子就看透了这家人金子一般的心。对于这么个当家人，作为搭档，奚道强是决心要拉好套的。

看看由他亲自通知下去又反馈回来，家在农村需要帮助收麦种秋的十一位职工的名字，他就组织能走得开的行政人员成立帮扶队，并从远近、住地、方位考虑，按走向大体分了三个小组。

看着分好的名单，季健中暗中佩服奚书记费心了，而且也觉得划分得十分合理，没什么补充的，遂拿出笔思考了下，问道："奚书记，你看我到哪个组合适？"

奚道强听了，笑了下，道："你忙，厂里事多。再说了，老父亲在床上躺着，你抽不出身。下乡的事儿，我和何主席担着，心意我给你带去，你就在家坐镇吧！"

"奚书记，我也得去。"季健中说，"职工们为企业生产发展出力流汗，这个健中哥、那个健中哥地叫我，他们没有把我当外人，我这个当厂长的知道该怎么回报他们。"

奚道强长期在企业从事党务工作，自忖对得起那份到手的工资和做人的良心。可他听了季健中的这句话，他的心里突然一动。就像是做了个梦，看看季健中，奚道强咂咂嘴，又长长地叹了口气，说："健中，从今往后，我是你哥，你就是我兄弟。你知道该怎么回报厂里职工，我也知道该怎么当好厂里的书记。"

次日，季健中带着吴俊芳、孙民旺两人，奚春阳开着吉普车，而奚道强和何百松分别坐的是从厂运输队抽调的大卡车，上边放了连椅，把下乡收麦的人全都拉上，这就带着工具和各自准备的干粮，天不明就兵分三路下乡了。

第二十八章　山乡之夜

鲁阳是个深山区，人均耕地不足六分，而且大都在沟沟崖崖上，大的地块亩把子或五六分那个样子，而小地块有的小得只能撒一把豆子或种几棵红薯，莫说用机械，就是畜力也大都用不上，只有用人工耕种，条件十分艰苦。

奚道强和何百松二人年岁都稍大了一点，有着特别照顾，他们带的那两个组分别去了北边和西边，那里虽然也是山区，但路并不太远。而季健中他们要去的地方就远了。那地方叫想马河，根据统计，是当下炭材厂在县域内最远的一户职工——三春的家。虽然路上一刻也没有耽误，可是当他们在二郎庙停下车，翻山越岭满身是汗，徒步赶到想马河的时候，村里人已经吃过午饭了。

山里人稀，突然来了一帮人，引得村里的狗叫着跑出来。

一看有人朝村里来了，七八户村民不知道大伙儿是干什么的，大人小孩儿都愣着神看。

季健中正要和人搭话，就听和三春一同转业到炭材厂的孙民旺，摘下头上的草帽，对蹲在老柿树下吸烟的汉子道："大哥，歇晌哩？"

汉子一看是跟他搭腔的，很机灵地起身往前走了几步，认出人来，忙喝住狗，十分自责地笑着，道："咦，是民旺呀！你看看我这眼神，你不搭腔，我还不敢认哩！"此人是三春的大哥，名叫大春，是村委秘书。

孙民旺和赵三春是一年参的军，虽然不在一个连队，却是一个团，平时没事，两人经常走动，亲得跟胞兄弟一般。同时，两人又是一年退的伍，而且又一同分到炭材厂。这样，两人的关系就更不一般了。去年开春，三春的父亲去世时，民旺前来帮着料理后事，一忙就是好几天，村里人几乎都认识他。

此刻，大伙儿一看是三春的战友来了，而且还领着人，忽一下围过来看新奇。

说起三春家，原不是想马河人，而是郏县城西赵寨人。

一九三一年初春，郏县农民在地下党的组织下开展活动，原本蛮有把握取胜的壮举，却因内部出了叛徒，泄露了机密，最终导致许多骨干血染豫西大地。赵三春的爷爷赵宗良是幸运的。因为大逮捕的时候，他是在大山里秘密联系，为义军筹建根据地，从而躲过一劫，最后在想马河这片深山老林里落脚生存下来。

对此，季健中本不知道，是孙民旺跟大伙儿说闲话时才扯出来的。

当下，三春的爷爷赵宗良不仅早已过世，就连三春爹也不在了。三春兄弟姐妹五个，大姐二姐早已出嫁到外村，大哥二哥结婚后也早已分门另过。在家里，三春最小，父亲在世的时候，他自然跟着父母。时下，三春还没结婚，家里只有一个老母亲。

往年，每到秋、麦两季，退伍回乡的赵三春总是请假回来。眼下，三春是组装车间筑炉队的队长，早几天已经押着货随车到扬子钢铁公司施工去了。这个转业兵，既秉承了山里人的实诚，又养就了军人的坚守。当下，厂里停产几个月后，好不容易接下活儿盼到了新的生机，而且还拿下了北方钢铁的大订单，在三春心里，他是有掩饰不住的高兴。拿他的话说，家里穷又没本事，依靠的是厂子。这样，三春就顾了厂子顾不了家了。

今天一大早，明知道儿子到外地施工去了，时下是不可能回来的，可是三春娘睁开眼就又身不由己地赶着羊爬到岭上来了。站在那里，她一边放羊，一边朝山下好远的地方张望。假如儿子回来，她第一时间就能看到。直到太阳爬上了头顶，老盼不上儿子回来，三春娘等不及，遂从岭上下来，忙过了一阵，准备下地收麦。

此刻，一听是厂里来人要替她收麦种秋，三春娘好一会儿才缓过神来。

三春娘五十多快要六十的人了，虽然头发已经花白，脸上也写满了沧桑，但她腰不弯背不驼的样子，一眼就能让人看出，大娘是硬朗人。

院子里，有棵一搂那么粗的大枣树，树身长得疙疙瘩瘩的，却没有老相。树冠上，乳白色的小枣花开得正盛，和着山沟里不知什么花的清香袭来，只差没有把人熏倒了。这是一年一度流蜜溢香的季节，无数只蜜蜂嗡嗡叫着，在树上来回飞着不停地忙碌。还有远近林子里各种鸟儿此起彼伏的欢歌，即便是满腹惆怅之人，置身在这里，顷刻间也会心花怒放。枣树下面，拴着正在反刍的两只母羊。而它的三只小羊羔，则依着房屋门前的大水缸卧着。那样子，恬静而又安谧。坐北朝南，是三春家的几间石头房子，虽然黑黢黢显得十分破旧，却非常结实。檐下挂着蒜瓣和紫红紫红的辣椒串，还有赵家人下田的镰刀和挑水用的工具。门前空地上，除了从树上落下来开败的小枣花和一些油亮亮的小羊羔屎蛋蛋外，四处都打扫得干干净净。夏天到了，太阳是火毒的。可是，有棵古老但异常茁壮茂密的大枣树罩着，那火辣辣的感觉一下子就没了。

寒暄过后，由于大伙儿已经在路上吃过干粮，遂在院子里坐下歇着喝了些茶水，这就要起身下田。三春娘过意不去，加之种的地这儿一块儿那儿一块儿的不好找，说什么也不让大伙儿去。好在跟过来的大春两口子明白大伙儿的心意，遂安置住大娘在家歇着，这就也拿着镰刀，扛着扁担领着大伙儿到地里来了。

时下，平原上的麦田里，还挂着大片大片不愿褪去的一脉青色，而山里人家种在沟沟岭岭上的麦子，已经快抢收过半了。由于调整土地时三春还在部队上，是军属，有着特别优待，三春娘儿俩分的地相对好一些。

拿平原人家的土地与山里人的土地比，山里人这地简直就不是地。就拿三春家相对较好的地块来说，真的是把地种到云彩眼儿里去了。

季健中知道山里人劳动苦。看第一块儿四分多地的麦子割完要到另一块儿地里去，同时二春赶着牲口也到地里来想趁墒犁一下，健中遂留下来要把割完的麦子往家里担。大春见了，自然执意不让，因为沟沟崖崖的没有路，他怕健中担不动挑不成。哪知健中担起两捆麦子，跟着大春踩着乱石，忽忽闪闪就走了。

这是当年当知青的时候练出来的本事，莫说吴俊芳几个人看直了眼，就连大春媳妇也看直了眼。

火辣辣的太阳当空高照，特别是在午后两三点的时候，能晒得让人身上流油。对健中来说，尽管他身上的功夫没丢，可一遭下来，衬衣也全都被汗水湿透了。

按照原先的计划，他们收罢麦当晚是要住到二郎庙去的。可是走不成了，天晚了不说，大娘说什么也不让大伙儿走。就像是对自己的孩子一样，那么真诚，再加上天黑了，看不见路了，你能走吗？就是你能走大娘能不挂念吗？

就着小葱炒鸡蛋和芥菜丝儿，吃了大娘烙的油馍，又喝了熬得喷香喷香的玉米糁儿粥，把吴俊芳高兴得一个劲儿夸大娘做的饭好吃。跑了一天了，趁吴俊芳帮着大娘收拾餐具的当儿，大伙儿下到想马河里，美美地洗了个澡，又把汗水浸透了的衣衫洗了洗，这便回来。

这时候，一弯新月早已落下去了。听着噪鹃在大枣树上铆足劲儿地嘶鸣，大伙儿坐在大娘身边唠家常。说山里人的日子，说城里人的生活，说联产承包后山里人家的新面貌，也说炭材厂拿下大高炉合同后将会给企业带来的可喜变化。于是，这几个人扯着扯着就扯到了健中身上。听说健中的老婆和闺女都在国外，而健中自己却在炭材厂吃苦受累，大娘便拉住健中的手，久久不愿松开，满怀感激之情地说："遇到你这样的厂长，大伙儿都沾光啦！"

夜深了，吴俊芳被大娘领着到她的大儿子家里去了。大春的女儿在市里上卫校，床铺空着，条件也好。而健中几个人则在村头的打麦场上，闻着大春家刚刚打下来的麦草的清香躺下来。

仰望着布满星星的夜空，季健中美美地伸了个懒腰，又长长地出了口气。这时候，他感到一身的轻松，遂感受颇深地道："真美呀！"

盖着大娘为三春结婚备下的大红蚕丝被，劳累了一天的孙民旺和奚春阳说着在想马河畔感受到的清幽，艳羡之情自不必说。忽然，奚春阳好像发现了新大陆："哎呀，快看！"

"别看了，我已经逮住了。"孙民旺说着，把手捧在一起，又侧侧身朝里面看起来。

这情况教奚春阳大为吃惊。他先是回看了下天空，又急忙朝孙民旺捧着的手里看，随即就长叹一声，道："你这是什么？"

"萤火虫呀！"孙民旺道。

"唉，你真会打岔。我说的是牛郎星和织女星。"奚春阳道。

一听二人搞两岔了，季健中扑哧一笑，一本正经地道："逮住了也正好。黑灯瞎火的，有萤火虫照着亮，等七夕节到了，牛郎和织女见面时就不会两摸黑。"

这时，三人都目不转睛地看着银河东西两岸的织女星和牛郎星。

鲁阳是中国古代著名的汉族民间爱情故事"牛郎织女"的发源地。季健中喜爱"七夕"文化。由星宿想到人间，他禁不住吟唱道——

> 鲁阳有个鲁阳坡，
> 攦到天里一半多。
> 云外雄鸡一声鸣，
> 叫醒了俺的牛郎哥。
> …………

听听就唱了这么两句不唱了，孙民旺憋不住就接唱道——

> 日头出来百花开，
> 蜂蝶恋花为哪朵来。
> 九姑娘花为谁开，
> 妹妹我是为谁来。
> …………

想起孙民旺是鲁阳坡人，又是传说中牛郎（孙守义）的后人，季健中第一次到鲁阳坡是二十世纪六十年代初的事了。这么多年来，他不知那里情况如何，就打断对方，道："民旺，牛郎洞还有吗？"

"有，当然有。"孙民旺道，"那是我们老孙家的圣地，大伙儿都惦着呢！"

"好！惦着好，惦着好。"这么说了，季健中凝视着牛郎星和织女星。想起小时候，每当农历七月初七夜，和伙伴们藏在葡萄架下，听牛郎和织女说悄悄话时被蚊子叮咬的傻事，他不知道民旺和春阳有没有过，他就想问问。可是，还没开口，他就听到了鼾声。

接下来，季健中想着聪明美丽的织女，明知道最终的结果，却毅然决然地冲破重重阻力，嫁给河西的牛郎，他不仅为牛郎感到高兴，更为织女的善良和勇敢感到骄傲。

他含着微笑，翻翻身很快便睡着了。

不知什么时候他做了一个梦，只觉得还是在山路上担着麦捆儿下山的样子，飘然间害怕跌倒，禁不住身子猛一晃就醒了，而且再无睡意。

身下那淡淡的麦草香味，让季健中感到十分惬意。于是，他把两手交叉着垫在脑后，仰面朝天上望去。

玉带似的银河横亘在天际之上，特别是满天的星斗，既空旷辽阔，又似乎触手可及。

听着想马河欢腾的流水声，又想着临睡前春阳和民旺两人打的那个岔，季健中不由自主地又朝夜空中看去。不知怎的，由被隔在银河两岸的星宿，季健中忽然想起了他的天天、他的女儿和岳母，还有远在扬子钢铁公司为企业生产发展出差在外的赵三春兄弟。

根据时差计算，大洋彼岸此时应该是人们用午餐的时候。

那日，为了他忙累一天到家了有人倾听他的心声，不再那么孤单，天天就没有再走。但大华公司亚洲业务并没有想象的那么好。如此这般，天天母亲就不得不让天天到泰国和新加坡盯着。这么一来，女儿就只能和外婆在一起。想起那年到美国去，一家人在绿茵茵的草坪上惬意无比、其乐融融的样子仿佛就在眼前，而此时的季健中，他、妻子和女儿，一家三口分居三地，心里不免酸溜溜的很不是滋味。

几天前，女儿给他打来了长途电话。她说在全美奥林匹克数学竞赛中得了大奖，如果能抽出身的话，希望他这个当爸爸的赶在组织方授奖时，能到美国去分享她的喜悦和荣誉。听得出她是多么期盼，也想象得出如果他去了女儿会多么高兴。可是，他能答应她吗？

此刻，在季健中心里，一头牵着亲人，一头连着企业，哪一个他也丢不掉，离不开，心里是何等纠结呀！而每当到了这个时候，他都会在心里叫出"健中"二字。

是的，这是他还没出生时父亲就给他起好的名字，而且也是父亲的心声。那时候，被西方人称作"东亚病夫"的中华人民共和国刚刚成立，国家百废待兴，需要她的儿女们一心一意地把她建设好。

健中——这是父亲心中最崇高的心愿，也是父亲寄予儿子厚望要其用一生的心血和汗水，把我们的新中国建设得健健康康强强盛盛的。

面对波澜壮阔、百舸争流的时代大潮，季健中深知前进的航船每时每刻都会遇到暗礁险滩。也正是有了这个认知，无论是父亲被莫须有的罪名给打成"黑五类"株连家人，还是在"运动"中被戴上"资产阶级医术权威"的帽子再遭厄运，一家人在饥寒交迫中苦苦挣扎所受的那些罪、吃的那些苦，在健中看来，统统都不算什么。因为，国家要前进，要振兴，要革除弊端、除旧布新，就像是十月怀胎一朝分娩那样，能没有阵痛吗？

毕竟，嘴和牙齿还有打架的时候，何况一个正在脱胎换骨、从贫困走向富强的泱泱大国。

启明星从东方像锯齿样的峰峦间升起来了。

噪鹃的叫声不知什么时候停歇了，而想马河哗哗的流水声则似乎更大了一些。还有那草丛里或乱石中，道不出名的各种虫子的低吟，不是此起彼伏，而是十分美妙和谐的多重奏，是真正的天籁，多么令人心醉呀！特别是面前缓缓地飞来飞去的萤火虫，幽幽的、绿莹莹的亮光，让季健中心里感到十分惬意。

看着启明星不知什么时候已经爬上山顶了，听着想马河的流水声和身旁虫子的叫声，同时也回味着黑夜里三春家那芥菜浓烈的气味和油馍的麦香，季健中自然而然地想到了他的筑炉队长——赵三春。

大山里长大的孩子，不知是睁大眼睛，对着崇山峻岭沟沟壑壑看得太过入迷，还是静下心来听着春汛时涨时落时，山涧里的溪水最终会合奏出一个什么旋律，与城里人比，山里的孩子总是那么沉静，甚至沉静得有些木讷。

不知是当知青时在大山里待得久了，在他的脑海里烙下了印记，还是自己就是那么一个爱入迷、爱静下来木讷一会儿的人，当季健中看到赵三春拿着矩尺，身边围了一群人在预组装平台上比比画画的时候，他问："你这兄弟叫什么名字？"

他愣了下没有立即接腔，似乎是没有反应过来，就听一旁的人替他答道："赵三春！"

季健中不问他了，而是对着接腔的人说："你怎么称呼？"

"我？"接腔的人道，"我叫孙民旺。"

"民旺？好啊！这名字起得好。我问你，你的这个伙计可是班长？"季健中指了下赵三春问。

孙民旺道："他不是。"

"不是？"季健中扭头看着赵三春，道，"你以前是干什么的？"

"当兵。"

"来炭材厂多久了？"

赵三春不知道厂长为什么要盘查他，还以为哪里做错了，听问，就愣愣地道："四年多点儿。"

"多多少？"

赵三春犹豫了下，道："多三个月零十八天，再加上半天。"

"怎么还有半天？"季健中盯着赵三春笑眯眯地问。

赵三春看到厂长脸上不似要责备他什么，胆子就慢慢儿大了，便也笑悠悠地道："这不是才刚上了半天班嘛！"

季健中沉思一下，明白对方是个精细之人，就考问道："你也是老工人了，我问你，砌筑高炉炉衬，最关键的要注意哪些环节？"

赵三春不假思索地道："要注意控制好砌体的标高水平度和砖与砖之间的缝隙。"

季健中认真了，道："最关键的部位在哪里？"

赵三春道："在出铁口……"

"行了！"看得出季健中有掩饰不住的高兴。他为有这样精明能干的工人感到骄傲。

接下来，季健中征求了一下生产科和车间负责人的意见，这次施工就由赵三春当队长，率队出征。

此刻，扬子钢铁公司那边的夜指定也是在朦胧之中。可他断定，赵队长即便在睡梦中，也会想着如何把砌缝咬得更紧密更严实一些。

儿子不在身边，想马河水再怎么欢腾也不会流到大娘的水缸里。山高水长，人老腿脚不便，走动就吃力，这是无可逃避的现实。即便其他儿子怪孝顺，可毕竟分门另过了，各自有各自的事情要忙，一年三百六十五日，日出日落，黑更早晚的，哪能时时处处都照顾得那么周详呀！

这样想着，季健中心里不仅乱糟糟的，而且呼吸也变得急促了。

不知道企业什么时候才能真正地红火起来，可他要盖两幢职工家属楼的心愿却是那么炽烈。他觉得，如果有了家属楼，乡下的老人就可以搬到儿女身边，生活就会方便许多。那么眼下企业才刚刚有了一些好转，还没能力盖房子又该怎么办呢？

想想白天看到的三春家门前的大水缸，还有厨房门口挂着的扁担，季健中忽就折起身来。

这时候，伴着远远近近吃杯茶的叫声，还有沟沟崖崖上山里人家的鸡鸣，季健中朝三春家那边看去。星光下，尽管迷迷蒙蒙的，但大枣树的身姿却隐约可见。

他感到肩膀上疼疼的，胳膊也觉得沉沉的，总想着自己的功夫没丢，现在看来那是不切实际呀！不然，就担了那么几趟麦子，肩膀怎么就肿了吃不消了呢？

抬手揉了揉肩膀，又搓了搓胳膊上的肌肉，季健中正要起身，朦胧的星光下，他忽地看到有个人影一晃。这情景使季健中无形中吓了一跳。太平盛世，又处在大山沟里，既不可能有什么敌对势力暗中破坏，也不可能有谁起歹心贪图钱财偷偷摸摸。这么想了，季健中还当是沟里谁家夜半出来查看什么，就尽量压低声音，道："谁呀？"

“我！”

没听出是谁，季健中正要再问，对方一边走过来，一边低声细语地道：“季厂长，是我，小吴。”

“吴俊芳！你干什么呀？怎么不休息？”季健中愣愣地问。

“睡不着，屋里太闷，出来透透气儿。”吴俊芳说着，一弯腰就坐在了健中的地铺上。

“那可不行，白天还要劳动呢！不休息好怎么能行呀？”季健中关切地道。

“没问题，我浑身都是劲儿，一点儿也不困。”吴俊芳说着，见一旁的春阳露着半拉膀子，扯被子盖了下，哧哧地笑着，道，“两个小死狗儿，睡得真香。”趁着抽回手的当儿，吴俊芳抖了下扑散着的头发。立时，一股玫瑰花香气四散开来。

这扑鼻的香味，使季健中禁不住朝对方看去，正看到对方一双热辣辣的眼睛。想到白天吴俊芳汗流浃背弯着腰在地里割麦的样子，季健中压低了声音，道：“累坏了吧，你割麦比我都快，茬子还低，很能干呀！怎么车间里都……”

“嗐！”吴俊芳明白对方对她过去在车间的表现不认可，而此话则是对她当下工作的充分肯定，遂打断对方，有意回避地道，“人就那样，时间会证明一切。”说罢这话，吴俊芳笑了下，诡秘地道，“你把手伸出来。”

“干什么？”季健中愣愣地说。

“伸出来就知道啦！”见对方慢慢儿伸出手了，吴俊芳变戏法儿似的把一块像麻将牌大小的东西放在季健中手里。

星光下看不清是什么，又不想费时间去猜，季健中欲闻，即被吴俊芳制止了。她佯装警告地道：“不许闻！”

“好，不闻。”季健中沉思着欲猜，吴俊芳那里已把另外一个同样的东西剥开，并让季健中张开嘴。

含到嘴里，季健中仿佛吃错了药，立时就给吐出来，惊叫道：“巧克力呀！”

“对呀，怎么了？”吴俊芳大惑不解，道。

"唉，我过敏！"季健中解释道。

"什么，这也过敏呀?!"吴俊芳似乎不相信。

"是呀，好多年了，就吃了一小块儿，好像搦住了脖子，连出气都很困难。"见对方被吓住了，又道，"这不怪你，不知者不为过嘛！当然，也怪我没这个口福。"

"我的妈呀，这还是头一回听说。"吴俊芳放松下来，津津有味地道，"我刚好和你相反，我是太喜欢巧克力了，从来没吃够过。"

"那你还拿住吧！"季健中把巧克力还给吴俊芳，见对方看着他不语，不知她想的什么，就道，"想什么呢？"

吴俊芳愣了下，忙掩饰地道："这里真美呀！"她望了下星空和夜幕下如黛的山川，仿佛思绪万千地道，"天成的画，自然的诗。季厂长，这一刻要是来个永恒，那该多好。"

"好日子还在后边呢。永恒了，什么都没有了，还怎么享受生活？"季健中笑了下，话题一转，又道，"咱们眼下的任务是劳动，不好好儿休息，明天起不来了，还怎么参加劳动？快回吧！"

"我想再坐会儿。"吴俊芳道，"就是想和你说说话。"

"以后有的是机会，回吧！"季健中道。

见是这样，吴俊芳不便坚持，不情愿中带着温存，道："那好吧，你也注意休息。"

"好的，谢谢你！"

看着吴俊芳伴着流萤消失在不远处后，季健中长长地出了一口气。抬头望着星空，静听着想马河银铃般的叮咚声，季健中心里鼓荡荡的，再无睡意，遂起身伸了伸懒腰，朝三春家走去。

第二十九章　情满想马河

听到动静，大春家的狗不知从哪里钻了出来。狗灵性得很，见一面就认准了人，不仅没有汪汪乱叫，还前后跑着往健中身上蹭，以示亲近。

还有三春家的羊，大概是它们正在反刍，健中刚一走进院子，不知是惊动了它们，或是怎么的，有只羊就十分低沉地叫了一声。

闻着空气中弥漫的羊膻味，健中见有一只小羊羔朝他走来。他感到很亲切，也觉得很好玩，遂蹲下身子想摸摸那羊。可是，刚一伸手挨住那羊，它便很机灵地扑腾一声跑到一边去了。

夜晚的露水把扁担打湿了。尽管隔着衬衣，他也能感受到湿腻腻的。当然那上边也不尽是夜露，还有身上浸出的汗。

想象着三春在家时下河里挑水的样子，季健中心里热乎乎的充满着兄弟般真挚的情谊。有着夜露的滋润，他知道不会发出响声，但他还是用手抓着前后两边的桶鋬和扁担钩连接的部分，放轻脚步打院里往外走。

从距离上说，打门前到河里挑水的地方，最多不过五十米，而且从出门到河边也基本上算是平地，可要下到河里则比较费力。因为经年累月的河水冲刷，估不透那力量到底有多大，竟然把满是怪石的河床给冲刷下去二层楼那么深。为了上下取水方便，村民们就贴着几乎是立陡的河堤凿出一条一尺多宽的阶梯。

赶黑儿的时候，大春领着大伙儿到河里来洗澡，健中从这条阶梯上走过，可以说对阶梯已经熟悉了。可此时一踏上这阶梯，健中却不免双腿打战。为了安全起见，健中都迈上阶梯了又把脚收回来。放下挑子，他把两只水桶并在一起用手提着，另一只手则把扁担当作拐杖捣在阶梯上，小心翼翼地往下下。

提水的地方离阶梯有十来步那么远，是个有乒乓球桌台那么大、临泉掘出来的乱石坑。泉水离地面有二三尺深，用钩担钩住水桶随便一摆就能把水轻易提上来。可是，回头要上这阶梯就不那么容易了。肩膀疼痛难忍，健中咬着牙坚持，挑子上的两个水桶不能平行担着，而是几乎要上下直立起来。这时候，前边的桶几乎就挨着健中的额头，而后边的则必须用手紧紧地提着才能配重。当然，肩膀是用不上劲了，力全都在两只手上。准确地说，是两只手紧紧地抓着桶錾，通过贴在后背上的扁担相互传力把水桶往上背的。

这不是一般的活儿，加之又至黎明时分，尽管星光朦胧，但脚下就像蒙着一层纱，总觉得那么缥缈。空手下这阶梯就够玄乎了，何况还要负重上爬。

季健中有过这方面的体验，这活儿当然难不住他。只是把水挑上来的时候，头上的汗也跟着冒出来了。

当年，知青点上使的就是水缸。季健中知道水缸用过一段时间，就得刷一刷清清缸底，不然的话就不干净了。当然他不知道三春家的这口大缸何时洗刷过，只是觉得不放心，正好缸盖上有现成的炊帚，他就把大缸里剩的水用葫芦瓢起到用来晒水的石槽里，然后把大缸扳倒刷洗了一遍。

这口大缸，从白天看到的新旧成色，健中断定是三春特地为母亲买的。这样，装满一缸水，老人可以吃好多天。

一连挑了三趟，季健中看看水缸还是有点不满。于是，他就又把挑子挑起来。只是刚要走就听到了开门声。一看是大娘不知披个什么东西出来了，健中就压低了声音，道："大娘，把您聒醒了吧?"

"迷迷糊糊听见响动，还当是做梦哩。"大娘说着，发现季健中这是在挑水，啧啧不已道，"快放下，快放下，我一个人吃不了多少水。"

"三春出差在外，大哥二哥他们又都忙，我们又不可能常来，这水缸我得挑满。若不，我心里放不下呀!"季健中发自肺腑地道。

大娘知道这是说的真心话，又见拦不住，遂忙着找火柴把门口挂着的马灯点亮，急急地提着来到河边为健中照路。

斜着身子，又是那么个姿势爬天梯似的，从台阶上一步一步往上登，把三春娘的心都给揪住了。显然，她是闭住气看着健中把水挑上来的。

看着老人如此为他担心，季健中就小声道："没事呀大娘，您不用为我担心，这样的路我走得多了。"

"瞎说！"三春娘不相信健中的话。

季健中暗自笑了，说："不瞎说。您忘了，昨晚我给您说过，我在五棵树沟口村那地方当过知青。那里的条件跟这儿差不了多少。"

缸里盛满了水，这时候天还没有发亮。

为着赶时间，待健中漱了漱口，擦罢脸又喝了一气水，这会儿工夫，三春娘把烙馍的面也和好了。

于是，季健中烧着火翻着馍，想起路上听孙民旺说的三春爷当年参加革命的事，他道："咱这块儿还是革命老区呀！"

"那当然。"三春娘不无骄傲地说着，见健中把炕熟的烙馍放到筐子里去了，她就用小擀杖儿挑起刚刚擀好的馍搭在鏊子上，接道，"想当年，皮司令打鬼子的时候，在这片儿住过。"

"我说的是早先。"季健中道，"听说三春爷也是老革命。"

"他？要说也算是吧。"三春娘道。

季健中一愣，道："怎么也算是？"

三春娘说："听外人说，春儿他爷参加过'兴国联军'，还是跟着谁？看我也记不清了，是什么过来打前站开路的先锋。"

"怎么听外人说？"季健中颇怀疑虑地道。

三春娘叹了口气，道："失败了，春儿他爷躲避在外，虽然把命保住了，可是家被抄了，房子也被当兵的一把火点了不说，家里老当家的被逼无奈，跳河自尽了。"停了下，三春娘又道，"可能是伤住心了，也不敢回去了，就窝在这大山里，整个人变得跟哑巴似的，成天拉着脸，连一句话也没有。不是早几年外头来人问起来，他早先的事儿，谁会知道？"

"'插大旗，随红军'，虽然失败了，可那毕竟是共产党领导的革命壮举。"季健中道，"这多年来，政府方面，有没有什么抚恤？"

"抚恤什么?"三春娘道,"死的死了,逃的逃了,不说别人,就三春爷这事儿,早都成传说了,想抚恤,找谁?"

想象着当时的情况,季健中心里沉沉的。抬眼见三春娘埋着头一下一下地在案板上擀馍,神情也特别严肃,季健中也不知该说什么话了。

显然,原本找的是轻松的话题,没想到说起来却是这么沉重。好在不一会儿,吴俊芳从大春家回来,还特地捎了一篮子莙荙菜要洗,这才寒暄着打破了沉默。

因为有大山遮挡,山沟里的天要明得晚一些。

当孙民旺和奚春阳一觉醒来,天已经亮了。

按照昨晚收工后下河洗澡时和大春商量的意见,赶在民旺和春阳草草洗漱完时,大春和二春大概是听到了这里的动静,一个领着媳妇扛着耧,另一个扛着犁,拉着从邻居家特意借来的牛,踢踢腾腾走过来。

踏着湿漉漉的羊肠小道,时不时还要蹚开两旁的荆棘和杂草,一行人伴着牛铃声,气喘吁吁地翻过一道梁,再往上边走的时候,早晨的凉意早没了。

在一个不仔细看几乎分不清的小小的岔路口,二春和大伙儿分开后到另一块儿地里犁地去了,大春则领着健中一行过来种谷子。因为昨天赶得紧,时间也没得及,沟边地头儿还遗失着一些麦子。待大春收拾了耧又系好了绳子的时候,健中几个人把落下的麦子也拾完了。为着两边力量基本均匀,大春建议,个儿大的孙民旺和吴俊芳挂在一边拉耧,春阳和健中二人挂在另一边。大春摇耧,大春媳妇驾辕,谷种往耧斗儿里边一倒,众人就在匀称而又悦耳的"当啷当啷"的耧铃声中开始播种了。

种谷子不比其他作物,尽管眼下地里墒情不错,但种子是由谷糠紧紧地包着的,光播到地里还不行,还得用脚趿一趿,使其充分接触土壤和水分。这样,当大伙儿又着腰晃着膀子,交替着一下一下趿完谷子,把第一块地收拾停当的时候,二春媳妇担着早饭,三春娘则赶着母羊和小羊一前一后到了地里。

说着地里的墒情,道着农时和当下山里人们喜闻乐见的事情,同时也在三春娘发自内心的感叹声中,大伙儿就蹲在地头把早饭吃过。当众人翻过一道沟，来到另一块儿地里的时候，二春早把地收拾妥当了。

这样忙了两天，赶到第三天后半晌的时候，健中这个组所负责的三春和另外一位职工家里的麦子收割完，要种的谷子、玉米，还有芝麻、黄豆等大秋作物也都播种罢了。

离开想马河，有了信号，通过传呼机与奚道强联系的时候，对方任务大，还有一户没完成。但奚书记言明，问题不大，不需要支援。

回到城里，考虑到大伙儿这么忙了几天需要歇歇，也需要洗洗澡换换衣服，待春阳几个人半道下车，健中接过方向盘回到厂里的时候，安心平正犹豫着是否跟季健中打电话联系，让他尽快回来。因为青峰钢铁那边，有关鲁阳的新型炭砖，能不能上人家的大高炉这一情况非常不妙。

唐运生从青峰钢铁那边匆匆忙忙地回来了。就他的了解，青峰钢铁除了鲁阳炭材已经做好的大修方案外，眼下又有一家炭材企业在青峰钢铁招待所安营扎寨，正在赶制同一座高炉的大修设计方案。显然，青峰钢铁在修炉这一问题上还在徘徊。同时，唐运生从他在青峰钢铁总工办工作的老同学徐工那里私下了解到，那家炭材厂，除了技术人员外，还有一些人也同时到了青峰钢铁。当然，这些人不是搞技术的，而是那家炭材厂的公关人员。唐运生的意思是对方举棋不定，外部环境又这么复杂，为了确保万无一失地拿下该高炉大修新型炭砖供货合同，鲁阳方面有必要研究一下，看采取什么措施，把工作做扎实。毕竟，国家改革开放的百花园里，谁也不敢保证迎风开放的都是醉人的玫瑰。拿下青峰钢铁高炉大修供货合同，对于鲁阳炭材生产的连续性十分关键。不然，大干一百天之后，没有大订单，还是揽一些小订单，再那么小打小闹的话，职工们刚刚鼓起来的劲儿，怕是又要松下来。同时，季健中对于拿下青峰钢铁合同是充满期待的。

可是，一听唐运生带回来这么一个消息，季健中心里禁不住"咯噔"一沉。山沟里闭塞，这是他第一次听到做企业干工程的，除了技术和质量，还得有人从旁边帮忙。季健中觉得，这真是邪了门儿了。

鲁阳炭材厂党政联席会议是第二天上午召开的。

之所以要延时，一是他在等着奚书记回厂，二是他有意把时间往后拖拖，好给班子成员以充足的时间考虑问题。

在唐运生的汇报中，有关那家炭材厂在青峰钢铁展开公关一事，虽然只是一个小花絮，但在此次联席会上，却是个重磅炸弹。

特别是奚道强，这个有着近三十年党龄的老党员，一听时下还有这么一个事，只差肺没有气炸了。

此人十四五岁就出来当学徒，"大跃进"的时候，为了响应党的号召多快好省地建设社会主义，以实际行动向祖国献礼，面对机械厂的老旧炉子，奚道强带领班组人员，为了超产，也曾想尽办法组织攻关。那是为了国家和集体利益，没日没夜地在车间里加班加点大干。"可现在他娘那个……"奚道强把脏话都骂出来了。显然，那是十分愤慨。

继唐运生之后请来的曹工紧挨着唐工在那儿坐着。不知是来鲁阳炭材时间短或怎么的，听了此事，只在一旁笑，却始终没有插言。

安心平看问题比较现实。同时，他现在负责原材料采购这一块儿。由于单位资金紧张，加之焦油、沥青什么的生产厂家还是抱着计划经济那个佛脚不放，要想空手先把原材料弄回来救急，是件非常难的事情。这样，出一趟差少则三五天，多则十天半月。宾馆住不起，像样点的招待所也住不起，就只能住小旅馆，甚至干店也住过。同小企业和个体户那些采购员打交道多了，听得自然也多了。对回扣啊，返点儿呀，甚至一些女采购员采取不当手段进行公关的也都见怪不怪。

这样，同是围绕着拿下青峰钢铁合同这件事，副厂长邢留义本来就不爱说话，又遇上先前和刘文革搭班子，说什么都不顶用还惹人不高兴，就觉得倒不如不说。现在习惯了，逢上这样的场合，邢副厂长在一旁看着，只顾抽他的烟斗，总是不怎么接腔。而奚道强和安心平二人则没少唇枪舌剑，并且把企业的正常活动与职场操守挂起钩来，话题还相当严肃和尖刻。

看着安心平急得满头大汗的，季健中遂把脸盆架上的毛巾递给对方，道："你和奚书记也别再争了，这事不奇怪，不仅中国有，我相信外国也有。俗话说，林子大了，什么鸟儿都有。青峰钢铁是大企业，是国家重要的特种钢生产基地，名气大，影响力大，想和青峰钢铁结缘的何止十家八家。有竞争是好事，如果没有竞争，企业就缺乏动力，就发展不起来。但我更相信，不管水有多浑，浪有多大，青峰钢铁最终会有正确的选择。如果连这点风浪都顶不住，青峰钢铁也绝不会发展到现在。"

这话表明了季健中的观点，此事遂放在一边。

联席会最后一项议题是，施工队已在扬子钢铁公司把工作开展起来了，尽管有杨逸菡在那里亲自坐镇，又有赵三春那么精明细致的人在那里带队，是轻车熟路的活儿，而且施工进展也非常顺利，但那毕竟是超过了一千立方米的炉子，是鲁阳炭材人的新标杆，无论从哪方面说，都牵挂着季健中的心。同时，员工们在外面施工，作为厂长，他有必要过去看望慰问一下。季健中觉得，心理关怀是开启人们心灵的钥匙，能把人们的心结打开，是思想政治工作中最实际有效的方法。

会议就这么简单，可是大家围绕职场操守问题议论的时间长了，当宣布散会的时候，十二点早已过了。

来到职工食堂，一看还有馄饨，季健中心里非常高兴，因为父亲爱吃这一口。虽然他现在躺下吃不成了，但健中特意为父亲买了个小型粉碎机，在机器上一打，有汤有水的，可以通过鼻饲喂给父亲。于是，他就打了一份。

可是，骑上自行车正要出大门，就听到绰号叫"知了皮"的门卫孙新志扯着嗓子朝办公楼上大喊："秦师傅，恁娘死了，叫你赶快回去哩！"

喊叫声听着炸耳，季健中腾一下就把车子闸捏住停下了，道："小孙，你怎么传话哩？"

"真哩，真哩，秦师傅他娘死了。""知了皮"孙新志愣愣地辩解道。

"真哩也不能那么喊叫。"说罢这话，季健中遂对"知了皮"开导道，"以后说话办事，别没深没浅的。"说罢，健中把自行车推回车子棚里。

第三十章　义薄云天

　　秦师傅叫明杰，也是个转业兵。人实诚能干，又肯吃苦，在部队虽然是养马的，却是带着军功章转业回来被安排到县钢厂工作的。后来，钢厂倒闭，他随着一帮工人被安置到炭材厂。早几年，秦明杰一直在成型车间干活。季健中来后对车间进行改革，由于秦明杰在石龙区工作的战友家里有事，他请假前去帮忙，不在厂里，车间里一时粗心把他给忘在一边了。看看没地方去，季健中就让他在办公室临时帮帮忙。但这一帮忙就没有再变动。原因是，楼上楼下那么大地方，地板让他拖得像镜子一样，能照得出人影儿，无论上级领导，抑或是外地业务人员，一进到办公楼，单凭环境卫生，人家没有不竖起大拇指的。显然，秦明杰通过自己的劳动，为炭材厂的对外形象加了分。

　　在鲁阳城，秦明杰一家是外来户。加之父亲去世得早，苦都叫母亲吃了。那年，父亲走时秦明杰刚七岁，而他的哥哥还不到十岁。忽然间天塌了，母亲没办法，就也拿起了老头子留下的修鞋刀。好在平时也帮过手，加之修鞋、修拉锁和配钥匙也不是什么太复杂的活儿，母亲心细，做的活儿自然比男人在世的时候好，生意勉强能凑合。后来，两个儿子一天天大了。大儿子身体不太好，人称"瘫子"，母亲没办法，就把手艺传给了老大。二儿子秦明杰五大三粗，虽然平日不爱说话，但心眼儿好，赶上部队下来招兵，母亲就把他送到了部队上。

　　秦明杰参军走的次年春，他的哥哥娶了个说精不精、说憨不憨的女人过日子，连着生了三个儿女。

　　早几年，具体说就是来炭材厂的第二年，秦明杰经人介绍，也成过一门亲事，而且还生了一子，只是他发现妻子不仅不孝顺母亲，同时也对哥哥和嫂嫂不敬，遂一气之下把妻子给打了一顿。可能是因这事伤了妻子的心，她就带着两岁多点的儿子，一走没了音信。

半个来月前，多少年都不曾吃药打针的母亲突然得了肺气肿。母亲在医院住了几天，看病轻了一些，说什么也不在医院住了。显然是怕花钱，哪承想这就撒手走了。

听到"知了皮"喊叫娘死了的时候，秦明杰正趁着午间人少在楼道里忙着拖地板。于是急忙往外走，可是推出自行车正要走，却发现链子掉了，这就停下来，慌慌张张忙着找东西收拾。

这时，听得一阵刹车声，季健中开着吉普车到了跟前，道："秦师傅，自行车扔那儿吧，快上车！"

这情景，秦明杰反应不过来，还当是挡了道了，遂赶紧拦起自行车往一边挪去。

见是这样，季健中遂下车拉住秦明杰解释着，看着人在车内坐好了，这才把车门关住，轰隆隆拉着秦师傅走了。

秦明杰的母亲大概是小半晌的时候就咽气了。早起的时候，母亲已经滴水不进了。"瘘子"在胡同口给人修鞋修拉锁什么的，虽然不是很忙却大半天没有闲着。扭头一看卖烧鸡的把饭送来都吃上了，遂忽然想起了家里的老娘，这就把正修的鞋一丢，摊子都没来得及盖住就往家里走。

"瘘子"得的是先天性疾病，也说不清到底是哪里出了毛病，生下来两条腿就不管用。时下，说是走，其实是两只手各拿着一只小木凳在地上，一下一下交替着带着身子往前挪。平日里，不普查人口什么的，没人知道秦明英是谁，但要说"瘘子"，城里城外，很多人都知道。

往日十来分钟的路程，此时"瘘子"只用了不到五分钟就进了院子。

"妈！妈！"喊了两声没听到应声，"瘘子"料定大事不好，慌得差点一头栽在地上。进屋一摸，发现尸体早就凉了，"瘘子"立时蒙了，禁不住趴在母亲的床帮上，妈天扯地哭起来。

哭声惊动了左邻右舍，当然也惊动了"瘘子"的傻媳妇，这就也围过来跟着咧咧。想想傻媳妇守着婆婆人死了还不知道，"瘘子"少不了要数落一番。好在邻居们懂得事理，劝导不让说那么多，又问明了秦家老二厂里的电话报了噩耗。

可是，家里这么一个情况，邻居们问问啥也没有准备，立时便啧啧起来。里外看看，除了一些破破烂烂，能用的连一榾柮麻绳也找不着，众人无从下手。问"瘄子"家里有钱没有，"瘄子"先是从兜里掏出刚刚在大街上挣到手的三元零几角钱，又到母亲的床头，翻出个升子斗那样大小个木头匣子，显然这是秦家的百宝箱。可是，"瘄子"从他母亲贴身的衣兜里摸索半天找出钥匙打开锁的时候，箱子里除了"瘄子"家的房契，里边就有几张过时的布票和叠得平平展展的三十来元钱，还大都是毛票。再揭开缸看看米干面净的，好心过来帮忙的邻居们没办法，一个个参着手，啧啧一阵，无奈地摇摇头相继走了。

"瘄子"的儿女，大的十三，最小的还不满九岁，但已经懂了事，一看奶奶死了，这就奶奶长、奶奶短地哭起来。当季健中开着吉普车，拉着秦明杰到家的时候，"瘄子"已经不哭了，可是一看闺女小子哭，就又跟着抹眼泪。

老人走得突然，加之家里又没个能料事的人，寿衣、棺材什么的全都没准备。季健中下手帮着秦明杰，把屋里乱七八糟堆的东西清到一边，把老人的尸体从里屋抬出来在当门放下。停好尸，季健中喊着婶子，让老人一路走好，恭恭敬敬地向逝者行了鞠躬礼。

腾出手来，看三个孩子穿得破破烂烂的不停地抹眼泪，季健中打心里可怜他们，便把孩子们叫在一起开导了一番。看孩子们不哭了，健中掏出一张十元的票子，安排老大领着妹妹和弟弟到外边去吃饭。回过头来，见秦师傅从对门的小卖部买来了烧纸，把长明灯点上，给老人上了香，点了第一张烧纸。

这时，工会的何百松、厂办的郑光荣，分别接到季健中半路上打的电话，带着十几个抽调过来帮忙的人到了，他们有的骑摩托、有的骑自行车先后到了。考虑到秦家是个外来户，没什么亲戚可以过来帮忙，健中把大伙儿叫在一起，指了下和大家见过面后便在一旁忙着的秦师傅兄弟俩，道："这是咱的兄弟，家里老娘走了，秦师傅也没怎多外招呼，老大腿脚不便，我替他们先谢谢大家！"说罢，遂就买棺材、买布，以及请人做寿衣，还有打墓等一应事项分了工。至于花费上的事，季健中已在电话中让郑光荣想法先垫上，前提是要让秦家的老母亲走得安安宁宁顺顺当当。

当晚，经县木器厂师傅介绍，何百松带着人在乡下花三百元钱买了口现成的货，又花了二十元钱租了辆拖拉机把棺材拉回来。虽然不好，却也是个"四六"货，感动得"瘸子"挨个儿给几个帮忙的人磕头。做寿衣的是从大街上请来的师傅。左邻右舍的婶子大娘们，一听秦师傅的厂长和工会主席都来了，看缝纫师傅对这种活儿不大懂，遂也就主动下手，也不是什么细发活儿，大针脚连在一起就行，挑灯夜战，赶在晚上十来点钟的时候，单哩棉哩、铺哩盖哩还有头枕、脚垫全都齐了。

次日，正赶上入殓的时候，秦家门前来了一帮吹唢呐的艺人。唢呐声悲痛欲绝，让人听了直掉泪。

瘸子愣住了，秦明杰也愣住了。家里既没姐，也没妹，更没有姨和姑，一个纯粹的外来户，甚至连个八竿子都打不着的亲戚也没有，是谁请来的响器"哭丧"呢？

瘸子带着一脸疑惑，对走到跟前的工会主席何百松道："何主席，吹响器哩，咋办？"

何百松对发生在工厂里生老病死这方面的事经历和处理得多了，他道："封个利市，多少都中。人家既然来了，就指定有来的道理，别的不要管恁多就是了。"说罢，他见各方面都准备就绪，遂同健中商量了下，对院门口的人大声道："点炮！"

随着何主席一声令下，秦家在鞭炮声中为老母亲举行了入殓仪式。

接下来准备起灵发丧。

这时，秦家里里外外围得是里三层外三层，可都是过来看发丧的人。而且还有一些人拿着鞭炮、刀头和花花绿绿的被面前来吊孝，为逝者送行。

本来，厂里大干一百天已经全面铺开，抽不出那么多人过来帮忙，健中还担心发丧时人手不够。可这下不用担心了，因为一些吊罢孝的人根本就没有走，争着抢着上前帮忙。

　　一个是自生下来从没站起来的"瘸子"，另一个心眼儿实得跟擀面杖样不透气，要人没人，家里又穷得叮当响，左邻右舍都担心人会臭在屋里，谁也没想到丧事会办得这么快，这么顺当，这么热闹和排场。

　　可是，起灵刚刚没有走多远，老天爷忽然变脸。先是忽雷闪电中一阵狂风吹来，飞沙走石，打得人睁不开眼，紧跟着就下起大雨了。

　　这情况来得突然，任谁也没有思想准备。

　　于是，一街两行看热闹的人忽一下全都跑了。

　　立时，刚才还挤得水泄不通的大街，一下子变得稀稀拉拉。

　　这时，雨地里路滑不好走，季健中一看大伙儿要停下，遂抹了把脸上的雨水，迎着风雨大声喊道："不能停，停下咋办？大街上路怪宽，可停在谁家屋门前，人家也不高兴！"说着，他把手里提着的往坟墓里放置的器物，往顶着老盆的秦明杰手里一塞，上前接过抬杠，又大声吼道："走！"

　　看到这种情况，愣怔中停下的吹唢呐的人又在风雨中吹起来。

　　道路太滑了，实在不好走，跟在后边送行的一帮人忽一下全围过来。本来是两个人抬一根杠子，现在变成四个人，有的摸不住杠子就在旁边扶着抬杠子的人，就那么挤着拥着一步步艰难地往前走。

　　好在是溜子雨，电闪雷鸣的，下了一阵就停了。

　　坟地就在城外不远处的一块荒滩上，那里立着秦明杰父亲的坟墓。新打的墓穴紧挨着老坟，现在已经打好了。被刚才的大雨浇得落汤鸡一样的几个打墓人，正在做最后的修整。

　　虽然不期而至的大雨给出殡增加了难度，但一切还都算顺利。

　　下了葬，封了墓，又给帮忙的每人发了五元钱，算是秦家把客待过了。待季健中扛起杠子转身要走的时候，有个跟过来前后跑着帮忙的人，道："季厂长，请留步！"

　　此人比秦明杰要大几岁，有小五十那个样子。刚才的雨淋湿了衣服，身上到处也都沾泥带水的，虽然不知道他的身份，但观气质却像个生意场上人。看着季健中愣愣地看他，他道："我是明杰的战友，在石龙区开了个煤窑。听到信儿我们就赶过来了，可还是晚了。"说着，同来的二十多个人全都围过来了，仿佛在阅兵场上向首长汇报接受检阅那样十分威严地喊道："立正！"

随着口令，大家一字排开，唰一声在健中面前列好了队。

"敬礼！"

这是军礼，曾经的兵，眼下离开军营已经很多年了，用标准衡量，可能不会那么规范了，却是那么充满激情。

还有秦明杰，平时总是木讷迟钝的样子，可眼下那神情全都没了。因为，是军礼唤醒了他的记忆。他穿着一身孝衣，在刚刚下葬的母亲坟头前站着，昂然挺胸，精神是那么饱满，和昔日的战友一道，再次把手举到鬓角，向季健中、何百松等厂领导和工友们致以由衷的谢意。

原本是件平常事，可换来的却是一段段佳话让人传颂。

厂长亲自带着人为职工收麦种秋，城里人不常听说，乡下人也很少遇见，可眼下就发生在自己家里，就是发生在自己身边的事。

还有冒雨抬棺的事。

图的是什么？

那不就是个真情实意吗？

是的，这就是真情实意，是千百年来鲁阳人在墨家学说熏陶下传承的美德。也正是有了这种美德，在当下的鲁阳炭材厂，人气忽一下就聚了起来。

明里暗里，听着职工"累死也值"的话，季健中心里除了感动之外还有许多不安。因为他怕自己能力有限，担心领不好企业，辜负了大伙儿的期望。

看着一些同志在大干一百天里，眼睛熬红了，人也瘦了，季健中心里非常着急。

企业正在爬坡，为了保证接手的合同保质保量地及时完成，在酷暑季节里，为了员工们的身心健康，季健中硬是挤出钱来，安排办公室的同志去粮店买回来绿豆，又从供销社和医药批发部买回白砂糖、云菊花、十滴水、清凉油，分成一包一包的，发给职工。

绿豆清热解毒，白砂糖生津败火，菊花明目清头风……都是好东西。

他不会幻化术，也不可能为职工们人人都撑起一把遮阳的伞，让清凉时时都陪伴着大家，但他能做的都做到了，能想的都想周全了。

从发生在身边的一件件小事上，职工们看到了季健中一颗赤诚的心在和大伙儿同频共振。

于是，无论煅烧，还是成型、加工……各工段干出来的活儿，都是自建厂以来的最高质量标准，优级品率达到百分之九十五以上。

当然这不仅仅是产品质量提升，更是为今后的企业爬山过坎、砥砺前行打下了坚实基础。

人心齐，泰山移。这就是"和顺"文化在企业发展中所产生的巨大的精神能量。

可是，鲁阳炭材厂破冰之后，在奋进的道路上会一帆风顺吗？还会发生哪些惊天地、泣鬼神的故事呢？